Auf der Suche nach dem Warum

Translated from Original English version of

In Search of Why...

Sangramdeb Chakrabarti

Ukiyoto Publishing

Alle globalen Veröffentlichungsrechte werden von

Ukiyoto Publishing

Published in 2023

Content Copyright © **Sangramdeb Chakrabarti**

ISBN 9789360163259

Alle Rechte vorbehalten.
Kein Teil dieser Veröffentlichung darf in irgendeiner Form oder auf irgendeine Weise, sei es elektronisch, mechanisch, durch Fotokopieren, Aufzeichnen oder auf andere Weise, ohne die vorherige Genehmigung des Verlages reproduziert, übertragen oder in einem Informationssystem gespeichert werden.

Die moralischen Rechte des Autors sind gewahrt. Dies ist ein fiktives Werk. Namen, Charaktere, Unternehmen, Orte, Ereignisse, Schauplätze und Handlungen sind entweder das Ergebnis der Vorstellungskraft des Autors oder werden in fiktiver Weise verwendet. Jede Ähnlichkeit mit tatsächlichen Personen, lebenden oder verstorbenen, oder tatsächlichen Ereignissen ist rein zufällig.

Dieses Buch wird unter der Bedingung verkauft, dass es nicht im Wege des Handels oder auf andere Weise verliehen, weiterverkauft, vermietet oder anderweitig verbreitet wird, ohne die vorherige Zustimmung des Verlages, in einer anderen Form oder Bindung als der, in der es veröffentlicht wurde.

Wissen

Zuallererst möchte ich meinem Freund Ankan Sen noch einmal dafür danken, dass er an meiner Seite geblieben ist, mich unterstützt hat und mir geholfen hat, die Ideen, Handlung, Kontext und Themen dieser Geschichte zu entwickeln. Mein herzlicher Dank geht auch an Triparna Roy Chowdhury, die mir bei der Entwicklung der Ideen, Handlung und Themen geholfen hat. Ich möchte mich bei meinem Lehrer Arghajit Chakraborty und Triparna Roy Chowdhury dafür bedanken, dass sie das Manuskript gelesen und auf Fehler hingewiesen haben. Mein Dank geht auch an meinen Freund Shomik Ghosh, der mir mit vielen Ideen und Wissen geholfen hat. Ich dachte, ich würde diese Geschichte niemals fertigstellen können. Ich habe sogar darüber nachgedacht, die Geschichte aufzugeben. Ohne sie und ihre Hilfe, Ideen, Wissen und Begeisterung hätte ich diese Geschichte niemals fertigstellen können. Mein herzliches Beileid gilt noch einmal Ankan Sen und Triparna Roy Chowdhury für ihre immense Begeisterung und Unterstützung bei dieser Geschichte.

Zuletzt, aber nicht zuletzt, möchte ich jener Person danken, die in mein Leben getreten ist, mein Leben gesegnet hat, all meine Fehler und Schwächen aufgezeigt hat und mich die Welt aus einer anderen Perspektive sehen lässt, wie sie ist. Mein herzliches Beileid und Dank gilt jener Person, die mich im Leben immer wieder inspiriert.

Vielen Dank an alle.

Für Sie…

"Obwohl uns viel genommen ist,
bleibt noch viel;
und obwohl wir nicht mehr die Kraft von einst besitzen,
die Erde und Himmel bewegte; das, was wir sind, sind wir.
Ebenbürtig in unserer Haltung heroischer Herzen,
durch Zeit und Schicksal geschwächt, aber im Willen stark,
zu kämpfen, zu suchen, zu finden und nicht aufzugeben."

- **Lord Alfred Tennyson**

Inhaltsverzeichnis

Prolog	1
Introduction	4
Erster Teil: Tage der Unschuld und Naivität....	6
Kapitel 1	7
Kapitel 2	12
Kapitel 3	16
Kapitel 4	19
Kapitel 5	22
Kapitel 6	28
Kapitel 7	32
Kapitel 8	35
Kapitel 9	39
Kapitel 10	43
Kapitel 11	49
Kapitel 12	57
Kapitel 13	60
Kapitel 14	62
Kapitel 15	65
Kapitel 16	68
Kapitel 17	71
Kapitel 18	75
Kapitel 19	80
Kapitel 20	83
Kapitel 21	87
Kapitel 22	92
Kapitel 23	98
Kapitel 24	103
Kapitel 25	106
Kapitel 26	111
Kapitel 27	115
Kapitel 28	119

Kapitel 29	124
Kapitel 30	128

Teil zwei: Tage des Verlusts der Unschuld. Tage der Erfahrung...	138

Kapitel 31	140
Kapitel 32	151
Kapitel 33	159
Kapitel 34	166
Kapitel 35	172
Kapitel 36	178

Part Drei: Tage der Hingabe...	183

Kapitel 37	184
Kapitel 38	194
Kapitel 39	199
Kapitel 40	204
Kapitel 41	210
Kapitel 42	217
Kapitel 43	225
Kapitel 44	232
Kapitel 45	242
Kapitel 46	250
Kapitel 47	257
Kapitel 48	263
Kapitel 49	271

Teil Vier: Tage ohne Leben selbst	275

Kapitel 50	276
Kapitel 51	284
Kapitel 52	289
Kapitel 53	294
Kapitel 54	302
Kapitel 55	309

Kapitel 56	315
Kapitel 57	320
Kapitel 58	327
Kapitel 59	333
Kapitel 60	339
Kapitel 61	344
Kapitel 62	349
Kapitel 63	357
Kapitel 64	360
Kapitel 65	366
Kapitel 66	372
Kapitel 67	380
Kapitel 68	399
Kapitel 69	405
Kapitel 70	413
Kapitel 71	417
Epilog	423
Über den Autor	*432*

Prolog

Aryahi saß in dem langen Sessel in dem kleinen Cottage, das ihr Großvater, ihre Mutter und ihr Vater vor langer Zeit erbaut hatten. Das Cottage befand sich in einem Tal, das von der Gemeinde getrennt war. Das Cottage - das einzige in der gesamten Tal - saß auf dem Gipfel eines niedrigen Hügels. Die meisten Teile in der Nähe des Cottages waren entweder leere grüne Felder oder kleine Kiefernwälder. Ein kleines Dorf befand sich in einiger Entfernung vom Cottage. Nicht mehr als das. Von dieser Höhe aus konnte man den kleinen Fluss sehen, der ständig unter dem Hügel floss. Die einzige Gemeinschaft, die in der Nähe des Cottages lebte, war die Gemeinschaft der Vögel. Viele Arten von bekannten und unbekannten bunten Vögeln. Ihr Zuhause war in den nahegelegenen Kiefernwäldern. Und die Natur selbst war dort in ihrer reinsten Form präsent. Vor dem Cottage befand sich ein kleiner See. Er war schon immer da, höchstwahrscheinlich aufgrund von stehendem Regenwasser. Das Wasser im See war frisch. Ein perfekter Heilungsort. Hier war die Heilerin selbst Mutter Natur und ihre Kinder, die Vögel und die Bäume, und ihr Atem, die Luft. Die Luft war so rein und frisch, dass es schien, als käme sie direkt vom Himmel. Die perfekte Seligkeit des Himmels. Die Seligkeit der Einsamkeit.

Das Cottage hatte zwei Schlafzimmer, eine Küche, ein Wohnzimmer, ein Badezimmer und eine Veranda. Vor dem Cottage befand sich ein kleiner Garten mit vielen Blüten. Aryahi saß untätig im Sessel im Wohnzimmer, starrte an die Decke und dachte tief nach. Die große Uhr tickte an der Wand des Wohnzimmers. Es war fast acht Uhr abends. Aber in diesem einsamen und verlassenen Tal schien es bereits Mitternacht zu sein. Draußen vor dem Cottage regnete es in Strömen. Manchmal grollte der Himmel mit Donner. Im Wohnzimmer gab es einen kleinen Kamin, in dem Holzscheite brannten. Der Raum war mit großen Kerzen und Laternen beleuchtet. An diesem kalten, regnerischen Abend war es das Feuer und der tiefe Gedanke von Aryahi, der sie warm hielt.

Sie fühlte sich schwach und gebrechlich. Sie hatte gerade das Dach über dem Kopf verloren. Ihre leitende Seele. Ihre Wirbelsäule. Ihr alles. Doch ihr einziges. Sie starrte an die Decke. Ihre schlanken Hände zitterten vor Kälte. Sie biss sich hart auf die Lippen, um ihre Tränen zu kontrollieren. Sie wusste, dass sie genug geweint hatte. Trotzdem war es für sie nie genug. Sie versuchte vergeblich, nicht zuzulassen, dass die Tränen aus ihren Augen fielen. Ihre Augen waren rot geworden. Beide Augen schmerzten. Sie konnte sie nicht länger offen halten...

Als ob der Boden unter ihren Füßen plötzlich verschwunden wäre... Sie atmete tief durch, seufzte erleichtert auf und sammelte all ihren Mut und ihre Gedanken.

Und mit aller Kraft, die ihr geblieben war, schloss sie die Augen, lehnte sich auf den Sessel und begann über die jüngsten vergangenen Erinnerungen nachzudenken.

Nach einigen Augenblicken, als ihr unruhiges Herz und ihre Seele beruhigt genug waren, öffnete sie die Augen und nahm das Notizbuch vom Teetisch auf und öffnete es mit zitternden Händen und mit genug Mut...

Introduction

Ich habe jetzt keinen logischen Grund, dieses Notizbuch zu schreiben. Ich habe einfach das Gefühl, dass ich es aufschreiben sollte. Ich möchte nur meine Geschichte teilen und jemandem erzählen, selbst wenn es nur einem Notizbuch ist. Es hört zu, ohne zu unterbrechen. Es heißt, dass man sich nur auf einem Stück Papier vollständig ausdrücken kann. Mal sehen, ob das stimmt. Einmal bat ein Mann Gott, ihn mit Unsterblichkeit zu segnen. Gott schenkte ihm einen Stift und Papier. Ich hoffe, dass dieses Notizbuch, selbst wenn mein Körper vergeht, dort bleiben wird und somit auch die Geschichte in ihm. Ich hoffe, dass die Geschichte unsterblich wird. Ein weiterer Grund ist, dass sie alle weg sind. Alle diese mutigen Menschen, sie sind alle in ihr himmlisches Heim gegangen. Ich bin jetzt ganz alleine. Ich bin einfach allein, ängstlich und einsam. Und ich habe jetzt nichts zu tun. Ich langweile mich Tag für Tag. Ich habe genug freie Zeit zum Schreiben. Vor ein paar Tagen hatte ich plötzlich den Wunsch zu schreiben und gestern kaufte ich dieses Notizbuch. Ab heute habe ich begonnen, zu schreiben. Ich hoffe, dass das Teilen meines Leidens mit jemandem oder etwas zumindest das Gewicht meiner Seele verringern wird, das ich schon lange trage. Ich hoffe, solange dieses Notizbuch existiert, wird auch diese Geschichte darin ewig bleiben. Sie werden alle noch innerhalb der Seiten dieses Notizbuchs am Leben sein, genauso wie ich. Also sollte ich es aufschreiben, solange noch Zeit bleibt, solange ich mich an all diese Dinge erinnere. Ich sollte es aufschreiben, bevor all diese Erinnerungen aus der Quelle der Erinnerungen verblassen. Du kannst es ein Tagebuch, ein Journal, eine Memoiren oder vielleicht eine Autobiografie nennen, es ist mir egal. Du kannst es nennen, wie dein Herz es begehrt. Ich habe keine Einwände. Ich möchte es einfach nur aufschreiben. Ich möchte es beim Schreiben vielleicht zum letzten Mal von Anfang an sehen. Also fangen wir von ganz am Anfang an an...

Erster Teil: Tage der Unschuld und Naivität....

Kapitel 1

Ich wurde in eine gut ausgebildete Mittelklassefamilie hineingeboren, in der man so viel träumen durfte, wie man wollte. Aber um diesen Traum zu erreichen, musste man einen langen, langen Weg gehen. Man musste lange warten und manchmal dauerte es ein Leben lang, um dorthin zu gelangen. Manchmal brauchte man auch das Leben selbst. Das Schicksal hatte mich in eine solche Familie gestellt.

Ich wurde nach dem Sonnengott Suryansh benannt. Mein Vater Nitish und meine Mutter Samyukta waren Kämpfer. Samyukta ist der Name der Göttin Durga und ich kann Ihnen sagen, dass sie mich immer an sie erinnert hat. Sie hatte den Kriegergeist seit ihrer Kindheit, vielleicht deshalb wurde sie nach der Göttin benannt. Sie gab niemals auf. Ich war ihr einziges Kind und somit das kostbarste, was sie hatten. Mein Vater war Regierungsbeamter und er verdiente ein gutes Gehalt jeden Monat, genug, um unsere Familie zu ernähren. Meine Großeltern starben, bevor ich geboren wurde. So gab es jetzt nur noch drei Mitglieder in unserer Familie: mich, meinen Vater und meine Mutter. Eine ziemlich glückliche Familie, könnte man sagen.

Mein Vater wollte immer studieren, aber der Familienzwang zwang ihn dazu, bereits in sehr jungen Jahren eine Arbeit anzunehmen. Deshalb konnte er seine

Studien nicht fortsetzen. Vielleicht bin ich deshalb als Leseratte geboren worden. Schon seit meiner Kindheit liebe ich das Lesen von Büchern, Geschichten, Gedichten, Lernbüchern - einfach alles. Ich liebe den Duft von neuen Büchern und das Gefühl der Seiten unter meinen Fingern. Es war meine Sucht. Mein Vater war sehr glücklich darüber. Er liebte es, mich beim Lesen zu beobachten. Nun ja, er war vielleicht ziemlich stolz. Abgesehen von meinen Studien hatte ich noch eine andere Sucht: Fußball. Mit wachsendem Interesse an meinen Studien wuchs auch meine Zuneigung zum Fußball immer mehr. Ich liebte nicht nur das Spielen, sondern auch das Zuschauen. Es erfüllte mein Herz immer mit Freude und Vergnügen. Meine Mutter bemerkte diese Zuneigung und zwang meinen Vater, mich in eine Institution zu schicken, um Fußball zu lernen. In einer typisch indischen Familie passiert das immer dann, wenn jemand spielen möchte oder Spieler werden möchte. Mein Vater hat mich immer gescholten, dass ich keine Zeit mit Spielen verschwenden sollte, sondern mich auf meine Studien konzentrieren sollte. Er hat mir immer gesagt, dass man in diesem Land nichts erreichen und nichts werden kann, indem man Fußball spielt; stattdessen sollte ich hart studieren und sicherlich einen schönen Regierungsjob bekommen. In unserem Land hat der Begriff "Regierungsjob" eine massive Bedeutung als jede andere Sache oder jede andere Arbeit, egal wie hoch das Gehalt ist oder welche Bildung man hat. Wenn man einen Regierungsjob bekommt, hat man das Unmögliche erreicht und das Leben ist erfolgreich, laut jeder Meinung. Das sind nicht meine Worte. Ich bin damit aufgewachsen, diese gleichen Phrasen immer wieder zu hören. Ich fing an, diesen Satz von Tag zu Tag zu hassen.

Aber meine Mutter war anders. Sie hat meine Gefühle immer verstanden. Sie hat mich jedes Mal getröstet, nachdem mein Vater mich geschimpft hatte. Viele Male hat mein Vater mir gesagt, ich solle die Institution verlassen, in der ich Fußball trainierte. Aber meine Mutter hat ihm das nie erlaubt, genauso wenig wie mir. Und mein Vater hat meine Mutter mehr geliebt als alles andere auf der Welt, sogar mehr als mich. Deshalb hat er nie ein Wort über ihr Gesicht verloren. Die Dinge liefen jahrelang gut. Zu dieser Zeit wusste ich nicht, was meine Ambitionen oder mein Ziel im Leben waren. Ich wusste nicht, was ich im Leben tun würde. Jedes Kind hat seine Träume und Ambitionen. Aber ich war anders als alle anderen. Ich habe nie darüber nachgedacht oder an meine Zukunft gedacht. Ich war ein Junge ohne Ambitionen und Träume. Das Ding ist, seit meiner Kindheit, wenn ich etwas über meine Zukunft entscheiden oder etwas planen würde, würde ich sicher scheitern - jedes Mal. Es ist noch nie etwas nach meinem Plan passiert. Also hörte ich auf, über das Leben nachzudenken. Ich habe einfach jeden Moment des Lebens mit großer Freude genossen, ohne Druck, Stress oder Angst.

Dann traf ich plötzlich aus dem Nichts einen Jungen...

Als ich Aayansh zum ersten Mal traf, war ich ungefähr fünfzehn Jahre alt, jung und fröhlich, voller Hoffnung. Das waren damals gute alte Tage, als die Welt voller Freude, Vergnügen und Glück war. Die Welt war voller jeder denkbaren Pracht. Das Leben selbst war erfreulich, frei von Erfahrung, überfüllt mit Erfahrung. Wir hatten das Recht, mit jeder denkbaren Art von Verrücktheit zu träumen. Die Natur lachte uns in Freude entgegen und verschlang alle Traurigkeit und Reue. An diesem Tag spielte ich mit meinen Freunden gegen meine jüngeren Mitschüler auf dem Schulhof. Ich war in der 10. Klasse. Ich besuchte diese Schule seit meiner Kindergartenzeit. Ich war einer der sogenannten berühmten Spieler in unserer Schule unter allen Spielern. Jeder kannte mich und bewunderte mich. An diesem Tag, als wir gegen die Jüngeren spielten, sah ich einen neuen Typen auftauchen und mit ihnen zu spielen begann. Wir haben uns darüber keine Gedanken gemacht und das Spiel begonnen, ohne Zeit zu verschwenden. Wir haben jeden Tag entweder gegen sie gewonnen oder unentschieden gespielt. Sie hatten nie die Fähigkeit, uns zu schlagen. Unsere Mannschaft war stärker als ihre. An diesem Tag waren wir wie gewohnt zuversichtlich, dass wir gewinnen würden. Aber... dieser Junge! Dieser verdammt Junge! Machte den Unterschied. An diesem Tag verloren wir das Spiel gegen unsere jüngeren Mitschüler zum ersten Mal mit einem Ergebnis von 5-2. Und dieser Junge? Er allein erzielte 4 Tore. Zwei mehr als unsere Mannschaft. Ich erinnere mich noch an den Tag, als ich ihn zum ersten Mal sah. Ich stand in der Mitte des Spielfelds, als ich sah, wie er wie eine Schlange an mir und dann an 5 anderen Spielern vorbeidribbelte und zwei aufeinanderfolgende Tore erzielte. Ich war erstaunt. Ich hatte so etwas noch nie vor meinen Augen gesehen. Ich war so überwältigt, ihn mit seinen unglaublichen Fähigkeiten spielen zu sehen, dass ich fast steif wurde und für den Rest des Spiels nicht mehr gut spielen konnte. Und an diesem Tag

… wurde all mein Stolz … in einem einzigen Spiel gebrochen … ich war völlig am Boden zerstört …

Kapitel 2

Unser Team war an diesem Tag am Boden zerstört. Alle Junioren ärgerten uns. Ich wusste nicht warum, aber ich war weder glücklich noch traurig. Vielleicht hatte ich in meinem Kopf schon angefangen, diesen Jungen zu bewundern.

Nach dem Nachmittagsgebet rief ich einen der Junioren an. Zuerst hatte er Angst, vielleicht dachte er, dass ich ihn schlagen würde, weil uns geärgert hatte. Ich rief ihn an und als er kam, legte ich eine Hand auf seine Schulter und sagte: "Wer zur Hölle ist dieser Typ?" Ich war neugierig zu wissen. Er antwortete: "Er ist ein Neuling. Es ist sein erster Tag."

"Wie ist sein Name?"

"Aayansh", sagte der Junge und ging weg.

Ich stand ein paar Minuten da und dachte nach. Dieser Name, "Aayansh", ich wusste nicht warum, aber die Schwere des Namens traf mich. Ich fing an zu lächeln. Ich war neugierig, ihn kennenzulernen.

Am nächsten Tag verloren wir wieder gegen unsere Junioren und er erzielte an diesem Tag einen Hattrick. Nach dem Spiel, als wir zur Nachmittagsgebetsreihe gingen, rief ich ihn: "Aayansh..." und er drehte sich um und wartete darauf, dass ich etwas sagte. Als ich neben ihm stand, sagte ich: "Also ist es Aayansh, oder?"

Er nickte zustimmend.

"Ist das deine übliche Begrüßung, um Hallo zu deinen Senioren zu sagen?" sagte ich kryptisch.

Er schaute mich neugierig an, als ob er meinen Punkt nicht verstanden hätte.

"Um sie mit vier Toren am ersten Tag und drei am nächsten Tag zu schlagen?"

Er fing an zu lachen, wie auch ich, und er sagte: "Nein, es ist nur... ich liebe es einfach, Tore zu erzielen... das ist alles."

Ich schüttelte ihm die Hand und klopfte ihm mit der anderen auf die Schulter und sagte: "Wer liebt es nicht, Tore zu erzielen, Mann? Übrigens, ich bin Suryansh. Es war schön, dich kennenzulernen. Du spielst sehr gut, das solltest du wissen. Es war für mich ein Vergnügen, dich so spielen zu sehen. Jetzt Tschüss. Wir werden uns wiedersehen." Ich ging zu meinen Klassenkameraden. Als ich mich noch einmal zu ihm umdrehte, sah ich, dass er mich anlächelte und ansah. Ich lächelte auch und begann das Gebet.

Die Tage vergingen so. Unsere Freundschaft begann langsam zu erblühen. Wir haben immer zusammen gespielt. Ich fing an, ihn zu bewundern. Ich habe es genossen, ihm beim Spielen zuzusehen. Ich habe immer auf ihn während der Pause gewartet. Nachdem er auf dem Feld angekommen war, haben wir das Spiel begonnen.

Eines Tages, aufgrund schwerem Regen, wurde der Platz überflutet und wir konnten an diesem Tag nicht spielen. Ich suchte nach Aayansh und sah, dass er am Rand des Schulbrunnens stand und mit einem ruhigen Blick auf das

Wasser sah. Vielleicht dachte er über etwas tiefgründig nach. Ich ging zu ihm und sagte: "Hi..."

Er drehte sich um und antwortete: "Hii... Ich habe nur auf dich gewartet."

"Auf mich?"

Er nickte.

"Seltsam!" rief ich aus. "Also... ich habe bemerkt, dass du nicht viel mit Leuten sprichst. Liegt das daran, dass du neu bist oder ist es eine Gewohnheit von dir?"

Er lächelte und sagte: "Nein... ich mag es einfach nicht viel zu reden... Ich liebe es allein zu sein."

"Soll ich gehen?" fragte ich ironisch.

"Nein, es ist in Ordnung. Ich spreche gerne mit dir."

"Warum? Was ist so besonders an mir?"

Er lächelte und wandte sich dann ab und sagte: "Nun...niemand hat mir jemals etwas Ähnliches gesagt, wie du es mir immer sagst."

"Was sage ich dir?"

"Dass es dir Freude bereitet, mir beim Spielen zuzusehen."

"Das tut es bestimmt", lächelte ich. Er auch.

"Weißt du, alle scheinen eifersüchtig auf mich zu sein, ich weiß nicht warum. Was habe ich ihnen jemals angetan? Aber du bist der Erste, der das zu mir sagt. Und ich weiß nicht, aber mein Herz sagt mir, dass wir Freunde sein könnten. Du bist anders."

Ich wusste nicht, was ich sagen sollte. Ich lächelte und sah auf das Brunnenwasser. Dann begannen wir nach einer Weile zusammen zu gehen. An diesem Tag erzählte ich ihm viel über mich und meine Familie. Er erzählte mir auch von seiner Familie. In seiner Familie gab es fünf Mitglieder. Sein Vater Umesh, seine Mutter Gargi und seine beiden kleinen Schwestern. Die drei Geschwister wurden gleichzeitig in der Schule aufgenommen. Mir gefiel der Name seiner Mutter; Gargi. Ein ungewöhnlicher Name. Er stellte mir seine beiden Schwestern vor, die Verstecken mit ihren Freunden spielten. Diese beiden Mädchen waren fröhliche Kinder.

Aayansh war ein großer Junge mit einem blassen Gesicht. Er war schlank, lang und schlank. Seine gummimäßige Haut war dunkelbraun. Seine Haare blieben immer gespitzt. Und die vorderen Zähne seines Oberkiefers blieben immer außerhalb seines Mundes, wie beim berühmten brasilianischen Fußballspieler Ronaldinho. Es schien, als ob er immer lächelte. Aber in diesen Augen von ihm gab es etwas, das ich nicht verstehen konnte. Diese Augen zeigen Schmerz und Leiden, aber ich wusste nicht was oder warum. Ich wagte nicht, ihn danach zu fragen, also versuchte ich es einfach jedes Mal zu vermeiden, trotz meiner Neugier.

Kapitel 3

Je mehr ich ihn kennenlernte, desto mehr fühlte ich mich zu ihm hingezogen. Monate vergingen. Ich fing an, regelmäßig zur Schule zu gehen, nur um ihn zu treffen und mit ihm zu sprechen. Es fühlte sich gut an, mit ihm zu reden. Immer. Wenn er abwesend war, fühlte ich mich einsam und vermisste ihn. Eines Tages fragte ich meinen Vater: "Papa, was bedeutet der Name Aayansh?"

Er sah mich eine Weile an und fragte: "Wessen Name ist das?"

Ich sagte: "Einer meiner Freunde in der Schule."

Er überlegte einen Moment und kam dann auf mich zu, sah mir in die Augen und antwortete: "Es bedeutet einer, der wie der Strahl des Lichts ist."

"Ich weiß nicht, wer dieser Junge ist, aber ich weiß so viel, dass er etwas Besonderes sein muss."

Als mein Vater wegging, lächelte ich und sagte: "Ja, das ist er sicher."

In dieser Nacht träumte ich von uns. Ich und Aayansh, die zusammen Fußball auf dem Schulhof spielten.

Manchmal wurde ich eifersüchtig. Aber diese Eifersucht sollte niemandem schaden. Ich bewunderte ihn. Ich wünschte, ich könnte so spielen wie er. Er hatte das Talent seit seiner Kindheit. Er wurde damit geboren.

Er trainierte in einer Einrichtung. Er war nie gut in der Schule. Eigentlich war er gut, aber er lernte nie. Alles, was er wusste, war Fußball, und alles, was er tat, war zu üben, zu üben und zu üben. Fähigkeiten, für die der Rest der Jungs Stunden brauchte, um sie zu verstehen, benötigte er nur eine Minute. Er war intelligent. Innerhalb weniger Monate kannte ihn die ganze Schule. Sein Ruhm als Fußballer begann innerhalb unserer Schule zu wachsen. Er bekam eine Chance in unserer Schulmannschaft. Wir haben viele Spiele nur wegen seiner Fähigkeit, Tore zu schießen, gewonnen. Er hat unserer Mannschaft viele Male im Alleingang den Sieg gegeben. Wir haben viele Wettbewerbe gewonnen. Er wurde berühmt. Noch mehr als ich. Ich freute mich für ihn. Und ich kann immer noch stolz sagen, dass er mein bester Freund war.

Von dem allerersten Tag an, an dem ich ihn traf, sah ich seine Gier, Spiele zu gewinnen. Ich sah seinen Hunger, Tore zu erzielen. Er gab niemals auf. Niemals. Er wollte niemals verlieren. Er mochte es nicht. Er kämpfte bis zum letzten Moment. Ich erinnere mich noch sehr gut daran, dass es Zeiten gab, in denen unser Team verlor und wir alle die Hoffnung aufgegeben hatten, bevor das Spiel beendet war, außer ihm. Er hoffte immer noch zu gewinnen. Er kämpfte alleine. Er gab uns immer dann Hoffnung, wenn wir sie brauchten. Er lehrte mich eine sehr wichtige Botschaft: niemals aufzugeben, egal was passiert. Wir müssen Vertrauen und Hoffnung haben. Er lehrte mich, jedes Mal aufzustehen und zu kämpfen und weiterzumachen, wenn ich auf dem Boden lag, auch außerhalb des Spielfelds; im Leben. Er inspirierte mich.

Eines Nachts erzählte ich meiner Mutter von ihm, von Anfang an, seit ich ihn kennengelernt hatte. Meine Mutter war froh, dass ich so einen netten Freund getroffen hatte, und sie sagte mir, ich solle ihn einladen, bei uns zu Hause zu bleiben, wenn er wollte. Also fragte ich ihn und er freute sich und war dankbar, dass meine Mutter ihn eingeladen hatte, und er akzeptierte es gerne.

Kapitel 4

Meine Abschlussprüfungen rückten näher und ich wurde mit meinen Studien beschäftigt. Ich erinnere mich, dass ich ihn einmal gefragt habe: "Aayansh, gib mir deine Nummer. Wir können auch telefonieren, wenn wir zu Hause sind." Als er das hörte, wurde er plötzlich entmutigt und niedergeschlagen. Er sagte: "Ich benutze kein Telefon. Ich habe keins." Ich fragte mich, wie ein Junge dieser Generation ohne ein Gerät leben konnte. Meine Verwunderung erreichte ihren Höhepunkt, als er sagte, dass nicht eine einzige Person in seiner Familie ein Telefon hat. Ich fragte mich warum. Ich hatte nicht den Mut, ihn danach zu fragen. Ich bemerkte, dass er immer vermied, über seine Familie zu sprechen. Jedes Mal, wenn ich ihn nach seiner Familie fragte, wurde er entmutigt. Aber ich konnte verstehen, dass er immer sein Bestes gab, um seine Emotionen nicht zu zeigen. Er lächelte immer künstlich und wechselte das Thema. Ich war neugierig darauf, seine Familie kennenzulernen und mehr über sie zu erfahren. Es gab etwas, das er mir nicht erzählte. Er verbarg es in sich. Ich wollte dieses tiefe Geheimnis und das Mysterium seiner Familie kennen lernen.

Eines Tages kam er zu mir nach Hause. Er übernachtete bei uns. Er traf meine Eltern. Meine Mutter war neugierig, ihn kennenzulernen. Er lächelte immer und brachte alle mit seinen lahmen Witzen zum Lachen. Er brachte mich und meine Mutter den ganzen Abend zum Lachen. Niemand konnte den Schmerz hinter diesen Lächeln verstehen. Aber ich konnte verstehen, dass hinter diesem Lachen und hinter diesen fröhlichen Augen etwas steckte. Augen lügen nicht. Sie sprechen immer die Wahrheit. Du kannst nicht verbergen, was in deinem Herzen ist, egal wie sehr du es versuchst. Die wirkliche Frage ist, was? Ich versuchte ihn viele Male zu fragen, aber ich scheiterte. Ich hatte nie den Mut dazu. Vielleicht versuchte er, seinen Schmerz hinter diesen Lächeln zu verbergen... In dieser Nacht sprachen wir über viele Dinge. Er erzählte mir, dass er seit seiner Kindheit nichts in seinem Leben hatte außer einem Ball. Sein Vater gab ihm an seinem ersten Geburtstag einen Fußball. Also beschloss er, ihm für den Rest seines Lebens zu folgen.

Wir alle wollen etwas von unserem Leben. Wir alle wollen etwas werden. Wir alle haben unsere Ziele, Ambitionen und Erwartungen. Ich hatte auch oft Erwartungen. Aber Aayansh war anders. Er hatte keine von diesen. Er hatte keine Erwartungen an sein Leben. Er wollte einfach nur sein Leben leben und jeden Moment und alles, was er hatte, genießen... Wie ich. Wir hatten viele Gemeinsamkeiten. Aber ich kann nicht sicher sagen, dass er keine Hoffnung hatte. Niemand kann ohne Hoffnung überleben. Vielleicht hatte er Hoffnung in seinem Herzen. Aber ich war mir nie sicher....

In dieser Nacht fragte ich ihn aus Neugier: "Warum spielst du Fußball, Aayansh? Willst du ein professioneller Fußballspieler werden? Willst du berühmt werden? Ein Spieler, den die ganze Welt kennt."

Er lachte laut und sagte: "Wer hat dir das gesagt? Du redest wie ein Kind...." Er stand auf und ging zum Fenster. Das Fenster war offen und die Strahlen des Mondlichts drangen durch das Fenster. Er schaute zum Mond hinauf und sagte: "Ich spiele Fußball, weil es mir einfach Freude bereitet. Du hast zu weit gedacht, mein Freund. Ich denke an keine dieser Dinge. Ich denke an nichts. Ich will nicht berühmt werden, Surya. Ich will nur......"

Er verstummte und beendete nicht, was er sagen wollte. Er starrte immer noch nach draußen. Vielleicht verbarg er seinen niedergeschlagenen Blick vor mir. Mir wurde klar, dass ich ihn verletzt hatte und ich fühlte mich schuldig, ihn das gefragt zu haben. Ich fragte ihn nichts mehr.

Kapitel 5

Als ich noch ein Kind war, beschwerte ich mich oft über viele Dinge. Ich war die Art von Person, die sich über alles beschwerte. Familienprobeme, persönliches Leben, Beziehungen, alles. Ich hatte zu dieser Zeit eine Freundin, von der nur meine Mutter und Aayansh wussten. Ich beschwerte mich immer über mein Beziehungsleben und er tröstete mich immer. Jedes Mal. Manchmal weinte ich vor ihm. Ich dachte immer, dass ich viele Kämpfe in meinem Leben hatte. Meine Kämpfe waren größer als die von irgendjemand anderem. Niemand konnte mich verstehen. Ich beschwerte mich über jedes dumme und lebendige Problem im Leben.

Aber zum zweiten Mal in meinem Leben brach all mein sogenannter Stolz zusammen, als ich sechs Monate später endlich seine Familie kennenlernte. Innerhalb eines einzigen Tages änderten sich all meine Gedanken. Ich kannte endlich das Geheimnis, das er immer versteckt hatte. Ich verstand endlich den Schmerz in diesen Augen und hinter diesen Lächeln. Und als ich es endlich verstand, schämte ich mich für mich selbst.

Eines Tages beschloss ich, sein Haus zu besuchen. Also gab er mir seine Adresse. Er lebte in der Nähe unserer Schule. Er sagte mir, ich solle zu dem Wahrzeichen kommen, das er mir gegeben hatte, und jemanden nach ihm fragen, sie würden mir sein Haus zeigen. Ich tat, was mir gesagt wurde. Als ich die Adresse erreichte, sah ich keine Spur von Häusern. Stattdessen stand ich auf einer Straße. Auf meiner rechten Seite gab es eine große Fabrik und auf meiner linken Seite führte eine kleine kachcha-Straße in einen dunklen dichten Wald, wie es schien. Er hatte mir gesagt, dass ich diese kachcha-Straße nehmen solle. Während ich durch sie ging, dachte ich darüber nach, wie er in einem Dschungel leben konnte. Es war dunkel. Es dauerte einige Minuten, um mich an die Dunkelheit zu gewöhnen. Nachdem sich meine Augen an die Dunkelheit gewöhnt hatten, erkannte ich, dass es kein Dschungel war. Stattdessen gab es ein offenes Feld im Dunkeln. Es gab riesige Bäume mit enormen Stämmen überall auf dem Gelände. In der Mitte davon gab es einen großen Platz. Ein Fußballplatz.

Ich wurde aufgeregt. Es war für mich nicht seltsam, dass er neben einem Fußballplatz wohnen würde. Ich lächelte ein wenig. Ein perfekter Ort zum Leben. Der Platz war seine Welt. Aber seltsamerweise fand ich keine Spur von einem Haus in der Nähe des Feldes. Es gab kein Licht. Es war überall schwarz. Ich überprüfte die Uhr. Es war 20:30 Uhr. Dann sah ich einen Schatten, der durch die Straße auf mich zukam. Als er näher kam, erkannte ich, dass es ein Mann war. Ich fragte: "Sir, kennen Sie Aayansh's Haus hier?"

Der Mann drehte sich sofort um und rief: "Aayansh.... Aayansh.... Jemand ist gekommen, um dich zu treffen..." und er zeigte in die Richtung

Als er sprach, wusste ich sofort, wem die Stimme gehörte. Es war Aayansh. Ich stand da und bewegte mich nicht, als sein Schatten aus dem Nichts auftauchte und vor mir stehen blieb. Selbst im Dunkeln konnte ich seine weißen

Zähne glänzen sehen. Er sagte: "Ich weiß, dass es ein wenig seltsam für dich ist, aber mach dir keine Sorgen, komm mit." Ich begann ihm zu folgen. Wir gingen in Richtung der Stelle, von der das flackernde Kerzenlicht kam. Als wir näher kamen, sah ich, dass noch ein paar weitere Kerzen neben der flackernden Kerze angezündet waren. Als alle Kerzen auf einmal brannten, gab es genug Licht, um den Ort deutlich zu erkennen, und als ich den Ort in diesem flackernden Kerzenlicht erkannte, blieb die Welt um mich herum plötzlich stehen und ich stand dort sprachlos in Verwunderung. Ich konnte meine Gliedmaßen nicht mehr bewegen.

***

Die Kerzen glitzerten im Inneren des Hauses. Das Haus stand im Dunkeln, totähnlich, fast unsichtbar. Es war Aayansh's Haus. Nein...niemand könnte es ein Haus nennen. Es war eher eine Hütte oder eine Schacke oder eine Hütte, was auch immer es sein mochte, aber kein Haus. Ich blieb stehen, gelähmt. Meine Realität verzerrte sich innerhalb einer Sekunde und die Zeit verlangsamte sich für mich. Die Welt um mich herum wurde zu einem Zeitlupen-Blur. Ich verlor die Fähigkeit zu sprechen und zu denken. Als er die Hütte betrat, bemerkte er, dass ich immer noch draußen war. Er kam heraus, hielt meine Hände und zog mich in die Hütte. Wenn er mich nicht gezogen hätte, hätte ich vielleicht die ganze Nacht draußen vor der Hütte gestanden.

Das Dach wurde mit Heu, Holzbrettern und Balken, sowie Tonziegeln und Palmblättern gebaut. Die Wände waren aus Lehm und Ziegeln, Holzbrettern und an manchen Stellen nur aus Lehm und Schießscharten gemacht. Bambus wurde als Pfeiler verwendet, um das Dach zu stützen. Das Dach lag über diesen Bambus so, dass ich dachte, es würde in einem Augenblick zusammenbrechen. Es gab keine Türen in der Hütte, nur ein Stück Sack bedeckte den Eingang. Es gab keine Spur von Strom in der Hütte.

Dort, in diesem Moment, veränderte sich für mich die Definition von Leben, Kampf und Leid. In dieser Hütte, in diesen flackernden Kerzenlichtern, sah ich den Schmerz, das Leiden des Lebens und den Kampf des Lebens.

Als ich sein Haus betrat, berührte die Decke fast meinen Kopf. Seine Mutter und seine beiden Schwestern lächelten mich an. Ihre weißen Zähne und Augen strahlten vor Freude. "Das ist mein Palast. Willkommen, Bruder!", sagte Aayansh mit einem Lächeln. An diesem Tag war sein Lächeln rein. Es gab keinen Schmerz, der darin verborgen war. Das erkannte ich. Vielleicht war er wirklich glücklich, als ich sein Haus besuchte.

"Willkommen, Suryansh. Aayansh hat viel von dir erzählt. Er hat das Glück, einen Freund wie dich zu haben. Wir sind alle froh. Willkommen in unserem armen Palast", sagte seine Mutter glücklich.

Seine Mutter; groß, schlank und mager mit einem blassen Gesicht, dunklen Ringen unter den Augen. Ihr Haar war größtenteils grau. Ihr Körper war zerbrechlich und fragil, als hätte sie seit Monaten nichts mehr gegessen. Alle ihre Venen waren deutlich sichtbar in beiden ihrer dünnen Hände. Als ob es kein Fleisch unter der Haut gäbe, nur Knochen. Ihre Augen schienen aus den Höhlen zu kommen. Auch seine Schwestern hatten fragile und schlanke Körper wie ihre Mutter und ihr Bruder. Aber ihr Lächeln war rein, wie auch seins. Die Lächeln auf all diesen Gesichtern waren rein und unschuldig. Ohne jegliche

Seine Mutter war groß, schlank und dünn mit einem blassen Gesicht, dunklen Ringen unter den Augen und meist grauem Haar. Ihr Körper war schwach und zerbrechlich, als hätte sie seit Monaten nichts gegessen. In beiden dünnen Händen waren ihre Adern deutlich zu erkennen, als gäbe es unter der Haut keine Muskeln, sondern nur Knochen. Ihre Augen schienen aus den Höhlen zu treten. Auch seine Schwestern hatten schwache, fragile und schlanke Körper wie ihre Mutter und ihr Bruder. Aber ihr Lächeln war genauso rein wie seins. Die Lächeln auf all diesen Gesichtern waren rein und unschuldig, ohne jegliche Falschheit.

Sie sagte erneut: "Ich weiß, dass es schwer für dich ist, dich an einem solchen Ort wie diesem anzupassen, und wir entschuldigen uns dafür. Aber wir sind sehr glücklich, dass du zu uns nach Hause gekommen bist. Niemand besucht uns an diesem armen Ort." Sie konnte ihren Satz nicht beenden, als ihr die Tränen in die Augen schossen. Sie begann, sich die Augen zu reiben.

"Oye Mom, geh und gib ihm etwas zu essen", sagte Aayansh, und seine Mutter schüttelte sie sofort auf und ging hinein.

Als seine Mutter hineinging, sah ich mir den Ort sorgfältig an. Es gab zwei Betten in der Hütte, deren Beine fast gebrochen waren. Die Beine wurden mit anderen Holzstücken gestützt. Der Boden war aus

Ziegeln und Lehm gebaut. In der Hütte gab es kaum Platz zum Bewegen; kaum eine Person konnte sich frei bewegen, und dort lebten fünf Menschen zusammen in dieser kleinen Hütte. Ich weiß nicht wie. In einer Ecke liefen fünf oder sechs Ziegen umher und blökten schwach.

Die ganze Zeit war ich still. Ich verstand alle Szenen vor mir. Nach einer Weile sah ich ihn an und flüsterte langsam: "Wo ist dein Vater?"

"Er ist draußen ... zur Arbeit ..."

"Was macht er beruflich?"

"Er ist Milchmann ..." sagte er mit einem Lächeln ... "Er liefert Milch von Haus zu Haus." Stolz und sofort ohne zu zögern.

Und der Himmel fiel auf mich.

Kapitel 6

Seine Mutter kam von drinnen mit einer Schüssel. Ich saß auf einem der Betten. Sie kam zu mir und reichte mir die Schüssel mit einem großen Lächeln. Als ich die Schüssel hielt, schaute ich hinein. Ich sah darin ein wenig Milch und zwei Stücke halb verbrannten Chapattis. Meine Hände begannen zu zittern. Mir kamen Tränen in die Augen. Ich versuchte hart, meine Tränen zu kontrollieren und ein Lächeln zu erwidern. In diesem Moment erkannte ich, dass es in dieser Welt Menschen wie mich gibt, die immer köstliche Gerichte und Mahlzeiten wollen, und dann gibt es Menschen wie sie, die nur nach einer Mahlzeit streben, nach etwas Milch und ein paar Stücken Chapattis. Die Welt fing wieder an, sich um mich herum zu drehen. Ich schwitzte in dieser Hütte. Aber in diesem flackernden, gedämpften Licht sah ich im Inneren der Schüssel den Kampf und die Liebe. Die Liebe einer Mutter. Es heißt, dass nicht der Preis einer Sache die Liebe misst, sondern das Herz dahinter die Liebe misst. Zum ersten Mal in meinem Leben erkannte ich diesen Satz. Für mich war das von seiner Mutter gegebene Essen unbezahlbar.

Ich kontrollierte meine Tränen und aß die Mahlzeit. Glauben Sie mir, es war eine der wunderbarsten und köstlichsten Mahlzeiten, die ich je gegessen habe. Mein Herz war voller Zufriedenheit. Vielleicht machte die

Liebe seiner Mutter hinter dieser einfachen Mahlzeit sie zu einer so köstlichen Mahlzeit.

Nach dem Essen ging ich mit ihm hinein, um etwas Wasser zu trinken und meine Hände zu waschen. Es gab kaum Platz in der Hütte zum Gehen. Als ich hineinging, berührte das Dach meinen Kopf, also musste ich meinen Rücken beugen und mich vorwärts beugen wie ein Affe. Drinnen sah ich einen Brunnen. Ich wusch meine Hände und füllte eine kleine Kanne mit Wasser aus dem Brunnen und trank es. Dann ging ich in ihre sogenannte Küche... nun ja, es ist keine Küche... aber....in einer Ecke gab es einen kleinen Lehmofen. In dem Ofen brannten Kohle und Holz. Seine Mutter saß vor dem Ofen und blies mit einer Handfächer in der Hand, um das Feuer stabil und brennend im Ofen zu halten, und kochte mit ihrer anderen Hand. Ich stand dort und starrte auf das stetige Feuer im Ofen, als ob das Feuer in meinem Herzen brennen würde. Es war ihre Küche. In der Küche war es so heiß, dass ich dachte, ich stehe in einem Ofen. Mein Hemd wurde innerhalb von Sekunden mit Schweiß durchnässt.

Seine Mutter drehte sich um und war schockiert, mich dort zu sehen. Sie sagte sofort: "Was machst du hier, Beta? Geh nach draußen. Es ist hier zu heiß, du wirst es nicht aushalten, du wirst nass werden..." Dann rief sie: "Aayansh... O Aayansh! Bring ihn nach draußen in die Kälte."

Nachdem ich all das gesehen hatte, fühlte ich mich erstickt. Ich konnte in der Hütte nicht atmen. Ich lief schnell nach draußen und holte tief Luft. Ich ging zum Feld und warf meine Schuhe von meinen Füßen. Die weichen Gräser des Bodens berührten meine nackten Füße. Ich fühlte mich sofort erleichtert. Ich begann zu gehen und ging in die Mitte des Feldes. Ich sah zum Himmel auf und schloss meine Augen und begann schwer zu atmen. Ich konnte meinen eigenen Atem hören. Nachdem ich genug Luft in meine Lungen gefüllt hatte, legte ich mich auf den Boden. Ich öffnete meine Augen und sah zum Himmel auf und sah, dass der dunkle Himmel mit einem Sternenmuster glitzerte. Nach einigen Momenten spürte ich einen Schatten neben mir und legte sich neben mir auf den Boden. Es war Aayansh...

Wir sprachen über mehr als 30 Minuten nicht über irgendetwas. Ich genoss die Stille und die Geräusche der Grillen und Heuschrecken. Es war eine Erleichterung. Ich ließ die Stille meine Gedanken vollständig übernehmen.

Es war Aayansh, der zuerst sprach...

"Ich weiß, was du fühlst. Deshalb habe ich dir nie etwas über unsere Familie erzählt. Ich erzähle nie jemandem etwas über meine Familie..."

"Wie lernst du, Aayansh? In diesem Dunkel?" fragte ich plötzlich in der Mitte.

"Ich lerne nur, wenn es notwendig ist..." lachte er, "Ich lerne nur vor der Prüfung."

"In diesem Dunkel?"

"Nicht nur während des Tages, wenn genug Licht vorhanden ist."

"Und deine Schwestern?"

"Gleich."

Wir schwiegen wieder. Ich stellte mir nur vor, ich wäre an seiner Stelle und in seiner Situation.

Als ich mich in der Nacht von seiner Familie und ihm verabschiedete und nach Hause zurückkehrte, drehte ich mich noch einmal um, um ihre Hütte aus der Ferne zu sehen. Das flackernde Kerzenlicht war noch von dort aus sichtbar. In diesem Moment kam mir der Gedanke, dass in dieser bunten Welt die Welt in dieser Hütte immer noch schwarzweiß war. "Wie kann man in einem solchen Ort leben?"

Es war der Kampf, den SIE für ihr Dasein führten.

Ich kehrte mit einem schweren Herzen nach Hause zurück.

Kapitel 7

An diesem Tag, als ich nach Hause zurückkehrte, wurde mir zum ersten Mal in meinem Leben bewusst, wie groß unser Haus war. Ich stand nahe der Tür und betrachtete unser Haus, als ob es das erste Mal wäre. Ich verglich unser Haus mit seinem Haus. An diesem Abend aß ich nichts. Ich ging ins Bett und lag da, schaute an die Decke und stellte mir immer noch vor, ich wäre an seiner Stelle. "Vielleicht hätte ich aufgegeben, wenn ich an seiner Stelle wäre. Ich hätte keine Hoffnung, keine Erwartungen mehr an das Leben. Ich könnte nicht so leben... oder vielleicht könnte ich ihren Kampf und Schmerz nie verstehen. Niemand kann die Gefühle oder Kämpfe anderer verstehen, es sei denn, sie stehen vor derselben Situation", dachte ich. Aber die wahre Bedeutung von Kampf wurde mir sehr deutlich... wie kristallklar... Vielleicht geht es im Leben nur darum, zu kämpfen und die Hoffnung zu haben, es zu überwinden. Aber ich schämte mich und fühlte mich schuldig wegen einer Sache. Wegen mir und meinen Gedanken. Ich beschwerte mich über alles, über jede belanglose Kleinigkeit im Leben. Ich hatte nie erkannt, dass mein Vater mir alles gegeben hatte, was ich brauchte, alles. Aber ich wollte immer mehr und mehr. Vielleicht liegt es in der menschlichen Natur, wir sind nie zufrieden mit dem, was wir haben. Sobald wir unser Herz begehrt haben, wollen wir wieder etwas anderes. Aber bis zu diesem Moment... Alles änderte sich für mich danach.

Als ich über all das nachdachte, betrat meine Mutter das Zimmer. Ich schlief immer mit meiner Mutter. Ich konnte nicht ohne sie schlafen. Ich fühlte mich immer wohl und sicher in ihrer Gegenwart. Auch wenn ich schlief, fühlte ich mich immer geschützt, wenn sie neben mir war. Sie wusste immer, wenn ich traurig war. Ich wusste nicht, wie sie das schaffte. Ich weiß es immer noch nicht... Vielleicht war sie eine Mutter, deshalb. Immer wenn ich sie danach fragte, sagte sie mir: "Ich habe dich neun Monate lang in mir getragen. Ich habe dich geboren. Ich kenne deine Gefühle." An diesem Tag setzte sie sich neben mich, legte eine Hand auf meinen Kopf und fragte: "Was ist passiert, Liebes?" Mein Reflex reagierte fast sofort, als ich meinen Kopf auf ihren Schoß legte, sie umarmte und anfing zu weinen. Nach einigen Momenten, als ich stabil genug war, um zu sprechen, erzählte ich ihr alles, was ich gesehen hatte. Ich weinte immer noch wie ein Baby. Als ich ihr alles erzählt hatte, sah ich, dass ihre Augen voller Tränen waren. Ich erkannte nicht, ob es daran lag, dass sie mich weinen sah oder ob es an Aayansh lag. Ich umarmte sie wieder und weinte erneut.

"Keine Sorge. Alles wird gut. Es wird ihm gut gehen. Wir werden ihm und seiner Familie helfen, so viel wir können", sagte sie. "Ich verspreche es. Hör auf zu weinen, mein Lieber, oder du wirst krank werden." Ich dachte, dass sie das vielleicht nur sagte, um mich zu trösten. Aber später erkannte ich, dass sie das nicht nur sagte, um mich zu trösten.

Meine Mutter schlief ein. Aber ich konnte nicht schlafen. Mitternacht, als ich vom Badezimmer zurückkehrte, stand ich für einen Moment allein im Dunkeln in unserem Wohnzimmer. Es fühlte sich so groß an, zum ersten Mal. Ich hätte das nie erkannt, wenn ich an diesem Tag nicht sein Haus besucht hätte. Unser Wohnzimmer war größer als sein ganzes Haus - seine Hütte ... und sogar mein Badezimmer hatte mehr Platz als sein Haus.

Aber was war erstaunlicher: Zumindest mussten wir nicht wählen, mit Tieren zusammen in einem Haus zu leben ... wie in einem Käfig.

Ich seufzte verzweifelt und ging schlafen.

Ja, ich war schuldig und schämte mich auch...

Kapitel 8

Alles hatte sich an dem Tag verändert. Aber ich fühlte mich immer noch schuldig. Ich hatte nicht den Mut, in den Spiegel zu schauen. Nach drei langen Tagen sammelte ich endlich all meine Kraft und stand vor dem Spiegel. Ich seufzte und sagte mir, dass ich alles hatte, was ich brauchte. Ich sagte zu mir selbst: "Schau einfach um dich herum und dann schau nach ihm." Ich war glücklicher, als ich es mir je hätte vorstellen können. Mein Vater hatte alles gegeben, um mich glücklich zu machen. Er tat alles, was er konnte, damit ich nie den Kampf und den Schmerz erleben musste, den sie in ihrer Kindheit erlebt hatten. Er gab mir nie die Chance, mich zu beschweren. Aber dennoch tat ich es. Ich war sein kostbarstes Geschenk. Er wollte immer, dass ich glücklich bin. An diesem Tag versprach ich mir, dass ich aufhören würde, mich zu beschweren. Ich würde mich nie über irgendetwas beschweren, egal wie schwer es war. Ich würde alles in mir behalten.

Seit ich fast regelmäßig sein Haus besuchte, wollte ich seinen Schmerz, sein Leid teilen. Ich wollte ihn lieben; vielleicht konnte das etwas von seinem Schmerz und Leid lindern.

Seit dem Tag, an dem ich meiner Mutter von ihm erzählt hatte, brachte sie, wenn sie etwas für mich brachte, immer Paare mit, eins für mich und eins für ihn. Alles. Sei es etwas zu essen, Bücher oder Kleidung usw. Ich behandelte ihn wie meinen Bruder. Ich gab ihm meine alten Bücher zum Lesen. Ich gab ihm all meine alten Kleider. Meine Mutter kaufte manchmal neue Saris für seine Mutter oder gab ihre eigenen ab. Immer wenn sie Kleidung für meinen Vater kaufte, kaufte sie auch etwas für seinen Vater. Ich gab ihnen gesunde und hygienische Lebensmittel zu essen: Manchmal kaufte ich sie oder manchmal schickte sie meine Mutter. Außerdem begannen wir alles zu tun, was wir tun konnten, um ihnen zu helfen. Wir wussten, dass es nicht genug war, aber es war immer noch etwas mehr als nichts. Ich wollte ihm nur das Gefühl geben, dass er nicht allein war; dass ich immer da war, um ihm zu helfen, zu unterstützen, egal wie die Umstände waren. Ich wollte, dass er mir vertraute. Meine Mutter begann ihn auch langsam zu lieben.

Eines Tages stahl ich mein Schulgeld und kaufte ihm zwei aufladbare Lampen in der Hoffnung, ihre dunkle Umgebung in der Nacht zu erleuchten. Er lud die Lampen von einem örtlichen Geschäft auf. Aber ich war dumm genug, nicht zu verstehen, dass es die Dunkelheit aus ihrer Hütte entfernen könnte, aber niemals die Dunkelheit entfernen konnte, die in ihrem Herzen präsent war und sie verschluckte. Leute wie ich haben immer Angst vor der Dunkelheit. Wir versuchen, es zu vermeiden. Aber sie lebten in der Dunkelheit. Dunkelheit war ihr Seelenverwandter.

Als ich einmal zu seinem Haus ging, war es fast 20 Uhr. Als ich sein Haus betrat, sah ich, dass sie gemeinsam zu Abend aßen. Sobald sie mich sahen, hörten sie auf zu essen und begrüßten mich so, als ob eine Berühmtheit zu ihrem Haus gekommen wäre. Seine Mutter bat mich, mit ihnen zu essen, aber ich lehnte ab und sagte ihr, dass ich keinen Hunger hatte. Als ich auf ihre Gerichte sah, bemerkte ich, dass sie alle diese gleich aussehenden halb verbrannten Chapatis mit etwas Gemüse aßen. Und was mir im Herzen blieb, war, dass Aayansh und seine zwei Schwestern Eier aßen. Nein ... kein Ei. Ein einzelnes Ei wurde in drei Stücke geschnitten und unter den Geschwistern aufgeteilt, und sie aßen diese kleinen Stücke mit so viel Freude. Als ich sie fragte, warum sie so früh zu Abend aßen, antwortete seine Mutter: "Wir waren zu hungrig, Beta. Wir haben seit dem Morgen nichts gegessen, außer gepufftem Reis mit etwas Wasser."

"Warum, Tante?" fragte ich überrascht.

"Weil es nichts zu essen oder zu kochen im Haus gab. Kein Reis. Kein Mehl. Kein Gemüse. Keine Milch. Deshalb ..." antwortete Aayansh.

Ich ging nach draußen, damit sie ihr Essen beenden konnten und warf erneut meine Schuhe ab und begann auf dem Boden zu laufen. Das weiche Gras machte mich wieder erleichtert. Ich legte mich wieder auf den Boden. Manchmal wollte ich für ihn, für sie schreien und weinen. Ich fragte mich immer wieder, warum es so viel Schmerz in dieser Welt gibt. Warum gibt es so viel Leid? Warum gibt es so wenig Glück in dieser Welt? Warum können nicht alle Menschen glücklich sein? Warum müssen Menschen wie Aayansh und seine Familie so viel leiden? Sie haben nichts falsch gemacht. Sie haben niemandem geschadet. Noch haben sie es jemals gewollt. Sie waren rein. Warum bestraft Gott sie schuldlos? Was waren ihre Fehler? Sie hatten keine schwerwiegenden Laster wie Bosheit, Feindseligkeit, Neid oder Grausamkeit. Es gab keine Spur von Heuchelei, Falschheit oder

Tugendhaftigkeit in ihnen. Er hatte weder Eitelkeit noch Stolz. Er war frei von Egoismus.

Vielleicht ist das Leben zum Leiden bestimmt. Wir sind nur geboren, um zu leiden.

Ich ging dreimal in der Woche zu meinem Fußballtrainingskurs. An diesen Tagen hatte ich vor dem Kurs immer zwei Eier und nach meiner Rückkehr vom Kurs hatte ich noch einmal zwei Eier. Vier Eier an einem Tag. Trotzdem beschwerte ich mich immer noch. Und dann gibt es sie; die mit Vergnügen nur ein einziges Ei essen.

Ich wusste nicht, ob ich traurig für Aayansh und seine Familie sein sollte oder ob ich mich freuen sollte und glücklich denken sollte, dass ich zumindest nie auf leerem Magen schlafen musste.

Es gab Menschen wie uns, die an den meisten Tagen nach leckeren Mahlzeiten sehnten, dann gab es Menschen wie sie, die an den meisten Tagen mit Hunger auf leeren Magen schliefen ... Sie kämpften um ein Stück Chapati und eine Schale Milch: das war wie der Himmel für sie ...

Ich wusste nicht warum, aber an diesem Tag fühlte ich mich zu klein und unbedeutend und unzureichend. Und auch beschämt...

Kapitel 9

Ich erinnere mich daran, dass ich eines Tages nach der Schule und Nachhilfestunden zu seinem Haus gegangen bin. Es war ungefähr 21 Uhr. Der Fußballplatz neben seinem Haus wurde zu meinem Lieblingsplatz, um alleine Zeit mit ihm zu verbringen. Nachts war es so ruhig und friedlich. Der Ort befand sich mitten in der Stadt, aber für mich schien es, als ob der Ort vollständig von der übrigen Welt getrennt war, fernab vom Chaos. Ich liebte es einfach, stundenlang mit ihm auf dem Boden zu liegen, zu plaudern und die leuchtenden Sterne am Himmel zu beobachten. Tausende von Glühwürmchen flogen über den Boden und im angrenzenden kleinen Wald. Der Ort war nachts in seiner Schönheit großartig. Ja, sie hatten kein Strom in ihrem Haus, sie lebten im Dunkeln, aber diese Glühwürmchen füllten ihren Platz mit Licht. Mit natürlichem Licht. Und auch der silberne Mond. Der Ort war so friedlich. Er heilte immer mein Herz.

Als ich an diesem Tag ankam, sah ich, dass er alleine im Dunkeln auf dem Platz spielte. Er rannte einfach mit dem Ball auf den Füßen über das Feld. Ich störte ihn nicht. Ich ging zu seinem Haus und begann mit seiner Mutter und seinen Schwestern zu plaudern. Nach etwa einer halben Stunde beendete er sein Training und kam ins Haus. Er wusch sein Gesicht, seine Hände und Beine und zog sich dann um. Dann gingen wir wie üblich wieder auf den Platz.

Eine Weile lang sprachen wir über nichts. Wir beobachteten nur den Himmel und die leuchtenden Sterne, während wir auf dem Boden lagen. Ich brach das Schweigen und fragte ihn: "Warum bist du traurig?"

Ich merkte, dass er von dieser plötzlichen Frage überrascht war. Er sah mich an und sagte: "Wer hat dir gesagt, dass ich traurig bin?"

Ich lächelte ein wenig und seufzte dann: "Weißt du was... der Name Suryansh... mein Vater hat diesen Namen für mich ausgewählt... er bedeutet ein Mann, der Teil der Sonne ist..."

"Ich habe auch einmal meinen Vater gefragt, was die Bedeutung deines Namens ist... Aayansh... und weißt du, was er mir damals gesagt hat?"

"Was denn?"

Dann erzählte ich ihm, was mein Vater mir an diesem Tag gesagt hatte.

Ich machte eine kurze Pause, um meine nächsten Worte sorgfältiger auszuwählen.

"Die Bedeutung unserer Namen sind verbunden. Vielleicht war es nur ein Zufall. Oder vielleicht sind wir miteinander verbunden. Wer weiß?"

Es gab dann eine lange Stille zwischen uns. Ich spürte, dass er lächelte.

"Ja, heute bin ich traurig", antwortete er mit schwerem Herzen und seufzte.

"Warum denn?"

"Nichts... ich denke nur an meine Familie, meine Amma und meinen Papa. Ich weiß nicht, was ich tue. All die Jahre habe ich nur gespielt, aber bisher nichts erreicht. Manchmal fühle ich mich frustriert und depressiv. Ich weiß nicht, ob ich jemals in der Lage sein werde, meine Amma und meinen Papa stolz zu machen. Ich bin nicht gut in der Schule. Alles, was ich habe, ist Fußball. Ich muss damit alles erreichen. Ich fühle mich hilflos, wenn ich ihren Schmerz und ihr Leiden sehe. Sie kämpfen sehr darum, diese Familie und uns Schwestern zu erhalten. Meine Amma und mein Papa hoffen immer, dass ich sie eines Tages stolz machen werde und ihr Leiden beenden werde..."

Ich wusste nicht, was ich sagen oder wie ich ihn trösten sollte. Ich hörte einfach seine schmerzhaften Worte und versuchte seine Situation und all die Dinge, die er durchmachte und fühlte, zu verstehen. Ich wusste nicht, ob ich seine Situation verstand oder nicht. Ich war still. Niemand versteht eine Situation, wenn er nicht in derselben Situation war. Niemand fühlt eine Empfindung, wenn er sie nicht selbst empfindet.

"Also spielst du, wenn du traurig bist..."

"Ja... Ich spiele einfach... Ich renne einfach mit dem Ball, wenn ich traurig bin."

"Es macht dich glücklich, oder?"

"Ja, immer. Wenn ich einen Ball an den Füßen habe, vergesse ich alles andere auf der Welt. All den Schmerz, all das Leid, alles. Fußball tröstet mich. Es motiviert mich. Und es gibt mir noch mehr Hoffnung, weiterzumachen und zu kämpfen." Und dann lächelte er in Verzweiflung. Das war die Ironie seines Lebens.

Ich fühlte nur die Schwere seiner Worte. Ich war froh, dass er all diese Dinge mit mir teilte. Ich war froh, dass er mir mit seinen Gefühlen vertraute.

"Wie siehst du den Ball, sogar im Dunkeln?"

Er lächelte und antwortete: "Ich muss den Ball nicht sehen, Surya."

"Was? Warum?" Ich war verwirrt.

"Ich muss ihn einfach nur fühlen."

Ich war beeindruckt. Wieder herrschte einige Zeit Stille zwischen uns. Dann machte er plötzlich einen seiner lahmen Witze und wir brachen beide in Gelächter aus. Und wir lachten und lachten, bis uns die Tränen in die Augen kamen.

Ich seufzte und erkannte, dass dies Aayansh war. Der wahre Aayansh. Und das ist es, was ihn von allen anderen unterscheidet.

Kapitel 10

Schließlich kam die Zeit für meine Klasse-10-Prüfung. Vor der Prüfung ging ich fast einen Monat lang nicht zur Schule. All diese Nachhilfestunden, Studien, Probetests usw. wurden gemischt. Ich war so involviert, dass ich nicht einmal die Chance hatte, Aayansh zu treffen oder sein Haus für fast einen Monat oder mehr zu besuchen. Ich war beschäftigt mit dem Druck der Prüfungsvorbereitungen.

Einige Tage bevor meine Prüfungen begannen, ging ich eines Tages in die Schule, um meine Eintrittskarte im Büro abzuholen. Zu dieser Zeit hatte die vorherige Session jeder Klasse geendet und die neue Session hatte bereits begonnen. Alle unsere Junioren wurden in ihre neuen Senior-Klassen befördert. Ich war an diesem Tag aufgeregt, da ich ihn nach langer Zeit wiedersehen würde. Nachdem ich meine Eintrittskarte erhalten hatte, suchte ich während der Tiffin-Pause nach Aayansh auf dem Schulhof. Aber er war nicht da. Dann suchte ich ihn in der ganzen Schule, aber ich konnte keine Spur von ihm finden. Ich war enttäuscht. Ich dachte, vielleicht war er an diesem Tag abwesend. Ich war sicher, dass ich ihn auf dem Schulhof spielen sehen würde, wenn er anwesend wäre.

Nach der Tiffin-Pause wartete ich darauf, dass das Nachmittagsgebet beendet wurde, damit ich einige seiner Klassenkameraden treffen und nach ihm fragen konnte.

Als ich einen seiner engen Freunde traf, zog ich ihn beiseite und fragte ihn: "Hey... wo ist er? Ist er heute abwesend?"

"Wer?" fragte der Junge seltsam.

"Aayansh..."

"Oh, er... du suchst am falschen Ort, Dada."

"Warum? Sollte er nicht hier sein?"

"Er hat die Schule verlassen... er hat sich nicht in der neuen Klasse eingeschrieben."

"Was? Warum? Hat er die Prüfungen nicht bestanden?" Ich fiel aus allen Wolken.

"Nein, er hat ziemlich gute Noten bekommen."

"Dann warum?"

"Ich weiß es nicht, Dada. Du solltest sein Haus besuchen und ihn fragen."

Der Junge verließ dann sofort. Aber ich stand dort für ein paar Minuten wie versteinert und in Verwunderung.

Das nächste, was ich tat, war aus der Schule zu gehen und in Eile zu seinem Haus zu laufen. Ich fing fast an zu rennen. Innerhalb von 15 Minuten erreichte ich sein Haus. Als ich sein Haus erreichte, war ich außer Atem. Er jonglierte mit einem Ball neben einem hohen Baum neben seinem Haus. Als er mich sah, ließ er den Ball fallen und kam mit seinem üblichen Lächeln auf mich zu. Ich trank etwas Wasser aus meiner Flasche. Er fragte mich: "Es ist schon viele Tage her. Wie geht es dir, Surya?"

Ich erkannte, dass er glücklich war, mich nach so vielen Tagen zu sehen. Aber ich war verzweifelt, all diese Fragen zu stellen, die in meinem Kopf herumgingen. Ich versuchte zu lächeln und antwortete: "Gut. Ich gehe mit dem Studium weiter. Wie geht es dir?"

"Gut... eigentlich wie immer..."

"Und Familie?" fragte ich.

"Irgendwie geht es weiter..."

"Ich war heute in der Schule."

"Ja, das sehe ich. Wo sonst könntest du im Schuluniform hingehen?" lachte er.

"Ich habe nach dir gesucht. Aber du warst nicht in der Schule."

"Ja, das weiß ich." Plötzlich hörte er auf zu lächeln und begann zu gehen. Ich folgte ihm. Dann setzte er sich unter den Schatten des hohen Baumes, und ich tat es ihm gleich.

"Ich meine, warum?" fragte ich.

"Wieso was?"

"Warum warst du nicht in der Schule?"

"Ich habe aufgehört, zur Schule zu gehen."

"Aber warum?"

"Ich bin mit meinem Studium fertig."

Ich wurde wütend und frustriert. Ich stieß ihn hart an und schrie: "Das ist Schwachsinn... Komm schon, Mann! Spiel nicht mit Worten. Warum hast du keine Zulassung bekommen? Du hast nicht versagt, sondern sehr gute

Noten bekommen. Warum zum Teufel? Sag mir einfach geradeheraus, was zum Teufel plötzlich passiert ist?"

Er schwieg für eine Weile und schaute auf das leere Feld.

Er seufzte und sagte: "Es ist das Geld."

"Welches Geld?"

"Ich habe mich nicht für die neue Sitzung eingeschrieben, weil wir kein Geld hatten. Mein Appa hatte nicht genug Geld für die Einschreibung aller drei von uns in die neue Sitzung. Mit dem Betrag, den er hatte, konnte er kaum zwei von uns in die neue Sitzung aufnehmen. Also sagte ich ihm, er solle meine Schwestern aufnehmen…"

Innerhalb von Sekunden war all meine Wut beim Hören seiner Worte verschwunden. Ich konnte meinen Ohren nicht trauen.

"Und du hast das für deine Schwestern getan?"

"Ja..." sagte er stolz.

"Warum hast du das getan? Nächstes Jahr wirst du genau wie ich jetzt die Prüfungen des Boards ablegen und in diesem Moment hast du beschlossen, die Schule und das Studium zu verlassen?"

"Was ist so besonders an den Prüfungen des Boards...huh?" sagte er sarkastisch.

"Das Zertifikat, du dummes Arschloch. Das verfluchte Zertifikat. Es ist wichtig, Aayansh... Warum verstehst du das nicht? Es ist wichtig für dich. Für deine Karriere..."

"Komm schon! Das ist alles Schwachsinn. Gib keine hohlen Hoffnungen. Schau uns an. Wer sind wir? Was sind wir? Schau auf unsere Familie. Schau auf unser Haus. Wir haben nichts, was man Karriere nennt. Leute wie wir haben keine Karriere. Leute wie wir gehen jeden Tag zur Arbeit, um genug Geld zu verdienen, damit wir an diesem Tag etwas zu essen haben. Wenn wir nicht zur Arbeit gehen, dann kein Geld, also kein Essen. Das ist alles. Und du redest von einer verfickten Karriere. Was für eine Karriere könnte ich haben, selbst wenn ich deine so genannten Prüfungen des Boards ablegen würde? Was soll ich mit deinem verfluchten Zertifikat machen? Weißt du was? Niemand kümmert sich um uns. Niemand scheißt sich um Leute wie uns, niemand."

Ich schwieg. Ich hörte ihm nur zu. Ich wusste, dass es nicht Aayansh war, der sprach. Er spricht nie so mit mir. Es war der Schmerz in seinem Herzen, der sprach. Ich ließ ihn einfach reden.

Als er fertig war, legte ich eine Hand auf seine Schulter und sagte: "Es ist in Ordnung, Bruder. Mach dir keine Sorgen. Alles wird gut. Ich bin bei dir."

Nach einer Weile seufzte er und entschuldigte sich bei mir: "Es tut mir leid, Surya, für meine Worte ... es ist nur ... ich habe gerade meine Beherrschung verloren ... Entschuldigung."

"Es ist in Ordnung. Lass es gut sein."

"Nein yaar!", seufzte er erneut. "Ich habe genug gelernt, Surya. Es reicht für mich. Aber meine Schwestern sind noch jung. Sie müssen studieren. Sie müssen mehr lernen. Deshalb habe ich meine Chance geopfert ... Ich denke nie an mich selbst, Surya. Ich denke immer an meine Familie ... Appa, Ammu, Schwestern ..."

"Es ist okay. Es ist okay, mein Freund. Ich kann es jetzt fühlen. Ich verstehe deine Situation ... mach dir keine Sorgen, ich bin bei dir, egal was passiert ..." An diesem Tag versuchte ich ihn nur zu trösten, indem ich sagte, dass alles gut werden würde, aber ich wusste nicht, ob es jemals so sein würde. Ich musste etwas für ihn tun. Nicht nur, indem ich an seiner Seite blieb und ihn tröstete, sondern ich musste etwas Wichtiges für ihn tun...

Aber das Problem war, dass ich zu dieser Zeit nicht wusste, was ich tun sollte...

Kapitel 11

An dem Tag, als ich nach Hause zurückkehrte, stellte ich mir immer wieder die gleichen Fragen. Ich saß im Auto-Rikscha und starrte draußen auf die geschäftige Stadt. Wie konnte er das tun? Wie konnte ein so junger Junge so etwas tun? Er opferte seine Bildung für seine Schwestern und dachte nicht einmal zweimal darüber nach. Er dachte so viel an seine Familie. Ja, er war jünger als ich, aber er war viel reifer als ich. Ich hatte so viel von ihm zu lernen.

Ich bemerkte nicht, als das Auto-Rikscha sein Ziel erreichte. Ich war in Gedanken verloren. Der Fahrer fragte mich sarkastisch: "Gehst du nicht nach Hause, Junge?" Ich lächelte, stieg aus und bezahlte ihn. Dann begann ich zu Fuß zu gehen. Normalerweise musste ich von dort aus ein öffentliches Verkehrsmittel nehmen, um nach Hause zu kommen, aber an diesem Tag beschloss ich zu gehen. Ich ging 30 Minuten lang und erreichte schließlich mein Zuhause. Ich genoss es, alleine zu gehen. Es erschöpfte mich nicht. Als ich an einem Feld vorbeiging, sah ich, dass einige Jungen barfuß zusammen Fußball spielten. Sie waren alle mit Schlamm bedeckt. Aber ihre weißen Zähne und Augen strahlten vor Freude. Für einen Moment verwechselte ich einen der Jungen mit Aayansh. Ich hielt fast an und rief nach ihm. Dann realisierte ich, dass ich falsch lag. Wie konnte er dort sein? Er lebt weit weg von meinem Haus. Ich lächelte und ging weiter. Vielleicht war es nur mein Unterbewusstsein. Ja, vielleicht. Vielleicht war er all die Zeit in meinem Unterbewusstsein. Selbst jetzt noch. Ich umarmte meine Mutter, als ich nach Hause kam, und ging dann in mein Zimmer.

Ich konnte an diesem Abend nicht studieren. Ich dachte darüber nach, was ich jetzt tun sollte. Nach langem Überlegen kam ich schließlich zu einer Entscheidung und war darüber verzweifelt.

In dieser Nacht, als meine Mutter und mein Vater schlafen gingen, war ich noch wach und tat so, als ob ich schlief. Mitten in der Nacht stand ich auf und ging in das Zimmer meines Vaters. Ich wusste, wo er seine Brieftasche aufbewahrte. Ich nahm sie leise und vorsichtig wie ein Dieb aus dem Schrank und tat, was notwendig war. Ich stahl in dieser Nacht zweitausend Rupien aus der Brieftasche meines Vaters. Dann kam ich leise in mein Bett neben meiner Mutter, als ob nichts passiert wäre. Ich dachte, niemand hätte etwas bemerkt, aber ich lag falsch damit. Später erkannte ich, dass meine Mutter zu dieser Zeit sehr wach war und alles bemerkt hatte.

Ich ging schlafen.

Am nächsten Tag wachte ich auf und log meiner Familie vor, dass ich wieder zur Schule gehen müsste, um die Lehrer zu treffen. So verließ ich nach 10 Uhr mein Haus, angezogen in der Schuluniform, damit meine Eltern nichts ahnten und ging zu seinem Haus.

Als ich sein Haus erreichte, war er nicht da. Seine Mutter sagte mir, dass er mit einigen Freunden zu einem Fußballturnier gegangen sei. Das machte mich glücklich.

Ich war sowohl verwirrt als auch nervös. Ich konnte mich nicht entscheiden, ob ich das Geld seiner Mutter oder ihm geben sollte. Und was sollte ich ihnen darüber erzählen? Ich konnte ihnen nicht sagen, dass ich es von meinem Vater gestohlen hatte. Ich wusste, dass sie das Geld niemals annehmen würden, wenn ich die Wahrheit sagen würde. Also musste ich lügen. Schließlich sammelte ich genug Mut und übergab das Geld seiner Mutter. Ich sagte ihr, dass meine Mutter ihm dieses Geld gegeben hatte, damit er sich in der Schule anmelden konnte.

"Als meine Mutter hörte, warum Aayansh nicht in die neue Klasse aufgenommen werden konnte, gab sie mir dieses Geld und sagte mir, dass ich es dir geben soll, um sicherzustellen, dass er seine Anmeldung ordnungsgemäß abschließen kann", sagte ich seiner Mutter.

Zuerst war seine Mutter nicht bereit, das Geld anzunehmen, aber als ich ihr sagte, dass meine Mutter das Geld mit großer Hoffnung gegeben hatte, nahm sie es schließlich an. Als ich das Geld in ihre Hände legte, betrachtete sie es für einige Augenblicke und ich sah, dass ihre Augen mit Tränen gefüllt waren, und dann ging sie hinein. Ich blieb nicht länger dort. Ich ging zu meinem eigenen Haus. Ich wusste, dass es für sie, für seine Mutter, schwer war, denn sie waren vielleicht arm, aber keine Bettler. Es lag nicht in ihrer Natur, etwas zu bitten oder etwas von jemandem anzunehmen. Aber sie waren hilflos und da ich bereit war zu helfen, hatte seine Mutter vielleicht das Geld genommen.

Ja, ich weiß, dass zweitausend Rupien keine große Summe sind. Aber während meiner Kindheit war der Wert dieser kleinen Menge viel höher als es sich anhört.

Ich war glücklich, dass er endlich seine Zulassung bekommen würde, aber gleichzeitig fühlte ich mich schuldig für das, was ich getan hatte. Mein Vater arbeitete sehr hart, um Geld zu verdienen, und ich hatte eine solch große Menge gestohlen. Ich wusste, dass der Verlust von zweitausend Rupien uns weder viel Ärger bereiten würde, noch dass wir deshalb arm werden würden. Mit dieser Summe Geld hätte ich ihm aber viel helfen können. Ich war stolz darauf, das Geld für nichts verschwendet zu haben. Ich tat es für eine größere Sache. Aber dennoch schämte ich mich. Ich wusste nicht, was mein Vater tun würde, wenn er merkte, dass sein Geld gestohlen worden war. Andererseits fragte ich mich, wie sein Gesicht aussehen würde, wenn er nach Hause käme und seine Mutter ihm erzählen würde, was ich für ihn getan hatte, und wie er darauf reagieren würde. Ich war darauf gespannt, dieses Gesicht und diese Reaktion zu sehen. Ich hoffte, er würde früh nach Hause kommen und das Turnier gewinnen.

Als ich zu Hause ankam, war mein Vater nicht da. Er war im Büro. Ich ging in mein Zimmer und fing an zu studieren. Am Abend, als ich mit meiner Mutter Tee trank, kam mein Vater vom Büro zurück. Sobald er vom Büro zurückkam, fing er an, meine Mutter und mich anzuschreien. Ich kannte den Grund sehr gut. Er musste es mittlerweile erfahren haben. Als meine Mutter fragte, was passiert sei, sagte er, dass zweitausend Rupien aus seiner Geldbörse fehlten. Er sah mich an und fragte: "Hast du es genommen?" Ich schwieg und schaute nach unten. Ich hatte nicht den Mut, ihm in die Augen zu sehen. Meine Hände zitterten vor Angst. Er schrie mich erneut an: "Hast du es genommen, Idiot?" Ich nickte langsam mit dem Kopf. "Wo zum Teufel ist das Geld hin? Ist es aus dem Nichts verschwunden?"

Meine Mutter schwieg. Sie sah mich die ganze Zeit an. Plötzlich stand sie auf, nahm meine Tasse und ging zum Spülbecken und begann, sie zu waschen.

"Ich habe es genommen", sagte sie plötzlich. Mein Vater verstummte augenblicklich. Ich sah sofort zu meiner Mutter. Sie wandte sich der gegenüberliegenden Seite zu und wusch die Tassen schweigend.

"Wann?" fragte mein Vater ruhig.

"Gestern Nacht", antwortete meine Mutter.

"Warum?"

Es gab eine kurze Pause. Ich wusste, dass meine Mutter sich über einen Grund im Klaren war. Dann sagte sie: "um einen neuen Sari zu kaufen".

Mein Vater verstummte wieder. Ich wusste, dass meine Mutter log.

"Du hättest mir das sagen sollen", sagte er.

"Ich hatte keine Chance, es dir zu sagen", antwortete meine Mutter.

Papa seufzte und ging in sein Zimmer. Ich stand auf und ging zu meiner Mutter. Ich sammelte all meinen Mut und fragte: "Warum-hast-du-gelogen-Mama?" Aber ich stotterte. Ich wartete auf ihre Antwort, aber sie antwortete nicht und drehte sich auch nicht zu mir um.

Ich stieß sie ein wenig an und fragte sie erneut.

"Ich weiß, dass du gestern Nacht das Geld genommen hast. Und ich weiß auch, warum du es genommen hast", sagte sie.

"Wie hast du das gewusst?"

Als ich zuhause ankam, war mein Vater nicht da. Er war im Büro. Ich ging in mein Zimmer und fing an zu lernen. Am Abend, als ich Tee mit meiner Mutter trank, kam mein Vater vom Büro zurück. Sobald er vom Büro zurückkam, fing er an, meine Mutter und mich anzuschreien. Ich wusste sehr gut, warum. Er musste es inzwischen erfahren haben. Als meine Mutter fragte, was passiert sei, sagte er, dass ihm zweitausend Rupien aus seiner Geldbörse fehlten. Er sah mich an und fragte: "Hast du es genommen?" Ich schwieg und sah nach unten. Ich hatte nicht den Mut, ihm in die Augen zu schauen. Meine Hände zitterten vor Angst. Er schrie mich erneut an: "Hast du es genommen, Idiot?" Ich nickte langsam mit dem Kopf. "Wo zum Teufel ist das Geld hin? Ist es aus dem Nichts verschwunden?"

Meine Mutter schwieg. Sie sah mich die ganze Zeit an. Plötzlich stand sie auf, nahm meine Tasse und ging zum Waschbecken und begann, sie zu waschen.

"Ich habe es genommen", sagte sie plötzlich. Mein Vater wurde sofort still. Ich sah sofort zu meiner Mutter. Sie drehte sich zur gegenüberliegenden Seite und wusch die Tassen schweigend.

"Wann?" fragte mein Vater ruhig.

"Gestern Abend", antwortete meine Mutter.

"Warum?"

Es gab eine kurze Pause. Ich wusste, dass meine Mutter sich einen Grund ausdachte. Dann sagte sie: "um mir ein neues Sari zu kaufen".

Mein Vater wurde wieder still. Ich wusste, dass meine Mutter log.

"Du hättest mir das vorher sagen sollen."

"Ich hatte keine Chance, es dir zu sagen", antwortete meine Mutter.

Dad seufzte und ging in sein Zimmer. Ich stand auf und ging zu meiner Mutter. Ich sammelte all meinen Mut und fragte: "Warum hast du gelogen, Mama?" Aber ich stotterte. Ich wartete darauf, dass sie antwortete, aber sie antwortete nicht und drehte sich auch nicht zu mir um.

Ich stieß sie ein wenig an und fragte sie erneut. Ich drückte sie ein wenig und fragte sie erneut.

"Ich weiß, dass du gestern Abend das Geld genommen hast. Und ich weiß auch, warum du es genommen hast", sagte sie.

"Wie hast du das gewusst?"

"Du bist mein Sohn, Surya. Ich kenne dich besser als du selbst. Ich weiß, dass du das Geld ihm gegeben hast. Du hättest es nicht gestohlen, um es für dich selbst zu verschwenden. Ich weiß, dass du es gestohlen hast, weil du jemandem helfen musstest. Einem armen Kerl. Es muss er sein. Und ich bin stolz darauf."

Ich stand eine Weile da und dann stürzte ich auf sie zu und umarmte sie von hinten. Meine Augen wurden feucht. Sie drehte sich immer noch nicht um. Ich wusste nicht, wie lange ich meine Mutter umarmt hatte. Als sie mir schließlich befahl, sie loszulassen, ging ich ins Zimmer und fing wieder an zu lernen.

An diesem Abend wurde mir etwas klar. Etwas Wichtiges. Diese Mutter, nun ja ... Mütter sind eine seltsame, erstaunliche Spezies, die von Gott geschaffen wurde. Doch sie sind die schönsten aller Wesen. Alle Mütter. Man kann nichts vor seiner Mutter verbergen. Ich wiederhole: man kann es nicht. Niemals. Es gibt nichts in dieser Welt, das vor seiner Mutter geheim gehalten werden kann. Sobald sie dir in die Augen schauen, wissen sie alles, die ganze Wahrheit. Du musst ihnen nichts sagen. Egal wie sehr du versuchst, es zu verbergen, sie werden es schließlich herausfinden.

Manchmal frage ich mich immer noch, WIE?

Kapitel 12

Es dauerte fast zwei Wochen und einen halben, bis meine Abschlussprüfung zu Ende war. Ich war so sehr darin verwickelt, dass ich fast alles andere vergessen hatte. Nach der Prüfung beschloss ich, ihn jetzt zu treffen. Ich war neugierig auf ihn und darauf, ihn kennenzulernen. Sein Gesicht zu sehen, zu hören, was er mir jetzt sagen würde. Ich war ein bisschen nervös.

Eines schönen Nachmittags ging ich zu ihm. Bevor ich zu seinem Haus ging, dachte ich daran, die Schule einmal zu besuchen, um alle meine Lehrer zu treffen und ihnen zu sagen, wie ich meine Prüfungen abgelegt habe. Als ich in die Schule kam, war es fast vorbei. Ich wartete auf die letzte Klingel. Ich stand auf dem Boden. Ich hoffte, ihn dort zu sehen. Ich war aufgeregt. Ein bisschen nervös auch. Ich dachte, was ist, wenn er sich weigerte, das Geld zu nehmen und nicht aufgenommen wurde. Was ist, wenn er mir begegnete und mir das Geld zurückgab? Sie waren arm, aber sie waren keine Bettler. Was ist, wenn ich seine Gefühle verletzte, indem ich das Geld gab? Was ist, wenn er mich falsch versteht? Ich kannte ihn sehr gut. Er würde lieber mit leerem Magen schlafen, als jemanden um etwas zu bitten. Was ist, wenn es unsere Freundschaft beeinträchtigt ...

Die letzte Schulklingel läutete. Alle Kinder stürmten aus den Schulgebäuden auf den Boden wie ein Schwarm Insekten. Die Lehrer kamen auch heraus. Ich ging zu ihnen. Sie freuten sich, mich zu sehen. Ich begann mit einigen meiner Lieblingslehrer über unsere Prüfung, die Prüfungsfragen, wie ich die Prüfung abgelegt habe und wie alle meine Freunde sie abgelegt haben, zu tratschen. Minuten vergingen. In der Zwischenzeit suchte ich hier und da nach jemandem. Um ihn zu finden. Aber er war nirgends zu sehen. Langsam kroch tief in meinem Herzen eine Angst.

Nach einiger Zeit sagten mir die Lehrer auf Wiedersehen und gingen weg. Ich seufzte in Verzweiflung und war im Begriff, die Schule zu verlassen. In diesem Moment ging fast jeder zu seinem Zuhause, außer ein paar Angestellten. Alle Busse und Anhängerwagen waren auch weggefahren. Der Boden war leer. Die Gebäude waren leer. Ich drehte mich um und war im Begriff zu gehen, als ich eine Stimme hörte, die nach meinem Namen rief ... eine vertraute Stimme ... Ich drehte mich um ... und es war er.

Ich war überwältigt vor Freude. Er kam aus dem Schulgebäude mit einem sanften Lächeln auf dem Gesicht. Er ging langsam. Ich stürmte zu ihm hinaus. Aber bald verblasste meine Begeisterung ... Ich bemerkte eine Veränderung. Ich fühlte eine Veränderung ... wir kamen uns langsam näher. Ich lächelte und umarmte ihn. Er umarmte mich auch.

Wir gingen zu seinem Zuhause. Ich wartete darauf, dass er etwas sagt, aber er tat es nicht. Schließlich sprach ich: "Wie geht es dir?"

"Mir geht es gut. Und dir?" antwortete er ohne Eile.

"Ich bin am Leben", sagte ich sarkastisch. Er lächelte.

"Dann gehen wir nach Hause." Antwortete er.

Wir sprachen unterwegs nicht über etwas, bis wir zu seinem Zuhause gingen. Wir gingen schweigend. Er hielt seine beiden Hände in den Taschen seiner Hose und ging langsam, als ob ziellos.

Seit jenem Tag hat sich etwas zwischen uns verändert. Er hatte sich verändert, seit dem Tag, an dem ich seiner Mutter das Geld gegeben habe. Seit jenem Tag bemerkte ich etwas in ihm, das ich nie wollte.

Jedes Mal, wenn ich mit ihm sprach, schaute ich in seine Augen und bemerkte diese Veränderung. Seine Augen, seine Ausdrücke, verkörperten immer das Gefühl, dass er mir etwas schuldet. Viele Dinge. Ich wollte das nie. Ich wollte nicht, dass er das Gefühl hat, dass er mir etwas schuldet. Er war mein Freund, wie mein Bruder, ich wollte nur, dass er spürt, dass ich ihn liebe. Das ist alles. Nicht das, was er früher gefühlt hat.

Eine weitere Sache, die ich von jenem Tag erinnere, ist, dass er mich nie wieder in die Augen schauen würde. Nie. Vielleicht hatte er Angst, dass ich seine Gefühle kennen könnte, die er nie preisgeben wollte. Vielleicht versteckte er sie vor mir, indem er mich nicht anschaute, weil er sehr gut wusste, dass ich seine Gefühle nur durch einen Blick in seine ruhigen Augen erfahren würde. Er wusste, dass Augen nicht lügen, Augen Gefühle nicht verbergen können. Sie sprechen auf ihre eigene verwirrende Art, die wir noch verstehen müssen.

Kapitel 13

Dies war die erste Phase meines Lebens. Der Anfang meiner Geschichte, unserer Geschichte. Eine Geschichte der Kindheit. Ich habe herausgefunden, dass dieser Teil meines Lebens die Phase der Unschuld und des Traums war. Ich hatte von vielen Dingen geträumt. Sogar von Dingen, die jenseits meiner Möglichkeiten lagen. Nun, ich war nur ein Kind. Kinder wollen immer den Mond mit bloßen Händen halten und denken, dass Schweine Flügel haben.

Kommen wir nun zur zweiten Phase meines Lebens ...

***

Tage wurden zu Wochen, Wochen wurden zu einem Monat. Die Dinge liefen ganz gut. Da meine Prüfungen vorbei waren, war ich ein paar Monate frei, um alles zu tun. Ich verbrachte fast jeden Tag mit ihm. Manchmal saßen wir nur auf dem Boden und sprachen über viele Dinge oder manchmal gingen wir hier und da und erkundeten unbekannte Orte.

Da ich zu dieser Zeit keine Studien hatte, war das einzige, was ich zu tun hatte, zu üben und bei ihm zu bleiben. Während dieser Tage, wohin er auch immer zu einem Turnier, einer Wettbewerb oder sogar zu Probetrainings in großen Clubs oder Teams ging, ging ich mit ihm überall hin. Ich motivierte ihn und feuerte ihn an.

Er gewann viele Turniere. Ich sah ihn viele Wettbewerbe gewinnen. Und jedes Mal, wenn er es tat, war er glücklich, das Einzige, was ihn glücklich und zum Lächeln brachte. Kein falscher oder erzwungener. Aber aus seinem Herzen. Ich sah ihn viele Male das Pokal mit diesem Lächeln heben. Und ich kann sagen, es war reiner Glückseligkeit. Ich wollte ihn immer mit diesem Lächeln sehen. Es machte mich immer glücklich, ihn mit diesem Lächeln zu sehen. Aber es blieb nicht lange. Es verblasste immer sofort, sobald er in seine schwarz-weiße Welt zurückkehrte, wo die Zeit kroch.

Aber leider bekam er nie eine Chance in einem der großen Clubs oder Teams, egal wie sehr er es versuchte oder wie viele Probetrainings er gab. Einige der Clubs oder Teams baten ihn um Spenden und andere um seine Quellen, wer ihn dorthin geschickt hatte. Er hatte weder das eine noch das andere. Als Ergebnis wurde er jedes verdammte Mal abgelehnt.

Aber der Hauptgrund, warum er in allen großen Clubs keine Chance bekam, war der Mangel an körperlicher Stärke. Er war schlank. Sein Körper hatte nicht genug körperliche Stärke, um sich zu wehren. Fußball ist ein Körperkontaktspiel. Es erfordert viel körperliche Stärke. Aus diesem Grund konnte er nie das Auge des Trainers erhaschen.

Kapitel 14

Dinge gingen gut weiter. Ich war glücklich. Meine Tage des Entzückens gingen zu Ende. Eineinhalb Monate vergingen so. Jetzt war es Zeit, sich auf meine nächste Klasse vorzubereiten; Standard elf. Eins nach dem anderen begannen die Nachhilfestunden für jedes Fach. Dad begann seine neue Vorlesung: "Du bist jetzt in der Oberstufe. Du musst dich jetzt ernster studieren. Gehorsam sein." Ich merkte, dass mein Vater nie mit meinem Studium zufrieden war. Egal wie lange ich studierte, es war nie genug für meinen Vater, selbst wenn ich 24 Stunden am Tag studierte. Nun, ich denke, wenn ich 48 Stunden am Tag studiert hätte, dann hätte es für meinen Vater gereicht. Meine Ergebnisse waren noch ausstehend. Aber noch bevor sie rauskamen, begann - na ja, eigentlich begann mein Vater zu entscheiden, wo ich mich einschreiben sollte, in unserer gleichen Schule oder in anderen Institutionen. Ich wollte meine Schule nicht verlassen. Ich liebte meine Schule sehr. Ich wuchs dort auf. Aber das reichte ihm nicht. Er wollte mich in einer bekannten und renommierten Bildungseinrichtung einschreiben. Es war wahr, dass unsere Schule nicht so gefeiert war, aber ich konnte meinen Vater nicht überzeugen, dass es nicht immer um Ruhm oder Renommee ging, sondern um Liebe, Vertrauen und Respekt. Um etwas zu erreichen, ist es nicht immer notwendig, in großen oder bekannten

Orten zu sein. Wir können viele Dinge auch aus unbekannten Orten erreichen, die nur wenigen bekannt sind. Aber wie gesagt, ich konnte meinen Vater nicht überzeugen ...

Dann kamen meine Ergebnisse. Oh Gott! Das war die Hölle eines Tages. Ich will darüber nicht sprechen. Ich will einfach nicht darüber sprechen. Zunächst einmal habe ich die ganze Nacht nicht geschlafen. Die Welle der Angst war so extrem, dass meine Kugeln fast hätten platzen müssen. Es hat fast geklappt. Bevor die Zeitplanung war, dachte ich für einen Moment, dass ich mich gerade selbst geschissen hatte. Na gut, vergessen wir die ganze verdammte Sache.

Nachdem das Ergebnis da war, war es, als wäre ein Berg von meinem Herzen genommen worden. Ich war zufrieden. Aber dann hat eine Entscheidung meines Vaters mein Leben und meine Zukunft verändert - das habe ich damals gedacht.

Mein Vater wollte, dass ich in ein Internat gehe. Er arrangierte alles, ohne es mir oder meiner Mutter zu sagen. Am Tag des Ergebnisses sagte er es uns. Ich war empört. Ich versuchte, ihn zu überzeugen, Gott weiß, wie oft, dass ich weder meine Schule noch meine Freunde verlassen werde. Mama hat auch viel versucht, aber er war unbeeindruckt. Selbst Mama konnte seine Meinung nicht ändern. Ich war hilflos. Ich weinte alleine im Dunkeln. Ich konnte viele Nächte nicht schlafen. Ich habe mich wochenlang nicht mit ihm unterhalten. Manchmal habe ich nicht einmal gegessen. Ich war am Boden zerstört. Ich konnte meinen Vater nicht bekämpfen. Ich konnte seine Entscheidung nicht akzeptieren. Aber Mama tröstete mich: "Wenn dein Vater das will, dann geh dorthin und studiere hart und spiele so viel du willst. Er muss etwas Gutes darin gesehen haben, sonst hätte er diese Institution nicht gewählt." Also stimmte ich zu und hörte auf, mich selbst zu bekämpfen. Aber mein Herz konnte immer noch nicht entscheiden. Schließlich beschloss Papa eines Tages ein Datum, um die Institution zu besuchen, bevor ich dort anfing zu lernen.

Kapitel 15

Eines feinen Samstagnachmittags besuchte ich mit meiner Mutter und meinem Vater die Institution. Bis zu diesem Moment wusste ich nicht, was für eine Institution das war oder wo zum Teufel es war. Endlich wurde mir bewusst, als ich dort ankam.

Der Ort war weit weg von unserem Zuhause, wo wir zu dieser Zeit wohnten. Es war wahrscheinlich mehr als 50 km entfernt. Es dauerte uns mehr als 2 Stunden, um den Ort mit dem Zug und dem Auto-Rickshaw zu erreichen. Als wir dort ankamen, fiel mein Mund vor Staunen auf. Es war riesig. Einfach massiv groß. Ich hatte in meinem Leben noch nie eine so große Institution gesehen, na ja, bis zu diesem Zeitpunkt. Der Ort erstreckte sich über mehr als 100 Hektar Land.

Wir betraten durch das Haupttor. Ich begann, die gesamte Umgebung um mich herum zu erfassen wie ein einjähriges Kind, das zum ersten Mal den Himmel ansieht. Der Ort war wunderschön. Es gab einen wunderschönen Garten mit überall blühenden Blumen. Hunderte von Pflanzen und Blumen, so große Gebäude, Springbrunnen, als ob ich in einem Traumland bin. Aber das, was mir völlige Freude bereitete, war, dass es auf dem gesamten Campus mehr als fünf Spielfelder gab. Eines für Fußball, zwei für Cricket, ein Basketballplatz, ein Badmintonplatz, ein Tennisplatz und viele andere. Ich wurde sofort glücklich, als ob ich all das Glück der Welt an diesem Ort gesehen hätte.

"Bist du jetzt glücklich?", flüsterte mir meine Mutter ins Ohr. "Sieh dir diese großen und wunderschönen Plätze an. Du wirst hier sehr glücklich sein."

"Ich hoffe es, Maa."

Es war eine Universität, eine autonome Universität. Und innerhalb des Campus gab es eine höhere Sekundarschule oder eine High School für die Klassen elf und zwölf. Es war keine gewöhnliche Schule, sondern eine Schule mit Internat. Die Schüler mussten dort im Internat wohnen. Die Schule befand sich am entferntesten Ende des Campus. Es dauerte mehr als fünfzehn Minuten, um von dem Haupteingang dorthin zu gehen.

Als wir dort ankamen, sah ich viele Jungen wie mich in dem Saal mit ihren Vormündern sitzen. Wir setzten uns auch dort hin und begannen zu warten. Nach einiger Zeit gingen alle Vormünder in einen anderen Saal zu einer Besprechung mit dem Rektor der Universität und der Schule. Ich wartete dort draußen mit anderen Jungen.

Ich machte ein paar Freunde dort. Ich dachte, mein Zuhause sei weit entfernt, aber dann sprach ich mit einigen von ihnen und erkannte, dass mein Zuhause im Vergleich zu allen anderen Jungen am nächsten war. Die meisten von ihnen stammten aus einer anderen Stadt, einigen aus einem anderen Bezirk und einigen aus einem anderen Bundesstaat. Ich ging mit ein paar anderen Jungen nach draußen, um mir den gesamten Campus anzusehen.

Es dauerte etwa 30 Minuten, um den gesamten Campus zu sehen. Dann kamen wir zurück und sahen, dass die Besprechung bereits beendet war. Dann gab es eine Pause von etwa 15 Minuten und dann riefen sie alle Schüler auf. Wir gingen in den anderen Saal. Dort gab uns der Rektor der Universität und der Schule einen kurzen Vortrag über die Bildungsstruktur, das Leben in den Internaten, die außerschulischen Aktivitäten, Funktionen, Mahlzeiten, die sie bereitstellen würden, und viele andere Dinge. Sie zeigten uns eine virtuelle Tour durch den gesamten Campus, die Bibliothek und das Kantinen. Dann gaben alle Lehrer einen kurzen Vortrag und stellten sich vor und schließlich endete das Treffen. Wir gingen alle zu unseren jeweiligen Eltern und dann kamen wir zurück nach Hause. Ich war nicht mehr traurig. Ich war aufgeregt, wie mein Leben dort sein würde. Für den Rest der Zugfahrt dachte ich darüber nach.

Mama legte eine Hand auf meinen Kopf und sagte: "Ich bin sicher, dass du hier in den nächsten zwei Jahren eine wunderbare Zeit verbringen wirst."

"Ich hoffe es, maa", antwortete ich und legte dann meinen Kopf auf ihre Schulter für ein kurzes Nickerchen. Ich war müde.

"Aber was wird mit ihm passieren, maa? Aayansh? Wer wird sich um ihn kümmern?" fragte ich sie.

Sie hatte die Frage in diesem Moment nicht erwartet. Vielleicht aus diesem Grund gab sie mir keine Antwort. Ich wusste, dass sie keine Antwort hatte. Und ich fragte sie nichts. Ich seufzte, wie auch sie.

Kapitel 16

"Wenn wir an jenem Tag nach Hause kamen, fragte ich meine Mutter und meinen Vater: 'Ich habe so eine Einrichtung noch nie in meinem Leben gesehen. So groß und so schön. Aber es muss für uns zu teuer sein. Wie werdet ihr einen solchen Betrag bezahlen?'"

"Das geht dich nichts an", sagte mein Vater.

"Das geht mich sehr wohl etwas an", flüsterte ich.

"Papa wird alle notwendigen Arrangements treffen, Beta. Du musst dich darum nicht sorgen. Du musst nur dort hart und aufrichtig lernen und glücklich sein. Ich weiß, dass du das schaffst", sagte Mama, als ob sie mich trösten würde.

Aber ich wusste in meinem Herzen, dass die Gebühren einer solchen Einrichtung für uns zu hoch sein mussten. Ich wusste nicht, wie er einen solchen großen Betrag beschaffen würde. Ich kannte die Summe nicht, aber ich vermutete, dass sie riesig sein musste.

Schließlich traf er alle notwendigen Arrangements. Die Einrichtung hatte das Datum bekanntgegeben, an dem unsere Schule beginnen würde, und den Tag, an dem alle Schüler in den Internaten sein mussten. Wir mussten einen Tag vor Schulbeginn dort sein.

Zwei Wochen blieben, bevor ich mein Zuhause, meine Freunde und alles für das Internat für zwei Jahre verlassen würde. Ich besuchte in dieser Zeit viele Male sein Haus, aber ich wagte es nicht, ihm zu sagen, dass ich ging. Ich versuchte es viele Male, aber ich scheiterte. Ich konnte auch in diesen Nächten nicht richtig schlafen. Die ganze Zeit dachte ich an ihn und die riesige Summe Geld, die mein Vater für mich bezahlt hatte, und wie ich ohne meine Mutter gehen würde. Ich konnte nicht ohne Mama schlafen. Ich konnte mich nicht entscheiden, ob ich traurig sein sollte, dass ich alles zurückließ, oder ob ich begeistert und ermutigt sein sollte, dass eine neue Reise für mich kam und dass ich sie bereitwillig annehmen und bewältigen sollte.

Ich habe schließlich mein Schicksal akzeptiert und ließ mein Schicksal mich leiten. Ich begann mit allen Vorbereitungen zum Verlassen. Ich sagte allen meinen Freunden, dass ich ins Internat gehen würde. Ich traf mich mit all meinen Lieblingslehrern und verabschiedete mich von ihnen und wünschte mir ein glückliches Internatsleben. Einer nach dem anderen besuchte ich die Häuser meiner Freunde, traf ihre Familien und verabschiedete mich auch von ihnen. Ich genoss jeden Moment und sammelte alle Erinnerungen an meine geliebten Menschen, damit ich sie ein paar Jahre nicht vermissen würde. Ich verbrachte viel Zeit mit diesem Mädchen - meiner Freundin zu dieser Zeit. Wir verabschiedeten uns mit schwerem Herzen voneinander. Wir würden uns vermissen. Drei Tage vor meiner Abreise konnte ich es immer noch nicht der wichtigsten Person in meinem Leben außer meiner Mutter und meinem Vater, Aayansh, offenbaren.

Zwei Tage vor der Abreise erzählte ich es ihm. Und als ich das tat, wurde ich von seiner Antwort überrascht, die ich nie erwartet hatte ...

Kapitel 17

"Ich gehe weg, Aayansh."

Wir saßen wie gewohnt in der Mitte des Platzes. Es war fast 9 Uhr abends. Der Mond strahlte hell am Himmel. Der ganze Platz war im Mondlicht gebadet. Wir saßen schon fast dreißig Minuten dort. Ich sammelte all meinen Mut und sagte es ihm schließlich.

Er sah in eine andere Richtung. Als ich das sagte, drehte er seinen Kopf um. "Gehen bedeutet? Wohin?"

"Ich gehe weg. In ein Internat."

"Was?", fragte er mit einem überraschten Nicken.

Ich seufzte und erzählte ihm alles, was mein Vater für mich arrangiert hatte. Er hörte sehr aufmerksam all meine Worte und drehte dann langsam seinen Kopf und legte sich auf den Boden mit einem Seufzer.

Ich konnte meinen Herzschlag hören. Ich dachte, dass er entweder wütend oder gebrochen sein würde, nachdem er das gehört hatte und mich drängen würde, nicht wegzugehen. Aber das war Aayansh. Er überraschte immer wieder mit seinen Eigenschaften.

"Ich bin glücklich für dich. Dein Vater hat es endlich richtig gemacht. Endlich wirst du dort ein Mann werden."

Ich war von seinem Verhalten erstaunt. Aber ich schaffte es trotzdem, ein bisschen zu lachen und sagte: "Wirklich? Bin ich dann jetzt eine Frau?"

"Ähm vielleicht", lächelte er.

"Ja! Sehr witzig..."

"Nicht eine Frau ... eher ein Kind, würde ich sagen."

"Warum?"

"Weil du wie ein Kind handelst und wie eine Frau weinst."

"Warum weinen Männer nicht?"

"Wer hat dir das gesagt? Verdammt, sie tun es. Aber nicht so wie du. Sie weinen nur allein. Im Dunkeln."

Ich legte mich auch neben ihn und dachte einen Moment nach. Vielleicht bezog er sich auf sich selbst. Wer weiß? Er teilte oder zeigte seinen Schmerz nie.

"Ich würde lieber ein Kind als eine Frau bevorzugen."

Er sah mich an und brach in Gelächter aus "Verdammt, du bist es ..." Und ich lachte auch.

Nach einigen Momenten wechselte ich absichtlich das Thema und erzählte ihm von dem Campus und den herrlichen Fußballplätzen dort.

"Ich habe solche wunderbaren Plätze noch nie außer im Fernsehen gesehen. Das Gras war weich wie Baumwolle."

"Ja! Ja! Du musst mir das nicht erzählen. Ich bin schon neidisch auf dich."

"Du musst nicht sein. Der Platz wird mich nicht zu einem besseren Spieler als dich machen. Du bist tausendmal besser als ich und viele andere. Es spielt keine Rolle, wo du spielst."

"Hör auf zu vergleichen. Ich sehe dich nicht so. Du bist nicht mein Konkurrent. Ich bin nicht besser als du. Ich weiß immer noch nichts. Ich habe noch viel zu lernen." Er schrie mich an.

"Okay, okay, gut."

"Nun, Aayansh, ich dachte, ob du Freitagabend bei mir bleiben könntest", fragte ich ihn neugierig.

"Warum? Gibt es an diesem Abend eine Gelegenheit. Lass mich raten, dein Geburtstag oder dein Vater."

"Nein, es ist keines von beiden", unterbrach ich ihn und sagte: "Keine Gelegenheiten. Ich frage dich nur, weil ich am Samstag ins Internat gehe."

"Was? Diesen Samstag? Du machst Scherze, oder?", fragte er verwirrt.

"Nein, ich scherze nicht, Aayansh. Es ist wahr. Ich gehe weg."

"Ich dachte, es käme noch. Ich dachte, du würdest noch ein paar Monate länger bleiben. Aber du gehst so schnell." Er sah mich ernst an und realisierte, dass ich nicht scherzte. Er wusste sehr gut, wann ich scherzte und wann ich es ernst meinte. Deshalb argumentierte er nicht mehr.

"Okay, dann komme ich Freitagabend zu deinem Haus."

"Danke."

"Verpiss dich."

Wir fingen wieder an zu lachen.

Dann stand er auf und sagte: "Auf jeden Fall gehen wir jetzt etwas essen, ich verhungere."

Kapitel 18

Am Freitagabend kam er zu meinem Haus, wie er es mir gesagt hatte. Ich hatte alle meine Sprachen und meine Besitztümer gepackt. Ich wartete seit dem Nachmittag begierig auf ihn. Er kam gegen 8 Uhr abends. Sobald er kam, gingen wir noch einmal für einen kurzen Spaziergang raus. Wir gingen, wir redeten und aßen zusammen ein paar Snacks. Als wir wieder zu Hause waren, saßen wir im Wohnzimmer mit meiner Mutter und tratschten mehr als eine Stunde. Immer wieder sah ich auf die Uhr. Ich zählte die Minuten. Mit jeder verstreichenden Minute wurde ich trauriger und deprimierter. Unsere Zeit lief ab. Ich wurde ungeduldig.

An diesem Tag dachte ich nur daran, dass wir uns für lange Zeit voneinander trennen würden. Ich ging weit weg von ihm. Aber was mich an dieser Stelle tröstete, war, dass ich nach zwei Jahren zurückkommen würde. Es ist nur eine Frage von zwei Jahren. Es ist nur eine Frage der Zeit. Es wird sehr schnell vorbeigehen. Und dann wären wir wieder zusammen. All diese Gedanken gaben meinem Herzen Stärke und füllten es mit Hoffnung und ich war bereit, die Herausforderung anzunehmen. Aber

...

Ich wusste nicht, was uns nach diesen zwei Jahren erwartete, welche Folgen auf uns warteten. Dass es unser Leben für immer und ewig verändern würde. Wenn ich es gewusst hätte, hätte ich versucht, das zu beheben. Aber selbst wenn ich es gewusst hätte, hätte ich unser Schicksal ändern können. Man kann überall hingehen und alles tun, um seinem Schicksal nicht zu begegnen, aber letztendlich begegnen wir alle unserem Weg, für den wir bestimmt sind. Niemand kann ihm entkommen. Wo immer du hingehst, was immer du tust, es wird dich verfolgen und deinen Weg kreuzen. Es heißt Schicksal. Was auch immer mit uns passiert ist, es war unser Schicksal

Und ich frage mich oft immer wieder dieselbe Frage: War unser Leben von Anfang an vorbestimmt? Alles, was er tat, alles, was ich tat, alles, was wir taten, nur um dieses Ende zu erreichen? Was wäre, wenn wir alles anders gemacht hätten? Wären die Folgen anders gewesen? Würden wir trotzdem dieses gleiche Ende treffen?

Vielleicht nicht. Ich habe nicht die Macht, die Zeit zurückzudrehen und von vorn zu beginnen, um das Ende anders zu erleben. Oder vielleicht würden wir nach Millionen von Versuchen immer wieder und wieder und wieder auf dasselbe Ende treffen.

Nach dem Abendessen gingen wir in mein Zimmer. Meine Mutter und mein Vater hatten bereits geschlafen. Ich schloss die Tür meines Zimmers und öffnete das Fenster, und sofort füllte sich das Zimmer mit silbernem Mondlicht. Ich nahm ein paar Zigaretten aus meinem geheimen Kleiderschrank und zündete eine an. Ich setzte mich neben dem Fenster und begann zu inhalieren. Ich sah zum Mond in tiefem Nachdenken. Er schaute sich Fussballfähigkeitsvideos auf meinem Gerät an. Ich wusste, dass er es nicht akzeptieren würde, wenn ich ihm anbot zu rauchen. Er rauchte nie. In meinem Leben hatte ich ihn nie rauchen oder trinken sehen. Also beendete ich leise die Zigarette und ging zum Bett und legte mich neben ihn.

"Warum machst du das?" fragte er mich plötzlich, während er noch in mein Gerät sah.

"Was?"

"Rauchen? Warum rauchst du?"

Ich seufzte und sagte: "Ich weiß nicht, warum, aber manchmal löst es Stress, Depression und Angst und hilft mir beim Denken."

"Unsinn!"

"Nun, vielleicht. Ich bin mir nicht sicher."

Eine Weile waren wir still. Dann brach ich die Stille und sagte: "Ich weiß nicht, wann wir wieder sprechen werden."

"Warum? Ich werde dich manchmal mit jemandes Telefon anrufen."

"Das ist nicht möglich."

"Warum?"

"Weil ich mein Telefon nicht mitnehme. Telefone sind im Hostel nicht erlaubt."

Es gab eine lange Pause. Vielleicht brauchte die Realität etwas Zeit, um zu verstehen.

"Also werden wir nicht wieder sprechen?"

"Mein Vater und meine Mutter werden mich einmal oder zweimal im Monat besuchen. Wir können am Telefon sprechen."

"Aber wie werde ich wissen, wenn deine Mutter und dein Vater gehen? Und was noch schlimmer ist, ich habe kein Telefon, also wie werden wir sprechen?"

Diese plötzliche Frage traf mich hart. Ich hatte fast vergessen, dass er kein Gerät hat. Ich dachte ein paar Minuten nach und kam dann auf eine Idee.

"Ich habe eine Idee."

"Was?"

"Hör zu. Telefone sind in unserem Hostel nicht erlaubt, also kann ich mein Telefon nicht dort mitnehmen. Stattdessen gebe ich es dir. Du kannst es benutzen und ich kann dich anrufen, wenn meine Eltern mich besuchen. Einfach."

Zuerst zögerte er, mein Telefon zu nehmen. Aber ich beruhigte ihn, indem ich sagte, dass ich ihm mehr vertraue als alles andere auf der Welt, und schließlich akzeptierte er meinen Vorschlag.

"Okay, aber wenn du zurückkommst, nimmst du dein Telefon."

"Ich gehe weg, Aayansh", sagte ich zu ihm. Wir saßen wie immer in der Mitte des Spielfelds. Es war fast 9 Uhr abends. Der Mond strahlte hell am Himmel. Das gesamte Spielfeld war im Mondlicht gebadet. Wir saßen schon fast eine halbe Stunde dort. Ich sammelte all meinen Mut und sagte es ihm schließlich.

Er schaute in eine andere Richtung. Als ich das sagte, drehte er den Kopf. "Gehen heißt? Wohin?"

"Ich gehe weg. In ein Internat."

"Was?" fragte er überrascht.

Ich seufzte und erzählte ihm alles, was mein Vater für mich arrangiert hatte. Er hörte aufmerksam zu und drehte dann langsam den Kopf zur Seite und seufzte.

Ich konnte meinen Herzschlag hören. Ich dachte, dass er entweder wütend oder gebrochen sein würde, nachdem er das gehört hatte und mich drängen würde, nicht wegzugehen. Aber das war Aayansh. Er überraschte mich immer wieder mit seinen Eigenschaften.

"Ich freue mich für dich. Dein Vater hat endlich das Richtige getan. Du wirst dort endlich ein Mann werden."

Kapitel 19

"Auf Wiedersehen", sagte ich schließlich mit zittriger Stimme. Ich drehte mich um und sah nach vorne. Mein Vater startete die Rikscha und wir fuhren langsam weg von unserem Haus, von meiner Mutter und von Aayansh. Ich blickte zurück und sah, dass sie noch immer da standen und mir nachsahen. Tränen liefen über mein Gesicht, aber ich versuchte, sie zu unterdrücken. Ich wusste, dass ich stark sein musste. Ich würde bald wiederkommen und alles würde gut werden. Ich würde hart arbeiten und alles erreichen, was ich mir vorgenommen hatte. Aber in diesem Moment fühlte ich mich einsam und verlassen. Ich war auf dem Weg zu einem neuen Leben, aber ich wusste nicht, was mich erwartete.

"Lasst uns gehen", befahl Vater dem Rikschafahrer und das Rikscha begann langsam vorwärts zu fahren.

Ich wollte nur einmal hören: "Ich werde dich vermissen, Surya. Bitte geh nicht." Nur einmal aus seinem Mund. Aber ich war zu dumm, um zu verstehen, dass er bereits gebrochen war. Ich unterschätzte seine Persönlichkeit. Er würde in Stücke zerbrechen, aber kein einziges Wort aussprechen.

Ich sah zurück zu ihnen. Sie entfernten sich von mir. Langsam wurden sie kleiner. Aber selbst von dort konnte ich sehen, dass er unser abfahrendes Rikscha ansah und lächelte. Und Mom ... Sie hielt ihren Mund mit dem Schleier ihres Sari und bewegte ihre Hände in einer schnellen Bewegung, um mich zu verabschieden. Ihre Augen füllten sich mit Tränen und ich sah zwei Wassertropfen aus ihren Augen fallen, die durch ihr Gesicht rollten und im Schleier ihres Sari verschwanden. Ich drehte mich wieder nach vorn.

Und sobald ich mich umdrehte, spürte ich, dass genau zwei Tränen von meinen Augen auf meinen Arm ohne Vorwarnung fielen. Genau zwei Tropfen. Bald hallte die Stimme meiner Mutter in meinem Kopf wider. Und ich begriff an jenem Tag noch etwas.

Ich wurde in ihrem Schoß geboren. Noch bevor ich das erste Tageslicht sah. Vielleicht ist das die Liebe einer Mutter. Die keine Definition hat. Keine Gesetze der Physik, keine Gesetze des Universums können die bedingungslose Liebe einer Mutter zu ihrem Kind beweisen. Vielleicht ist jeder mit seiner Mutter im tiefsten Kern seines Herzens verbunden. Egal wie sehr sie aufwachsen, sie werden immer ihr Kind sein. Keine Wissenschaft kann es beweisen, keine Technologie kann es sehen. Das magischste und zugleich heiligste Ding. Vielleicht das größte ungelöste Rätsel in diesem ganzen Universum.

Ich habe zwei Mütter in meinem Leben gesehen, eine ist meine Mutter und die andere ist seine Mutter. Ich kenne beide Geschichten. Ich habe es gesehen. Ich habe es erlebt. Zwei verschiedene Geschichten von derselben bedingungslosen Liebe ...

Ich rieb mir die Augen und drehte mich erneut um, um sie zu sehen. Die Straße bog rechts ab. Der Rikscha folgte der Straße und bog rechts ab. Und ich sah, wie sie hinter den Häusern vor meinen Augen verschwanden.

Kapitel 20

Ein weiteres Kapitel meines Lebens hatte begonnen.

Als ich an jenem Tag dort ankam, war es fast 1 Uhr mittags. Es war ein heißer Sommertag. Viele Schüler mit ihren Familien warteten im Festsaal. Ich erkannte einige der Schüler, denen ich am anderen Tag begegnet war. Nach einiger Zeit führte uns das Personal in den ersten Stock. Dort wartete der Hausmeister des Internats auf uns. Er hielt eine kurze Einführungsrede und wir standen alle in einer Reihe. Als es an meiner Reihe war, traf ich den Hausmeister und füllte ein Formular aus, dann schickte er mich in mein Zimmer. Einer der Angestellten führte mich zu meinem Zimmer und meinem Bett mit meinem Vater.

Das Zimmer war riesig. Fast dreimal so groß wie unser Wohnzimmer. Es gab insgesamt 16 Betten in diesem Zimmer.

Jedes Bett hatte einen Kleiderschrank für die Schüler. Ein paar weitere Jungen waren da, als ich das Zimmer mit ihren Eltern betrat, die ihre Betten einrichteten.

Mein Bett war in der äußersten Ecke des Zimmers. Neben meinem Bett war ein großes Fenster. Fast so hoch wie ich. Es gab kein Geländer am Fenster. Es war völlig offen. Nur ein Glastürriegel war da, um das Fenster zu schließen.

Ich setzte mich auf das Bett und begann mit meiner Vorbereitung auf das Wohnen. Papa ging nach draußen, um mit den Lehrern und dem Hausmeister zu sprechen. Ich nahm alle notwendigen Dinge, einschließlich Büchern und Kleidung, heraus und legte sie in den Kleiderschrank und schloss ihn mit meinem Schloss und Schlüssel. Und das restliche Gepäck behielt ich unter meinem Bett. Ich wartete auf meinen Vater.

Nach fast einer halben Stunde kam er zu meinem Zimmer. Er informierte mich, dass die Internatsleitung uns unsere Schuluniform geben und innerhalb einer Woche alle Bücher bereitstellen würde. Dann gab er mir einige Früchte, einige trockene Snacks, um bei mir zu behalten, und übergab mir fünfhundert Rupien und sagte: "Behalt es. Du wirst es brauchen. Aber gib es nicht unnötig aus."

Ich nahm das Geld und nickte.

"Okay, ich muss jetzt gehen, sonst verpasse ich den Zug. Ich werde in zwei Wochen wieder mit deiner Mutter kommen. Bleib gut und studiere gut. Verschwende einfach nicht mein Geld. Und benimm dich. Ich will keine Beschwerden hören. Verstehst du das?"

Ich nickte.

"Gut."

Er stand auf und ging zur Tür. Ich eilte hinter ihm her. Ich begleitete ihn in den ersten Stock zum Haupteingang.

Als ich am Haupteingang stand, sah ich, wie mein Vater ging. Er ging zum Haupttor des Campus. Seine Figur wurde langsam kleiner und kleiner. Und dann verschwand er hinter diesen Campusgebäuden. Ich stand immer noch da und sah auf die leere Straße. Er hatte nicht einmal zurückgeschaut, um mich zu sehen. Ich dachte, dass er mich wenigstens umarmen und auf Wiedersehen sagen würde. Aber ich habe mich geirrt. Er hat nicht einmal einmal zurückgeschaut, um mich vor seinem Abschied zu sehen. Manchmal dachte ich, dass mein Vater eine herzlose Person war. Er hatte keine Gefühle. Vielleicht liebte er mich überhaupt nicht. Wie kann ein Vater seinen Sohn nicht lieben? Bin ich sein Sohn? Ich dachte immer darüber nach, wenn ich traurig war.

Ich rieb mir die Augen und ging wieder nach oben ...

Ich zog mich um und kehrte aus dem Badezimmer zurück. Das Badezimmer war riesig. Mindestens 10 Leute konnten es auf einmal benutzen. Unser Zimmer war am Ende des langen Gebäudes. Das Badezimmer befand sich neben unserem Zimmer. Ein paar Meter entfernt. Als ich auf dem Weg zum Badezimmer durch den Flur ging, sah ich, dass es ein großes Fenster gab, genau wie das in meinem Zimmer, neben der Tür des Badezimmers. Hinter diesem Fenster war ein leeres Sumpfland mit dichtem Buschwerk und hohem Gras, so weit das Auge reichen konnte. Meilen und Meilen leere Land bis es mit dem Horizont verschmolzen war.

Ich kehrte zu meinem Bett zurück und legte mich dort hin. Ein Teil dieser leeren Sumpflandschaft hinter dem Gebäude konnte von meinem Zimmer aus durch das Fenster neben meinem Bett gesehen werden. Ich begann, einige der Früchte zu essen, die mir mein Vater gegeben hatte. Ich lag auf dem Bett und blickte nach draußen. Eine sanfte, kühle Brise wehte über das Land und kam schließlich durch das Fenster, bis sie mein Gesicht berührte. Langsam, nach einer Weile, fühlte ich, wie sich meine Augen schwer anfühlten. Ich schloss meine

Augen. Und ich erinnere mich nicht, wann ich eingeschlafen bin ...

Kapitel 21

Einer der Jungen in meinem Zimmer weckte mich am Abend auf. Ich habe so fest geschlafen, dass es ein paar Minuten dauerte, bis ich herausfand, wo zum Teufel ich war.

Gegen 18.30 Uhr gingen wir zu unseren Abendmahlzeiten und Tee in der Mensa. Die Mensa befand sich in einem anderen Gebäude, nur ein paar Blöcke entfernt von uns. Als wir zurückkamen, begannen wir uns in unserem Zimmer kennenzulernen. Zu diesem Zeitpunkt waren 8 Jungen in unserem Zimmer. Oh, ich vergaß zu erwähnen, dass es ein Jungen-Internat war. Es gab keine Mädchen. Verdammt, Mann! Ich wusste, dass es schmerzhaft werden würde. Ich meine, zwei Jahre ohne Mädchen? Nur der Anblick dieser College-Mädchen brachte allen gebrochenen Jungen in der Schule ein wenig Hoffnung.

Wir sprachen über viele Dinge, wie zum Beispiel unsere vorherige Schule, Familie, wo wir früher gewohnt haben usw. Um 21.30 Uhr gingen wir zu Abendessen. Nach dem Abendessen gingen wir mit einigen Jungen einen kurzen Spaziergang auf dem Campus. Ich hätte nie gedacht, dass der Ort nachts so schön sein würde. Es war so still und friedlich. Eine sanfte Brise wehte. Wir genossen die Landschaft.

Wir gingen zurück in unser Zimmer und sprachen noch ein paar Minuten und gingen dann schlafen. Ich ging zu meinem Bett und legte mich dort mit Blick auf das Fenster. Ich starrte auf den Mond. Er war genau über dem Sumpfgebiet. Das Mondlicht glitzerte über mein Gesicht. Ich dachte an Mama, Papa, Aayansh und mein Mädchen. Ich fragte mich, was sie zu diesem Zeitpunkt machen mochten. Schliefen sie? Oder dachten sie wie ich an sie?

Ich wusste, dass ich nicht schlafen konnte. Mama war nicht an meiner Seite. Wie konnte ich ohne sie schlafen?

Was machte sie jetzt?

Konnte sie schlafen? Ich war nicht an ihrer Seite. Ihr Kind war nicht mehr in ihrem Zuhause. Würde sie ohne mich schlafen können? Vielleicht starrte sie gerade wie ich auf den Mond.

Gott! Ich vermisste sie. Ich würde sie jeden Tag vermissen. Wie konnte ich es ohne sie zwei Jahre lang aushalten?

Stundenlang lag ich so da. Dann nahm ich ein Buch und schaltete das Bettlicht ein und begann es zu lesen. Dann ging ich ans Fenster und starrte eine Weile in den Horizont. Und wieder ging ich zu meinem Bett. Immer noch konnte ich nicht schlafen. Die Nacht verging langsam. Der erste Strahl des Tagesanbruchs erschien am Horizont. Es war dann, als ich einschlief.

***

Eine Woche war vergangen, seit dem Tag, als ich dort hingegangen bin. Unsere Schule begann am Montag. Am Sonntag gaben sie uns alle unsere Bücher und Kopien und Schuluniformen mit Identitätskarten. Sie gaben uns auch unseren täglichen Ablauf. Es war ein Teufelsroutine. Von Montag bis Samstag mussten wir um 6 Uhr aufstehen, was ich in meinem Leben noch nie zuvor getan hatte. Der Aufseher weckte uns auf und wir beleidigten ihn mit ganzem Herzen. Dann mussten wir innerhalb von fünfzehn Minuten gewaschen und im Keller im Saal versammelt werden und dann mussten wir für 30 Minuten auf dem ganzen Campus joggen. Es war das Harteste, was zu tun war. Jeder Junge im Internat - ich wiederhole, jeder Junge - lief wie ein Leichnam, mit geschlossenen Augen. Einige von ihnen schliefen stehend, und einige während des Joggens.

Dann mussten wir um 7 Uhr zurück zu unserem Internat gehen und bereit sein, um 8.30 Uhr zur Schule zu gehen. Nun, die meisten Jungen sprangen aufs Bett, einschließlich mir, bis der Aufseher uns um 8.15 Uhr wieder aufweckte. Dann stürmten wir alle auf einmal ins Badezimmer zum Duschen. Dann schafften wir es irgendwie, innerhalb von 8.30 Uhr bereit zu sein, und wir gingen zur Schule. An den meisten Tagen war ich zu spät.

Von 8.30 bis 9.30 Uhr hatten wir unseren ersten Unterricht. Ich buchte immer den letzten Schreibtisch im Klassenzimmer und nahm jeden Tag ein langes Nickerchen, während der Lehrer Vorträge hielt. Ich liebte es zu schlafen. Von 9.30 bis 10.00 Uhr hatten wir unser Frühstück mit Morgentee. Dann Morgenschulgebet für 10 Minuten und dann wieder Unterricht bis 1.30 Uhr. Dann Mittagspause für eine Stunde und dann wieder Unterricht bis 4 Uhr nachmittags.

Eine Woche war vergangen, seit dem Tag, an dem ich dort war. Unsere Schule begann am Montag. Am Sonntag gaben sie uns alle unsere Bücher, Kopien und Schuluniformen mit Ausweisen. Sie gaben uns auch unseren täglichen Ablauf. Es war ein Höllenroutine. Von Montag bis Samstag mussten wir um 6 Uhr aufstehen, was ich noch nie in meinem Leben gemacht hatte. Der Aufseher weckte uns auf und wir beleidigten ihn mit all unserem Herzen. Dann mussten wir innerhalb von fünfzehn Minuten gewaschen und im Festsaal versammelt werden und dann mussten wir 30 Minuten lang auf dem gesamten Campus joggen. Es war das Schwerste zu tun. Jeder Junge im Hostel - ich wiederhole, jeder Junge - lief wie eine Leiche, mit geschlossenen Augen. Einige von ihnen schliefen, während sie standen, und einige beim Joggen.

Dann mussten wir um 7 Uhr zurück in unser Hostel gehen und uns bis 8.30 Uhr für die Schule bereit machen. Nun, die meisten Jungen sprangen aufs Bett, einschließlich mir, bis der Aufseher uns um 8.15 Uhr wieder weckte. Dann stürmten wir alle auf einmal ins Badezimmer für das Bad. Dann schafften wir irgendwie es, innerhalb von 8.30 Uhr bereit zu sein, und gingen zur Schule. An den meisten Tagen war ich spät.

Von 8.30 bis 9.30 Uhr hatten wir unsere erste Stunde. Ich buchte immer den letzten Tisch im Klassenzimmer und nahm jeden Tag ein langes Nickerchen, während der Lehrer Vorlesungen gab. Ich liebte es zu schlafen. Von 9.30 bis 10.00 Uhr hatten wir unser Frühstück mit dem Morgentee. Dann beteten wir 10 Minuten den Schulmorgengebet und dann wieder Klassen bis 1.30

Uhr. Dann Mittagspause für eine Stunde und dann wieder Klassen bis 4 Uhr nachmittags.

So war mein Leben während meiner Zeit im Internat. Unsere Schule befand sich im Erdgeschoss, einschließlich aller Klassenzimmer und Labors, und unser Internat im ersten Stock. In meiner Klasse waren fast 25 Schüler. Alle Lehrer lebten ebenfalls auf dem Campus, genau wie wir, in einem anderen Gebäude.

Sonntag war unser freier Tag. Wir konnten tun, was wir wollten. Wir wachten gegen 10 Uhr auf und frühstückten dann. Einige spielten Indoor-Spiele wie Schach, Karambolage, Tischtennis usw. Einige tuschelten einfach herum. Während andere sich für Extracurricular-Aktivitäten wie Gesang, Zeichnen, Musikinstrumente usw. anmeldeten. Ich mag sehr gerne Violine und Flöte. Also buchte ich einen Platz für mich in den Violinklassen. Ich begann, davon ein paar Brocken zu lernen. Und manchmal schlich ich mich in die Flötenklassen.

Am Nachmittag spielten wir wie gewohnt auf dem Spielfeld oder schliefen im Bett. Aber auch am Sonntag hatten wir Selbststudiumsklassen am Abend. Dann Abendessen und dann wieder Schlaf.

Das war also mein Leben während meiner Internatszeit.

Kapitel 22

Mit der Zeit, nachdem ich dort angekommen war, gewöhnte ich mich allmählich an die Umgebung. Am Anfang konnte ich nachts nicht ohne meine Mutter schlafen. Aber nach einer Woche gewöhnte ich mich auch daran. Ich war von der ganzen Tagesarbeit so müde, dass ich sobald ich aufs Bett legte, einschlief. Langsam hörte ich auf, sie zu vermissen. Ich musste die Realität akzeptieren. Ich musste ohne sie weitergehen. Wir hatten dort viel Spaß. Ich versuchte, mich die ganze Zeit zu amüsieren, um meine Traurigkeit zu begraben. Alle Jungen nahmen zusammen Bad, wir sangen laut, bis der Aufseher kam. Wir tratschten bis Mitternacht. Wir erschraken andere Jungen in der Dunkelheit, wenn sie schliefen. Die Älteren blieben auch bei uns im selben Gebäude, aber in verschiedenen Zimmern. Wir hatten eine gute Beziehung zu unseren Älteren. Wir schalteten das Licht im Badezimmer aus, wenn jemand auf dem Klo war. Wir stahlen uns gegenseitig Kleidungsstücke. Ich entwendete manchmal das Handtuch einiger Jungen, während sie nach dem Bad zurückkehrten und sie nackt nach dem Handtuch liefen. Wir lachten, bis uns die Tränen kamen. Insgesamt hatten wir so viel Spaß, wie wir konnten.

Am nächsten Tag, seit ich dort angekommen war, spielten wir Fußball. Ab diesem Tag kannte mich jeder für mein Talent im Fußball. An diesem Tag schoss ich zwei Tore, dribbelte viele und brach fast mein rechtes Bein am ersten Tag. Alle gratulierten mir und ich ging mit einem Bein. Als sie mich lobten, sagte ich mir: "Nun, das ist nichts. Du hast meinen Freund Aayansh noch nicht kennengelernt. Ich bin immer ein guter Spieler, bis er kommt."

Eines Nachts wachte ich plötzlich auf, weil ich auf Toilette musste. Als ich aufstand, sah ich, dass alle schliefen. Also ging ich alleine zur Toilette mit meinen müden Augen. Als ich den Flur erreichte, war er wie gewöhnlich leer. Ich begann zur Toilette zu gehen. Das Fenster am Ende des Flurs war offen. Eine sanfte Brise wehte. Hinter dem Fenster war alles stockfinster. Ich wurde extra vorsichtig. Ich ignorierte das Fenster und ging auf die Toilette, um zu pinkeln. Das ganze Badezimmer war leer. Ich war ganz alleine. Ich fühlte mich ein bisschen unheimlich und auch ein bisschen ängstlich. Ich beeilte mich, meine Pinkelpause zu beenden. Ich sah zur Tür, um zu sehen, ob jemand kam oder nicht. Na ja, insbesondere ein Geist ist gemeint. Aber dann realisierte ich, dass Geister nie die Tür benutzen, deshalb heißen sie Geister. Also begann ich mich im ganzen Raum umzusehen. Meine Müdigkeit verflog innerhalb einer Sekunde und alle meine Haare standen auf. Ich begann Ram-Ram zu chanten.

"Verdammt, Mann, ich hätte das Hanuman Chalisa lernen sollen, als mir mein Vater sagte."

"Aber was, wenn ein christlicher oder muslimischer Geist hierher käme?"

Ich hatte gerade gepinkelt und meine Hände gewaschen. Es gab viele Spiegel im ganzen Waschraum. Mein

Spiegelbild war in allen Spiegeln sichtbar. Als ich mich zum Gehen wandte, kam ein Geräusch von einer geschlossenen Tür im Waschraum, als ob jemand etwas getreten hatte. Ich hatte nicht den Mut, zurückzuschauen. Ich schloss die Augen und rannte so schnell ich konnte. Ich habe die Wände so oft gestreift, dass ich es nicht mehr weiß. Ich stürmte durch den Flur. Ich hörte nicht auf, bis ich mein Bett erreichte. Als ich mein Bett erreichte, sprang ich so heftig, dass alle aus dem Schlaf aufwachten. Sie verstanden nicht, was passiert war. Sie sahen hier und da und gingen wieder zu schlafen. Ich keuchte nach Atem. Das war eine Hölle von einem Erlebnis. Ich hatte einen meiner Sandalen im Flur zurückgelassen, als ich lief, was ich erst bemerkte, als ich im Bett war. Ich beschloss, es dort zu lassen, weil mein Leben mir wichtiger war als ein Paar Sandalen. Ich wollte nicht von einem blutigen Geist und so früh sterben. Also schloss ich die Augen und ging schlafen.

Am nächsten Morgen fand ich meinen Sandalen im Korridor. Ich erzählte auch jedem, was letzte Nacht passiert ist und warnte sie davor, jemals alleine ins Badezimmer zu gehen. Ich beschloss auch, dass ich niemals alleine nachts gehen würde. Ich würde lieber aus dem Fenster unseres Zimmers pinkeln, anstatt alleine zu gehen. Ab diesem Tag verbreiteten sich die Gerüchte wie ein Wildfeuer, dass ich einen Geist im Badezimmer gesehen hatte und niemand wagte es jemals, alleine ins Badezimmer zu gehen. Wenn jemand einen Notfall hatte, riefen sie andere Jungs und gingen zusammen, mindestens zu zweit. Ich weckte immer zwei Jungs und nahm sie mit, wann immer es notwendig war. Wir gingen immer zusammen in einer geraden Linie nebeneinander,

Hände haltend, niemand vorne oder hinten einen Zoll und wir kehrten immer in genau der gleichen Art und Weise in unser Zimmer zurück. In solchen Umständen verbreitete jemand das Gerücht, dass das Gebäude auf einem Friedhof gebaut worden war, und das tat den Rest der Arbeit.

Zum Glück hatten wir eine Bibliothek in unserem Internat. Ich verbrachte den größten Teil meiner Freizeit dort und tat meinen Lieblingsjob, nämlich das Lesen verschiedener Bücher, Geschichten, Gedichte usw.

***

Zwei Wochen vergingen. Meine Mutter und mein Vater besuchten mich an einem Sonntag. Ich war so überwältigt vor Freude, dass ich fast vergessen hatte, wo ich anfangen sollte zu reden. Ich nahm das Handy meiner Mutter und ging nach draußen, um Aayansh anzurufen. Sie gingen zur Eltern-Lehrer-Besprechung.

Ich wählte meine Nummer. Ich war ein bisschen nervös. Was, wenn er nicht zu Hause war? Was, wenn das Handy keinen Akku hatte? Wie geht es ihm? Hat er mich vergessen? Während ich darüber nachdachte, klingelte das Telefon. Nach einer Weile nahm jemand den Anruf entgegen.

"Hallo!", sagte ich begeistert. Es war ein Moment der Stille.

"Ich wusste, dass du anrufen würdest. Ich habe auf dich gewartet." Die gleiche vertraute Stimme.

"Wie geht es dir, Bruder?", fragte ich.

"Am Leben. Und bei dir?"

Und dann begannen wir zu tratschen und sprachen über viele Dinge. Zuerst fragte ich ihn, wie es ihm in der Schule, zu Hause und natürlich im Fußball ging. Er erzählte mir alles, was in diesen zwei Wochen passiert war. Und dann erzählte ich ihm meine Geschichten. Dann erzählte ich ihm, wie ich hier am ersten Tag gespielt habe und wie alle anfingen, mich zu loben und zu gratulieren und wie ich in das Highschool-Team und College-Team ausgewählt wurde, wie ich hier Tore geschossen habe, alles.

Ich wusste, dass diese Dinge über Fußball für ihn kindische Dinge waren. Aber er hörte immer alles zu, was ich zu sagen hatte. Und er ermutigte mich jedes Mal. Er hörte zu, als wüsste er nichts. Ich sprach wie ein Kind, das seinem Vater erzählt, wie man spielt. Nachdem er alles mit großer Neugier gehört hatte, sagte er: "Also mein Freund, es scheint, dass du dich dort verbesserst. Ich bin glücklich für dich."

Wir sprachen eine halbe Stunde und dann sagte ich ihm auf Wiedersehen und versicherte ihm, dass ich in zwei Wochen wieder anrufen würde, und ich beendete den Anruf. Dann rief ich mein Mädchen an und sprach ein paar Minuten.

Mama kam nach draußen und rief mich. Ihr Treffen war vorbei. Also musste ich mich von ihr verabschieden und ich kam hinein.

Von da an sprach ich mit Mama und Papa fast eine Stunde und erzählte ihnen alles über das, was in den letzten zwei Wochen dort passiert ist. Ich sagte Mama, dass ich glücklich dort war und sie auch. Sie freute sich darüber, dass ich für das College- und Hochschulteam ausgewählt wurde. Sie hatte mir einige Lebensmittel mitgebracht, die sie selbst gemacht hatte, und sie fütterte mich mit ihren eigenen Händen. Es war köstlich. Mamas Essen war immer das Beste für mich.

Und dann gingen sie. Ich ging mit ihnen zum Haupttor des Campus. Ich umarmte Mama und sagte ihnen auf Wiedersehen und sie gingen. Ich sah ihnen nach. Ich seufzte und dachte wieder, zwei Wochen warten. Ich drehte mich um und ging zu unserem Internat.

Kapitel 23

Ein Monat verging. Normalerweise durften uns unsere Eltern am zweiten und letzten Sonntag des Monats besuchen. Aber am letzten Sonntag des Monats kamen Mama und Papa nicht, da unsere Schule am nächsten Samstag für die Sommerferien schließen würde. Mama rief mich auf dem Telefon des Aufsehers an, um mit mir zu sprechen, und sagte, dass Papa am nächsten Sonntag kommen würde, um mich abzuholen. Also wartete ich auf den nächsten Sonntag.

Samstag kam. Es war unser letzter Schultag vor den Ferien. Die Ferien würden am Montag beginnen. Also verließen die meisten Jungen im Wohnheim nach dem Ende unserer Schule am Samstag um 16 Uhr nach Hause. Nur eine Handvoll blieb im Wohnheim. In meinem Zimmer blieben nur 3 Jungen, einschließlich mir. An diesem Tag ging ich nach der Schule nicht zum Fußballspielen auf den Platz, da nicht genug Jungen im Wohnheim waren. Die meisten Älteren waren gegangen, einschließlich der College-Jungs. Also streiften ich und die drei anderen Jungen am Nachmittag über den Campus.

Als wir zurück ins Wohnheim kamen, sahen wir, dass die meisten Zimmer leer waren. Im ganzen Wohnheim waren nur noch 8 Jungen übrig. Alle Älteren waren gegangen. Also beschlossen wir, dass wir alle zusammen in einem einzigen Zimmer übernachten würden. Den ganzen Abend über packten wir unsere Taschen und Koffer. Gegen 20 Uhr trafen wir uns alle in einem einzigen Zimmer und fingen an zu tratschen. Wir wählten ein Zimmer aus, in dem alle Betten Etagenbetten waren.

Plötzlich fing jemand an, von Geistern und Horror-Geschichten zu sprechen. Plötzlich wurden unsere Umgebung und alles um uns herum ruhig und still. Ein unheimliches Gefühl ergriff jeden. Einer der Jungen erzählte uns die berühmte Geschichte von "Bloody Mary". Ich hatte noch nie davon gehört. Alle im Raum hörten ruhig zu. Jeder war so still, dass man eine Stecknadel hätte fallen hören können. Um die Stille und das Unheimliche zu vertreiben, war ich derjenige, der als Erster sprach. Ich fing an zu lachen und sagte allen, dass das alles Unsinn war. Es war nicht wahr. Wir begannen, ihn zu verspotten, der uns die Geschichte erzählt hatte. Ich sagte allen, dass er uns einfach nur Angst machen wollte. Aber tief im Inneren hatte ich auch Angst. Ich versuchte nur, die Angst durch Scherze zu vertreiben. In diesem Moment, um die Situation noch schlimmer zu machen, gingen alle Lichter aus. Stromausfall. Das ganze Gebäude wurde stockdunkel.

Einer der Jungen, der uns die Geschichte erzählt hatte, schrie plötzlich so laut, dass - oh mein Gott - ich dachte, wenn das Gebäude wirklich auf einem Friedhof gebaut worden wäre, würden die Toten sicherlich durch sein Geschrei aufwachen. Wir schafften es, ihn zum Schweigen zu bringen, und blieben im Dunkeln. Wir hatten nicht genug Mut, aufzustehen und eine verdammte Taschenlampe aus unseren Zimmern zu holen. Als sich unsere Augen an die Dunkelheit gewöhnt hatten, starrten wir auf die Tür. Die Tür war geschlossen.

Plötzlich fing sie langsam von alleine an, mit einem quietschenden Geräusch aufzugehen. In einem Augenblick kamen wir alle nah beieinander, fast aufeinander sitzend. Der Junge, der uns die Geschichte erzählt hatte, schrie wie ein Kind und tat eine mutige Tat, an die keiner von uns auch nur denken konnte.

Er nahm einen Schuh von seinen Füßen und zeigte damit auf die Tür, um ihn auf jeden zu werfen, der es wagen würde, hereinzukommen.

"Was zum Teufel denkst du damit zu tun?", fragte ich ihn erstaunt.

"Ich werde es auf den Geist werfen", antwortete er.

Ein anderer Junge klatschte ihm auf die Schulter und sagte: "Schöner Zug Mann... Schöner Zug... Du planst einen Geist mit einem Schuh zu töten. Wir würden uns das nicht trauen. Der Geist würde sehr Angst haben, hierher zu kommen. Wir sind stolz auf dich."

Die Tür öffnete sich immer noch. Ich drehte mich zur Tür und rief aus: "Verdammt, Mann! Nicht schon wieder. Ich sollte wirklich das Hanuman Chalisa gelernt haben."

"Und die Bibel. Wenn es ein christlicher Geist ist", antwortete ein christlicher Typ.

"Und den Koran auch. Für muslimische Geister", antwortete ein anderer muslimischer Junge.

Die Lichter kamen wieder an. Wir seufzten erleichtert auf und schauten alle auf ihn und brachen in Gelächter aus. Es stellte sich heraus, dass er der Feigste von uns allen war. In diesem Moment trat der Wärter durch die Tür ein. Und wie ein Reflex schleuderte der Junge den Schuh auf den Wärter zu. Ich sah, wie der Schuh durch die Luft flog, als ob er den Wärter treffen würde. Einen Moment vor der Zerstörung.

"Oh-Scheiße-Nein-Bitte-Heilige-Mutter-Vater-NEEEEEIN..."

Zum Glück traf er den Wärter nicht. Er verfehlte ihn. Er traf die nahegelegene Wand. Sofort stürzten wir alle auf ihn zu und entschuldigten uns beim Wärter und informierten ihn, dass wir alle in der Dunkelheit sehr erschrocken waren. Er fragte uns dann, ob er einen Schrei gehört hatte. Wir erzählten ihm die ganze Geschichte und er ordnete an, dass wir zur Kantine gehen und so früh wie möglich zu Abend essen sollten.

Nachdem der Wärter gegangen war, haben wir alle zusammen auf den Jungen eingeprügelt. Nicht ernsthaft, wir haben es einfach genossen. Ich weiß nicht, was mit uns passiert wäre, wenn er es nicht verfehlt hätte.

Für den Rest der Nacht haben wir alles zusammen gemacht. Wir sind zusammen zum Abendessen gegangen, haben zusammen auf dem Campus spazieren gegangen, sind zusammen zurückgekommen und haben zusammen das Badezimmer aufgesucht. Im Badezimmer wagte niemand, in den Spiegel zu schauen. Was wäre, wenn die Geschichte wahr wäre?

Wir hatten solche Angst, dass wir in der Nacht alle Betten nebeneinander zusammengeschoben und auf dem oberen Bett des Etagenbetts geschlafen haben. Wir dachten, dass wenn irgendwelche Geister kommen würden, während wir schlafen, sie nicht in der Lage wären, zum oberen Bett zu klettern. Diese Gedanken machten uns furchtlos. In einem Bett für vier Leute schliefen wir zu acht zusammen, fast übereinander.

Am nächsten Morgen wachten wir auf und stellten fest, dass wir alle noch am Leben waren. Wir wurden gefrühstückt und begannen auf unsere Eltern zu warten. Papa kam gegen 11.30 Uhr. Ich verabschiedete mich von allen Jungen und verließ glücklich mit meinem Vater.

Kapitel 24

Mein Sommerurlaub dauerte drei Wochen. Ich verbrachte diese drei Wochen auf die sorgloseste Art und Weise. Am Tag meiner Rückkehr nach Hause ging ich, um die wichtigste Person in meinem Leben außer meinem Vater und meiner Mutter zu treffen, Aayansh. Er war so glücklich, mich zu sehen. Ich hatte ihm nicht gesagt, dass ich komme, also war es eine angenehme Überraschung für ihn. Sobald ich ihn traf, gab er mir eine feste Umarmung und wir verbrachten den ganzen Abend damit, herumzulaufen, zu tratschen, auf dem Boden zu liegen und nach Sternen und Glühwürmchen zu suchen, wie wir es früher getan hatten. Ich war so glücklich, dass ich mein Leben im Internat fast vergessen hatte.

Ich traf alle meine Freunde, einschließlich meiner Freundin. In diesen drei Wochen verbrachte ich die meiste Zeit entweder mit meinen Freunden, Aayansh oder meiner Freundin. Viele meiner Freunde verließen unsere alte Schule und wurden an anderen Schulen aufgenommen, während einige dort blieben. Ich traf sogar einige meiner Lieblingslehrer.

Einen schönen Abend, als wir auf dem Boden saßen und über mein Internatsleben sprachen, sagte Aayansh plötzlich zu mir: "Surya, es gibt etwas, das ich dir sagen muss.

"Ja, ich höre zu", antwortete ich wie üblich.

"Es tut mir leid, aber ich hätte es dir früher sagen sollen, aber ich hatte keine Chance."

"Was ist es?" Ich wurde neugierig. "Ist es eine schlechte Nachricht?"

"Nein, ist es nicht."

"Dann warum zögerst du? Sag es mir."

"Nun, die Sache ist, nachdem du ins Internat gegangen bist ..." Er pausierte, um meine Neugier zu steigern.

"Ich habe ein Mädchen gefunden."

"WAS? Alter? Das ist großartig! Warum hast du mir das nicht früher gesagt?"

"Ich habe es dir gesagt, aber ich hatte keine Gelegenheit dazu."

Ich war so aufgeregt und glücklich für ihn, dass ich meine Emotionen nicht zurückhalten konnte. "Und wer ist dieses glückliche Mädchen? Liebst du sie?"

"Natürlich tue ich das ... sie ist aus meiner Klasse, aber in der anderen Sektion."

"In unserer Schule?"

Er nickte zustimmend.

"Ja, ich höre zu", antwortete ich wie gewöhnlich.

"Es tut mir leid, aber ich hätte es dir früher sagen sollen, aber ich hatte keine Chance."

"Was ist los?" wurde ich neugierig. "Ist es eine schlechte Nachricht?"

"Nein, ist es nicht."

"Dann warum zögerst du? Sag es mir."

"Nun, das Ding ist, nachdem du ins Internat gegangen bist ..." Er pausierte, um meine Neugier zu steigern.

"Ich habe ein Mädchen gefunden."

"WAS? Bro? Das ist fantastisch! Warum hast du es mir nicht früher gesagt?"

"Ich habe dir gesagt, ich hatte keine Chance."

Ich war so aufgeregt und glücklich für ihn, dass ich meine Emotionen nicht zurückhalten konnte. "Und wer ist das glückliche Mädchen? Liebst du sie?"

"Natürlich tue ich das ... sie ist aus meiner Klasse, aber in der anderen Sektion."

"In unserer Schule?"

Er nickte zustimmend.

Kapitel 25

Drei Wochen gingen im Nu vorbei. Ich musste wieder zurück ins Internat. Aber diesmal tat es nicht mehr so weh. Das erste Mal ist immer das Schwerste. Ich verabschiedete mich erneut von all meinen Freunden, meiner Familie, meinem Mädchen und Aayansh und kehrte zurück ins Internat. Langsam vertiefte ich mich wieder ins Studium und mit all diesen Freunden im Internat, all den Spaß und Spielen, hatte ich fast vergessen, dass ich eine Familie, ein Mädchen, Kindheitsfreunde und Aayansh hatte. Das bedeutete nicht, dass ich nie an sie dachte. Ich wurde einfach erwachsener und lernte, meine Emotionen zu kontrollieren. Wenn wir traurig waren oder unsere Heimat und Familie vermissten, sangen wir gemeinsam laut wie ein Chor. Wir sangen im Waschraum, in den Klassenzimmern, in unseren Zimmern und schlugen auf Tische und Betten, um Rhythmus mit den Liedern zu erzeugen.

In unserem Land sind Sommerzeit Gewitter und Regen üblich. Manchmal, wenn es stark regnete oder stürmte, stand ich neben den Fenstern und beobachtete diese kleinen Regentropfen, die vom Himmel fielen. Ich fragte mich oft, woher sie fielen. Gab es eine andere Welt über dem Himmel? Ich starrte auf den ruhigen Himmel vor dem Sturm, wenn der blaue Himmel langsam zu einem riesigen schwarzen Dämon wurde. Die dunklen Wolken verschluckten den unschuldigen blauen Himmel, um ihn in einen wütenden Dämon zu verwandeln, bereit, wütend zu atmen. Ich hatte oft Angst, den Himmel brüllen zu hören. Nach der Ruhe des Himmels vor dem Sturm, wenn der plötzliche heftige Windstoß mein Gesicht traf, schloss ich meine Augen und spürte es mit meinem ganzen Herzen. Ich wünschte, es hätte mich weit weg von hier gebracht. Ich wünschte, ich könnte wie diese Vögel im hohlen Himmel fliegen. Es hob das Gewicht von meiner Seele ab. Ich atmete den kalten Luftstoß mit meinem Mund ein, bis er meine Lungen füllte.

Einmal war ich in der Bibliothek und las einige Gedichte, als ein bestimmtes Gedicht meine Aufmerksamkeit erregte. Das Gedicht "The Ball Poem" von John Berryman. Es erzählte die Geschichte eines Kindes, das zum ersten Mal in seinem Leben seinen Ball verlor, seinen besitzt-wertvollsten Besitz. Die erste Erfahrung des unvermeidlichen Verlusts, den dieses Kind fühlte. Als er am Straßenrand stand, sah er, wie sein geliebter Ball munter über die Straße hüpfte und in den Abfluss fiel. Er starrte auf den Ball, bis er für immer verloren war und mit dem Ball war seine ganze Kindheit verloren. All seine Unschuld wurde genommen von diesem Ball, den man mit Geld nicht kaufen konnte, egal wie hoch der Betrag war. Ich erinnere mich immer noch an dieses Zitat aus dem Gedicht: "Die Erkenntnistheorie des Verlustes, wie man aufsteht und weiß, was jeder Mensch eines Tages wissen muss und was die meisten an vielen Tagen wissen müssen, wie man aufsteht." Obwohl ich die Bedeutung dieser Zeilen damals verstand, konnte ich es nicht fühlen. Aber jetzt weiß ich es und fühle es jeden einzelnen Augenblick, die Tiefe der Bedeutung, die diese Zeilen haben. Für uns ist es nur ein Ball, wir können tausend kaufen. Aber dieser eine Ball war für dieses Kind unbezahlbar, es war alles für ihn, was er schließlich verlor.

Passiert uns das nicht allen?

Ich wünschte oft, ich könnte fühlen und sehen wie die Dichter. Vielleicht wäre ich in der Lage, etwas Unsterbliches wie sie zu erschaffen.

***

Unser Heimleiter war für alle Jungen eine Nervensäge. Er mischte sich in alles ein, was wir machten. Er ließ uns nicht einmal in Ruhe schlafen. Er störte uns die ganze Zeit. Also beschlossen wir alle, ihm eine Lektion zu erteilen, die er niemals vergessen würde.

Eines Nachts, gegen 2 Uhr, waren alle Jungen im Heim wach und warteten auf die richtige Gelegenheit. Das Zimmer des Heimleiters befand sich ganz am Anfang des Korridors. Einer der Jungen näherte sich zur richtigen Zeit und so ruhig wie möglich seinem Zimmer im Dunkeln. Er legte seine Ohren an die Tür und hörte sehr sorgfältig zu. Dann gab er uns ein Signal. "Er schläft. Er schnarcht laut."

Und dann machten wir unsere Arbeit. Wir zeigten ihm den Zorn aller Jungen. Unser Slogan für diese spezielle Mission lautete "Einigkeit ist Stärke". Wir brachten die gesamten Niagara-Fälle an seine Tür.

Jeder von uns - ich wiederhole, jeder von uns - fing einzeln an, vor seiner Tür zu pinkeln. Stellen Sie sich vor, fast hundert Jungen pinkelten gleichzeitig. Und all diese heiligen Gewässer bewegten sich durch die Lücke zwischen Tür und Boden in sein Zimmer. Nachdem alle

Jungen ihre Blase geleert hatten, gingen wir alle glücklich schlafen. Mission erfüllt.

Am nächsten Morgen wachten wir alle mit dem Geschrei des Aufsehers auf. Wir wussten bereits den Grund. Wir waren der Grund für sein Schreien, aber wir taten so, als ob wir gerade vom Himmel gefallen wären. Ich dachte, er würde in unserem Urin ertrinken. Aber leider war er noch am Leben. Er fing an, uns anzuschreien, den Schuldigen für diese Tat zu finden. Aber dieser verfluchte Idiot hatte nicht die Vorstellungskraft, dass all dieses Wasser nicht in eine menschliche Blase passen konnte; das heißt, eine einzige Person könnte diese Aufgabe nicht erledigen. Aber dieser Idiot suchte weiter nach dem Täter und wir taten so unschuldig wie ein Lamm. Einer der Jungs fügte plötzlich Ghee ins Feuer hinzu, indem er sagte: "Sir, es gibt viele Geister, die nachts im Hostel herumwandern. Wir haben ein paar von ihnen gesehen. Vielleicht haben sie das getan."

Als Antwort bekam er eine kräftige Ohrfeige und er rieb sich den Rest des Verhörs mit tränenden Augen das Gesicht. Als wir uns seinem Zimmer näherten, um den Vorfall mit eigenen Augen zu sehen, oh Gott, dieser Geruch, ich frage mich immer noch, warum zur Hölle hat er nicht das Bewusstsein verloren bei diesem Geruch. Der ganze Boden seines Zimmers war immer noch mit gelbem Wasser gefüllt. Einige von uns begannen sich mit diesem reizenden und ekelhaften faulen Geruch krank zu fühlen und wir rannten zum Badezimmer.

Der Hausmeister beschwerte sich beim Schulleiter und wir alle wurden verhört. Aber keiner der Jungen hatte ein einziges Wort über die Wahrheit gesagt. Der Hausmeister rief dann alle unsere Erziehungsberechtigten an und beschwerte sich über uns alle und bestrafte uns, indem er unser Frühstück und Mittagessen für den Tag aussetzte. Als er meine Mutter anrief und sich über mich beschwerte, bat meine Mutter ihn, mir das Telefon zu geben, damit sie uns beiden eine Standpauke halten konnte. Ich nahm das Telefon, ein wenig nervös. Ich trat beiseite, damit der Hausmeister unser Gespräch nicht mithören konnte. Ich gestand ihr die Wahrheit, dass wir alle es getan hatten. Meine Mutter fragte mich, warum ich das getan habe, und ich erzählte ihr wieder die Wahrheit. Dann gab sie mir einen Rat: "Nun, mein Junge, wenn du etwas tun willst, mach es das nächste Mal sehr vorsichtig. Wenn du jemandem eine Lektion erteilen musst, versuche nicht erwischt zu werden. Verstanden?" Ich lachte und seufzte zustimmend und gab dann das Telefon an den Hausmeister weiter und tat so, als ob ich gleich weinen würde, weil es sehr schmerzhaft war, von meiner Mutter zurechtgewiesen zu werden. Dann kehrte ich zu allen Jungen zurück und rief aus: "Brüder! Einigkeit macht stark." Und dann erzählte ich ihnen, was meine Mutter mir geraten hatte. Es stellte sich heraus, dass ich der Held der Mission war, da ich die verdammte Sache geplant hatte. Dann lachten wir und lachten, bis uns die Tränen in die Augen schossen.

Kapitel 26

Bald begannen sich die Dinge im Wohnheim zu ändern. Nach genug Zeit im Wohnheim fanden wir heraus, dass die Infrastruktur des Wohnheims und das Bildungssystem überhaupt nicht gut waren. Alles andere war gut und erstklassig, abgesehen von den Studien selbst. All diese Fakultäten waren enttäuscht, einschließlich ihrer Lehrmethoden. All die Dinge, die sie uns vor Beginn der Sitzung gesagt hatten, waren nur Show-Offs, nicht mehr als das. Es dauerte eine Weile, bis wir das verstanden hatten, aber wir verstanden es rechtzeitig. Die meisten Jungen begannen sich um ihre Zukunft zu sorgen, auch ich. Tag für Tag wurde es schlimmer und wir begannen uns immer mehr Sorgen zu machen.

Seit meiner Kindheit habe ich die Gewohnheit, alleine in meinem Zimmer zu studieren. Ich habe immer durch lautes Lesen, fast Schreien, gelernt und Dinge gelernt. Es half mir immer, mich richtig zu erinnern. Ich habe immer alleine in einem Raum studiert, in dem niemand jemals gekommen ist, um mich zu stören. Aber dort musste ich mit fast 30 oder 40 anderen Jungen zusammen in einem Klassenzimmer studieren. Ich konnte nichts laut lesen, da es andere störte. Ich konnte mich vor allen Jungen auf nichts konzentrieren. Es machte mir Tag für Tag mehr Sorgen. Sie ließen mich nicht einmal alleine in meinem

Zimmer studieren. Ich begann mich deprimiert zu fühlen. Die meisten Jungen fühlten dasselbe.

Eines Tages blieb mir keine andere Wahl, als mit dem Telefon des Aufsehers meine Mutter anzurufen und ihr alles zu erzählen. Sie hörte zu und versicherte mir, dass sie mit meinem Vater darüber sprechen und bald eine Lösung finden würde.

Am nächsten Tag rief mich mein Vater an und fragte mich, was los sei. Ich erklärte ihm alles. Nachdem er alles gehört hatte, schwieg er einen Moment lang und versicherte mir dann, dass er nach einer Lösung suchen würde.

***

Die Dinge wurden so schlimm, dass innerhalb weniger Wochen einige Jungen nacheinander die Einrichtung verließen. Eines Sonntags kamen meine Eltern zu Besuch. Ich erzählte ihnen alles über das System dort. Sie sprachen sogar mit einigen meiner Freunde dort. Nachdem sie alles gehört hatten, gingen sie. Zwei Tage später rief mich meine Mutter an und sagte, dass mein Vater mich irgendwie aus der Einrichtung herausholen würde, genauso wie die anderen. Ich musste nicht mehr dort bleiben. Es gab keine andere Option, als die Einrichtung zu verlassen. Ich war gleichzeitig glücklich und traurig.

Seit dem Tag, an dem mir meine Mutter gesagt hatte, blieb ich die ganze Zeit traurig, weil ich mich schuldig fühlte. An einem schönen Nachmittag ging ich nicht auf den Platz zum Spielen. Mit zwei anderen Jungen kehrte ich nach dem Unterricht in unser Zimmer zurück. Sie gingen schlafen. Ich zog mich um und kam auf den Flur. Ich ging zum Fenster neben dem Waschraum und setzte mich auf die Betonplatte neben dem Fenster und starrte auf die Außenwelt.

Es war vermutlich 17:00 oder 17:15 Uhr am Nachmittag. Zu dieser Zeit war niemand im Flur und ich war völlig allein. Die Welt draußen war so anders und wunderschön. Meilenweit von grünen Sümpfen, soweit das Auge reichte, gefüllt mit hohen grünen Gräsern. Millionen; auf den ersten Blick sah ich sie. Überall Grün, so grün wie Papageien. Aus der Ferne konnte man es leicht mit Tausenden von Papageien verwechseln, die dort saßen. Die untergehende Sonne war gerade über dem fernen Horizont. Die Sonne war so rot wie eine Kirsche. Ein perfektes, rundes Emblem. All diese müden Vögel kehrten nach einem langen Arbeitstag nach Hause zurück. Eine Gruppe von Vögeln flog rund und rund am Himmel und spielte fröhlich. Stücke von Wolken waren überall am Himmel verstreut, als hätte jemand den Himmel mit einem Pinsel gemalt. Die Strahlen der untergehenden Sonne verteilten sich durch die Mitte dieser verstreuten Wolken. Ich starrte in einem ruhigen Blick auf diese Schönheit der Natur.

Die Zeit schien zu kriechen. Langsam wurde Rot zu Orange, genauer gesagt zu einem korallenorangenen Farbton. Die ganze Umgebung hatte sich in korallenorange gefärbt. Die Gräser auf dem Sumpfland tanzten im sanften Wind. Das Korallenorange hatte ihre strahlend grüne Natur verschluckt. Ich drehte mich zum Flur und sah, dass der gesamte Flur im Licht reflektierte.

Alles hatte sich orange gefärbt. Die Sonne begann langsam hinter dem Horizont zu verschwinden.

Ich schaute zum Himmel und sah einen Vogel, nur einen einzelnen Vogel, der allein hoch am Himmel flog. All diese Vögel spielten zusammen und flogen in einer Gruppe, aber dieser eine einzelne Vogel war allein am Himmel. Niemand war bei diesem Vogel. Ich beobachtete die Aktivitäten dieses Vogels sehr genau.

An diesem Tag, als ich auf diesem Stein saß und in den Himmel starrte, spürte ich etwas, das ich in meinem Leben noch nie zuvor gefühlt hatte. Als ob Mutter Natur an diesem Tag mit mir gesprochen hätte. Als ob das ein Omen für mich war. Ja, der Vogel flog allein am Himmel, vielleicht hatte er niemanden, keine Familie, keine Freunde, niemanden. Er war weit weg von der Gruppe anderer Vögel. Aber...

Er flog hoch. Hoch am Himmel. Viel höher als all die anderen Vögel. So hoch, dass sie diese Höhe nicht erreichen konnten. Vielleicht war das der Grund, warum der Vogel allein war und der Rest zusammen. Ich kicherte. Der Vogel riss alle Wolken und flog und versuchte so hoch wie möglich zu fliegen. Er versuchte, den Himmel zu erreichen.

Langsam wurde es dunkel. Ich starrte auf den Vogel, bis er verschwand. Ich wusste nicht, wie lange ich dort saß, aber als alles stockdunkel wurde und meine Augen nichts mehr sehen konnten, kehrte ich zurück in diese Welt. Ich stand langsam auf, schaltete das Licht im Flur ein und ging zum Speisesaal.

Kapitel 27

An jenem Abend rief mein Vater mich an und informierte mich, dass ich langsam mein Gepäck packen sollte, da ich bald gehen würde. Ich musste nicht länger in dieser Einrichtung bleiben und studieren. Als er fertig gesprochen hatte, schwieg ich einen Moment lang und fragte dann: "Aber was ist mit all dem Geld, das sie bei der Anmeldung genommen haben? Was wird damit passieren? Werden Sie eine Rückerstattung erhalten?"

Eine sofortige Antwort kam von meinem Vater: "Das geht dich nichts an. Du musst nicht darüber nachdenken. Tu einfach, was ich sage."

Aber ich merkte, dass er wegen der Angelegenheit sehr angespannt war. Ich fragte ihn nicht weiter, da es vergeblich gewesen wäre. Ich ging zurück in mein Zimmer und begann meine Sachen zu packen.

In der Nacht, als alle schliefen, ging ich wieder zum Fenster am Ende des Flurs. Es war nach Mitternacht. Jeder schlief. Der Flur war leer. Außer mir war keine einzige Seele da. Nur ein paar Lichter flackerten. Seltsamerweise hatte ich an diesem Tag keine Angst mehr. Ich war allein in dem langen Flur, aber es gab keine Spur von Angst in mir an diesem Tag. Ich setzte mich auf den Stein und starrte nach draußen. Alles war gleich geblieben, außer dass die schöne Dämmerung in eine dunkle Welt draußen gewechselt war. Alles war pechschwarz. All das grüne Gras, der blaue Himmel und die Wolken waren schwarz. Es gab keinen Mond am Himmel. Nur ein paar Sterne flackerten am dunklen Himmel in der Ferne, als ob sie mir sagen wollten, dass sie immer noch als Führer für mich da waren.

Ich fühlte mich schuldig. Habe ich das Richtige getan, indem ich es Mama und Papa erzählt habe? Ich stellte mir immer wieder die gleiche Frage. "Oder habe ich all sein hart verdientes Geld umsonst verschwendet? Die riesige Summe Geld, die er für meine Zulassung gegeben hat. Habe ich sie umsonst verschwendet? Wenn dies die Wahrheit ist, werde ich es mir nie verzeihen können."

Minuten vergingen zu Stunden, aber ich dachte immer noch nach. Also ging ich endlich weg. All dieses Drama, all diese Tränen, all diese schlaflosen Nächte, alles umsonst. Bedeuteten sie nichts? Sie sagen, dass alles, was passiert, zum Guten geschieht. Aber ich hatte noch kein Gutes darin gefunden. Wenn ich an den gleichen Ort zurückkehren musste, wo ich hingehörte, warum zum Teufel ist das passiert? Warum zum Teufel ist das alles passiert? Warum zum Teufel wurde ich gezwungen zu gehen?

Dann erinnerte ich mich an das berühmte Zitat von Shakespeare: "Die ganze Welt ist eine Bühne, und alle Männer und Frauen sind bloß Schauspieler. Wir alle sind nur Akteure in dieser riesigen Weltbühne. Wir werden viele Rollen spielen. Wir alle sind nur Marionetten unseres Schicksals, und wir tanzen nach dem Willen unseres Schicksals."

Ich lächelte und starrte hinaus. Am fernen Horizont sah ich Lichter in der Dunkelheit flackern, als ich genauer hinsah. Ich fragte mich, woher diese Lichter kamen. Gab es ein Dorf? Es war möglich, da der Campus am Stadtrand lag und hier und da ein paar Dörfer neben dem Campus waren. Ich starrte auf diese flackernden Lichter. Es erinnerte mich an jemanden. Eine bewegende Erinnerung. Als ich das erste Mal zu Aayanshs Haus ging, flackerten diese fernen Lichter wie die flackernden Kerzen in seiner Hütte. Ich fragte mich, wer dort lebte. Wie waren das Leben dieser Menschen? Wie sahen sie aus? Waren sie wie er? Gab es viele arme Kerle wie sie, wie seine Familie? Ich wünschte, ich könnte es wissen. Ich wünschte, ich könnte dorthin gehen.

Als der erste Sonnenstrahl am fernen Horizont erschien und diese flackernden Lichter im Licht eines neuen Tages verschwanden, ging ich schlafen.

***

Zwei Tage später kehrte ich nach Hause zurück und ich ging nie wieder in diese Einrichtung zurück. Als ich an diesem Nachmittag mit meinem Vater das Wohnheim verließ, verabschiedeten sich alle meine Freunde von mir. Als ich über den Fußballplatz ging, auf dem wir jeden Tag spielten, sah ich alle Jungs zusammen spielen. Sie strahlten vor Freude. Ich wartete dort einige Augenblicke, um ihre Freude ein letztes Mal zu erleben. Ich lächelte allein. Das Einzige, was mich all die Tage ohne meine Familie und Freunde am Leben gehalten hatte, und doch das Einzige, was mich bat, nicht zu gehen. Als mein Vater vom Haupteingang aus rief, drehte ich mich vom Spielfeld weg und ging nach draußen. So kam ich zurück an den Ort, an dem ich hingehöre, mit einer Menge Erinnerungen.

Da die Sitzung bereits in jeder Schule begonnen hatte und es bereits zu spät war, wollte mich keine Schule aufnehmen, außer meine alte Schule, die ich bereits verlassen hatte. Ich wollte kein Jahr verlieren, und so hatte ich keine andere Wahl, als zu meiner alten Schule zurückzukehren. Mein Vater stimmte schließlich zu und ich war wieder in meiner alten Schule. Während die meisten meiner alten Freunde die Schule verlassen hatten, gab es immer noch einige dumme Idioten in der Schule, mit denen ich zwei Jahre lang höchst vergnüglich verbringen würde.

Also all das Theater. Für nichts, alles umsonst...

Nun ja, ich war nur einer jener Schauspieler, die nach dem Willen ihres Schicksals tanzten.

Kapitel 28

Da ich einer der älteren Schüler war, hat unsere Schule meine Anmeldung gerne angenommen, obwohl es spät im Schuljahr war. Bevor ich offiziell in der Schule anfing, traf ich ihn eines Tages in seinem Haus. Er half seiner Mutter in der Küche. Er war so froh, mich zu sehen. Ich hatte ihm nicht einmal gesagt, dass ich kommen würde. Dann erzählte ich ihm alles. Als ich ihm sagte, dass ich die Institution verlassen hatte, war er so überrascht. Aber was er an diesem Tag zu mir sagte, ließ meinen Respekt für ihn noch mehr steigen.

"Aber wie ich von dir gehört habe, denke ich, dass die Institution eine enorme Summe für deine Anmeldung genommen haben muss", sagte Aayansh. "Werden sie dir eine Rückerstattung geben?"

Ich schämte mich für das, was ich getan hatte. Ich sah niedergeschlagen aus und schüttelte den Kopf.

"Also hast du das ganze Geld verschwendet?" fragte er verwundert.

Ich schwieg. Ich hatte nicht den Mut, etwas zu sagen.

"Du hast das Geld deines Vaters umsonst verschwendet. Dein Vater arbeitet so hart, um zu verdienen. Er ist so ein ehrlicher Mensch. Ich respektiere ihn genauso wie meinen Vater. Das habe ich nicht von dir erwartet, Surya. Mach das nie wieder. Du weißt, dass viele Kinder wegen

Geld keine angemessene Bildung bekommen, selbst wenn sie es wollen. Das Geld, das du verschwendet hast, hätte anderswo auf diesem Planeten Leben und Hoffnung bringen können. Irgendwo auf diesem Planeten kämpft irgendein armer Kerl um dieses Geld. Ich bin wütend auf dich für das, was du getan hast."

Ich wollte ihm an diesem Tag viele Dinge sagen, aber ich entschied mich, nichts zu sagen. Ich hörte alles, was er sagte. Er schimpfte mit mir, als ob er mein älterer Bruder wäre. Von diesem Tag an stieg mein Respekt für ihn noch mehr.

An diesem Tag aß ich zu Abend bei ihm zu Hause. Einige halbverbrannte Chapatis mit Ghee und Gemüse. Ich aß mit größtem Vergnügen.

Nachts, als ich neben meiner Mutter schlief, fragte ich sie nach dem Geld. Sie sagte, dass sie nichts zurückerstattet bekommen würden. Ich fühlte mich schuldig.

"Wo hat Papa all das Geld organisiert, Mama?" fragte ich. Meine Augen waren tränenreich.

Sie pausierte einen Moment, um zu überlegen, ob sie es mir sagen sollte oder nicht.

Dann antwortete sie: "Als dein Großvater starb, nahm meine Mutter seinen Job. Als meine Mutter starb, gab sie mir alle Ersparnisse ihres Lebens. Mit diesem Geld haben dein Vater und ich deine Anmeldung gemacht."

Mein Mund fiel auf. Ich wusste nicht, was ich sagen sollte. Meine Augen wurden verschwommen.

Ich sammelte einige Worte und sprach aus: "Mit allem?"

Sie seufzte und antwortete: "Fast."

Ich konnte einige Minuten lang nichts sagen. Ich schämte mich so sehr. Ich fühlte mich so schuldig.

Ich umarmte sie und fing an zu weinen: "Es tut mir leid, Mama. Es tut mir leid für alles."

Sie wischte meine Tränen weg und sagte: "Es ist in Ordnung, mein Kind. Es ist in Ordnung. Weine nicht. Du hast getan, was du für richtig gehalten hast. Du hast uns wiederholt gewarnt. Du hast uns angefleht. Jetzt scheint es, dass du die ganze Zeit recht hattest. Es war alles unsere Schuld. Du hast nichts falsch gemacht. Lass es los."

Wie immer half sie mir irgendwie aufzuhören zu weinen. Sie küsste meine Stirn. Ich weinte so sehr, dass ich schläfrig wurde. Ich ging schlafen.

Nach so vielen Tagen schlief ich an diesem Tag mit Mama. Nach all diesen Nächten ohne sie. Ich hatte eine traumlose Nacht.

***

Von dem nächsten Tag an begann ich die Schule. Ich war so glücklich, all meine Freunde, mein Mädchen und all die Lehrer zu treffen. Einige von ihnen spotteten sogar: "Also bist du zurückgekommen, wo du hingehörst."

Ich lachte nur und nickte.

Die Tage vergingen und wurden zu Monaten. Mein Stundenplan wurde immer hektischer. Ich fehlte nie in der Schule. Jeden Tag nach der Schule hatte ich Nachhilfestunden. Ich kehrte zu der Einrichtung zurück, wo ich Fußball trainierte, und begann härter zu trainieren, da ich zu dieser Zeit nicht so viel Druck in meinen Studien hatte.

Aayansh war auch beschäftigt mit seinem Spiel und der Familienarbeit und natürlich mit seinen Abschlussprüfungen. Er kam nicht oft in die Schule. Wir trafen uns immer seltener aufgrund unserer hektischen Tage, einmal pro Woche oder sogar einmal im Monat. Aber wir sprachen manchmal am Telefon. Ich gab ihm mein Telefon dauerhaft. Und ich begann, das alte Telefon meiner Mutter zu benutzen.

Fast ein Jahr verging und ich wurde in die nächste Klasse versetzt. Er hat seine Abschlussprüfung ziemlich gut bestanden. Ich war sicher, dass er in den Prüfungen gut abschneiden würde.

Seine Ergebnisse waren gut. Er wurde in eine andere Schule aufgenommen. Zunächst war ich traurig, dass ich ihn nicht mehr jeden Tag sehen würde, aber dann tröstete ich mich. Er verließ die Schule, weil die Fächer, die er studieren wollte, nicht in unserer Schule angeboten wurden. So wurde die Distanz zwischen uns größer.

Auf der anderen Seite habe ich die jährliche Prüfung irgendwie mit Hilfe meiner Freunde bestanden. Mit Hilfe von Betrug. Nun ja, ich war gut im Betrügen und Abschreiben. Ich war berühmt dafür in meiner Klasse. Ich erfand jedes Jahr einzigartige Methoden zum Abschreiben. Und ich wurde nie erwischt. Nun ja, einige meiner besonderen Fähigkeiten.

Ich habe das ganze Jahr über nicht gelernt. Ich hatte volles Vertrauen in mich und meine Fähigkeiten.

Ich habe in jedem Fach gerade so bestanden. Ich hatte in jedem Fach die Mindestpunktzahl erreicht. Aber ich wurde trotzdem bestanden und befördert. Das reichte aus. Ich habe meine Papiere nicht einmal mit nach Hause gebracht. Ich habe sie an Händler verkauft und meinem Vater gesagt, dass uns die Schule keine Papiere gegeben hat, sondern sie uns nur gezeigt hat. Ich habe ihm gefälschte Noten in jedem Fach genannt. Ich wusste, dass ich verprügelt werden würde, wenn ich ihm die Wahrheit sagen würde.

Am Tag des Eltern-Lehrer-Treffens konnte ich irgendwie meine Mutter dazu bringen, mit mir zur Schule zu gehen. Ich wollte nicht, dass mein Vater die Wahrheit erfährt. Unser Direktor kündigte vor allen die Noten jedes Schülers an. Es war eine Schande für uns alle. Als er meine Noten bekannt gab, sah meine Mutter mich skeptisch an. Ich grinste nur. Ich sah sie nicht an und sagte: "Es ist nicht die Tatsache, dass ich so schlechte Noten bekommen habe, sondern die Tatsache, dass alle meine Freunde die gleichen Noten wie ich bekommen haben."

Als Antwort drehte sie mir mein rechtes Ohr so stark, dass es rot wurde.

"Lass mich los, Mama. Es tut weh!" flehte ich. "Und bitte sag es nicht Papa."

Sie gab mir einen wütenden Blick und wir gingen nach Hause.

Kapitel 29

Inmitten des Schuljahres, fast zur Hälfte, trennte ich mich von dem Mädchen. Tatsächlich hat sie Schluss gemacht. Sie sagte, dass es zwischen uns nicht mehr funktioniert und dass es besser wäre, weiterzugehen. An diesem Tag war ich emotional gebrochen. Nachdem ich meinen Abendunterricht beendet hatte, ging ich direkt zu seinem Haus.

Wir gingen zu unserem Lieblingsplatz und fingen an zu plaudern. Sobald er in mein Gesicht sah, wusste er, dass etwas nicht stimmte. Ich war traurig.

"Was ist passiert?" fragte er neugierig.

Ich war so niedergeschlagen, dass ich nicht wusste, was ich sagen sollte. Er fragte mich immer wieder.

Nach einer Pause sagte ich ein paar Worte: "Wir haben uns getrennt..."

"Was meinst du? Mit wem?"

Ich erzählte ihm alles, was an diesem Tag in der Schule passiert war. Ich fing sogar an zu weinen.

Es dauerte ein paar Minuten, bis er meine Situation verstand. Er sah mich an, während ich weinte. Und dann fing er an, mich zu trösten.

"Es ist okay, Surya. Weine nicht. Schau immer positiv. Wenn etwas Schlechtes passiert, bedeutet das, dass etwas

Gutes kommt. Sie hat recht, du solltest weitermachen. Lass die Vergangenheit dich nicht zerstören. Es ist alles Vergangenheit."

"Wie? Wie kann jemand so leicht weitermachen?"

"Denk einfach daran wie einen schlechten Traum. Weißt du, wie ich die ganze Zeit motiviert bleibe? Wenn ich traurig bin, denke ich immer an die Dinge, die ich habe, die ich gesegnet bin, nicht an die Dinge, die ich nicht habe. Denk immer aus einer anderen Perspektive und du wirst sehen, dass du ein glücklicher Kerl bist."

"Ich kann nicht. Ich kann einfach nicht. Warum passiert mir das immer? Warum verlassen mich immer alle, die ich liebe?"

Er lachte sarkastisch. Sein lächerliches Verhalten verwirrte mich. "Was ist daran so lustig? Lachst du mich aus?"

Er starrte mich für einige Momente an und sagte: "Du liebst deine Mutter und deinen Vater. Sie sind bei dir. Sie lieben dich bedingungslos. Sie haben dich nie verlassen und werden es auch nie tun. Was willst du mehr, Surya?"

Ich hatte keine Antwort auf seine Frage. Die Schwere dieser Fragen traf mich härter als gedacht.

"Werde erwachsen, Surya. Du bist kein Kind mehr. Hast du jemals jemanden ohne Familie gesehen? Jemanden, der keinen Vater und keine Mutter hat? Einen armen Waisen. Lass es los, Surya. Vergiss es. Konzentriere dich auf die Dinge, die du hast. Tue die Dinge, die dir Freude und Vergnügen bereiten. Spiele Fußball. Schau es dir an. Lies Bücher. Alles was du willst. Alles, was dich ablenkt, bis du weitermachen kannst. Eines Tages wirst du verstehen, dass Familie das Wichtigste im Leben ist. Nur deine Mutter und dein Vater werden dich immer bedingungslos lieben. Und alles ist vergänglich. Dinge, die dich brechen, sind die Dinge, die dich geformt haben."

Ich war still, aber weinte immer noch. Er klopfte mir auf die Schulter und sagte: "Es ist okay. Ich kann deine Situation verstehen, aber vertraue mir -"

"Nein, das tust du nicht", ließ ich ihn nicht zu Ende sprechen. "Nein, das tust du nicht. Wie könntest du jemals meine Situation verstehen? Hast du jemals mit jemandem Schluss gemacht, den du liebst? Du verstehst meine Situation nicht. Niemand tut das..."

Ich wünschte, ich hätte das nie zu ihm gesagt. Mein Verstand hatte zu diesem Zeitpunkt die Fähigkeit verloren, darüber nachzudenken, was richtig oder falsch war. Ich war von Traurigkeit überwältigt. Ich fühlte mich elend. Es war, als ich nach Hause kam, dass mir klar wurde, dass ich das nicht hätte sagen sollen.

Er hob langsam seine Hände von meiner Schulter. Es herrschte eine lange Stille. Nur das Schluchzen war zu hören.

Schließlich brach er das Schweigen und sagte: "Lass uns essen gehen. Ammu hat heute nach langer Zeit Hähnchen gekocht. Du wirst es mögen. Es ist köstlich." Er stand auf, zog mich hoch und wischte meine Tränen weg.

"Hör jetzt auf zu weinen."

Wir aßen zusammen zu Abend. Ein paar Chapatis und zwei Stücke Hühnchen mit etwas Kartoffel.

Immer wenn ich zu ihm nach Hause ging, und selbst an manchen Tagen, an denen sie selbst nichts zu essen hatten, ließ seine Mutter mich nie mit leerem Magen nach Hause gehen. Niemals.

Manchmal log ich und sagte, dass es mir nicht gut ging oder dass ich satt war. Trotzdem zwang sie mich höflich. Sie flehte mich an wie ihren Sohn. Dann sagte ich, dass ich keinen Platz mehr im Magen hatte und wenn ich etwas essen würde, würde ich sicherlich erbrechen.

Sie sah immer elend aus, wenn ich sie ablehnte, und ich auch. Aber ich hatte meine Gründe. Ich wollte nicht ihre Mahlzeit essen, für die sie jeden einzelnen Tag kämpften. Aber manchmal aß ich nur, um ihre Herzen zu erfreuen. Aber jedes Mal, wenn ich bei ihnen zu Hause aß, bekam ich von meiner Mutter eine Standpauke.

Kapitel 30

Ich tat, was er gesagt hatte. Ich hielt mich die ganze Zeit über abgelenkt. Ich begann mehr Bücher zu lesen, mehr zu spielen und immer mehr Spiele zu beobachten. Insgesamt begann ich Dinge zu tun, die mich glücklich machten. Die ersten paar Tage waren sehr hart für mich. Ich sah die ganze Zeit niedergeschlagen aus. Mama bemerkte mich, aber sie sagte nichts. Aber sie versuchte mich die ganze Zeit glücklich zu machen, indem sie meine Lieblingsgerichte kochte oder oft mit mir sprach. Sie erfuhr alles. Zwei Wochen lang ging ich nicht einmal zur Schule.

Langsam gewöhnte ich mich daran und schließlich ging ich darüber hinweg. Für einen Menschen gibt es nichts Unmögliches, wenn wir es mit unserem ganzen Herzen versuchen. Alle meine Freunde dachten, dass ich tot war. Zwei Wochen später ging ich wieder zur Schule.

Nach meiner Auswahlprüfung für die 12. Prüfung wurde mein Zeitplan hektischer. Das ganze Jahr über hatte ich nichts gelernt, deshalb waren meine Ergebnisse schlecht. Ich war deprimiert und frustriert. Nur noch 4 Monate blieben für die Abschlussprüfung. Also begann ich hart zu lernen. Ich war aufgrund meiner schlechten Ergebnisse besonders motiviert. Ich hörte auf, zur Fußballinstitution zu gehen. Meine ganze Konzentration galt zu dieser Zeit dem Studium.

Er lifted his hands slowly from my shoulder. There was a long silence. Only the sound of sobbing was echoing.

Er finally broke the silence, and said, "Lass uns essen gehen. Ammu hat heute Huhn gekocht, nach langer Zeit. Du wirst es mögen. Es ist köstlich." Er stand auf, zog mich hoch und wischte meine Tränen weg.

„Hör auf zu weinen jetzt."

Wir aßen zusammen zu Abend. Ein paar Chapatis und zwei Hühnerstücke mit etwas Kartoffeln.

Immer wenn ich zu ihm nach Hause ging und auch an manchen Tagen, an denen sie nichts zu essen für sich selbst hatten, ließ seine Mutter mich nie hungrig nach Hause gehen. Nie.

Manchmal log ich und sagte, dass es mir nicht gut gehe oder ich bereits satt sei. Dennoch zwang sie mich höflich. Sie flehte mich an wie ihren Sohn. Dann sagte ich, dass ich keinen Platz mehr im Magen hätte und wenn ich etwas essen würde, dann würde ich sicherlich erbrechen.

Sie sah immer elend aus, wenn ich sie ablehnte, und ich auch. Aber ich hatte meine Gründe. Ich wollte ihr Essen nicht essen, für das sie jeden einzelnen Tag kämpften. Aber manchmal aß ich nur, um ihre Herzen zu behalten. Aber jedes Mal, wenn ich bei ihnen aß, wurde ich von meiner Mutter geschimpft.

***

Monate vergingen. Ich beendete meine Prüfungen für das Board-Examen und meine Schulzeit war vorbei. Obwohl die Ergebnisse noch ausstanden, begann ich mich auf das College zu konzentrieren: welche Fächer ich wählen sollte und welche Hochschule ich besuchen würde. Es war Zeit, eine Karriere aufzubauen. Mein Vater sagte: "Die Kindheitstage sind vorbei. Die sorgenfreien Tage sind vorbei. Jetzt musst du reif sein und Verantwortung übernehmen. Du musst deine Karriere jetzt selbst gestalten."

Ich war traurig und glücklich zugleich. Ich war traurig, weil meine Schulzeit vorbei war. Alle Freunde hatten sich voneinander getrennt und unterschiedliche Hochschulen und Studiengänge gewählt. Sie verfolgten ihre jeweiligen Karrieren. Aber ich war glücklich, weil ich endlich in das College-Leben eintreten würde. Ich war endlich ein Erwachsener. Aber ganz ehrlich gesagt, war ich eher aufgeregt und nervös als glücklich.

Zu dieser Zeit nahm die politische Aggression und Agenda zwischen den Hindu- und Muslim-Gemeinden in unserem Land immer mehr zu und nahm eine gewalttätige Form an. Die Armen litten wie immer am meisten.

Aayansh kam an diesem Tag nach langer Zeit zu mir nach Hause. Fast ein Jahr lang hatten wir nicht mehr vernünftig miteinander gesprochen, da ich in den letzten Monaten so beschäftigt mit meinen Prüfungen war. Er kam spät in der Nacht, wie immer. Ich hatte den ganzen Abend auf ihn gewartet. An diesem Tag war mein Vater nicht zu Hause. Er war wegen einiger Arbeit außerhalb der Stadt.

Wir saßen am Esstisch und aßen zu Abend. Mama hatte einige besondere Gerichte für ihn zubereitet. An diesem

Tag war ich sehr glücklich, dass er nach langer Zeit zu mir nach Hause kam und wir endlich frei sprechen konnten. Ich hatte so viel zu erzählen. Ich dachte immer, dass ich ihn kannte, aber ich lag falsch. Ich kannte diesen Jungen noch nicht vollständig. Während wir zusammen zu Abend aßen, unterhielten wir uns über viele Dinge.

"Wie geht es deinem Vater und deiner Mutter, Aayansh?" fragte ihn Mama neugierig. "Geht es ihnen gut?"

"Nein Tante..."

"Warum? Was ist passiert? Sind sie krank?" fragte ich.

"Ja, irgendwie. Appu ist nicht gut. Seit dem Tag, an dem er aus dem Gefängnis kam, ist er am Boden zerstört ..."

"Entschuldigung! Was?" Das Stück Hühnchen fiel mir aus dem Mund.

"Ja. Er war fast einen Monat im Gefängnis", sagte er ohne zu zögern.

Meine fassungslose Mutter sprach entsetzt aus: "Wovon redest du, Aayansh? Warum?"

Nachdem er den Reis in seinem Mund geschluckt hatte, sprach er: "Nun, es ist eine lange Geschichte. Wir hatten insgesamt zehn Kühe in unserem Stall. In den letzten Jahren starb jedes Jahr mindestens eine Kuh aufgrund einer unbekannten Krankheit. Letztes Jahr starben zwei Kühe. Es verursachte viel Stress für unsere Familie und Appu. Vor 4 Monaten ging Appu nach Bihar, um einige Kühe von dort zu kaufen. Er kaufte 4 Kühe zu günstigen Preisen und kehrte in einem Lastwagen zurück. Fast um Mitternacht stoppte die Polizei den Lastwagen an der Grenze und überprüfte ihn. Als sie die Kühe fanden, dachten sie, dass Appu sie handeln oder schlachten würde. Appu flehte sie immer wieder an, dass er nur ein Milchmann und Hirte sei, aber vergeblich. Sie waren unbelehrbar."

Wir hörten auf zu essen und lauschten der Geschichte.

"Dann?" fragte ich fassungslos.

"Dann haben sie ihn verhaftet und alle Kühe mitgenommen. Sobald sie uns informiert hatten, gingen wir sofort dorthin. Wir sagten ihnen die Wahrheit, flehten sie an, Ammu weinte und flehte sie an, dass diese Kühe für den Hausgebrauch waren und Appu unschuldig sei. Aber sie hörten nicht zu. Sie nahmen alle Kühe mit."

"Und sie ließen deinen Vater gehen?"

"Nein, nicht so leicht. Sie nahmen das Geld. Ohne Geld würden sie ihn nicht freilassen."

"Wie viel Geld haben sie genommen?"

Er lachte und sagte: "Fast siebzigtausend."

Der Himmel fiel auf mich. Die Zeit kroch. Ich kannte den Wert dieser Geldsumme.

"Wie habt ihr so eine riesige Summe bewältigt?" stammelte ich.

"Wir hatten fünfzigtausend auf der Bank. Appu hatte das Geld gespart, um unser Haus ordentlich renovieren zu können. Es waren seine Ersparnisse für sein ganzes Leben. Wir gaben alles, was wir hatten, und den Rest bekamen wir von einigen unserer Verwandten. Wir gaben ihnen das Geld, und sie ließen Appu frei.

"Seit diesem Tag geht es ihm nicht gut. Er wurde mit hohem Blutdruck und Blutzucker diagnostiziert. Er wurde sehr dünn und blass. Er schläft nachts nicht einmal. Er ist unruhig geworden und ist die ganze Zeit angespannt. Er hat jede Nacht im Gefängnis geweint."

"Was haben sie mit den Kühen gemacht?"

"Ich weiß es nicht. Sie haben sie uns nicht zurückgegeben. Vielleicht haben sie sie verkauft."

Es herrschte eine lange Stille zwischen uns. Keiner von uns wusste, was als nächstes zu sagen war oder wie zu reagieren war. Ich sah zu meiner Mutter und sah, dass sie ihren Kopf in eine Hand gelegt hatte und auf den Teller starrte. Ihre Augen waren voller Tränen. Ich fühlte dasselbe.

Aber selbst in dieser Situation was mich hart traf, war dass er lachte, als er die Geschichte erzählte. Um sicher zu gehen, fragte ich: "Machst du Witze?"

"Du bist verrückt. Macht jemand Witze über diese Angelegenheiten?" antwortete er und lächelte immer noch.

"Dann warum lachst du?"

"Was soll ich sonst tun? Soll ich jetzt wie ein Kind weinen?"

Ich verlor meine Fähigkeit zu sprechen. Ich wusste nicht, wie ich reagieren sollte. Der unmenschliche Vorfall, den das Schicksal ihnen gebracht hatte, zerquetschte mein Herz in Stücke.

Ich wusste nicht, wie lange wir so saßen. Es war Aayansh, der die Stille brach und sagte: "Kann ich noch etwas Reis haben, Tante?"

Meine Mutter kehrte in diese Welt zurück, lächelte und ging sofort in die Küche.

***

Ich saß neben ihm auf dem Bett in meinem Zimmer und war in Gedanken versunken. Ich hasste mich dafür, dass ich nicht an seiner Seite geblieben war, als er mich am meisten brauchte. Ich wusste nicht, wie ich reagieren oder ihn trösten sollte.

Er schaute sich einige Videos auf dem Handy an, während ich einfach nur da saß.

"Warum hast du mir das nicht früher erzählt?" fragte ich.

"Ich hatte keine Chance, es dir zu sagen", antwortete er, ohne mich anzusehen.

"Aber du hättest es mir zumindest einmal sagen sollen. Ich hätte dir helfen können."

"Surya... du hast genug für uns getan. Ich wollte dich zu der Zeit nicht ablenken. Du hast deine Abschlussprüfung gemacht."

Ich seufzte und fragte: "Wie geht es deiner Mutter?"

"Sie ist nicht gut. Sie hat eine Infektion in ihrer Niere."

Ich war wieder sprachlos. "Und wie geht es ihr jetzt?"

"Besser. Die Medikamente wirken. Der Arzt hat ihr gesagt, dass sie sich so viel wie möglich ausruhen soll."

Er schaute immer noch auf das Handy. "Und wie läuft es in deiner Schule?"

"Ich habe die Schule abgebrochen. Ich werde nicht mehr studieren", sagte er.

Ich saß aufrecht, schaute ihn an und fragte: "Warum?"

"Wir können es uns nicht mehr leisten. Alle unsere Ersparnisse sind weg. Es war unser ganzer Schatz. Und was noch schlimmer ist, Ammu kann nicht mehr arbeiten. Also mache ich alle Hausarbeiten, putzen und kochen. Ich erlaube ihr nicht, zu arbeiten. Appu kann auch nicht mehr viel arbeiten. Also muss ich ihm manchmal helfen. Nachdem ich all das gemacht habe und dann noch übe, habe ich keine Chance mehr, zur Schule zu gehen oder zu studieren. Deshalb habe ich beschlossen, die Schule zu verlassen."

Diesmal hatte ich nicht den Mut, ihn zum Lernen zu zwingen, weil ich in meinem Herzen wusste, dass er keine andere Wahl hatte. Was auch immer er tat, tat er für seine Familie.

"Und deine Schwestern?"

"Sie haben auch die Schule verlassen. Aber wenn wir etwas Geld sammeln können, werden sie nächstes Jahr wieder zur Schule gehen."

Ich hielt wieder inne. Ich ließ die Stille mich ganz erfassen. Wenn ich in seiner Position gewesen wäre, hätte ich vor langer Zeit aufgegeben. Die Gesellschaft hatte ihn von Anfang an grob behandelt, aber er hatte sich nicht verändert. Er würde niemals aufgeben. Er war immer noch der gleiche Aayansh, den ich kennengelernt hatte.

Ein paar Glühwürmchen flogen durch das offene Fenster in mein Zimmer. Vielleicht waren sie verloren.

"Bist du nicht traurig, Aayansh?" fragte ich.

"Ich war es. Aber nicht mehr. Es liegt alles in der Vergangenheit."

"Bereust du niemals alles, was deiner Familie passiert ist?"

Er lachte und sagte: "Ich habe keine Zeit dafür. Ich muss mich um meine Familie kümmern. Ich bin glücklich mit meinen Verantwortungen und Träumen, und ich genieße das. Sei immer glücklich mit dem, was du hast, und genieße alles im Leben, Surya. Du wirst sehen, dass du ein glücklicher Mensch bist."

Er legte sein Handy beiseite, legte sich auf das Bett und gähnte. "Ich denke bei dem Vorfall einfach nur an Pech oder Unglück. Oder vielleicht war es etwas anderes. Vielleicht war es ein Test für mich. Vielleicht hat Gott meinen Glauben getestet."

"Glaubst du an Gott?"

"Ja, das tue ich. Aber ich bete nie zu Gott."

"Warum ist das so?" fragte ich erstaunt.

Er lächelte und antwortete: "Ich kämpfe lieber für alles, was ich will, als in meinem Zimmer vor Gott zu beten oder im Tempel vor Gott zu weinen."

Er legte ein Kissen über seinen Kopf und sagte: "Ich habe dir gesagt, dass die Dinge, die dich brechen, diejenigen sind, die dich aufbauen. Gute Nacht!" Und er schlief ein.

Ich schlief die ganze Nacht nicht. Ich lag nur neben ihm im Bett und starrte die ganze Nacht auf die paar

Glühwürmchen. Selbst mit ihren winzigen leuchtenden Lichtern versuchten sie, das ganze Zimmer zu erhellen. Selbst mit ihrem nutzlosen Versuch führen sie oft Menschen, zeigen ihnen den Weg und helfen Menschen wie mir, Frieden und Freude zu finden. Obwohl sie so klein sind, hören sie nie auf zu leuchten, nicht bevor ihr Leben zu Ende ist.

Teil zwei: Tage des Verlusts der Unschuld. Tage der Erfahrung...

"Those who restrain desire,
Do so because
Theirs is weak enough
To be restrained."

- **William Blake**

Kapitel 31

Nun komme ich zu dem Teil, der mein ganzes Leben neu definieren würde. Dieser eine Tag, genauer gesagt, dieses eine Ereignis, das mein ganzes Leben verändern würde. Mein ganzes Leben war an diesem einen Moment gebunden. Ich wünschte, ich könnte es ändern. Ich wünsche es mir immer noch jeden Tag.

***

Bevor meine Ergebnisse herauskamen, wurde mein Vater in einen anderen Bezirk versetzt. Er konnte nicht jeden Tag von dem Ort aus reisen, an dem wir lebten. Ohne andere Optionen verkauften wir nach Veröffentlichung meiner Ergebnisse unser Haus und zogen an einen neuen Ort. Wir zogen in den Bezirk um, in den mein Vater versetzt worden war, und er kaufte ein neues Haus, eine Wohnung in einem Apartment. Wir zogen dauerhaft in unser neues Zuhause.

Unser neues Zuhause war weit weg von unserem alten Zuhause. Das Schicksal hatte uns wieder auseinandergerissen. Und diesmal noch brutaler. Der einzige Weg, um in Kontakt zu bleiben, war per Telefon. Wir trafen uns nicht mehr. Wir konnten uns nicht treffen, wann immer wir wollten. Zwischen seinem und unserem neuen Haus war es fast eine Tagesreise. Wir trafen uns nicht sehr oft. Einmal alle 6 Monate oder vielleicht ein Jahr. Ich erinnere mich nicht. Das war das dritte Mal, als wir uns voneinander entfernt hatten. Ich akzeptierte auch das, wie er es mir beigebracht hatte.

Ich schrieb mich in einem angesehenen College in diesem Bezirk ein. Ich begann Literatur zu studieren. Ich verließ wieder alle meine Freunde. Das war mein neues Leben. Ein neues Leben, neuer Ort, neues College, neue Freunde und eine neue Reise. Ein neuer Abschnitt meines Lebens hatte begonnen. Ich musste wieder von vorne anfangen. Die ersten Monate fielen mir schwer, mich an die neue Umgebung und all die neuen Leute zu gewöhnen. Aber dann gewöhnte ich mich an die Umgebung. Ich musste dort eine neue Institution finden, um Fußball zu lernen. Glücklicherweise fand ich eine Akademie dort. Ich gab dort eine Probe und sie wählten mich aus. Ich begann dort Unterricht zu nehmen. Nach vier Monaten schenkte mir meine Mutter ein neues Zweirad. Ich hatte jeden Tag wegen der schlechten Verkehrsanbindung dort zu kämpfen. Also kaufte meine Mutter mit einem Teil des Geldes, das meine Großmutter ihr gab, mir dieses Fahrrad. Obwohl es nicht sehr teuer oder ausgefallen war, war ich sehr glücklich. "Fühle dich immer gesegnet mit dem, was du hast", erinnerte ich mich immer wieder. Also war alles dort geregelt. Alles lief in Ordnung, bis der Tag kam, an dem das Chaos für immer Einzug hielt. Das Ereignis zerschmetterte alles, mein Leben in Stücke.

***

Ich war im zweiten Jahr meines Studiums. Ich war sehr glücklich dort und genoss das Studentenleben von Herzen. Ich wurde sogar für die Fußballmannschaft des Colleges ausgewählt, eines meiner vielen Träume. Nicht nur im Fußball, sondern auch in meinen Studien war ich gut im College. Ich bekam sehr gute Noten im College. Ich machte ein paar Freunde in meiner Abteilung. Darüber hinaus machte mich meine Fähigkeit, Fußball zu spielen und gute Noten in Prüfungen zu erzielen, im ganzen College ziemlich populär, was ich nie erwartet hatte. Ich fing an, das Fehlen meiner Kindheitsfreunde, unseres alten Hauses, meiner alten Schule, in der ich aufgewachsen war, und auch Aayansh zu vernachlässigen. Aber das bedeutete nicht, dass ich sie nicht vermisste. Ich vermisste sie sehr. Ich sprach oft über das Telefon mit meinen Kindheitsfreunden und mit Aayansh, aber wir blieben über soziale Medien verbunden. Sie alle waren damit beschäftigt, ihre Karriere aufzubauen. All diese sorglosen, glücklichen Tage waren lange vorbei. Aber jeden Abend vor dem Schlafengehen dachte ich an sie. An all diese dummen Typen und all diese albernen Witze und Streiche, die wir zusammen gemacht haben und letztendlich von den Lehrern und dem Rektor bestraft wurden, als wir in der Schule waren, an Aayansh und seine Familie, an unsere alte Schule und den Schulhof, auf dem wir jeden Tag spielten. Aber die meisten meiner College-Freunde waren so egoistisch. Sie kümmerten sich nicht darum zu sprechen, es sei denn, es war notwendig. Wir waren damals so glücklich. Ich lächelte allein auf meinem Bett und ging dann schlafen. Aber in all dem hatte ich mein Glück in Büchern und Fußball gefunden.

Am 9. August rief er mich überraschenderweise nachts an. Er erzählte mir, dass er am nächsten Tag zu mir nach Hause kommen und bleiben würde, da er ein Probetraining bei einem der angesehensten Clubs unseres Landes absolvieren würde. Das Probetraining würde im Bezirk stattfinden, in dem ich früher lebte, in einem Stadion etwa 10 km von meinem Haus entfernt. Das Probetraining würde um 8 Uhr morgens beginnen. Er konnte nicht so früh von seinem Haus aus losfahren. Es war fast ein ganzer Tag Weg von seinem Haus entfernt. Deshalb wurde beschlossen, dass er am 10. August zu mir nach Hause kommen und das Probetraining am 11. August stattfinden würde. Ich würde ihn begleiten. Er war so glücklich und aufgeregt wegen dieses Probetrainings, das ich zuvor noch nie bei ihm gesehen hatte. Er sagte mir, dass sein Leben für immer geregelt wäre, wenn er ausgewählt würde. Er müsste nie wieder zurückblicken. Dies war der Traum, dem er sein ganzes Leben lang nachjagte.

Ich informierte ihn über die korrekte Adresse, wie er zu meinem neuen Haus kommen könnte. Es war das erste Mal, dass er zu meinem neuen Haus kommen würde, seit ich dorthin gezogen war. Er startete seine Reise nachmittags. Ich gab ihm die Nummer meiner Mutter, falls er etwas brauchte. An diesem Tag wurde ich nach der Schule zu einer Geburtstagsfeier von einem meiner Freunde eingeladen. Ich hatte meiner Mutter bereits gesagt, dass ich an dieser Party teilnehmen würde und spät nach Hause zurückkehren würde. Ich erzählte ihr von Aayansh und sie wurde sehr glücklich.

Er erreichte mein Haus gegen 20 Uhr. Meine Mutter rief mich an und informierte mich, dass er sicher angekommen war. Ich sagte ihnen, dass sie zu Abend essen sollten, anstatt auf mich zu warten, da ich wahrscheinlich verspätet zurückkommen würde.

Ich genoss die Party, es war großartig. Wir tranken und tanzten. Wir schrien und jubelten vor Freude. Es war eine der schönsten Partys, die ich je hatte. Ich kehrte nach Mitternacht nach Hause zurück. Mama hatte bereits geschlafen. Aayansh wartete auf mich. Er öffnete mir die Tür. Ich ging nicht ins Zimmer meiner Mutter, da ich stark betrunken war. Mein Vater war nicht zu Hause. Ich ging direkt in mein Zimmer und zog mich um. Ich umarmte ihn voller Freude. Ich hatte ihn so lange nicht mehr gesehen, fast zwei Jahre.

"Bist du betrunken?" fragte er, als ich ihn losließ.

"Ja, irgendwie schon."

"Wirst du dich jemals ändern, Surya?"

"Ich denke nicht, Bruder. Aber ich kann dir versichern, dass du immer noch der gleiche verdammte Aayansh bist, den ich auf dem Schulhof treffen muss." antwortete ich mit Humor, während ich mich umzog.

Ich machte mich sauber und ging ins Bett und begann zu tratschen, was jahrelang unausgesprochen geblieben war.

"Wie geht es dir?" fragte ich.

"Gut und am Leben."

"Und die Familie?"

"Besser eigentlich. Ammu geht es besser. Sie arbeitet wieder. Appu erholt sich auch von der Vergangenheit.

Und meine Schwestern haben dieses Jahr wieder angefangen zu studieren."

"Das ist wirklich gut zu hören. Es gibt zumindest gute Nachrichten."

Er kicherte, aber es war anders. Ich spürte eine ironische Note in diesem Lächeln. Ich wollte ihn gerade danach fragen, aber ich dachte es mir anders.

"Bist du aufgeregt für morgen?"

"Ja. Ich bin nervös. Es ist nicht wie jeder andere Versuch, den ich gegeben habe. Es ist viel wettbewerbsfähiger und härter. Ich sagte dir, dass es mein Leben für immer verändern kann, wenn ich ausgewählt werde. Ich muss 100% geben."

"Mach dir keine Sorgen, du wirst dein Bestes geben und du wirst auch ausgewählt werden. Das weiß ich."

"Wie kannst du so sicher sein?"

"Ich habe Vertrauen in dich. Ich glaube an dich. Es ist Zeit, all deine Fähigkeiten zu zeigen, all die Dinge, die du in all diesen Jahren gelernt hast."

Er seufzte. Ich spürte, dass er nervös war. Ich lächelte und seufzte auch.

Wir waren einige Augenblicke still. Ich genoss die Momente mit ihm. Die Zeit vergeht wie ein Fluss. Es schien mir fast gestern zu sein, als ich ihn zum ersten Mal getroffen hatte.

"Aayansh! Wie geht es ihr? Wie geht es deiner Freundin?" Ich hatte fast vergessen, dass es ein Mädchen in seinem

Leben gab. Ich warf den Stein unbeabsichtigt in die Dunkelheit und traf genau ins Schwarze.

Ich fragte mich, warum er nicht auf irgendetwas antwortete und so tat, als hätte er die Frage nicht gehört. Es war ein seltsames Lächeln auf seinem Gesicht, als er aus dem Fenster sah. Ich schob ihn und rief: "AAYANSH!"

"Sie hat mich verlassen, Surya."

Mein Mund fiel auf. "Was? Was sagst du da?"

Von seinem Gesichtsausdruck her erkannte ich, dass er nicht scherzte.

"Ja, es ist wahr. Sie hat mich verlassen."

"Aber warum?" Ich war erstaunt.

"Weil ich verdammt ARM bin. Weil ich kein GELD habe", schrie er. Zum ersten Mal in meinem Leben sah ich ihn in Qualen, ich sah seinen Schmerz. Aber er schaffte es trotzdem, seine Emotionen irgendwie zu kontrollieren.

Ich war für einige Momente pausiert, als er mir erklärte, dass sie ihn verlassen hatte, weil er arm war und sie keine Zukunft mit ihm sah, wenn sie bei ihm blieb. Ihr Vater bedrohte ihn und beschimpfte seine Mutter mit harten Worten. Sie beschimpfte ihn auch. Aayansh war ein Junge, der alles ertragen konnte, aber nicht etwas, das Schmerzen seiner Ammu und Appu verursachen würde. Er zeigte mir seine Hand und ich sah, dass der Name dieses Mädchens auf seinem Arm geschrieben stand. Nur ich wusste, außer ihm, wie sehr er dieses Mädchen liebte. Aber sie hatte ihn brutal verlassen, mein armer Aayansh.

Nachdem ich alles gehört hatte, legte ich mein Kinn auf meine Knie und starrte aus dem Fenster, ohne in der Lage zu sein, ein einziges Wort zu sagen. Ich konnte in diesem Moment kein Wort finden, um es ihm zu sagen. Es war, als hätte ich meine Fähigkeit zu sprechen verloren.

Ich wusste nicht, wie lange wir im Dunkeln saßen, ohne ein Wort zu sprechen. Er war gebrochen. An diesem Abend gab es keinen Mond am Himmel. Ich bemerkte nicht, als ein paar Glühwürmchen in mein Zimmer flogen und an der Wand im Dunkeln saßen. Ihr schwaches Licht hatte die elende Dunkelheit aus meinem Zimmer vertrieben. Ich starrte auf die flackernden Glühwürmchen und dann schaute ich zu Aayansh. Er starrte sie ebenfalls an. Ihr flackerndes goldenes Licht spiegelte sich in seinen hellen, düsteren Augen wider. In diesem Moment hatte ich ein Déjà-vu. Ich hatte denselben Moment vor zwei Jahren erlebt, als wir in meinem Zimmer in unserem alten Haus saßen. Der einzige Unterschied war, dass die Natur damals im Mondlicht gebadet war und heute überall Dunkelheit herrschte.

"Hast du jemals Traurigkeit verspürt, Aayansh?" fragte ich mit einer albernen Frage. Er schaute mich verwundert an.

"Ich meine, weinst du jemals? Für all das unglückliche Schicksal und die schlechten Dinge, die Gott in dein Leben gegeben hat und die du akzeptieren musstest."

Er lachte. "Ja, sehr oft. Aber ich glaube, es gibt nichts wie unglückliches Schicksal oder schlechte Dinge. Ich glaube, was auch immer passiert, passiert zum Guten. Man muss es nur auf die richtige Weise betrachten."

Ich wechselte absichtlich das Thema und sagte: "Hast du darüber nachgedacht, was du tun wirst, wenn du morgen nicht ausgewählt wirst?"

Er dachte einen Moment nach und antwortete: "Dann werde ich von vorne anfangen und immer wieder versuchen, bis ich meinen Traum erreiche. Immerhin wird es nicht das erste Mal sein, dass ich abgelehnt werde."

Alle Spieler, mit denen er früher gespielt hatte, hatten entweder aufgehört zu spielen oder angefangen zu arbeiten. Alle meine Freunde hatten aufgehört zu spielen und sich damit beschäftigt, ihre Karriere voranzutreiben. Ich war immer mehr in das Studium involviert und konnte nicht mehr so viel Zeit wie früher zum Spielen aufwenden. Alle hatten sich verändert, außer ihm.

"Wie lange, Aayansh? Wie lange wirst du deinem Traum nachjagen? Wie ein verrückter Hund? Ich denke, es ist Zeit, die Realität zu akzeptieren. In unserem Land ist es fast unmöglich, deinen Traum im Fußball zu erreichen."

Eine sofortige Antwort kam von ihm: "Solange es dauert, meine Freunde. Selbst wenn es mein ganzes Leben erfordert. Und ich glaube nicht an das Unmögliche. Ich werde niemals aufgeben."

"Bitte besteh nicht auf dir selbst. Du musst die Realität akzeptieren. Du wirst jeden Tag älter. Du bist jetzt zwanzig. Die Zeit läuft dir davon. Man kann im Fußball nicht weitermachen, nachdem man dreißig oder fünfunddreißig ist, außer für ein paar wenige Glückliche mit viel körperlicher Fähigkeit. Schau dir all die Star-Spieler anderer Länder an, im Alter von zwanzig Jahren haben sie einen Verein und fangen sogar an, vor der

Spitzenzeit ihrer Karriere zu glänzen. Und schau dich an, du bist immer noch hier, ohne Verein, ohne Ziel, ohne Hoffnung. Das Schicksal war immer grausam zu dir. Du kannst dich nicht einmal in einem Verein unterbringen. Komm schon, Aayansh! Lass es los und fang ein neues Leben an."

Ich konnte nicht weitersprechen, als er unterbrach und sagte: "Selbst wenn es Jahre dauert; in 10, 15 oder 20 Jahren werde ich gerne auf meine Zeit warten. Aber ich werde niemals aufgeben. Ich werde bis zum Ende kämpfen. Ich werde mein Schicksal bekämpfen, wenn es nötig ist. Ich will sehen, wohin mein Schicksal mich führt. Ich will sehen, ob mein Schicksal meine Zukunft entscheidet oder ich mein Schicksal entscheide."

Von seinem Gesichtsausdruck her wagte ich nicht, ihn weiter zu drängen. Ich starrte auf die feste Überzeugung in seinen Augen.

"Wie auch immer, ich bin jetzt mehr motiviert, nach allem was meiner Familie und mir passiert ist, nachdem sie gegangen ist."

"Und was ist, wenn du bei der Verfolgung deines ziellosen Traums dein Leben verlierst? Was ist, wenn du stirbst, während du deinen Traum verfolgst? Ohne ihn erreicht zu haben, ohne ihn erfüllt zu haben, nach allem, wofür du gekämpft hast. Du weißt nie, was morgen auf dich wartet."

Er starrte mich einige Momente lang an, mit einem merkwürdigen Lächeln im Gesicht, als ob er froh sei.

"Dann wird es die bemerkenswerteste Leistung in meinem Leben sein. Es könnte auch jemanden inspirieren. Ich könnte dem Allmächtigen ins Gesicht sehen und sagen, dass ich mein Leben gerne gegeben habe, während ich meinen Traum verfolgte. Dann werde ich keine Bedauern haben. Was könnte ich mehr im Leben wollen, als zu sterben, während ich meinen Traum verfolge? Ich habe jeden Tag davon geträumt. Aber wenn ich jetzt aufgebe, nach allem, was ich getan und gekämpft habe, werde ich den Rest meines Lebens mit Bedauern leben, dass ich meinen Traum aufgegeben habe. Selbst im Tod werde ich nicht in Frieden sein. Ich werde meinen Traum nicht aufgeben, nachdem ich so weit gekommen bin."

Ich wusste nicht, ob er jemals aufgeben würde oder nicht, aber diesmal gab ich auf.

Kapitel 32

Am nächsten Morgen sprangen wir eilig aus dem Bett. Wir frühstückten und er packte seine Ausrüstung ein. Wir waren spät dran. Ich konnte die ganze Nacht nicht richtig schlafen. Aufgrund des exzessiven Trinkens auf der Party war der Kater am Morgen immer noch da. Wegen des fehlenden Schlafes in der Nacht hatte ich schreckliche Kopfschmerzen. Meine Augen waren blutrot. Aber ich ignorierte das, da ich eine wichtigere Aufgabe hatte.

Als wir gingen, sagte Mama: "Warum fährst du nicht mit öffentlichen Verkehrsmitteln? Nimm dein Motorrad heute nicht. Du gehst für eine gute Sache."

"Warum sagst du das heute plötzlich? Das sagst du nie?", fragte ich erstaunt.

"Ich weiß nicht, es ist nur ein Gefühl."

Ich ging zu ihr und umarmte sie. "Komm schon, Mama! Nichts wird passieren. Und wir haben keine Zeit, auf das Transportmittel zu warten. Du weißt, dass die Transportmöglichkeiten hier wunderbar sind."

Sie schien nicht überzeugt. Ich ignorierte es und ging in die Garage, um mein Motorrad herauszunehmen. Als wir gerade gehen wollten, kam sie gelaufen und gab mir eine heilige Blume, die gestern den Göttern gewidmet wurde. Sie hielt die Blume auf meinem Kopf und seinem Kopf auf traditionelle Weise und murmelte ein kurzes Gebet und steckte sie in meine Hemdtasche. "Keine Sorge, ich war übervorsichtig. Pass auf ihn auf und fahr vorsichtig", sagte sie zu mir. Ich lächelte und stürmte davon.

Wir kamen zur perfekten Zeit dort an. Ich kannte den Ort, deshalb hatten wir keine Probleme, dorthin zu gelangen. Sobald wir dort ankamen, stürmte er auf den Platz und meldete seinen Namen bei den Offiziellen an, zog sich um und begann mit den anderen Jungs aufzuwärmen. Nachdem ich das Auto geparkt hatte, ging ich zu den Offiziellen und füllte das Formular in seinem Namen aus. Dann ging ich zur Seitenlinie und begann, die Show zu genießen. Es kamen fast hundert Jungs zur Auswahl. Acht Teams wurden mit allen Jungs gebildet. Jedes Team hatte 11 Spieler. Es wurden vier Spiele gespielt. Jedes Spiel dauerte 30 Minuten, 15 plus 15 mit einer 5-minütigen Pause. Aayansh wurde in das 5. Team gesteckt. Sein Spiel war in der dritten Runde. Er kam zur Seitenlinie und setzte sich neben mich und wartete auf seinen Einsatz.

Das erste Spiel begann innerhalb von Minuten. Obwohl ich zunächst darüber nachgedacht hatte, an den Trials teilzunehmen, hatte ich meine Ausrüstung nicht dabei. Doch als die Zeit verging, dachte ich, es sei besser, es nicht zu tun. Alle Spieler, die an den Trials teilnahmen, waren über meinen Erwartungen. Sie waren viel besser als ich. Ich wusste, dass ich keine Chance haben würde, mich zwischen sie zu stellen, nicht einmal für eine Minute. Jeder spielte großartige taktische Spiele, schnelle Pässe, Pressing, Konter, Verteidigung, etc. Ich hatte immer Schwierigkeiten mit den harten taktischen Spielen im modernen Fußball. Ich fühlte mich so unbedeutend zwischen ihnen, dass ich mich schämte. Ich wünschte, ich könnte wie sie spielen.

Ich wusste nicht, wann meine Augen geschlossen wurden und ich während des Spielbeobachtens ein kurzes Nickerchen gemacht hatte. Die Kopfschmerzen wurden schlimmer. Als ich aufwachte, war das zweite Spiel fast vorbei. Das nächste Spiel war sein Spiel. Ich hatte das Gefühl, dass meine Augen bald platzen würden. Aber was noch schlimmer war, mir war übel, als ob ich jederzeit brechen müsste.

Sein Spiel sollte beginnen. Als ich ihn ansah, erkannte ich, dass er unter immensem Druck stand. Er war nervös. Ich hatte ihn noch nie nervös vor einem Spiel gesehen. Er schwitzte heftig. Ich legte meine Hand auf seine Schulter. Er sah mich an, ich lächelte. "Scheiße Mann, ich habe Angst", flüsterte er.

"Es ist okay, Aayansh. Versuch nicht zu hart. Zwing dich nicht. Denk einfach, dass du mit deinen Freunden und mit mir spielst. Genieße das Spiel Aayansh. Du hast mir einmal gesagt, dass du das Letzte, was du tun willst, ist, bevor du stirbst, das Spielen zu genießen. Denk einfach daran, dass es dein letzter Tag ist und genieße es mit ganzem Herzen. Alles andere wird kommen."

Er sah mich eine Weile an und antwortete: "Scheiße! Du hast meine Zeile geklaut."

Wir lachten laut auf und der Schiedsrichter pfiff das Spielende.

Er sprang auf und rannte auf das Feld. Ich drückte die Daumen, denn ich war genauso nervös wie er. Ich konnte mein Herz schlagen hören.

Nach ein paar Momenten pfiff der Schiedsrichter das Spiel an.

Die erste Halbzeit war für ihn schrecklich. Er hatte nicht einmal die Chance, zwischen den anderen Spielern zu stehen. Wie immer schien ihm das Glück nicht hold zu sein. Es war ein weiterer unglücklicher Tag für ihn. Er konnte weder einen Ball richtig empfangen noch abgeben. Er rannte nur über das Spielfeld und jagte dem Ball hinterher, ohne etwas ausrichten zu können. Immer wenn er den Ball bekam, wurde er von den Gegnern hart attackiert.

"Komm schon! Komm schon! Aayansh, was machst du da?", murmelte ich, denn ich wusste, wenn er so spielte, war alles vorbei. Es gäbe keine Chance für ihn. Nicht einmal eine einzige Chance. Ich bedeckte meinen Mund mit den Händen und betete für ihn. "Bitte Gott, bitte. Lass ihn sein Können zeigen."

Die Halbzeitpause wurde eingeläutet. Der Spielstand stand bei 1:1. Er kam auf mich zu. Sein Gesicht war betrübt. Er wusste, was er getan hatte. Er war verzweifelt. Ich seufzte in Verzweiflung. Er setzte sich vor mir auf den Boden. Ich stand auf und setzte mich neben ihn, gab ihm Wasser.

"Lass uns nach Hause gehen, Surya. Es ist vorbei."

"Nein, wir gehen nirgendwohin. Du wirst das Probetraining beenden."

"Ich kann nicht, Surya. Es ist nicht mein Tag. Es ist dieses verdammte Pech, das mich mein ganzes Leben lang verfolgt hat. Ich kann es nicht mehr tun." Er sah hilflos aus. Ich hatte noch nie diesen Ausdruck der Hilflosigkeit in ihm gesehen, auch nicht als er mir von seinem Vater erzählte oder als das Mädchen, das er liebte, ihn verließ. Ich hielt sein Gesicht mit beiden Händen.

"Hör mir zu. Hör mir einfach zu. Das ist nicht der Aayansh, den ich kenne. Sobald die zweite Halbzeit beginnt, will ich den Aayansh sehen, den ich auf dem Schulhof getroffen habe. Es ist noch Zeit, Aayansh. Es sind noch 15 Minuten übrig. Besser spät als nie. Das ist Fußball. Das ist die Schönheit dieses Spiels. Du weißt nie, was auf dich zukommt. Im Fußball ist es nie zu spät. Bis zum Abpfiff ist nichts vorbei. Das Spiel ist noch nicht vorbei. Verliere nicht die Hoffnung. Das hast du mir immer beigebracht. Kämpfe bis zum Ende und verliere niemals die Hoffnung."

Ich legte meine Hand auf seine Brust und spürte seinen pochenden Herzschlag und sagte: "Denk an das, was deinem Vater und deiner Familie passiert ist. Den Schmerz, das Leid, das sie gefühlt haben. Das Mädchen, das du geliebt hast, hat dich brutal verlassen. Ihr Vater hat dich bedroht. Der Schmerz und das Leid, das du dein ganzes Leben lang empfunden hast. Das, was du erlitten und ertragen hast. Es ist alles da drin." Ich zeigte mit meinem Zeigefinger auf sein Herz. "Nutze es, Aayansh. Nutze es jetzt. Verwandele es in deinen Zorn. Verwandle alles in deinen Zorn und zeige ihnen deinen Zorn. Zeige ihnen, wer du bist. Es ist jetzt oder nie. Zeige ihnen, wozu du fähig bist."

Er schloss seine Augen, vielleicht um all den Mut zu sammeln und über die Vergangenheit nachzudenken, über all den Schmerz und das Leid. "Was auch immer heute hier passiert, ich möchte nicht mehr, dass du traurig bist. Ich möchte, dass du für den Rest deines Lebens glücklich bist, ob du nun ausgewählt wirst oder nicht. Ich möchte, dass du weißt, dass du heute alles auf diesem Platz aufgegeben hast und dass du das tun solltest. Ich möchte, dass du all deine Vergangenheit, all die Dinge, die du durchgemacht hast, all den Schmerz und das Leid auf diesem Platz lässt. Ich möchte, dass du all das hier und jetzt wegwirfst. Lass all das hinter dir. Ich möchte nicht, dass du all das mitnimmst, wenn wir heute von hier weggehen. Denn es ist Fußball, du solltest immer kämpfen. Denn es ist Fußball, du solltest immer hoffen. Du solltest immer versuchen, weil es Fußball ist. Habe Vertrauen. Kämpfe, Aayansh... bis zum Ende. Ich glaube an dich. Ich weiß, dass du es kannst. Jetzt musst du es tun."

Er öffnete seine Augen und ich spürte, dass sich etwas in ihm verschoben hatte. Er war ruhig. Das Pochen seines Herzens hatte aufgehört. Der Schiedsrichter rief alle auf den Platz. Er stand auf und stürmte auf den Platz. Innerhalb weniger Sekunden pfiff der Schiedsrichter und die zweite Halbzeit begann. Ich schaute gen Himmel und betete: "Bitte, Gott! Lass ihn das Licht sehen. Führe ihn."

Diese letzten 15 Minuten des Spiels würden bis zum Tod in meiner Erinnerung bleiben. Ich würde diese 15 Minuten niemals in meinem Leben vergessen, da es die glücklichsten 15 Minuten meines Lebens waren. Als der Pfiff ertönte, schrie er vor Wut und stürmte zum Ball. Es war der gleiche Aayansh, den ich zum ersten Mal auf dem Schulhof gesehen hatte. Er dribbelte 5 oder 6 Spieler gleichzeitig und erzielte sein erstes Tor, während alle auf dem Platz für ihn jubelten. Er sprintete wie eine Schlange und erzielte ein zweites Tor. Er genoss das Spiel. Das war der Aayansh, den ich mein ganzes Leben lang kannte. Bevor der Schlusspfiff erklang, rannte er wie ein wilder Stier von seiner Strafraumlinie bis zur gegnerischen Strafraumlinie und schoss das dritte Tor, sicherte seinen Hattrick in nur 15 Minuten, während alle auf dem Platz, einschließlich aller Trainer und Offiziellen, sogar alle Jungen, vor Freude schrien und klatschten. Aber inmitten all dieses Chaos hatte sich die Zeit für mich verlangsamt. Meine Umgebung hatte sich verändert, als ob ich nicht mehr da wäre. Ich stand an einem anderen Ort. Es dauerte einige Momente, bis ich verstand, wo ich war. Ich stand auf dem Schulhof und vor mir rannte Aayansh wie eine Schlange und räumte jeden aus dem Weg, um zu scoren. Es erfüllte mein Herz mit Freude. Ich erlebte es immer wieder. Ich hatte ein Déjà-vu. Als ob er auf dem Schulhof mit uns spielen würde. Diese Freude, dieser Enthusiasmus, dieser Ruhm und derselbe Aayansh.

Die Schlusssirene hatte mich in die Gegenwart zurückgeholt. Alle stürmten auf ihn zu und gratulierten ihm. Doch er ignorierte alle und rannte zu mir. Ich stand immer noch da mit einem breiten Lächeln. Er kam zu mir und umarmte mich. Tränen brachen aus meinen Augen, aber es waren Tränen der Freude.

Ich wusste zu diesem Zeitpunkt nicht, ob er ausgewählt werden würde oder nicht. Aber für mich war er bereits ein Gewinner. Ich würde niemals an ihm zweifeln. An diesem Tag hatte er bewiesen, was er beweisen musste. Er musste nichts mehr beweisen. Er hatte der Welt gezeigt, wer er war und was er konnte. Für mich war er an diesem Tag ein Gewinner und würde es immer sein, selbst wenn er abgelehnt werden würde. Er hatte jeden

Einzelnen von ihnen an diesem Tag übertroffen und das war für mich und auch für ihn genug.

"Lass uns nach Hause gehen, Surya", sagte er zu mir.

"Was? Warum? Warten wir auf das Ergebnis", sagte ich erstaunt.

Er lächelte und sagte: "Das Ergebnis ist mir egal. Nicht mehr. Ich habe getan, was du mir gesagt hast. Ohne dich hätte ich das nie geschafft. Die Dinge, die du mir in der Halbzeitpause gesagt hast..."

Ich dachte, er würde mir sagen, dass ich ihn verletzt habe, indem ich ihn an seine Vergangenheit erinnert habe. Aber zu meiner Überraschung sagte er: "Ohne diese Worte hätte ich meinen Fluch, mein unglückliches Pech nie besiegen können. Ich hätte nie meinen Fluch besiegen können ohne dich. Danke. Ich schulde dir, Surya. Mein Leben."

Nein, er hatte an diesem Tag Unrecht. Er schuldete mir nichts. Ich schuldete ihm alles. Ich schuldete ihm mein Leben lang eine Menge Dinge. Aber er hatte Recht, er hatte an diesem Tag seinen Fluch besiegt und ich hatte es mit eigenen Augen gesehen. Ich wünschte, ich könnte ihm sagen, wie stolz und glücklich ich an diesem Tag für ihn war.

Kapitel 33

Ich ließ ihn nicht gehen. Ich zwang ihn zu bleiben, bis das Endergebnis feststand. Nach einiger Zeit begannen die Beamten nacheinander die ausgewählten Jungen anzukündigen. Insgesamt wählten sie 20 Jungen aus. Leider war er nicht auf der Liste. Er stand an meiner Seite, als sie die Liste verkündeten. Als der letzte Name bekannt gegeben wurde, seufzte er. Ich klopfte ihm auf die Schulter und sagte: "Es ist okay. Du hast bewiesen, was du beweisen musstest. Sei nicht traurig. Vielleicht klappt es das nächste Mal."

Wir waren gerade dabei zu gehen, als einer der Beamten auf uns zukam, um etwas zu sagen. Ich blieb stehen, um zu hören, was er zu sagen hatte, mit einem kleinen Hoffnungsschimmer. Aayansh blieb jedoch nicht stehen und ging weiter.

"Normalerweise wählen wir jedes Jahr zwanzig Kinder aus", sagte der Beamte mit einem stolzen Lächeln im Gesicht. "Aber in diesem Jahr ist etwas Außergewöhnliches passiert, das uns dazu gebracht hat, unsere Meinung zu ändern. Einer der Jungen unter euch hat heute außergewöhnliches Talent und Engagement gezeigt. Er übertrifft jeden von euch. Wir haben schon lange nach solch frischem jungen Talent gesucht. Es scheint, dass wir ihn endlich gefunden haben. Deshalb haben wir beschlossen, ihn, noch einen Jungen, auf unsere Liste zu setzen. Allerdings muss er hart arbeiten, um mit seinem Talent konsequent zu bleiben." Er hielt inne, als ob er unsere Spannung erhöhen wollte. Ich kreuzte meine Finger und betete.

"Also, der 21. Junge auf unserer Liste ist ..."

"Der Junge, der in nur 15 Minuten einen Hattrick erzielt hat. Es ist Aayansh!"

Ich schrie vor Freude und drehte mich um, stürmte auf ihn zu und sprang vor Freude auf ihn drauf. Jeder von ihnen begann für ihn zu klatschen. Sie bewunderten ihn und gratulierten ihm, einschließlich der Beamten und Trainer. An diesem Tag war ich so glücklich für ihn. Selbst der Gewinn des Turniers für unsere Schule gab mir nicht solche Freude. Ich schrie und schrie vor Freude, bis mein Hals schmerzte.

***

Nachdem er alle notwendigen Formalitäten mit den Beamten erledigt hatte, kam er zurück zum Parkplatz. Ich wartete dort auf ihn. In der Zwischenzeit hatte meine Kopfschmerzen ihr Höchstmaß erreicht. Ich hatte es fast vergessen inmitten der Spannung. Auf dem Parkplatz schrie ich vor Schmerzen. Ich fing an, meine Haare zu ziehen. Der Schmerz war unerträglich. Ich überprüfte meine Augen im Spiegel. Sie waren blutrot und drohten jederzeit zu platzen. Ich wusch mein Gesicht und goss Wasser auf meinen Kopf. Ich ließ das Wasser meinen ganzen Kopf durchnässen. Mein Kopf war voller Wasser. Ich ließ es fallen, bis es mir etwas Erleichterung gab.

Als er kam, zwang ich mich, ihn nichts bemerken zu lassen. Ich ignorierte absichtlich diese intensive Schmerzen.

"Was ist passiert?" fragte er angespannt.

"Nichts... Lass uns nach Hause gehen. Ich muss schlafen", sagte ich lächelnd. "Und hör zu, du wirst heute Nacht auch bleiben. Ich muss mit dir so viel reden, Bruder. Aber fürs Erste lass uns nach Hause gehen. Ich bin müde."

Er umarmte mich wieder und bedankte sich immer wieder bei mir. Er dachte, dass es dank mir war, dass er ausgewählt wurde und seinen Fluch besiegen konnte. Aber ich wusste, dass ich nichts getan hatte. Ich war nur das Medium. Alles, was er brauchte, war ein Schub. Ich tat nur das und er tat den Rest.

Wer wusste, dass es das letzte Mal war, dass ich ihn umarmte. Wenn ich es gewusst hätte, hätte ich ihn nicht aus meinen Armen gelassen. Ich schob ihn höflich weg und sagte spöttisch: "Lass uns gehen. Ich bin nicht deine Freundin", ohne zu ahnen, was auf uns zukam. Ich war so überwältigt von der Freude, dass ich das Omen nicht verstand, das um mich herum geschah. Ich starrte auf das Motorrad, er sprang auf und ich stürmte hinaus.

Als wir auf halbem Weg waren, bat ich ihn, weiter mit mir zu reden, da ich wegen eines Katers müde war. Meine Augen fühlten sich müde an während ich fuhr. Jedes Mal, wenn meine Augen geschlossen waren, verlor ich die Kontrolle. Das Rütteln des Lenkers machte mich immer wieder bewusst. Ich sah in den Rückspiegel. Sein unschuldiges Gesicht spiegelte sich darin wider. Er lächelte von alleine. Er war an diesem Tag wirklich glücklich. Er lächelte nach langer Zeit wieder. Es machte mich auch glücklich.

Meine Augen wurden verschwommen. Sie schlossen sich von selbst wieder. Der schreckliche Hornschall eines Autos, das an uns vorbeifuhr, weckte mich auf. Als ich aufwachte, bemerkte ich, dass sich meine Schnürsenkel in der Fußstütze verfangen hatten, als ich versuchte, das Bremspedal des Hinterrads zu drücken, um die Geschwindigkeit zu reduzieren. Ich stöhnte vor Ärger und Ekel. Ich beugte mich, um es aus der Fußstütze zu entfernen, sonst hätte ich das Bremspedal nicht benutzen können. Ich kontrollierte das Fahrrad mit einer Hand am Lenker. Ich versuchte, mit einer Hand die gleiche Geschwindigkeit beizubehalten. Und in diesem Moment fiel die Blume, die Mama in meine Hemdtasche gesteckt hatte, aus meiner Tasche und flog aufgrund des starken Windes davon. Ich stöhnte vor Ekel.

Während ich versuchte, die Schnürsenkel zu entfernen, waren meine Augen darauf fixiert, ich bemerkte nicht die Straße vor mir. Ich machte mir keine Sorgen, da ich gesehen hatte, dass die Straße frei war, bevor ich mich bückte. Ich war so damit beschäftigt, die Schnürsenkel zu entfernen, dass ich einen leichtsinnigen Fehler machte, der mir alles nahm. Ich bemerkte nicht, als ich mich einer Kreuzung von vier Straßen näherte. Ein Schrei einer Frauenstimme machte mich aufmerksam und ich setzte mich aufrecht, um zu sehen, wie eine Dame aus dem Nichts in der Mitte der Straße stand, direkt in Richtung, in die mein Motorrad fuhr. Meine Schnürsenkel steckten immer noch fest. Meine Augen waren alles andere als klar. Ich konnte nicht richtig sehen. Aber es war nicht die richtige Zeit, um meine Augen zu reiben. Mein Instinkt sagte mir, dass ich das Motorrad auf der rechten Seite ausweichen sollte, um die Frau zu retten. Und ich tat, was mein Instinkt mir sagte.

Aber ich bemerkte nicht, dass ein anderes Auto mit voller Geschwindigkeit von hinten kam. Als ich auswich, traf es mich und die Wucht des Aufpralls war fast so stark, dass wir vom Motorrad fielen. Ich versuchte, den Lenker richtig zu halten, aber ich zog versehentlich das Gaspedal voll auf. Mein Motorrad beschleunigte sofort. Ein anderes Auto kam von rechts, aber aus entgegengesetzter Richtung. Ich verlor die Kontrolle und stieß gegen das Auto.

Die kombinierte Kraft meines Motorrads, des Aufpralls von hinten und die entgegenkommende Kraft des kommenden Autos machten den Aufprall tödlich. Wir prallten vom Motorrad ab. Ich prallte so hart vom Motorrad ab, dass ich für einen Moment hoch in die Luft geschleudert wurde und dann mit großer Wucht abstürzte. Ich prallte auf die Betonstraße und die Wucht des Aufpralls stieß mich nach vorne. Ich rutschte, bis ich mit voller Wucht gegen einen Pfosten stieß, mit meinem Rücken.

Ich spürte nichts. Aber sobald mein Rücken den Pfosten traf, zwang mich der Aufprall sofort zum Erbrechen. Ein Auto raste an mir vorbei und blieb in einiger Entfernung stehen.

Alles verblasste. Ich sah einige Menschen auf mich zulaufen und andere in die andere Richtung rennen. Aber alles war unscharf. Ich konnte nur einige schattenhafte Gestalten sehen. Ich versuchte, meinen Kopf zu heben, aber ich konnte es nicht. Die Zeit begann zu kriechen. Meine Umgebung, alles fühlte sich wie eine Zeitlupe an.

Mein Herzschlag wurde schwächer. Ich hob meinen Kopf ein wenig mit aller Kraft. Aber er fiel sofort wieder auf den Boden.

Das Letzte, woran ich mich erinnere, war der Anblick des Körpers eines Jungen in meinem Alter, der auf der anderen Seite der Straße mit meinen verschwommenen Augen lag. Einige Menschen eilten in Eile auf ihn zu, aber in Zeitlupe. Einige schrien, besonders Frauen. Der Körper lag in einer Pfütze aus karmesinrotem Flüssigkeit. Blut. Der Körper lag regungslos da.

Ich schloss meine Augen. Ein Klang hallte von einem fernen Horizont wider.

"Was hast du getan?"

"Was hast du getan?"

Es hallte immer wieder, bis alles dunkel wurde.

Die Glühwürmchen waren verschwunden und hinterließen nur Dunkelheit.

"He whose face gives no light, shall never become a star."

- **William Blake.**

Kapitel 34

"Surya!" eine schwache Stimme hallte immer wieder wider. Alles begann zu zittern.

NEIN! Ich riss mit einem Schrei das Bettlaken weg.

"Es ist in Ordnung, Beta. Es ist okay. Es war nur ein Traum. Es ist nicht die Realität", flüsterte Mama mir ins Ohr, als sie mich nahm und umarmte. Die Wärme ihrer Umarmung tröstete mich ein wenig. Ich schwitzte heftig. Ich atmete schwer, ohne die geringste Kenntnis darüber, wo ich war und was um mich herum passierte.

Es dauerte einige Zeit, bis ich die Realität begriff. Als mir die Realität klar wurde, drückte sie schwer auf meine Seele. Ich legte mich wieder auf das Bett und wandte mich der anderen Seite zu. Mama begann sanft über meine Stirn zu streichen, um mich zu trösten. Ich schloss die Augen und versuchte, mich von der Realität zu befreien, die meine Seele belastete.

***

Es war fast ein Jahr seit diesem Tag vergangen.

Als ich das Bewusstsein wiedererlangte, lag ich auf einem Bett und medizinische Instrumente waren überall um mich herum. Aber alles war verschwommen. Ich konnte nicht herausfinden, wo ich war. Dann wurde alles wieder dunkel.

Das nächste Mal, als ich aufwachte, war es ein wenig klarer als zuvor. Ich sah, dass Mama an meiner Seite saß. Sie lächelte mit großer Erleichterung und winkte über meinem Kopf. Ihr Gesicht sah so aus, als hätte sie seit Monaten nicht geschlafen. Ich hatte etwas über meinem Gesicht. Eine transparente Abdeckung. Maske. Sauerstoffmaske.

Wo zum Teufel war ich? Was ist passiert?

Ich wollte Mama fragen, als alles wieder dunkel wurde.

Ich war fast zweieinhalb Wochen im Krankenhaus. Ich war fast 5 Tage bewusstlos. Ich wachte nur ein paar Mal auf und wurde dann innerhalb weniger Sekunden wieder bewusstlos. Als ich nach fünf Tagen aufwachte, war alles kristallklar. Mama saß an meiner Seite mit ein paar Krankenschwestern und einem Arzt. Sie überprüften meinen Puls, meine Augen. Ich konnte zu diesem Zeitpunkt sprechen. Eine Sauerstoffmaske war immer noch da. Mama kam mit einem breiten Lächeln auf mich zu und küsste meine Stirn. Aber ich wusste nicht, was sie sah, als sich unsere Augen trafen, ihr Lächeln verdampfte sofort. Vielleicht sah sie zwei leblose Augen, die sie mit Reue ansahen, weil sie am Leben waren. Vielleicht sah sie keine Seele in diesen Augen.

Ich erholte mich langsam. Es gab Verbände überall an meinem Körper, an Händen, Beinen und Kopf. Anfangs schlief ich den ganzen Tag. Ich konnte meinen eigenen Körper nicht spüren, außer an den Händen. Langsam gewann ich die Kontrolle über meinen Körper, nur um starke Schmerzen zu fühlen. Mama kam jeden Tag. Ich starrte sie leer an oder starrte manchmal einfach an die Krankenzimmerdecke. Ich sah meinen Vater nicht ins

Krankenhaus kommen, nicht einmal an einem einzigen Tag. Ich hatte nicht die Fähigkeit zu sprechen.

Als sie meine Sauerstoffmaske entfernten, fing ich an zu murmeln. Ich konnte mich nicht daran erinnern, was passiert war, als ich im Krankenhausbett aufwachte. Ich versuchte hart, mich zu erinnern, aber vergeblich. Je härter ich es versuchte, desto mehr wurde es durcheinander. Langsam begann ich mich an alles zu erinnern, und es fing an, mich zu verfolgen.

Als ich in der Lage war, einen Satz zu sprechen, fragte ich meine Mutter, stolpernd: „Was ist passiert? Wo ist Aayansh?"

Durch ihren Gesichtsausdruck begann ich das Schlimmste zu befürchten. Sie starrte mich mit leerem Gesicht und Tränen in den Augen an. Ich wollte nur, dass sie mir sagt, dass es nicht wahr war, dass es nur ein Traum war. Ich wollte beweisen, dass ich mich irre. Ich betete, dass das, was ich befürchtete, nichts als ein Albtraum war.

Aber ihr Gesichtsausdruck zeigte mir das Gegenteil. Ihr leeres Gesicht machte mir alles klar. Sie musste kein einziges Wort aussprechen. Ich wusste es. Ihr Ausdruck hatte mir die Realität vor Augen geführt.

Also war es wahr. Es war kein Traum, kein Albtraum, sondern die Realität, der umdefinierende Moment für mich.

Er war gegangen. Er war tot. Das Auto überfuhr ihn, als wir vom Motorrad fielen. Er war in diesem Moment tot. Er ließ mich alleine zurück. Meine Welt brach zusammen. Nein, ich gebe ihm nicht die Schuld, dass er mich verlassen hat. Es war alles wegen mir. Ich habe ihn getötet. Ich. Ich. Nur ich. Niemand sonst.

Ich war an diesem Tag so glücklich für ihn. Ich war so stolz auf ihn.

Zwei Wochen später kehrte ich nach Hause zurück. Bevor ich das Krankenhaus verließ, fragte ich den Arzt, ob ich jemals wieder spielen könnte oder nicht.

Als sie mir die Sauerstoffmaske abnahmen, fing ich an, ein paar Worte zu murmeln. Als ich auf dem Krankenhausbett aufwachte, erinnerte ich mich an nichts. Ich versuchte hart, mich zu erinnern, aber vergeblich. Je mehr ich es versuchte, desto mehr wurde es durcheinander. Langsam fing ich an, mich an alles zu erinnern und es begann mich zu verfolgen.

Als ich in der Lage war, einen Satz zu sprechen, fragte ich meine Mutter, stolpernd: "Was ist passiert? Wo ist Aayansh?"

Durch ihren Gesichtsausdruck begann ich das Schlimmste zu befürchten. Sie starrte mich mit leerem Gesicht an, Tränen in den Augen. Ich wollte nur, dass sie mir sagt, dass es nicht wahr war, dass es nur ein Traum war. Ich wollte beweisen, dass ich mich irre. Ich betete, dass das, was ich befürchtete, nichts als ein Albtraum war.

Aber ihr Gesichtsausdruck zeigte mir das Gegenteil. Ihr leerer Blick machte mir alles klar. Sie musste kein einziges Wort sagen. Ich wusste Bescheid. Ihr Gesichtsausdruck hatte mir die Realität vor Augen geführt.

Es war also wahr. Es war kein Traum, kein Albtraum, sondern die Realität, der Moment, der alles für mich neu definierte.

Er war weg. Er war tot. Das Auto überrollte ihn, als wir vom Fahrrad fielen. Er war in diesem Moment tot. Er ließ mich allein zurück. Meine Welt brach zusammen. Nein, ich gebe ihm nicht die Schuld dafür, dass er mich verlassen hat. Es lag alles an mir. Ich habe ihn getötet. Ich. Ich. Nur ich. Niemand anders.

Ich war an diesem Tag so glücklich für ihn. Ich war so stolz auf ihn.

Zwei Wochen später kehrte ich nach Hause zurück. Bevor ich das Krankenhaus verließ, fragte ich den Arzt, ob ich jemals wieder spielen könne oder nicht. Er bemitleidete mich und drückte meine Schulter und sagte: "Es tut mir leid, Beta. Leider wirst du nie wieder spielen können. Dein Körper wird nie wieder solche Anstrengungen wie zuvor leisten können. Du kannst jedoch nur aus Freude mit deinen Freunden spielen, wenn du wieder fit bist. Aber du musst sehr vorsichtig sein. Du kannst nur ein bisschen spielen. Dein Körper wird keine zu hohe körperliche Belastung mehr aushalten."

Er sagte es, um mich zu trösten, aber ich antwortete nichts. Ich hatte mehrere gebrochene und gebrochene Knochen, einschließlich meiner Beine, Hände und Taille sowie eines Teils der Wirbelsäule. Er sagte mir, dass ich sehr glücklich war, dass ich wieder laufen konnte. Es würde mehr als drei Monate dauern, um alle diese Knochen zu heilen und sechs Monate, um vollständig fit zu werden.

Meine Fußballtage waren vorbei. Meine Tage des Spielens, der Freude und des Vergnügens waren vorbei.

Er war fort, auf brutale Weise, und ließ mich allein in der Dunkelheit zurück. Er nahm auch einen Teil von mir mit, als er ging. Er war tot und mit ihm starb auch ein Teil von mir. Ich kehrte nach Hause zurück, leblos. Eine lebende Leiche, die ihre Seele zurückließ. Ich hatte meine Seele auf der Straße verloren. Und er hatte sie mit sich genommen.

Kapitel 35

Der schlimmste Teil des Lebens ist, wenn man weinen will, aber nicht kann. Wenn man schreien will, aber nicht ein einziger Ton aus dem Hals kommt. Wenn man schluchzen will, aber nicht eine einzige Träne aus den Augen kommt. Es ist immer der schwierigste Teil, wenn es passiert. Es tut höllisch weh...

***

Es war ein Jahr vergangen, seit ich lebend nach Hause zurückgekehrt war. Ich erholte mich langsam mit Hilfe von Medikamenten, Übungen und Physiotherapie. Ich hatte Narben am ganzen Körper, aber keine von ihnen konnte mit der Narbe auf meiner Seele mithalten. Ich erholte mich, aber etwas anderes nahm seinen Platz ein. Der Suryansh, der ich einmal war, war tot, er war nicht mehr da. Derjenige, der aus dem Krankenhaus zurückkehrte, war anders. Ich sprach mit niemandem mehr, weder Freunde noch Familie. Ich sprach nur, wenn es unbedingt nötig war. Die meiste Zeit antwortete ich nur mit einem Nicken. Ich blieb immer allein in der dunklen Ecke meines Zimmers. Ich hörte auf, wie früher zur Uni zu gehen. Ich hörte nicht nur auf, Fußball zu spielen, sondern auch auf, es zu schauen. Ich habe seit jenem Tag keine Spiele mehr gesehen. Ich erhielt viele

Anrufe von der Uni, um an Wettbewerben teilzunehmen. Sie brauchten mich in ihrem Team. Aber ich lehnte immer ab. Ich hatte den Fußball aufgegeben. Ich murmelte alleine im Dunkeln. Ich blieb immer im Dunkeln. Wenn Mama mein Zimmer betrat und das Licht anmachte, schrie ich sie an. Ich schob sie aus meinem Zimmer und schaltete alle Lichter aus. Die Dunkelheit war zu meiner Sucht geworden. Sie gab mir Freude. Eines Tages zerbrach ich alle Lichter in meinem Zimmer, damit die Dunkelheit niemals verschwinden würde. Früher war mein Leben voller Licht. Die Dunkelheit, die in seinem Herzen, in ihren Herzen wohnte, begann mich zu verschlingen. Ich tat immer so, als ob ich nach etwas suchte. Ich bewegte mich hier und dort und suchte etwas, das ich nicht kannte, aber ich suchte einfach weiter und weiter.

Ich habe meinen Schlaf und meine Träume verloren. Seit jenem Tag habe ich nicht mehr gut geschlafen. Ich blieb die ganze Nacht in meinem dunklen Zimmer wach. Ich ließ mein Fenster die ganze Nacht offen in der Hoffnung, dass die Glühwürmchen wie früher hineinkommen würden. Aber sie kamen nie. Dennoch hörte ich nicht auf zu hoffen und es zu versuchen. Ich aß nur, um am Leben zu bleiben. Seit jenem Tag habe ich nicht mehr gelächelt. Ich konnte nicht einmal weinen. Ich schlief nur ein paar Stunden einmal in zwei oder drei Tagen, aber ich träumte nie. Meine Mutter gab ihr Bestes, um mich gesund und glücklich zu halten. Sie kochte jeden Tag all meine Lieblingsgerichte, aber ich lehnte jedes Mal ab. Ich wusste nicht, was aus mir geworden war. Ich war weder traurig, noch glücklich, noch schuldig. Ich war einfach leer, hohl und leer. Ich war ausdruckslos. Ich war ohne Seele. Ich begann schwach, zerbrechlich und schlank zu werden. Meine Lippen waren blass, fast weiß. Mein Bart und meine Haare wurden dichter, um mein fast ganzes Gesicht zu bedecken. Es gab dunkle Ringe unter meinen Augen. Meine Augenhöhlen hatten fast meine Augen eingesogen. Ich konnte die Knochen meines Brustkorbs zählen. Die Freude, die früher von meinem Gesicht abstrahlte, hatte sich in einen kranken, depressiven Blick verwandelt, als ob ich lange Zeit an einer schrecklichen Krankheit gelitten hätte. Der Suryansh, der einmal Angst vor der Dunkelheit hatte, wurde nun zu seinem einzigen Freund. Der Suryansh, der nie allein bleiben konnte, liebte es jetzt, allein zu sein. Der Suryansh, der nie ohne seine Mutter schlafen konnte, begann alleine im Dunkeln wach zu bleiben. Die Dunkelheit hatte keine Angst mehr vor mir. Ich hatte immer das Gefühl, dass jemand um mich herum war, immer bei mir. Ich war nie allein, als ob jemand mir die ganze Zeit folgte, egal wohin ich ging. War es ein Geist? Vielleicht war es der Geist von Aayansh. Es hat mich die ganze Zeit verfolgt. Es hat mich nie allein gelassen. Aber es war egal. Es hatte keine Angst vor mir. Es blieb nur die ganze Zeit bei mir, ohne mir zu schaden. Immer wenn ich schlafen wollte, hat mich der gleiche Traum jedes Mal verfolgt. Ich sprang auf, schrie und schwitzte stark. Selbst wenn ich während des Tages kurz schlief, verschonte mich dieser Traum nie. Ich sah jeden Tag immer wieder denselben Traum. Es war nicht nur mein Albtraum geworden, sondern auch ein Tagtraum, würde ich sagen. Ich fing an, Angst vor diesem Traum zu bekommen. Es war diese Angst, die mich die ganze Nacht wach hielt. Ich hörte auf zu schlafen, in der Hoffnung, dass ich, wenn ich nicht schlief, nicht träumte und es mich schließlich nicht mehr verfolgen würde. Aber manchmal musste ich schlafen, wenn mein Körper und meine Augen nicht mehr konnten. Wenn der Traum mich verfolgte, blieb ich in diesem Traum stecken, als ob es meine Realität wäre. Ich schrie, kämpfte auf eigene Faust, warf meine Hände und Beine heftig und nachdem ich aus dem Traum gerissen worden war, seufzte ich erleichtert, dass es nicht die Realität war, nur ein Traum. Ich wollte jedes Mal unbedingt aus dem Traum herauskommen, als ob jemand mich absichtlich dort festhielt. Jemand wollte mich nicht gehen lassen.

Etwas quälte mich von innen, genau wie Maden ihre Beute zersetzen. Etwas entzog langsam meinem Seelenleben die Lebenskraft. Meine Mutter bemerkte alles und konsultierte einen Arzt. Sie sagten, dass der Vorfall all diese Probleme verursachte und einen tiefen Eindruck in meinem Gehirn hinterlassen hatte, was in der Tat zutraf und ich diese Phase nicht überwinden konnte. Sie sagten, dass ich die Hilfe eines Psychiaters oder Psychologen brauchte. Deshalb tat meine Mutter, was man ihr sagte. Sie und mein Vater hatten gemeinsam einen Termin bei einem Psychiater vereinbart und brachten mich dorthin. Ich wollte das nicht, aber zu der Zeit widersprach ich nie etwas entschieden. Ich tat immer, was man mir sagte, auch ohne es zu wollen. Nach dem Unfall beschloss mein Vater, das Motorrad zu verkaufen. Meine Mutter fragte mich nach meiner Meinung. Ich lehnte nicht ab. Ich brauchte das nicht mehr.

Die Ärzte begannen ihre Behandlung. Es waren ein paar Ärzte im Raum und ich war alleine zwischen ihnen. Meine Mutter und mein Vater waren draußen. Sie ließen mich allein dort. Ich war zwischen ihnen wie bei einem IAS-Interview. Ich hatte Angst. Sie begannen, mein Verhalten zu bemerken und stellten mir unterschiedliche Fragen nacheinander. Ich wusste nicht, was ich sagen sollte oder wie ich es sagen sollte, um fremden Menschen meine Geschichte, mein Leben und Aayansh zu erzählen. Deshalb entschied ich mich, nichts zu sagen. Ich hörte ihnen nur mit gesenktem Kopf zu. Ich antwortete nur auf die Ja- oder Nein-Fragen durch Nicken. Nach einer halben Stunde des Austauschs, den ich eher als einseitig bezeichnen würde, riefen sie meine Mutter und meinen Vater herein.

Sie sagten, dass ich an Schizophrenie leide und dass sie durch das Trauma des Unfalls verursacht wurde. In medizinischer Hinsicht wird dies als posttraumatische Belastungsstörung bezeichnet. Obwohl es mild war, könnte es jederzeit eine schwere Form annehmen, wenn es vernachlässigt wird, ohne angemessene Behandlung. Als ich das hörte, war ich genauso ausdruckslos wie ich zu dieser Zeit immer war. Ich wusste damals nicht, was diese Krankheit war oder wie schlimm sie war oder ob ich eine Krankheit hatte oder nicht. Ich lächelte nur und sagte mir: "Wie schlimm könnte es sein? Was für weitere Schäden könnte es meinem Leben zufügen?"

Ich habe mich wirklich nicht darum gekümmert. Sie verschrieben mir einige Medikamente und ich begann, sie regelmäßig einzunehmen.

Ich wusste nicht, welche Vorbeugung sie gegen die Krankheit einnahmen oder welche Heilung sie für mich brachten, aber es half sicherlich beim Schlafen. Ich begann wieder regelmäßig zu schlafen. Ich wusste nicht, ob sie mir Schlaftabletten oder andere Pillen verschrieben hatten, aber sobald ich diese Pillen jeden Abend nach dem Abendessen eingenommen hatte, schlief ich fast innerhalb einer Stunde ein. Ich konnte mir nicht helfen, ich musste schlafen. Meine Augen schlossen sich automatisch. Ich begann tief zu schlafen. Traumloser Schlaf, jede Nacht. Seit dem Tag, an dem ich mit der Einnahme der Pillen begonnen hatte, hatte dieser Traum aufgehört, mich zu verfolgen. Ich hatte keine Angst mehr zu schlafen. Ich dachte, der Traum sei endlich verschwunden und würde mich nicht mehr verfolgen. Aber ich lag damals falsch. Da es mir half, besser zu schlafen, habe ich diese Pillen nie verpasst.

Mehr als ein Jahr verging. Ich schloss mein Studium ab und verließ das College. Ich schrieb mich für meinen Postgraduierten-Abschluss an einer anderen Hochschule ein.

Aber ich träumte nicht mehr. Ich hatte keine Ambitionen oder Ziele. Ich hatte keine Sicherheit über meine Zukunft. Ich hatte keinen Zweck, keinen Wunsch, keine Hoffnung und keine Perspektive.

Ich war einfach in einer dunklen Welt völlig verloren.

Wie ich Ihnen bereits gesagt habe, war ich nur leer, ohne Inhalt und ohne Orientierung. Ich wurde vom Schicksal, der Bestimmung und Gott im Stich gelassen. Das einzige, was ich damals wollte, war unmöglich. Aber ich wünschte es trotzdem. Ich wünschte mir, dass er lebendig an meiner Seite wäre...

This content may violate our content policy. If you believe this to be in error, please submit your feedback — your input will aid our research in this area.

Kapitel 36

Ich vermisste ihn. Ich vermisste ihn jeden Tag, jeden Monat, jedes Jahr. Ich vermisste seine Anwesenheit jede Stunde, Minute, Sekunde und jeden Moment. In der Stille der weglosen Wälder, auf den Feldern, in den Geschäften, in den Nachhilfestunden, im College, auf den Autobahnen, auf den Brücken, auf den verlassenen Straßen, in Geschäften, zu Hause, in meinem Zimmer - ich vermisste ihn überall. Ich suchte ihn in jeder Ecke der Welt.

Ich begann mich selbst zu hassen, weil ich am Leben war. Ich verdiente es nicht zu leben. Ich konnte nicht mit Schuld und Reue leben. Ich verabscheute jeden vergehenden Moment und hoffte auf den Tod. Doch damals wusste ich nicht, dass es für mich kein Segen war, am Leben zu sein, sondern ein Fluch.

Jemand oder etwas folgte mir überallhin. Ich hatte das Gefühl, nie allein zu sein. Etwas folgte mir, egal wohin ich ging. Obwohl ich es nicht sehen konnte, konnte ich es jedes Mal spüren, wenn es mir nahe kam. Es war eine unsichtbare Kraft. Es fing an, mich zu verfolgen. Ich rannte vor ihm weg. Es jagte mich die ganze Zeit. Es ließ mich nicht los. Ich rannte wie ein verrückter Hund, der blindlings rennt. Es war sein Geist.

Obwohl die Pillen mir halfen zu schlafen, begannen sie bald ihre negativen Auswirkungen zu zeigen. Diese Pillen waren stark sedierend. Ich verlor langsam meine körperliche Stärke. Meine Hände und Beine zitterten heftig. Ich konnte keine Kraft aufbringen oder keine Arbeit ausführen. Ich konnte nicht einmal meine Faust fest schließen. Telefone und Stifte fielen mir aus der Hand, weil ich sie nicht lange halten konnte. Meine Arme begannen die meiste Zeit ohne Vorwarnung zu zittern und ich konnte sie nicht kontrollieren.

Wenn ich jemals auf ein Feld gestoßen bin, wo Kinder Fußball spielen, habe ich mich mit übermenschlichen Anstrengungen unter Kontrolle gehalten, indem ich mich weigerte, hinzusehen und sie vollständig ignorierte. Ich habe Fußball aus meinem Leben gelöscht. Ich begann es zu hassen. Ich sah nie hin. Einmal, als ich von der Universität zurückkam, spielten einige Jungen nach dem Unterricht zusammen Fußball auf dem Universitätsgelände. Ich wusste nicht, warum ich stehen geblieben bin und sie weiter beobachtet habe. Sie waren so glücklich. Sie schrien, schrien vor Freude. Das Vergnügen spiegelte sich auf ihren Gesichtern und in ihren Lächeln wider. Ich suchte nach jemandem. Ich versuchte, ihn zwischen ihnen zu finden. Ich suchte und suchte, aber er war nicht da. Ich wusste nicht, warum ich nicht in der Lage war, die Realität zu akzeptieren, dass er wirklich gegangen war und nie wiederkommen würde. Plötzlich rief ein Junge zu mir: "Willst du mit uns spielen, Bruder?" Sein Ruf ließ mich in die Welt zurückkehren. Sobald ich ihn hörte, verschieb sich etwas in mir und ich rannte so schnell wie möglich von dort weg. Ich hielt nur an, als ich das Universitätsgelände verlassen hatte. Ja, ich pflegte das oft zu tun. Während ich lief, drängte mich plötzlich etwas von innen und ich rannte blind so weit ich konnte, als ob ich vor etwas davonlief. Ich wusste nicht, warum ich das tat. Etwas verfolgte mich. Ich hörte erst auf, als ich müde war. Ich lief wieder, wenn das Ding mich von innen drängte. War ich verrückt? Wurde ich wahnsinnig?

Ich habe viele Male versucht, zu sterben. Ja, ich habe versucht, mich umzubringen. Ich habe versucht, mein Leben für immer zu beenden, um mein Leiden zu beenden. Aber es hat nicht geklappt. Wie ich schon sagte, war ich verflucht mit dem Leben. Am Leben zu sein war mein Fluch, für die Sünde, die ich begangen hatte, für den Fehler, den ich gemacht hatte. Ich hatte nicht nur einen unschuldigen, sanften, gesegneten Jungen getötet, sondern auch das Leben seiner Familie beendet, ihre Hoffnung, ihre Liebe. Aber ich konnte mich nicht umbringen, egal wie sehr ich es versuchte. Der Tod begrüßte mich nicht. Während ich auf der Straße unterwegs war, hielt ich oft an und überlegte. Was wäre, wenn ich vor einem fahrenden Fahrzeug auf die Straße springen würde? Würde ich sterben oder würde ich wieder im Krankenhaus landen? Ich wollte nicht wieder aufwachen. Ich wollte wie er sterben, an genau dieser Stelle, sofort. Papa hatte all sein Geld ausgegeben, nur um mich zu retten, das er nach dem Verkauf unseres alten Hauses gerettet hatte. Alles nur für mich. Das wollte ich nicht. Ich wollte nicht, dass er all das Geld für mich verschwendet. Ich war nur nutzlos, verloren. Es war besser für mich zu sterben. Ich wollte vor ein Auto springen. Oft, wenn ich auf das Dach unserer Wohnung ging, hatte ich ein seltsames Gefühl, von dort zu springen. Wie schlimm könnte der Schmerz sein? Wie würde es sich anfühlen? Diese Art von seltsamen

Gefühlen plagte meinen Geist. Aber jedes Mal, wenn ich solche Dinge tun wollte, zog mich eine übermenschliche Kraft oder übernatürliche Energie zurück. Ich konnte nie sterben, als ob jemand anderes meinen Körper kontrollierte. Ich war nie erfolgreich im Sterben.

Früher habe ich meine Arme mit scharfen Gegenständen geschnitten, wenn ich alleine war. Ich ließ das Blut fließen und starrte auf die strömende rote Flüssigkeit. Das fließende Blut bereitete mir Freude. Es minderte das Gewicht meiner Seele, die Schuld, das Bedauern. Das Schneiden der Arme verursachte mir nicht einmal Schmerzen. Aayansh lag in einer Pfütze seines Blutes wegen mir. Ich lächelte, als ich mein Blut sah. Ein teuflisches Lächeln. Es gab zahlreiche Narben auf beiden Armen, und ich bedeckte sie sehr sorgfältig, damit meine Mutter nichts bemerkte. Vielleicht wurde ich verrückt und wahnsinnig.

Mein Leben war gefüllt mit Licht, Glück, Gelächter, Freude, Wärme, Liebe, Farbe, jeder positiven Seite der Natur. Während sein Leben traurig, dunkel, düster, schmerzhaft, leidend, kalt, kämpfend, hassend, eifersüchtig, grausam, bedauernd und schuldig war, jede negative Seite. Wir waren füreinander gemacht, um engste Freunde zu sein. Wir trafen uns und verbanden uns mit unserer Seele, perfekt ausbalanciert, das Positive und das Negative, so wie es sein sollte. Alles war in Ordnung. Und dann zerstreute sich alles in wenigen Momenten und seit diesem Tag war alles im Chaos.

Alles, was ich jemals wollte, war, wie er zu sein. Ich habe immer gewünscht, dass ich wie er sein könnte. Schließlich ist es passiert. Alles kam. Alle meine Wünsche wurden erfüllt. Ich war wie er geworden. Ich habe alle seine Eigenschaften erworben und es kam alles natürlich. Ich musste es nie erzwingen. Ich habe mich nie über etwas beschwert. Ich habe nie mit meinem Herzen gelächelt. Ich wollte nie etwas. Ich hatte mich an alles um mich herum angepasst. Ich habe nie nach etwas anderem gefragt. Ich habe nur gegessen, wenn meine Mutter angeboten oder mich gezwungen hat zu essen. Ich habe nie wieder Hunger verspürt. Kein Schmerz, kein Leid, keine Traurigkeit, nichts. Nur Leere. Nur Schuld und Bedauern. Ich habe mich nie im Spiegel angesehen. Aber ich konnte mich nicht darauf einstellen, dass Aayansh nie zurückkommen würde, niemals. Ich konnte mich einfach nicht anpassen. Ich habe immer wieder versucht, die Realität zu akzeptieren, aber ich bin immer wieder gescheitert.

Aber all diese Dinge kamen nicht ohne Kosten. Sie kamen mit einem Preis, der höher war als das Leben selbst. Es hat mich alles gekostet.

Part Drei: Tage der Hingabe...

Kapitel 37

Wenn du etwas von ganzem Herzen begehrst, wirst du dein ganzes Leben dafür kämpfen, egal ob es unmöglich erscheint. Du wirst danach streben. Du wirst bis ans Ende der Welt gehen, um es zu bekommen. Du wirst alles aufgeben, um es zu bekommen. Aber das Schicksal wird dich jedes Mal auf die Probe stellen. Das Schicksal wird gegen dich handeln und dir schwere Hindernisse in den Weg legen, als ob es dich besiegen, zerstören und begraben wollte. Schließlich wirst du scheitern und all deine Kraft und Energie werden aus deinem Körper entweichen. Du wirst immer wieder kämpfen, nur um zu scheitern. Du wirst alle Hoffnung, Erwartungen und Wünsche aufgeben. Aber genau in dem Moment, wenn alles verloren scheint, wenn alles dunkel erscheint, wird dein WILLE dir sagen, dass du durchhalten und weitermachen und es noch einmal versuchen sollst, vielleicht ein letztes Mal; in diesem Moment wird dir das Universum, die Natur es auf die schönste Art präsentieren. Und das ironischste daran ist, dass die Dinge immer um dich herum sein werden, ohne dass du es weißt und bewusst bist. Und wenn du es bekommst, wirst du über dich selbst lachen, dass du bis ans Ende der Welt gegangen bist, um es zu suchen und es die ganze Zeit vor deiner Tür war. Aber am Ende des Tages wird dir klar werden, dass diese Hindernisse dir geholfen haben, zu dem zu werden, der du bist, sie werden dir geholfen haben, dein wahres Selbst kennenzulernen. Die Natur wird dir alles nehmen und dich zu einem MANN machen und dann wird sie dir alles, was dir am meisten genommen wurde, auf großartigste Weise zurückgeben. Du wirst erkennen, dass alles, was dir in der Verfolgung deiner Herzenswünsche passiert ist, für dein Wohl geschehen ist. Das ist die Schönheit von IHR.

Aber du wirst das erst erkennen, wenn die Zeit reif ist, wenn du bereit bist. Bis dahin wirst du dein Schicksal, die Natur und das Universum aus tiefstem Herzen hassen, verachten und kritisieren.

Ich würde das nicht sagen, wenn ich nicht mein ganzes Leben lang Zeuge und Erfahrungen davon gemacht hätte...

***

Ich wurde von diesen Pillen abhängig. Ohne diese Pillen konnte ich nicht schlafen. Aber langsam hörten die Pillen auf zu wirken. Ich meine, obwohl ich schlafen konnte, kehrte der Traum zurück. Ich dachte, der Traum sei weg, aber ich lag falsch. Es war auf eine brutalere Weise zurückgekommen und verfolgte mich wieder. Früher riss ich mich im Schlaf schreiend aus dem Traum, aber jetzt konnte ich wegen der Pillen nicht mehr aufwachen. Ich fühlte mich in den Träumen gefangen, als ob mich jemand in einem Gefängnis eingesperrt hätte. Nachdem ich diese Pillen genommen hatte, verlor ich die Kontrolle über meinen Körper, als ob ich betrunken wäre, und ich fühlte mich so müde, dass ich überall schlief, auf dem Sofa, auf dem Boden, auf dem Tisch usw. Am Morgen bekam ich die Kontrolle über meinen Körper zurück, wenn ich aufwachte. Der Traum zerriss mich von innen. Das Schlimmste war, dass ich es niemandem sagen konnte, nicht einmal meiner Mutter. Die Dunkelheit begann, aus meiner Seele zu kriechen, als ob ich jeden Tag in eine dunkle Welt, vielleicht in ein schwarzes Loch, verloren ginge. Manchmal wollte ich so laut schreien, wie ich konnte, aber ich konnte nicht schreien. Ich schrie lautlos. Ein lautloser Schrei. Aber wenn ich meinen Mund öffnete, schrie meine Seele, den ich nur hören konnte. Ich wollte weinen und versuchte es tausendmal. Aber ich erkannte, dass meine Tränen entweder auf einmal verdampft waren oder zu unzerbrechlichem Eis erstarrt waren.

Um diesem Höllen-Traum zu entkommen, begann ich mehr als eine Pille auf einmal zu nehmen, ohne dass es meine Eltern wussten. Zwei auf einmal oder manchmal drei. Es funktionierte. Ich hörte wieder auf zu träumen. Ich schlief hart. Aber nachdem ich diese hohen Dosen von Pillen genommen hatte, mehr als eine auf einmal, fühlte es sich an, als ob mein Kopf vom Rest des Körpers getrennt wäre. Ich konnte meine Hände oder Beine oder andere Teile des Körpers nicht fühlen, bis die Wirkung dieser Medikamente abgelaufen war, nicht bis zum Morgen. Aber durch diese neue Gewohnheit fühlte ich mich den ganzen Tag über schläfrig. Es fühlte sich an, als ob ich die ganze Zeit zugedröhnt wäre. Ich hatte die ganze Zeit verschwommene Augen. Aber ich dachte, es war zumindest besser als der furchtbare Traum, also machte ich weiter mit der Gewohnheit.

Ich war völlig verloren. Ich hatte alles verloren. Selbst die Lust am Leben. Ich ließ die Stille der Welt mich ganz ergreifen. Mein Leben war erschöpft. Mein Leben war aus meiner Seele herausgesogen worden. Zu dieser Zeit wollte ich nur sterben. Ich konnte keinen Zweck im Leben sehen. Ich bereitete meinen Eltern Schmerzen. Ich war ihre Last geworden. Selbst ein behinderter Mensch ohne Beine oder Hände war besser als ich, denn sie hatten zumindest den Wunsch zu leben, sie strebten zumindest nach etwas. Ich war all das beraubt. Selbst meine Willenskraft war erschöpft. Ich war so sehr müde. Alle meine Nerven und Sehnen gaben auf, um am Leben zu sein. Meine Mutter weinte allein für mich. Was war aus ihrem einzigen geliebten Sohn geworden? Ich war es leid, vorzugeben, am Leben zu sein. Ich wollte einfach das Leiden meiner Eltern beenden. Ich saugte auch ihre Seelen aus. Ich war einfach paranoid.

Es war, als alles in völliger Dunkelheit verloren schien, dass ich sie traf.

Das Universum hat sie mir geschenkt. Zum ersten Mal fühlte ich meinen Fluch als Segen.

Es war ein heißer Sommertag. Ich war am Ende des ersten Jahres. Wir saßen im Seminarraum unseres Fachbereichs in unserem College. Wir nahmen an einem Seminar teil. Auch wenn wir in einem klimatisierten Raum saßen, schwitzten wir heftig. Ich saß in der letzten Ecke alleine, wie ich es immer tat. Mein Hemd war schweißdurchnässt. Ich fühlte mich angewidert von dem Seminar. Es war so langweilig. Ich biss frustriert auf meinen Stift. Manchmal kratzte ich auf den Seiten herum, um meine Frustration zu zeigen. Ich hörte nicht ein einziges Wort von dem Seminar. Ich atmete tief ein und stöhnte unter meinem Atem und sah nach oben. Auf meiner gegenüberliegenden Seite war eine Bank aufgestellt, die in meine Richtung zeigte, und darauf saßen ein paar Mädchen. Ein Mädchen unter ihnen starrte in meine Richtung. Ich ignorierte es zunächst. Nach ein paar Momenten sah ich wieder hin und sah, dass das Mädchen immer noch mich anstarrte. Ich dachte, sie müsste jemand anderen anschauen. Also drehte ich mich um, um zu sehen, wen sie ansah, nur um mit meiner Nase gegen die Wand zu stoßen. Ich stöhnte vor Schmerz, als ich meine Nase mit beiden Händen hielt. Es stellte sich heraus, dass sie mich anschaute. Als der Schmerz nachließ und ich aufblickte, lächelte sie mich an. Ich fühlte mich schüchtern und verfluchte mich selbst und versteckte mein Gesicht in meinen Armen. Ich hatte mein ganzes Leben lang noch nie Schüchternheit empfunden. Es war das erste Mal.

Als das Seminar vorbei war, begannen einer nach dem anderen zu gehen. Der Raum war überfüllt. Alle versammelten sich an der Tür, um herauszukommen. Der Raum hatte sich in einen feuchten Ofen verwandelt. Jeder beeilte sich, um herauszukommen. Als ich mich in Eile herauszuschleichen versuchte, um einen Zug zu erwischen, spürte ich einen heftigen Stoß an meiner Seite und verlor sofort das Gleichgewicht und fiel auf einen Stapel Stühle. Der Raum brach in Gelächter aus, während einige "Vorsicht" riefen. Einige Jungs halfen mir auf. Ich hatte meinen Ellbogen getroffen, als ich fiel, und dadurch spürte ich einen elektrischen Schock im ganzen Nervensystem. Als ich aufstand, sah ich, dass das gleiche Mädchen vor mir stand. Sie war schockiert, weil sie mich gestoßen hatte. Sie hielt sich entsetzt die Hand vor den Mund. Obwohl es nicht beabsichtigt war, entschuldigte sie sich bei mir. Ich wollte fluchen und dachte, es sei ein Junge, der mich gestoßen hatte, aber als ich erkannte, dass es ein Mädchen war, hielt ich mich zurück. Ich nickte schüchtern und stürmte aus dem Raum, weil ich mich peinlich berührt fühlte. Ich kehrte nach Hause zurück und hielt meinen Arm, der den ganzen Weg nach Hause pochte.

Unser Seminar lief in den letzten drei Tagen ab. Es war ein gemeinsames Seminar des Fachbereichs Geisteswissenschaften in unserem College.

Am nächsten Tag eilte ich zur Seminarruine, da ich zu spät dran war. Das Seminar hatte bereits begonnen. Ich öffnete die Tür und schlich langsam in den Raum. Ich stand dort und suchte nach einem Platz. Aber der Raum war überfüllt und es gab keinen Platz mehr für mich. Während ich nach einem Platz suchte, saßen einige Jungs und Mädchen auf einer Bank neben mir. Sie alle rückten ein wenig zur Seite und ein Mädchen zeigte auf mich, damit ich neben ihr Platz nehmen konnte. Obwohl der Platz zu klein für meine gesamte Hüfte war, schaffte ich es irgendwie, meine müden Beine und Hüfte auszuruhen. Ich wischte den Schweiß von meinem Gesicht mit meinem Taschentuch. Ich bemerkte nicht, wer das Mädchen neben mir war. Nach dem Abwischen atmete ich tief ein und sah das Mädchen an. Ich erschrak und fiel wieder von der Bank. Das Seminar hatte gestoppt und alle Studenten und Dozenten starrten mich schockiert an, als ob ich vom Himmel gefallen wäre. Ich fühlte mich peinlich berührt. Es war das verdammte gleiche Mädchen. Ich stand auf, entschuldigte mich bei allen und das Seminar begann wieder. Ich setzte mich neben sie und wagte es nicht, sie noch einmal anzusehen. Sie starrte mich an und kicherte.

"Du bist wieder gefallen", sagte das Mädchen immer noch lächelnd. Ihre Stimme war so süß wie ein Kuckuck.

Ich wollte etwas sagen, aber als ich den Mund öffnete, merkte ich, dass nur Luft herauskam. Also nickte ich nur.

Ich hatte in meinem Leben noch nie so eine Peinlichkeit empfunden.

"Diesmal kannst du mich nicht beschuldigen", fügte sie hinzu.

Ich lächelte und nickte erneut.

Dies war das erste Mal, dass ich das Mädchen sorgfältig bemerkte. Sie war groß, fast fünf Fuß fünf oder sechs, und schlank. Sie trug schwarze Jeans und ein tiefblaues Oberteil. Sie war heller als ich. Ihr Gesicht war wunderschön wie ein Gesicht auf einem Porträt, das von einer göttlichen Hand geschaffen wurde. Ihre Haare waren schwarz wie der Nachthimmel, gerade und sorgfältig gestutzt. Aber ihr Gesicht war heller und strahlender wie der silberne Mond als der Rest ihres Körpers. Ihr Gesicht war mit kleinen Schweißperlen bedeckt, die einige Haare an ihrem Gesicht klebten. Ihr durchnässtes Gesicht funkelte. Ihre Lippen waren so rosa wie die rosa Rose, als ob sie von einem Meisterkünstler gefertigt worden wären, mit einer scharfen Nase. Ihre Wangen waren flauschig. Ihre Augenbrauen waren lang, schmal und scharf. Ihre Augen waren das Fenster ihrer Seele, blitzten wie die Sonne, die auf dem Wasser tanzt. Die Wimpern waren wie die Federn der Tauben, so wunderschön von der geschickten Hand des göttlichen Pinsels gefertigt. Ihre Augenlider flatterten wie Schmetterlinge. Ihre unschuldigen, funkelnden braunen Augen waren wie Perlen, die vor Freude tanzten.

Ich starrte weiterhin ihre bezaubernde Schönheit an.

"Warum bist du zu spät?" fragte sie und drehte sich zu mir um.

Ich versuchte mit übermenschlicher Anstrengung, meine Worte zu sammeln und stotterte: "Zug-zu-spät-so-war-ich."

Ich vermasselte den Aufbau der Worte. Sie starrte mich an und versuchte, die Bedeutung meines Satzes zu verstehen. Dann lächelte sie wieder und drehte sich um.

Ich versuchte, ihre bloßen Arme nicht zu berühren, da ich heftig schwitzte. Mein Hemd, meine Arme und mein Gesicht waren vom Schweiß durchnässt. Andererseits versuchte ich auch, nicht von der Bank zu fallen. Ich hielt den Atem an und biss auf meine Zähne.

"Geht es dir gut? Warum schwitzt du so?" fragte sie erneut.

Ich lächelte und wischte den Schweiß ab. Wusste immer noch nicht, was ich sagen sollte. Ich war immer ein rauer und taffer Typ in der Schule und auch im College. Ich war nie schüchtern, nicht einmal im Gespräch mit Mädchen. Aber ich wusste nicht, warum ich an diesem Tag so schüchtern war und auch Angst hatte, mit diesem Mädchen zu sprechen.

Sie rückte ein wenig näher und sagte: "Komm näher, sonst fällst du wieder."

Ich tat es, hielt aber trotzdem etwas Abstand von ihr. Der Duft ihres Körpers und ihrer Haare war verführerisch für mich.

"Wie ist dein Name?" flüsterte sie.

"Ähm..."

"Was? Hast du deinen Namen vergessen?"

"Suryansh", sagte ich sofort, als ob ich von der Polizei verhört werden würde.

"Abteilung?"

"Englisch", antwortete ich.

Es gab einen Moment der Stille, und dann sah sie mich an, in der Erwartung, dass ich dasselbe fragen würde. Aber ich tat es nicht. Fühlte mich immer noch schüchtern.

"Wirst du mich nicht fragen?"

"Oh ja, tut mir leid, ich denke, ich sollte das tun", stotterte ich. "Welche Abteilung?" fragte ich schließlich.

"Geschichte", lächelte sie und drehte sich weg. Ich wollte sie nach ihrem Namen fragen, hatte aber nicht den Mut dazu. Also ließ ich es sein.

Nachdem das Seminar an diesem Tag vorbei war, gingen wir zusammen nach draußen und begannen den Weg zum Bahnhof zu gehen. Bis dahin hatte ich meine Sprachfähigkeit wiedererlangt. Wir sprachen den ganzen Weg über viele Dinge. Nun ja, sie sprach meistens und ich hörte nur zu. Manchmal nickte ich nur und sagte ja oder nein, als würde ich ein Interview geben.

Nachdem wir am Bahnhof angekommen waren, verabschiedeten wir uns voneinander, da wir in entgegengesetzte Richtungen fahren mussten. Sie ging zum anderen Bahnsteig. Der Zug kam und sie stieg ein. Ich lächelte und winkte von einem anderen Bahnsteig aus und der Zug fuhr ab. Ich starrte auf den Zug, bis er verschwand. Ich lächelte und begann auf meinen Zug zu warten. Bevor sie ging, entschuldigte sie sich bei mir dafür, dass sie mich gestern geschubst hatte. Ich lächelte und sagte, dass es in Ordnung sei.

Ich wusste nicht, nach wie vielen Jahren, Monaten, Tagen oder Stunden ich an diesem Tag lächelte. Nun ja, ich wurde zumindest von jemandem dazu gezwungen, zu lächeln. Aber trotzdem tat ich es.

"Verdammt! Ich habe vergessen, sie nach ihrem Namen zu fragen", sagte ich, als ich nach Hause zurückkehrte.

Kapitel 38

Unser Seminar dauerte noch zwei weitere Tage. Am nächsten Tag gab es keinen Platz zum Sitzen, genauso wie für sie. Wir standen nur an einem Ort und plauderten. Wir gingen wie am Vortag zusammen zum Bahnhof. An diesem Tag kehrte ich nach Hause zurück und fluchte erneut: "Verdammt! Ich habe vergessen, ihren Namen wieder zu fragen."

Am letzten Tag des Seminars war ich wieder spät dran. Ich eilte die Straße entlang, als plötzlich jemand meinen Namen rief.

"Suryansh!" Ich ignorierte es zum ersten Mal. Aber ich hörte es wieder. "Suryansh, warte!"

Ich sah in die Richtung und sah, dass sie eilig auf mich zukam. Ich war schockiert, aber ich hörte nicht auf zu gehen. Als ich auf die andere Seite sah, trat ich unabsichtlich auf eine faulige Banane auf dem Gehweg und rutschte mit einem dumpfen Schlag aus. Mein Hüftgelenk fing an zu pochen.

Sie eilte auf mich zu und half mir aufzustehen. Es war das erste Mal, dass sie mich berührte. Sobald sie mich berührte, bekam ich einen elektrischen Impuls und trat zurück. Ihre kleinen Handflächen waren weich wie Baumwolle und kalt, aber voller Wärme und Mitgefühl.

Ich stöhnte ein wenig und begann zu gehen, aber ich hinkte. "Lass uns gehen, wir sind spät dran."

Wir eilten die Straße entlang.

"Warum fällst du jedes Mal, wenn du mich siehst?" fragte sie neugierig.

"Ich habe das noch nicht herausgefunden ..." antwortete ich und fing an zu rennen.

"Warte, Suryansh! Ich kann nicht rennen", sagte sie.

Ich verlangsamte ein wenig, um ihr Tempo anzupassen. An diesem Tag war der Seminarraum überhaupt nicht überfüllt, sondern fast leer. Wir reservierten zwei Plätze für uns und saßen unter dem Ventilator.

Nach dem Seminar gingen wir wie zuvor gemeinsam zum Bahnhof. Die ganze Zeit redete sie und redete und redete. Verdammt! Das Mädchen redete so viel. Manchmal wurde ich genervt. Aber ich sagte ihr nie etwas. Es erinnerte mich an etwas. An einige Erinnerungen mit Aayansh. Ich sprach mit ihm genauso, immer und immer wieder, und er hörte mir ohne Geduld zu verlieren zu. Und jetzt tat sie dasselbe, ohne einmal Luft zu holen, und ich hörte zu.

Ich vergaß wieder, nach ihrem Namen zu fragen. Unsere Hochschule war für die nächsten fünf Tage geschlossen. Ich hatte keine Möglichkeit, mit ihr zu sprechen. Ich kannte weder ihre Nummer noch ihren Namen. Manchmal vermisste ich ihr Geplauder. Oft lächelte ich und dachte an ihr ständiges Reden. Wie konnte jemand so viel reden? Nun ja, ich tat es früher auch. Vier Tage später bekam ich eine Nachricht von einer unbekannten Nummer auf meinem WhatsApp.

Hallo,

Wer ist da?

Hast du mich schon vergessen?

Entschuldigung. Aber wer bist du?

Ich bin die Unglückliche, wegen der du bereits dreimal hingefallen bist.

Ich wusste sofort, wer es war, und begann zu lächeln. Ich war nach Jahren von Freude überwältigt.

Wie hast du meine Nummer bekommen?

Das ist ein Geheimnis. Ich werde es dir nicht sagen.

Ha ha, sehr witzig. Jetzt sag schon.

Nein!

Bitteee.

Noooooo.

Nach viel Flehen sagte sie es mir endlich.

Ich habe eine Freundin in deinem Fachbereich. Sie hat mir deine Nummer aus der Fachgruppe gegeben.

Dann haben wir angefangen zu reden und wir haben den ganzen Tag miteinander geredet.

Du kennst mich seit mindestens einer Woche und hast noch nicht einmal meinen Namen gefragt, schrieb sie.

Oh, ja, stimmt. Wie heißt du denn?, fragte ich endlich.

Es gab eine lange Pause. Sie nahm sich Zeit, um zu antworten. Hatte sie ihren Namen erfunden?

Dann antwortete sie.

Yamini.

Ich wusste nicht, wie lange ich auf diese Nachricht gestarrt habe. Ich versuchte, die Bedeutung dieses Namens zu erfassen. Und als ich es verstand, fing ich an zu lächeln. Es gab in mir eine unerklärliche Ruhe. Ich versuchte immer, die Bedeutung von jemandes Namen herauszufinden und versuchte, ihre Eigenschaften mit ihrem Namen zu verbinden. Ich schaute immer in ihre Gesichter und Augen, um ihre Tugenden mit den Namen, die sie erhalten hatten, zu verstehen. Ich liebte es, dieses Rätsel jedes Mal selbst zu lösen, wenn ich jemanden Besonderes traf. Ich versuchte immer abzugleichen, ob sie würdig oder fähig waren, den Namen zu tragen, den sie erhalten hatten.

Vier Antworten kamen.

??????

Hallo????

Bist du da?

??????

Ich sah ihre Nachrichten und kam zurück in die Welt. Ich zog die Nachricht, in der sie ihren Namen genannt hatte, und antwortete: Es muss sein... Es muss sein...

Was? Was meinst du damit?, fragte sie.

Aber ich ignorierte das Thema und sagte nichts. Vergiss es. Ich bin einfach verrückt.

Am nächsten Tag sagte ich ihr, sie solle mich anrufen, wenn sie wollte, da mir langweilig war und ich auch nicht so viel Social Media nutzte. Nun, nicht mehr. Und auch deshalb, weil wir so viel und so schnell sprachen, dass mein Finger furchtbare Schmerzen bekam.

Sie rief mich sofort an.

'Hellooooooo', sagte sie mit einer süßen Stimme, sobald ich den Anruf entgegennahm.

Ich wollte etwas sagen, aber sie gab mir keine Chance, wie sie es immer tat. "Bist du wieder gefallen?"

Ich lachte und sagte: "Nein, diesmal nicht."

Und dann fingen wir an zu reden. Bald erkannte ich, dass ich einen großen Fehler gemacht hatte, indem ich sie gebeten hatte, mich anzurufen. Wir sprachen fast anderthalb Stunden und ich glaube, ich hatte nur wenige Minuten Zeit, um zu sprechen. Sie sprach ohne Atempausen oder Pausen. Nonstop-Geplauder, blah blah blah...

"Oh Gott", flüsterte ich für mich.

Schließlich gab ich ihr die Ausrede, dass ich baden gehen musste oder meine Mutter mich umbringen würde. Sie stimmte zu und wir legten endlich auf. Nachdem ich die Kopfhörer von meinen Ohren genommen hatte, konnte ich meine Ohren pfeifen hören und heißen Rauch aus ihnen kommen spüren. Meine Trommelfelle begannen schwer zu pochen, als würde jemand die Trommeln meiner Ohren wie die Musikinstrumente schlagen.

Kapitel 39

Tage vergingen. Monate vergingen. Wir wurden Freunde. Ich sollte eher sagen, sie war die einzige Freundin, die ich zu der Zeit hatte. Wenn ich mit jemandem außer meinen Eltern sprach, dann mit ihr. Ich vertraute ihr. Ich konnte ihr alles erzählen. Aber ich hatte ihr nichts von meiner Vergangenheit erzählt. Ich hatte Angst, ihr davon zu erzählen. Ich fand jeden Tag einen Grund, um wieder zur Uni zu gehen. Ich fand jemanden, auf den es sich lohnte, jeden Tag zu warten. Ich fand einen Grund, wieder zu lachen, wegen ihres endlosen Geplappers. Jeden Tag kamen wir nach der Uni zusammen zum Bahnhof. Manchmal gingen wir auch gemeinsam von der Station zur Uni. Jeden Tag wartete ich auf sie auf dem Feld, nach der Uni. Sie verabschiedete sich von all ihren Freunden und kam zu mir aufs Feld und dann gingen wir zusammen zum Bahnhof. Wenn ihre Kurse zuerst endeten, tat sie dasselbe, wartete auf mich auf dem Feld.

Ich wurde in das zweite Jahr befördert. Ich begann mich zu erholen. Ich war gesünder als zuvor. Ich schlief gut. Ich träumte nicht so viel wie zuvor. Mama bemerkte alles. Ich musste ihr nichts sagen. Nun ja, weil sie meine MAMA ist.

Eines Tages langweilte ich mich, also scrollte ich durch Facebook. Plötzlich fiel mir ein Beitrag auf. Die Person auf dem Beitrag war mir bekannt. Es war Yamini. Sie hielt einen Pokal und alle versammelten sich um sie und lobten und gratulierten ihr. Es war irgendein Wettbewerb. Sie hat einen Wettbewerb gewonnen. Ich war interessiert. Ich rief sie sofort an und fragte sie danach. Nachdem ich zugehört hatte, antwortete sie nicht, aber sie lachte. Dann sagte sie: "Es tut mir leid... ich habe vergessen, es dir zu sagen... du weißt, wie viel ich mit dir rede. Ich habe es in all dem Gespräch vergessen."

Nachdem ich mit ihr gesprochen hatte, erfuhr ich, dass sie singen konnte und es ein Gesangswettbewerb war. Wie Fußball für mich, war Musik für sie. Musik war ihre Leidenschaft und Meditation. Außerhalb des Studiums beschäftigte sie sich nur mit Singen. Sie lernte Musik. Deshalb dachte ich, dass ihre Stimme so süß war. Nachdem ich ihre Geschichte gehört hatte, seufzte ich.

"Bist du wütend auf mich? Es tut mir leid...", entschuldigte sie sich bei mir.

"Nein, es ist in Ordnung. Ich bin nicht wütend auf dich", log ich.

Nachdem ich aufgelegt hatte, setzte ich mich auf das Bett und begann nachzudenken. Ich war traurig und wütend. Aber ich konnte nicht herausfinden, ob es daran lag, dass sie mir all die Tage nichts gesagt hatte oder ob es daran lag...

dass ich Fußball vermisste. Vielleicht war ich einfach wütend auf mich selbst, dass ich den Fußball aufgegeben hatte.

Ich hörte auf, um das zu trauern, was ich verloren hatte, und konzentrierte mich stattdessen auf das, was ich noch hatte. Das Schicksal hatte mich vom Fußballspielen verbannt, und ich hatte mich komplett vom Fußball abgewandt. Also gab ich mich vollständig den Studien und Büchern hin. Ich wurde süchtig nach dem Lesen von Büchern. Ich ließ die Bücher mich ganz verschlingen.

Aber jeden Tag, jede Stunde, jede Minute, jeden Moment vermisste ich den Fußball. Und damit war Aayansh verbunden. Immer wenn ich mich an die Momente erinnern wollte, in denen ich freudig spielte, erinnerte es mich auch an ihn, da er mit Fußball verbunden war und somit auch mit mir. Und jedes Mal, wenn das passierte, verfolgte er mich. Also kämpfte ich weiter gegen den Fußball an. Ich hielt mich mit übermenschlicher Kraft vom Fußball fern.

Aber in Wirklichkeit vermisste ich es. Ich konnte nicht erklären, wie sehr ich es vermisste. Ich wurde wütend und eifersüchtig, wenn ich jemanden sah, der mit Freude Fußball spielte. Ich wurde so wütend, dass ich oft dachte, ich würde sie verletzen, schlagen, so hart schlagen, als ob ich sie töten würde. Sie hatten so viel Glück. Ich beherrschte mich mit übermenschlicher Anstrengung. Mein Gesicht wurde vor Wut rot, als ob mein Kopf in einem Ofen brannte. Dann schnitt ich mir vor Wut in die Hand. Erst danach beruhigte ich mich.

Ich vermisste den Fußball. Ich vermisste ihn. Ich fing an, Fußball zu hassen. Ich hasste ihn dafür, dass er mich verlassen hatte."

***

Manchmal pflegte ich mich über ihr ständiges Reden zu ärgern. Aber ich habe mich nie bei ihr beschwert. Ich hörte ihr alles an, so gelassen wie möglich. Aayansh hörte mir immer so zu. Ich wusste, dass ich ihn sehr irritierte. Aber er sagte nie ein Wort. Weil ich ihm vertraute und er das wusste. Yamini vertraute mir. Deshalb teilte sie mir jede Kleinigkeit mit. Und ich wollte ihre Gefühle, ihr Vertrauen nicht verletzen, indem ich mich beschwerte.

Vor unserem dritten Semester hatten wir wieder ein Seminar mit der Abteilung für Geschichte und Politikwissenschaft. Als ich mit meiner Abteilung den Seminarsaal betrat, wartete sie dort auf mich. Sie hatte bereits zwei Plätze für uns reserviert. Wir lächelten uns an, als wir uns sahen, und ich nahm den Platz an ihrer Seite ein. Das Seminar begann. Es ging um Fotografie. Der Inhalt des Seminars faszinierte mich. Ich hörte aufmerksam zu, während sie meinen Arm ergriff und mit einem Stift Unsinn auf meine Handfläche zeichnete. Sie langweilte sich.

"Sag mir etwas, Yamini", fragte ich, ohne mich zu ihr umzudrehen.

Sie sah mich neugierig an und sagte: "Ja, frag mich."

"Sprichst du mit jedem so oder nur mit mir?"

"Was meinst du?"

"Ich meine, redest du mit jedem so viel oder nur mit mir?"

Sie lächelte ein weiches, rätselhaftes Lächeln. Ich sah sie an und hob meine Augenbrauen. Sie lächelte weiter.

"Ich warte auf deine Antwort", fügte ich hinzu.

"Ich rede mit niemandem so, wie ich mit dir rede. Tatsächlich spreche ich kaum mit jemandem."

"Warum nur mit mir?" fragte ich.

Sie wollte antworten, als einer der Professoren uns ansah und befahl: "Stille!"

Wir saßen aufrecht, und ich fing wieder an zuzuhören. Sie nahm meine Kopie und öffnete sie und schrieb etwas auf die Seite. Ich versuchte zu schauen, aber ich konnte nicht, da der Professor uns immer noch ansah. Nach einem Moment gab sie mir die Kopie.

Als der Professor sich von uns abwandte, öffnete ich die Kopie, um zu sehen, was sie geschrieben hatte. Auf der letzten Seite, in einer Ecke, stand ein Satz:

Weil du der Einzige bist, der mir immer zuhört.

Als ich sie ansah, sah sie in die andere Richtung und lächelte. Ihre weißen Wangen waren rot geworden. Sie errötete und biss sich auf die Lippen. Ich lächelte auch und schaute weg.

Kapitel 40

Nachdem unsere Semesterprüfung im zweiten Jahr vorbei war, schlenderten wir eines Tages den Gehweg entlang zur Station. Sie sprach wie jeden Tag und ich hörte wie üblich zu.

"Warum redest du nicht mit jemandem, Suryansh? Ich meine, warum bleibst du immer allein und getrennt von allen?" fragte sie zum ersten Mal.

Ich lächelte: "Weil ich Menschen nicht so sehr mag. Ich liebe es, alleine zu sein, getrennt vom Chaos."

"Aber warummm? Warum bist du dieser introvertierte Typ?"

"Ich weiß es nicht..."

"Warst du schon immer so?"

Ich blieb plötzlich stehen und dachte dann einige Augenblicke nach und lächelte.

"Was ist passiert?" fragte sie.

"Nichts. Nein, ich war nicht immer so."

"Dann was ist passiert?"

Ich antwortete nicht. Stattdessen lächelte ich nur.

"Lass mich raten!" fügte sie hinzu. "Deine Freundin hat dir gesagt, dass du mit niemandem sprechen sollst."

Ich blieb wieder kurz stehen. Ich schaute sie schockiert an. "Freundin?" fragte ich, um sicher zu gehen.

"Ja. Stimmt das nicht? Siehst du, ich habe dich erwischt", sagte sie anhand meines Gesichtsausdrucks.

"Yamini..."

"Was? Lüg mich jetzt nicht an."

"Ich habe keine Freundin."

"Lüg nicht, Suryansh. Ich weiß, dass du eine hast."

"Sehe ich aus, als ob ich lüge? Und wie weißt du das? Bist du eine Prophetin?" fragte ich spöttisch.

Sie hörte auf zu lächeln. Ich ging weiter. Sie kam zu mir gerannt.

"Meinst du das ernst?"

"Was?"

"Dass du keine Freundin hast?"

Ich nickte.

"Dann hast du also Freunde?"

Ich antwortete nicht. Ich sah sie nur an und stöhnte. Ich denke, mein wütender Ausdruck hatte ihr die Antwort gegeben.

"Warte mal. Was meinst du mit 'keine Freundin'?" Plötzlich traf es mich.

Sie lächelte und sagte: "Nun, du weißt, was es bedeutet. Viele Jungs haben mehr als eine."

Ich gab ihr einen wütenden Blick. Sie lächelte wieder.

"Aber ich bezweifle dich immer noch."

"Warum? Sollte jeder eine Freundin haben?" fragte ich ironisch.

"Nein, ich meine nicht so. Aber Typen wie du sollten eine haben. Oder mehr als eine."

Sie machte sich über mich lustig, das wusste ich.

"Warum denkst du so?"

"Nun, weil du gut aussehend und ein netter Typ bist."

Ich lächelte und sah in die andere Richtung. "Nein, Yamini. Du liegst falsch. Nicht jeder hat die Chance zu lieben. Nicht jeder hat Glück in der Liebe. Nicht jeder soll lieben, und ich gehöre dazu..." flüsterte ich für mich selbst.

"Was? Ich habe dich nicht gehört", sagte sie.

"Nichts. Ich habe gerade über etwas nachgedacht. Du kannst weiterreden. Deine Labertasche."

Sie stöhnte und schlug mir auf die Schulter.

"Aaoowwww!" schrie ich. "Das tut weh."

"Dumm", fügte sie hinzu.

Es herrschte für einige Augenblicke Stille zwischen uns, dann fragte sie erneut: "Also hattest du nie jemanden in deinem Leben?"

"Ich hatte mal jemanden. Ein Mädchen, das ich geliebt habe. Einmal. Als ich jung war. Vor vielen Jahren." Ich lächelte sie an. "Aber das ist alles in der fernen Vergangenheit."

Ich wandte mich wieder von ihr ab.

"Was ist mit ihr passiert?" fragte sie.

Ich wollte nicht weiter darauf eingehen, also wechselte ich absichtlich das Thema und fragte: "Wie läuft es mit deiner Musik?"

"Oh, du meinst das Singen? Nun, ich..." und dann gab sie Minuten lang eine lange Vorlesung über ihr Singen, ohne eine Pause einzulegen. Ich fluchte erneut: "Verdammt! Diese Frau. Gott hilf mir."

Ich gab ihr meine Wasserflasche. "Hier, trink etwas." Ich dachte, sie würde jetzt aufhören. Ich dachte, sie würde meinen Punkt verstehen. Aber sie trank und fing wieder an zu reden.

Nachdem sie fertig getrunken hatte, fragte sie: "Übrigens, was machst du außer Studieren? Ich meine, hast du andere Aktivitäten wie ich beim Singen?"

Ich blieb wieder kurz stehen. Das Lächeln auf meinem Gesicht war verschwunden. Es traf mich hart. Die Hitze der Frage traf die Lava in mir.

Ich beherrschte mich und sagte höflich: "Nein. nichts." Aber dieses Mädchen war so unwiderstehlich.

Sie fuhr fort: "Warum nicht? Du solltest etwas tun. Irgendetwas. Hast du keine Leidenschaft oder Hobbys?"

Ich nickte ablehnend auf höfliche Weise. "Früher hatte ich viele Dinge, Yamini. Du hast keine Ahnung", flüsterte ich.

"Du musst etwas finden. Es wird dir helfen. Musik hilft mir sehr. Sie führt mich durch dunkle Zeiten. Es ist wie Meditation für mich. Ich singe, wo immer ich traurig bin. Du musst etwas finden, das aus deinem Herzen kommt."

Ich konnte fühlen, wie die Lava in mir langsam zu kochen begann und sich zum Tempel erhob.

"Aber du solltest nicht einfach irgendetwas tun, das dir gefällt. Du musst dein Herz entscheiden lassen. Unsere Leidenschaft kommt immer vom Herzen. Sie gibt uns Freude. Sie heilt uns. Sie führt uns durch schwierige und dunkle Zeiten. Es ist der einzige Begleiter, den man haben kann, wenn niemand da ist. Wie verbringst du deine Zeit ohne irgendetwas zu tun? Du bist der erste Mensch, den ich ohne Leidenschaft oder Hobby getroffen habe. Ein Unikat. Du bist so anders. Wie kannst du so bleiben? Ich wäre gestorben, wenn ich an deiner Stelle gewesen wäre. Ich kann nicht ohne Musik leben!"

Sie hörte nicht auf, mich zu nerven. Sie überschritt die Schwelle. Ich versuchte mein Bestes, um mich mit göttlicher Kraft zu kontrollieren.

"Du solltest etwas tun. Wie Musik oder Zeichnen oder Schreiben oder Tanzen vielleicht. Du musst eine Kunst aus deinem Herzen finden. Du kannst auch einige Sportarten wählen, wenn dein Herz es zulässt, wie andere Jungen. Tennis oder Basketball oder Schwimmen oder Hockey oder Cricket."

Ich betete, dass sie das Wort nicht sagen würde. Ich betete zu Gott, dass er sie davon abhalten würde, es zu sagen.

"Oder FUSSBALL, vielleicht..."

Die Lava brach mit einer Explosion aus.

"Yamini!" schrie ich sie an. Sie hielt sofort an und drehte sich zu mir um. Ihre Augen waren weit geöffnet. Sie war schockiert. Ihr Mund war noch geöffnet, um ihren Satz zu beenden. Aber sie war so geschockt, dass sie nichts sagen konnte. Sie war gelähmt. Sie hatte mich nie zuvor mit diesem Ausdruck gesehen, mit so viel Wildheit oder Aggression. Sie hatte mich nie angeschrien gesehen, noch erwartete sie es.

Ich war empört. Ich wollte sie schlagen. Ich wollte ihr so viel Schmerz zufügen. Aber etwas hielt mich zurück.

"Hör auf, Yamini. Halt deinen Mund. Du hast genug gesagt. Genug ist genug. Ich werde nicht mehr tolerieren."

Ihre Augen waren verschwommen und tränenreich. Aber sie stand dort wie gelähmt.

"Du weißt nichts über mich. Du kennst nicht meine Vergangenheit. Du hast keine Ahnung. Also ist es besser für dich, deinen verdammten Mund zu halten. Zwing mich nicht, etwas Schlechtes zu tun. Ich will dich nicht verletzen ..."

"Du hast keine verdammte Ahnung von den Dingen, die ich erlebt und erlitten habe."

Ich hielt inne. Ich biss hart in meine Hand und stürmte von dort weg und ließ sie zurück.

Kapitel 41

Ich stürmte davon und verschwand hinter einem großen Gebäude, das ich entlang des Gehwegs folgte. Ich wollte mich nicht um sie kümmern. Ich wollte nicht auf sie warten. Ich wollte nichts von ihr wissen. Ich wollte sie nicht wiedersehen. Ich wollte nur gehen und sie dort lassen. Ich wollte weit weg von ihr sein. Ich fing an blind zu rennen. Ich wollte sie einfach wegwerfen. Ich wollte mich nicht um alles kümmern, was mit ihr geschah.

Aber etwas verschob sich in mir. Ich hielt plötzlich an. Meine Augen wurden weit. Ich legte meine Hände auf meine Schläfen. Mir wurde klar, was ich getan hatte. Als ob ich nicht ich selbst gewesen wäre. Ich beugte mich nach unten und legte meinen Arm auf meine Knie und begann schwer zu atmen.

"Was habe ich getan?"

Derselbe Satz, der mich all die Jahre verfolgte. Ich durfte nicht zulassen, dass das wieder passierte. Ich hatte bereits einen verloren, wegen meines Fehlers, und ich würde dafür mein ganzes Leben lang bezahlen. Ich würde keinen anderen verlieren. Ich stand aufrecht und sah zurück. Sie war nirgendwo zu sehen. Sie folgte mir nicht.

Wie zwei entgegengesetzte Pole eines Magneten, die sich zueinander hingezogen fühlen, spürte ich einen immensen Ruck der Anziehungskraft zu ihr. Ich drehte mich um und rannte zurück zu ihr.

Ich rannte und rannte, bis ich sie sah. Sie stand immer noch genau an derselben Stelle. Sie hatte sich keinen Zentimeter bewegt. Derselbe Ausdruck war immer noch auf ihrem Gesicht. Sie starrte auf den Gehweg. Sie war wie gelähmt.

Als ich sie sah, fühlte ich eine unerklärliche Freude und Ruhe in meinem Herzen. Ich seufzte in großer Erleichterung. Ich wollte zu ihr rennen und sie umarmen. Ich wollte sie fest umarmen und mich bei ihr entschuldigen. Ich wollte mich entschuldigen.

Aber ihre Augen waren verschleiert. Weinte sie? Ich konnte es nicht herausfinden. Was habe ich getan?

Als ich hinter ihr sah, kam ein Mann in ihre Richtung gerannt und starrte auf sein Handy. Er tippte etwas. Er bemerkte nichts vor sich. Ich wusste, dass er sie treffen würde. Sie bemerkte nichts. Sie stand da wie gelähmt, als ob ihre Seele ihren Körper verlassen hätte. Als es mir bewusst wurde, rannte ich auf sie zu.

Aber ich war zu spät. Der Mann traf sie mit einem starken Stoß. Sie schrie auf. Ihre Tasche fiel von ihrer Schulter. Obwohl ich nicht rechtzeitig dort angekommen war, um sie aus dem Weg zu räumen, erreichte ich sie im exakten richtigen Moment, um sie vor einer weiteren Kollision und weiterem Schaden zu bewahren. Ich erreichte sie rechtzeitig und sie fiel mit mir auf den Gehweg. Ich fiel auf einige Steinchen. Die Steine trafen mich hart auf den Rücken wie Nadeln. Ich stöhnte auf und ignorierte es. Ich fühlte nichts außer einem Mückenstich. Ich stand sofort auf und half ihr aufzustehen. Sie hatte bereits angefangen zu weinen. Es traf sie schwer. Der Mann war muskulös. Ich legte sie auf eine Platte und sah zum Mann hinüber. Er fiel auf die andere Seite.

Ich ging zu ihm und schrie ihn an, benutzte dabei Schimpfwörter. Inzwischen kamen ein paar Leute, um mir zu helfen. Sie kannten mich, weil ich Bücher von ihren Läden kaufte und wir auch jeden Tag von dort aus überquerten. Eine große Menschenmenge sammelte sich um mich. Jeder beschuldigte ihn. Als ich merkte, dass die Leute sich um ihn kümmern würden, schlich ich mich davon und ging zu ihr. Sie weinte immer noch. Ich nahm meine Wasserflasche heraus und wusch ihre Hände und Beine. Ich wischte ihre Tränen und ihr Gesicht mit meinen Händen und reinigte ihr Gesicht mit etwas Wasser. Ich blieb bei ihr und hielt ihre Hände und ihr Gesicht, bis sie aufhörte zu weinen. Ich wischte weiter ihr Gesicht und ihre Tränen ab.

Als sie aufhörte zu weinen, bemerkte ich, dass ihr Schuh zerrissen war. Glücklicherweise hatte ich an diesem Tag etwas Geld dabei. Sofort ging ich zu einem nahegelegenen Stand und kaufte ihr ein Paar Sandalen. Ich gab sie ihr und nahm den zerrissenen Schuh in einer Plastiktüte mit. Ich zog sie hoch, sie stand auf und wir verließen die Menschenmenge. Auf dem Weg zum Bahnhof hielt ich ihre Arme fest, während sie humpelte. Von Zeit zu Zeit weinte sie immer noch.

Für einen Moment dachte ich, weinte sie wegen dem Schmerz, den der Typ verursacht hatte, oder wegen mir? Worte treffen härter als Schwerter. Vielleicht hatte sie ihre Emotionen zurückgehalten, aber sobald der Typ sie traf, überflutete der Fluss und sie konnte sie nicht länger zurückhalten.

Was auch immer es war oder nicht, ich wusste, dass es nicht die richtige Zeit war. Aber ich fluchte und verachtete mich weiter dafür, dass ich sie verletzt hatte.

***

Ich habe sie an diesem Tag nach Hause gebracht. Ich ging mit ihr zum Bahnhof und dann nahmen wir den Zug. Ich ließ sie nicht allein. Als wir im Zug saßen, hielt ich ihre Hände fest, um ihr klarzumachen, dass ich bei ihr war und sie nicht allein ließ. Vielleicht versuchte ich auf diese Weise, mich bei ihr zu entschuldigen, dass ich schuldig war, was ich getan hatte. Sie sagte kein einziges Wort. Sie sprach nicht mehr, bis wir ihr Zuhause erreichten. Sie war still. Tatsächlich vermisste ich ihr Geplapper.

Sie saß neben mir. Der Zug war zu dieser Zeit fast leer. Sie starrte in einer ruhigen Geste auf den Boden des Zuges. Ich konnte nicht herausfinden, woran sie dachte. Als ich meine Hand auf ihre Schulter legte, um sie bequemer zu machen, legte sie sanft ihren Kopf auf meine Schulter. Jedes Haar auf meinem Körper stand auf. Der Duft ihres Körpers und ihrer Haare, die Weichheit ihres Körpers reizten mich. Meine Hände fingen an zu zittern. Ich hielt den Atem an.

Wir erreichten unser Ziel und begannen durch den überfüllten Bahnhof zu gehen. Ich hielt sie immer noch fest. Für einen Moment dachte ich, dass sie versuchte, mir etwas zu sagen. Aber ich konnte es im Durcheinander des Ortes nicht hören.

Als wir auf den Auto-Rikscha warteten, kam sie näher und flüsterte: "Suryansh, du blutest."

Sie sagte es so höflich und leise, dass ich es beim ersten Mal nicht richtig hören konnte. Sie wiederholte es, aber es war mehr oder weniger dasselbe. Es dauerte einige Augenblicke, bis ich realisierte, was sie sagte. Als ich es realisierte, überprüfte ich meinen ganzen Körper und sagte: "Wo? Ich sehe kein Blut."

"Auf deinem Rücken", flüsterte sie. Sie war zu müde, um zu sprechen.

In der Zwischenzeit kam ein Auto-Rikscha und wir stiegen ein. Nur drei Passagiere saßen drinnen. Als der andere Passagier sein Ziel erreicht hatte und das Auto-Rikscha verließ, kam sie näher zu mir und murmelte: "Du blutest stark, Surya."

"Es ist in Ordnung. Ich fühle nichts, überhaupt keinen Schmerz. Lass es sein. Lass uns zuerst nach Hause kommen", antwortete ich.

Sie legte ihre zarte Hand auf meinen Rücken und bat den Fahrer mit etwas mehr Anstrengung: "Fahr schnell, Dada."

Als wir ihr Zuhause erreichten, verstand ich, dass ich stark blutete, als ich ihre Hand voller Blut sah. Sie klopfte an die Tür und eine Frau öffnete sie. Ihre Mutter. Ich versuchte, ihre Mutter sehr kurz über den Vorfall zu informieren, und sie tat den Rest. Es war das erste Mal, dass ich ihr Haus betrat und ihre Mutter sah. Nachdem sie alles gehört und das Blut gesehen hatte, bat mich ihre Mutter, hineinzukommen. Ich fühlte mich peinlich berührt. Ich wollte nicht reingehen, zumindest nicht so.

Aber ihre Mutter bestand darauf und flehte. Ich sagte ihr, dass es mir absolut gut ging. Aber ihre Mutter war genauso wie sie. In der Zwischenzeit ging sie hinein.

Während ich draußen mit ihrer Mutter stritt, kam sie wieder heraus, hielt meine Hand und zog mich hinein. Ich konnte nicht mehr widerstehen, als ob ich alle meine Kräfte verloren hätte, um mich zu widersetzen. Ich folgte ihr wie ein Feder dem Wind folgt. Sie brachte mich ins Innere und drückte mich auf das Sofa und ging hinein. Nach einem Moment kam sie mit einer Erste-Hilfe-Box und ihre Mutter brachte etwas Wasser und ein Stück Stoff.

"Öffne dein Hemd", sagte sie, als sie neben mir saß.

Ich war schockiert. "Was?"

"Tu es einfach", antwortete sie mit mehr Kraft.

"Nein, das kann ich nicht ..." Ich war verlegen. Wie konnte ich mein Hemd vor ihr und vor ihrer Mutter öffnen? Ich war so schüchtern und beschämt.

Aber sie starrte mich an. Ich hatte keine Wahl. Also tat ich es und drehte mich um, schloss die Augen und verbarg mein Gesicht in meinen Händen. Ich versteckte meine Hände sorgfältig, damit sie meine Narben und Wunden nicht sehen konnten.

Sie wischte das Blut mit einem Stück Stoff und Wasser ab und verband dann meine Wunden. Ich fühlte keinen Schmerz. Aber ich spürte die Berührung ihrer Hände. Die Berührung ihrer weichen kleinen Hände war voller

Zärtlichkeit. Es gab mir ein unerklärliches Gefühl von Komfort.

"Du musst einen Arzt aufsuchen", sagte sie.

"Warum? Ist es schlimm?"

Sie nickte.

Mein Hemd war mit Blut durchnässt. Ihre Mutter gab mir ein neues Hemd von ihrem Vater. Sie bat mich, noch etwas länger zu bleiben und etwas zu essen. Aber ich wollte keine weiteren Probleme oder Peinlichkeiten verursachen, indem ich dort blieb. Ich fand eine Ausrede und log ihnen vor, dass ich einen Nachhilfekurs hatte, den ich um jeden Preis nicht verpassen durfte, und eilte nach Hause.

Kapitel 42

Nachdem ich zu Hause angekommen war, erzählte ich meiner Mutter, was passiert war. Ich nahm ein Bad und meine Mutter versorgte meine Wunden erneut richtig. Dann nahm ich mein Handy heraus und schrieb ihr eine Nachricht.

Es tut mir leid wegen heute. Ich habe einfach die Kontrolle verloren. Ich habe meinen Verstand verloren. Ich wollte dich nicht verletzen. Deshalb halte ich mich von Menschen fern. Deshalb spreche ich mit niemandem. Ich weiß nicht einmal, was ich tun soll. Ich bin einfach ein verrückter Idiot. Es ist dumm zu fragen, aber vergib mir, wenn du kannst.

Ich schickte es ab.

Ich dachte einen Moment nach und tippte eine weitere Nachricht.

Ich werde mich von dir fernhalten. Ich werde nie wieder mit dir reden. Ich werde dich ab heute nie wieder sehen. Ich werde dich nie wieder stören. Ich habe dich verletzt. Bitte vergib mir, wenn du kannst. Tschüss.

Und ich schickte es ab.

Sie hat es sofort gesehen, als ob sie auf meine Nachricht gewartet hätte. Ich wartete auf ihre Antwort. Minuten vergingen, aber es kam keine Antwort. Ich wusste, dass sie weg war. Ich hatte wieder einen Freund verloren. Ich wusste, dass ich sie verloren hatte. Ich seufzte und warf das Telefon auf mein Bett.

Nachts, als ich schlafen wollte, vibrierte mein Telefon. Benachrichtigung einer Nachricht. Es war sie. Ich sprang auf dem Bett hoch. Ich hatte Angst, den Chat zu öffnen. Ich hatte Angst, ihre Nachricht zu lesen. Ich wusste, dass sie mich verfluchen, beschuldigen und verachten würde, weil ich sie verletzt hatte, und ich verdiente das wirklich. Ich nahm einen tiefen Atemzug und öffnete es. Die Antwort schockierte mich. Ich hatte das nie erwartet.

Ich möchte davon erfahren, Surya. Wirst du es mir sagen?

Was möchtest du wissen?

Deine Vergangenheit. Die Dinge, die du erlebt und erlitten hast.

Wirst du es mir sagen?

Ich wusste nicht, wie ich antworten sollte. Ich starrte auf ihre Nachricht.

Wirst du es mir sagen?, fragte sie erneut.

Du bist die einzige, die mich in all den Jahren je danach gefragt hat, tippte ich.

Wirst du es mir sagen, Surya?

Ja, das werde ich. Auf jeden Fall werde ich es dir sagen.

Sie sah die Nachricht und ging wieder offline.

Ich lag im Bett und konnte nicht schlafen. Es war etwa 2 Uhr in der Nacht, als mein Telefon anfing zu klingeln. Es war sie. Ich war besorgt. Warum rief sie so spät an? War alles in Ordnung?

Ich nahm das Telefon ab. "Hallo!"

Stille.

"Hallo! Yamini?"

Stille. Nur Atmen.

"Ist alles in Ordnung?"

Nur schweres Atmen.

"Hast du geschlafen?" antwortete sie schließlich.

"Nein, sag mir, ist alles in Ordnung? Geht es dir gut?"

"Ja. Nichts ist falsch. Alles ist in Ordnung. Ich wollte nur mit dir reden. Kann ich?"

"Jetzt brauchst du meine Erlaubnis? Du hast nie eine Erlaubnis gebraucht, um zu reden."

"Nein. Es ist nur so. Du bist sauer auf mich."

"Es tut mir leid. Bitte verzeih mir. Ich wollte das nicht."

"Es ist okay, ich weiß. Es tut mir auch leid. Ich hätte es wissen sollen."

Es gab einige Zeit Stille. "Kommst du morgen zu uns nach Hause? Mama hat dich gebeten, morgen zu kommen."

Ich lächelte und sagte: "Okay, fine. Wenn du willst, werde ich kommen. Aber zu welchem Anlass? Ist morgen etwas Besonderes?"

"Nein, es ist nur... nichts. Sie hat dich nur gefragt... du wirst hier zu Mittag essen. Okay?"

"Abgemacht, Madame."

"Und keine Ausreden mehr morgen. Verstanden?"

Ich lächelte. Wir sprachen stundenlang in dieser Nacht. Fast die ganze Nacht. Ich war so müde, dass ich ohne Auflegen einschlief.

***

Am nächsten Morgen rief sie mich an. "Haaalllooo, aufwachen. Aufwachen. Aufwachen!" Und sie war zurück. Obwohl ich glücklich war, war ich erleichtert, dass sie wieder normal war.

Mittags ging ich zu ihr nach Hause. Sie und ihre Mutter warteten auf mich. Ich gab das Hemd ihrer Mutter zurück. Wir aßen gemeinsam zu Mittag. Wir sprachen und lachten über so viele Dinge. Verdammt, ihre Mutter war so freundlich! Sie sprach mit mir, als ob sie mich seit Jahren kennen würde. Yamini hat mir immer erzählt, dass ihre Mutter so freundlich ist. Yamini war ihr einziges Kind wie ich.

Nach dem Mittagessen gingen wir nach oben in ihr Zimmer. Ihre Mutter kam und informierte uns, dass sie für eine Arbeit weggehen würde und möglicherweise spät zurückkehren würde. Sie bat mich auch, zum Abendessen zu bleiben. Yamini bat mich auch darum. Ich konnte sie nicht ablehnen. Also blieb ich alleine mit ihr im Haus, weil ihre Mutter gegangen war.

Sie starrte mich an und lächelte, als wir in ihrem Bett saßen. "Du hast mich noch nie gebeten, ein Lied zu singen", fragte sie.

"Nun dann. Wirst du mir ein Lied singen, Yamini?" bat ich sie.

Ihr Lächeln war breit. "Etwas Fröhliches oder Trauriges?", fragte sie.

Ich dachte einen Moment nach und sagte: "Versuche etwas Trauriges."

"Okay. Aber versprich mir, dass du nicht weinen wirst."

"Warum sollte ich weinen?" lachte ich.

"Ich kann dich mit einem traurigen Lied zum Weinen bringen", sagte sie spöttisch.

Ich lächelte. "Du kannst es versuchen. Mal sehen, ob es dir gelingt." Ich wusste, dass es unmöglich war, weil ich seit Jahren nicht geweint hatte. Nichts konnte mich zum Weinen bringen.

Also begann sie zu singen. Ein klassisches Lied. Ich hörte schweigend mit einem Lächeln zu. Minuten vergingen. Etwas begann sich in mir zu verschieben. Eine Hitze begann in mir aufzusteigen. Ich sah weg von ihr und starrte durch das geöffnete Fenster in den Himmel.

Ich spürte, wie die gefrorenen Tränen anfingen zu schmelzen. Langsam begann es, Druck auf den Damm auszuüben.

Ich zog meine Knie an und umarmte sie. Es gab etwas in ihrer Stimme, das meinen ganzen Körper lähmte. Als ob ich in einer anderen Welt verloren ging. Ich verlor die Kontrolle.

Sie sang weiter. Zwei oder drei Tröpfchen Wasser fielen schließlich nach Jahren von meinen Wangen. Ich spürte den intensiven Druck auf dem Damm. Ich hatte Angst, ihr in die Augen zu sehen. Ich starrte auf den blauen Himmel draußen. Ich konnte meine Emotionen nicht mehr kontrollieren.

Der Damm brach und Tränen begannen zu fließen. Ich versteckte mein Gesicht in meinen Armen. Aber sie hörte nicht auf zu singen, als ob sie es absichtlich tat. Sie wollte, dass ich weine. Sie wollte, dass der Damm bricht. Ihre Stimme nahm mich mit auf eine andere Welt. Sie sang noch tiefer.

Ich fing an zu weinen. Als mein Gesicht und meine Hände von Tränen durchnässt waren, hörte sie auf und kam zu mir. Sie hielt meine Hände und zog mich näher. Sie legte meinen Kopf sanft auf ihre Schulter. Die Zärtlichkeit und Großzügigkeit hatten den Damm in Stücke zerbrochen. Ich fing an, auf ihrer Schulter zu schluchzen.

Ich schrie, ich trauerte, ich trauerte und ich schluchzte. Ich weiß nicht, wie lange ich geweint habe. Fünf Minuten, zehn Minuten, fünfzehn Minuten, zwanzig Minuten oder eine halbe Stunde. Ich hörte erst auf, als der Fluss nach all diesen Tränen, die meine Augen jahrelang zurückgehalten hatten, abgekühlt war. Sie hielt mich ohne ein Wort zu sagen fest. Als ich aufhörte zu weinen, fühlte ich mich so müde und schläfrig, dass ich auf ihrer Schulter einschlief.

Ich weiß nicht, wie lange ich geschlafen habe. Ich wachte auf, als Mama mich anrief. Ich nahm das Telefon an und informierte sie, dass ich nach dem Abendessen zurückkehren würde. Ich hatte so stark geweint, dass ich nicht richtig atmen konnte, als ich aufwachte. Ich ging zum Waschbecken und wusch mein Gesicht mit kaltem Wasser.

Ich kehrte zurück und setzte mich neben sie. Sie war still und ruhig. Ich dachte für einige Augenblicke nach und sammelte all meine Gedanken und meinen Mut und sprach: "Als ich ihn zum ersten Mal traf, war ich etwa fünfzehn Jahre alt. Ich spielte mit meinen Freunden auf unserem Schulgelände. Ich war glücklich..."

Und dann begann ich, von meiner Vergangenheit zu erzählen. Sie plauderte sonst so viel, aber an diesem Tag sagte sie kein einziges Wort. Sie starrte mich nur an und hörte zu, alles was ich sagte. Stundenlang erzählte ich meine Geschichte, vom Anfang bis zum Ende. Wie ich Aayansh kennenlernte, meine Reise mit ihm und wie ich ihn verlor. Die Sonne verschwand unter dem Horizont und der Mond stieg auf.

Erst als ich meine Geschichte beendet hatte, sah ich sie an. Sie weinte, Tränen liefen durch ihre sanften Augen. Ihre Wangen wurden rot wie ein Apfel. Ihre Augen waren voller Mitgefühl und Zuneigung. Sie starrte mich an. Ich fuhr fort.

"So wie er plötzlich aus dem Nichts in mein Leben trat, hat er mich genauso plötzlich verlassen." Ich trauerte. Ich fing wieder an zu weinen. "Ich hätte auf meine Mutter hören sollen. Ich hätte diese Vorzeichen verstehen sollen. Ich hätte am Vortag nicht trinken sollen. Er wäre jetzt noch am Leben. Es ist alles meine Schuld. Es gehört alles mir. Ich habe ihn getötet. Ich habe ihn ermordet." Ich schluchzte.

"Ich hasse Fußball. Ich hasse es einfach. Ich hätte auf meinen Vater hören sollen, als er mich dafür schimpfte,

Fußball zu spielen. Wenn ich nie Fußball gespielt hätte, hätte ich ihn nie getroffen und dann wäre er noch am Leben. Und jetzt muss ich damit den Rest meines Lebens leben. Ich kann nicht damit leben. Die Schuld, das Bedauern zerreißen mich. Ich habe niemanden. Ich bin allein. Ich bin einfach einsam. Ich verliere mich in der Dunkelheit. Er verfolgt mich jede Nacht. Ich kann nicht mit dieser Schuld leben. Ich will sterben. Ich will sterben. Ich will sterben." Ich wiederholte das immer wieder, während ich schluchzte.

Sie zog mich an sich. "Es ist okay. Es ist okay. Hör jetzt auf zu weinen." Sie streichelte sanft mein Haar, um mich zu beruhigen.

Ich trug immer ein langärmliges T-Shirt, um meine Arme zu verstecken. Aber an diesem Tag hatte ich meine Ärmel hochgekrempelt, als ich zum Waschbecken ging, und ich hatte vergessen, sie wieder runterzukrempeln. Sie sah meine Arme. Sie zog sie an sich und untersuchte sie. Sie waren voller Narben und Wunden. Sie sah mich mit ihren verschleierten und tränenreichen Augen voller Zuneigung und Mitgefühl an. "Was hast du deinem Arm angetan, Surya?" Sie rieb sanft mit ihren Fingern über meinen Arm. Und dann umarmte sie mich wieder mit ihren zarten Händen.

Kapitel 43

Ein paar Wochen später tat ich etwas Dummes. Seit dem Tag, an dem ich ihr alles erzählt hatte, kümmerte sie sich um mich. Sie war immer an meiner Seite. Sie war die Einzige, die ich hatte. Ich wusste, dass sie mich mochte und sich um mich kümmerte. Aber Liebe? Ich war mir damals nicht sicher. Immer wenn wir zusammen liefen, hielt sie meine Hände fest. Vielleicht um mir das Gefühl zu geben, dass sie bei mir war. Ich fühlte mich immer sicher und geschützt. Ich dachte, dass ich zumindest jemanden hatte. Sie sang für mich, wenn ich traurig war. Ihre Lieder heilten mich und halfen mir jedes Mal zu weinen.

Eines Tages träumte ich wieder. Dieser schreckliche Traum. Ich sah Aayansh. Er sagte mir an diesem Tag etwas. Er verfolgte mich.

"Es scheint, als wärst du glücklich, Surya. Wie konntest du? Nach allem, was du getan hast? Hast du jemals an meine Familie gedacht? Meine Ammu, mein Appu und meine Schwestern? Du hast mich getötet. Du hast sie auch getötet. Bist du überhaupt menschlich? Gibt es irgendeine Menschlichkeit in dir? Wie konntest du glücklich sein? Wie konntest du das Leben genießen?"

"Du hast mich getötet."

"Du hast auch sie getötet."

"Was hast du getan?"

"Ich bedaure dich."

"Du hast mich getötet."

"Was hast du getan?"

Er beschuldigte mich, kritisierte mich und verleumdete mich. Er zerbrach mich an diesem Tag in Stücke. Er zerriss mich. Er verfolgte mich. Er wiederholte das Gleiche immer wieder, bis ich mit einem Schrei aufwachte. Mein ganzer Körper war in Schweiß gebadet. Ich zog meine Knie an und umarmte sie und weinte.

Es ist wahr, dass ich seit dem Unfall fast vergessen habe, an sie zu denken. Ich habe fast vergessen, dass es seine Familie gibt. Ich denke, es liegt an dem fatalen Unfall. Ich habe nie versucht, Kontakt zu ihnen aufzunehmen oder mich bei ihnen für alles zu entschuldigen, was ich getan habe. Ich konnte mich nicht einmal an sie erinnern. Wo sind sie? Wie geht es ihnen? Zum ersten Mal tauchten all diese Fragen in meinem Kopf auf. Und es hat mich gebrochen.

Ich erholte mich langsam. Aber dieser Traum hatte mich wieder in die Dunkelheit gezogen. Die Dunkelheit hatte mich verschlungen, wie ein schwarzes Loch, das alles verschlingt, was ihm nahekommt. Es hatte mich in einer Weise zerrissen, dass ich gezwungen war, die Entscheidung zu treffen.

m folgenden Tag kaufte ich einige Packungen Pillen, die mir von den Ärzten verschrieben wurden. Ich kaufte sie von verschiedenen Apotheken, eine Packung von jeder, um keine Verdächtigungen zu erregen. Ich war so dumm zu denken, dass es Schlaftabletten waren. Ich dachte darüber nach, weil es mir geholfen hatte, zu schlafen. Am Abend aß ich alle diese Pillen auf einmal. Etwa vierzig oder fünfundvierzig, alle auf einmal. Ich konnte mich nicht richtig erinnern. Und ich legte mich auf mein Bett und wartete auf den Tod.

Minuten vergingen. Die Welt um mich herum begann zusammenzubrechen. Meine Augen wurden unscharf. Es wurde langsam dunkel. Ein plötzlicher, heftiger Schmerz traf meinen Magen. Ich stöhnte vor Schmerzen. Der Schmerz zerriss meinen Magen in Stücke. Es stach meinen Magen kontinuierlich wie Nägel. Ich wollte einen schmerzlosen Tod haben. Ich dachte nie, dass es so viel Schmerzen verursachen würde. Ich verlor die Kontrolle über meinen Körper. Mein Kopf wurde leichter, als ob ich betrunken wäre. Ich fühlte mich wie betäubt. Meine Beine und Hände schmerzten und ich litt Qualen. Ich konnte meine Seele aus meinem Körper fühlen und dann wurde alles schwarz.

Aber ich hatte nicht das Glück zu sterben. Der Tod hat mich vor langer Zeit verlassen. Das Schicksal hatte mir meinen Tod verwehrt. Das Schicksal hatte sich zwischen mich und meinen Tod gestellt. Ich war mit dem Leben verflucht.

Die folgenden Ereignisse ereigneten sich in rascher Folge. Die Ereignisse, die danach stattfanden, konnte ich fühlen, sehen und spüren. Aber ich hatte keine Kontrolle. Ich lag einfach regungslos da wie eine Leiche.

Mama rief mich an. Sie rief immer wieder auf meinem Handy an und schlug gegen die Tür. Da ich nicht reagierte, rief sie Papa an. Papa kam nach Hause und begann gegen die Tür zu schlagen. Und dann brachen sie die Tür auf und betraten das Zimmer. Als sie mich so sahen und die leeren Pillenpackungen bemerkten, verstanden sie, was ich getan hatte. Ich konnte alles sehen und hören. Aber ich lag einfach da. Alles, was ich tun konnte, war starren und zuhören. Mama fing an zu weinen. Sie hielt mich in ihren Armen und fing an zu schluchzen. Sie legte etwas in meinen Mund. Ein paar rohe Eier und zwang mich, sie zu schlucken, in der Hoffnung, dass ich erbrechen würde. Aber ich tat es nicht. Und dann wurde ich wieder ins Krankenhaus gebracht.

Die Ärzte wuschen meinen Magen aus. Es war der härteste Teil der Behandlung. Es tat so weh.

Ich blieb fast eine Woche im Krankenhaus. Und ich schlief 4 Tage durchgehend.

Aber im Krankenhaus, während ich schlief, sah ich etwas. Ich erlebte etwas. Ich hatte einen Traum. Ich kniete auf dem Boden. Ich war in einem grünen Tal. Eine sanfte Brise wehte. Ich saß am Rand eines Felsens. Ich starrte auf den fernen Horizont. Aber ich war alt, vielleicht hundert Jahre alt oder noch älter. Ich war elend. Jede einzelne Zelle und Pore meines Körpers war von Krankheit verrottet. Mein Körper wurde von Maden gefressen. Sie zerrissen mein Fleisch. Das war meine Zukunft. Mein Fluch, den ich mein ganzes Leben lang tragen würde. Ich würde niemals sterben. Ich könnte niemals sterben. Ich hatte Mitleid mit mir selbst.

Eine Stimme kam vom fernen Horizont herangereicht und hallte wider. Ich konnte niemanden sehen. Der Himmel wurde von Sonnenlicht erhellt. Die

Sonnenstrahlen glänzten durch den Himmel. Ich schloss meine Augen, da es mich fast blendete.

Und dann hörte ich es. Die Befehle, die Anweisungen, die Gebote, was auch immer es war, das einzige, was in meinem Leben fehlte. Aber ich konnte nicht herausfinden, wer diese Dinge sagte. Wer gab mir diese Gebote oder Befehle? Nachdem die Stimme aufgehört hatte, vom Horizont widerzuhallen, explodierte die Natur um mich herum. Alles wurde funkelnd weiß. Ich konnte nichts mehr sehen außer überall Weiß.

Danach wurde alles wieder schwarz.

***

Als ich wieder meine Augen öffnete, lag ich im Krankenhausbett. Es dauerte einige Momente, bis ich meine Gedanken sammeln konnte. Mama saß an meiner Seite. Aber ihr Gesichtsausdruck war anders als das letzte Mal, als ich im Krankenhaus war. Es fühlte sich an, als ob sie über Nacht gealtert wäre. Das letzte Mal drückte ihr Gesicht Mitgefühl, Barmherzigkeit und Zuneigung aus. Aber dieses Mal drückte es Wut, Selbsthass und Hoffnungslosigkeit aus. Sie starrte mich eine Weile an und stand dann auf und legte etwas neben mein Kissen.

"Yamini hat viele Male angerufen", sagte sie. "Sie hat versucht, dich viele Male zu erreichen. Also musste ich ihr sagen. Ruf sie an, wenn du willst." Sie seufzte und ging weg.

Aber sie blieb wieder stehen, drehte sich um und sagte: "Du hast diesmal viele Herzen gebrochen. Es gibt viele Menschen, die dich immer noch lieben. Gib sie nicht auf.

Versuche nicht, ihre Herzen wieder zu brechen." Und dann ging sie weg.

Ich starrte weiter an die Decke, versuchte immer noch, die Bedeutung des Traums zu verstehen, den ich gesehen hatte.

Als ich stabil genug war, rief ich sie an. Das Telefon wurde sofort von der anderen Seite angenommen. Ich sagte hallo mit meiner schwachen und kränklichen Stimme.

Stille.

Keine Stimme kam von der anderen Seite. Nur schweres Atmen. Ein Moment später hallte nur das Geräusch von leisem Schluchzen und Weinen von der anderen Seite wider. Ich sagte kein Wort. Ich hörte nur zu. Ich weiß nicht, wie lange ich so geblieben bin, bis sie das Telefon auflegte. Ich denke, sie hat härter geweint und wollte nicht, dass ich es weiß.

Seitdem wusste ich, dass es ihr klar geworden war.

Liebe.

Nachdem ich aus dem Krankenhaus zurückgekommen war, versuchte ich viele Male, Kontakt zu ihr aufzunehmen. Aber ich konnte es nicht, da sie mich auf jeder Social-Media-Plattform blockiert hatte und auch meine Nummer blockiert hatte. Ich rief sie jeden Tag viele Male an, aber vergeblich. Ich dachte sogar daran, sie direkt zu Hause zu besuchen, aber ich hatte nicht den Mut dazu, ihr in die Augen zu sehen, ihr persönlich gegenüberzutreten, da ich mich für diese dumme Sache schämte.

Die Tage vergingen. Ohne sie wurde ich unruhig. Seitdem versteckte Mama alle meine Pillen. Ich durfte nur vor ihnen essen. Eines Tages, als ich mich heimlich in das Zimmer meines Vaters geschlichen hatte, sah ich, dass er auf seinem Stuhl saß. Sein Kopf war auf seinen Armen. Und er weinte. Ich hatte meinen Vater noch nie so gesehen. Es ließ mein Herz fast vor Schmerz schreien, meinen Vater so zu sehen. Er weinte wegen mir. Wegen dem, was aus seinem Sohn geworden war? Er bemerkte mich nicht. Ich schlich aus dem Zimmer, ohne Lärm zu machen. Ich ging in mein Zimmer und weinte auch.

Kapitel 44

Ich ging wieder zur Uni, als ich mich vollständig erholt hatte. Sie kam zur Uni, aber sie hat nie versucht, Kontakt zu mir aufzunehmen. Sie kam nie vor mir. Oft sah ich sie mit ihren Freunden. Seitdem ging sie alleine nach Hause, alleine den Gehweg zur Station entlang. Manchmal folgte ich ihr aus der Ferne. Ich sah sie jedes Mal an. Immer wenn wir uns versehentlich begegneten, rannte sie davon. Das Mädchen, ihre Freundin, die in meinem Fach studierte, fragte ich viele Male nach ihr. Aber jedes Mal enttäuschte sie mich, indem sie mir sagte, dass sie nicht mit mir reden würde. Ich wusste, dass sie wütend auf mich war. Oft, wenn ich ihr abends auf der Straße folgte, würde sie in ihrem Gang anhalten, sich umdrehen und Minuten warten. Sie wartete darauf, dass ich zu ihr ging. Sie wollte, dass ich zu ihr gehe und rede. Aber ich hatte nicht den Mut. Ich hatte Angst. Ich schämte mich, ihr in die Augen zu sehen. Nach Minuten des Wartens seufzte sie und ging in Verzweiflung nach Hause, genauso wie ich.

Wochen vergingen so. Ich wurde jeden Tag süchtiger nach Rauchen. Ich sah traurig, blass, blutleer, schlank und gealtert aus, die ganze Zeit.

Und seitdem wusste ich, dass es auch auf mich gedämmert hatte. Die Liebe hat auch auf mich gedämmert. Ich verbrachte keinen einzigen Moment, ohne an sie zu denken. Mama bemerkte alles und fragte mich eines Tages. Ich erzählte ihr alles. "Sie ist wütend auf dich, Surya, genauso wie dein Vater und ich", hatte mir meine Mutter gesagt.

Eines Tages nach dem Unterricht ging ich auf das Feld, wo wir uns jeden Tag nach der Uni trafen. Es war wie immer leer. Es war fast dunkel. Ich beschloss, ihr an diesem Tag nicht zu folgen. Ich setzte mich auf den Boden, zündete eine Zigarette an und begann, den Rauch einzuatmen. Ich nahm mein Handy heraus, steckte den Kopfhörer in eines meiner Ohren und begann, Lieder zu hören. Einige Audioaufnahmen ihrer Stimme. Ich verlor mich in einer anderen Welt. Ich hörte einige Geräusche von hinten, als ich ging. Ich ignorierte es und dachte, dass es streunende Hunde sein müssten. Ich genoss die Lieder in ihrer Stimme. Jemand kam und stand hinter meinem Rücken. Ich konnte es spüren. Ich konnte sogar das schwere Atmen hören. Aber ich war so verloren in ihrer Musik, dass ich es ignorierte. Meine Ängste hatte ich lange zurückgelassen. Ich hatte sie im Hostel gelassen, als ich wegging. Wer auch immer es war, setzte sich einfach neben mich auf den Boden. Ich machte mir keine Mühe, zu schauen. Ich konnte spüren, dass ich beobachtet wurde. Nach ein paar Momenten berührte mich ein weicher, kalter und zarter Arm. Es war vage vertraut. Es war Yamini. Ich fuhr auf. Sie legte ihre Hand auf meine und verflocht ihre Finger mit meinen. Sie hielt sie einige Minuten lang fest, ohne zu sprechen. Ich starrte sie einfach an. Sie schaute mich nicht an, sondern sah auf den Boden. Ihre sanfte Berührung erregte meinen ganzen Körper, als hätte ich all meine verlorene Energie zurückgewonnen. Plötzlich stand sie auf, zog mich hoch und begann zu gehen. Und da war ich, ihr wie ein Feder im Wind folgend, ohne widerstehen zu können, genauso wie an dem Tag, als sie mich in ihr Haus gezogen hatte.

Wir gingen Hand in Hand die Straße hinunter, ohne ein einziges Wort zu sagen. Plötzlich fing es aus dem Nichts an zu regnen. Wir suchten schnell Schutz und als wir einen gefunden hatten, waren wir fast durchnässt. Es regnete so stark, dass alles verschwommen und neblig wurde. Ich konnte nicht einmal die andere Seite der Straße sehen. Wir warteten dort weiter. Es wurde dunkel. Mir wurde klar, dass der Ort, an dem wir Schutz gesucht hatten, ein verlassenes Haus war.

Ich starrte auf die schweren Regentropfen. Sie stand auf der gegenüberliegenden Seite. Innerhalb von Minuten war die Straße überflutet. Ich war tief in Gedanken versunken. Sie kam zu mir und berührte meine Hand. Ich schaute sie an. Sie starrte auf meinen Arm, auf diese Narben. Vielleicht wollte sie sehen, ob ich es wieder getan hatte oder nicht. Aber nein, ich hatte es nicht getan. Diese Narben waren alt. Sie winkte sanft mit den Fingern über meinen Arm. Und dann kam sie näher. So nah, dass ich ihr Atmen und ihr pochendes Herz hören konnte. Sie kam noch näher. Sobald ihr Körper meinen berührte, durchzuckte mich ein elektrischer Impuls durch mein gesamtes Nervensystem. Meine Atmung wurde schwerer. Mein Herz begann in meiner Brust zu pochen. Sie sah mir nicht in die Augen. Ihr weiches Haar war wegen des starken Windes über mein Gesicht geweht. Nach einem Moment konnte ich spüren, wie ihre Absätze sich hoben. Ihr Gesicht neigte sich ein wenig nach oben. Ich schloss meine Augen. Ihre weichen und sanften Lippen berührten meine. Mein ganzer Körper schmolz in diesem Augenblick, als ob ich im Himmel wäre, als ob ich fliegen würde. Das ganze Gewicht, das meine Seele tief belastete, war innerhalb von Sekunden verdampft.

Ich weiß nicht, wie lange wir so dastanden. Nach einer Weile drehte sie sich um und ging auf die andere Seite. Ihre Wangen waren so rot wie die untergehende Sonne.

Als der Regen aufgehört hatte, gingen wir zum Bahnhof. Ich hielt ihr sanft den kleinen Finger. Wir sprachen kein einziges Wort. Wir gingen zum Bahnhof und sie stieg in den Zug. Als der Zug losfuhr, hob sie den Kopf und schaute zu mir. Ihre Augen trafen meine Augen. Ihre Wangen waren noch rot. Sie war schüchtern. Ich winkte ihr zu. Für einen Moment dachte ich, ihre Augen seien feucht. Aber ich hatte keine Möglichkeit, sicher zu sein, da der Zug an Fahrt aufnahm und davonstürmte...

Eine Woche später hatte unser College ein Intra-College-Fußballturnier organisiert. Sie hatte mich auch dann noch nicht entsperrt. Ich fing wieder an zu träumen. Aber es war anders. Ich träumte jeden Tag von ihr. Über diesen Moment in diesem verlassenen Haus. Ich träumte jeden Tag von ihr. Ich wollte dieses genaue Moment, dieses Gefühl immer wieder in meinem Traum fühlen, aber ich konnte es nicht. Jedes Mal, wenn mein Traum seinen Höhepunkt erreichte, wachte ich auf. Ich lächelte für mich selbst. Ich fragte mich, wann wir wieder reden würden. Ich wartete auf den Tag, an dem sie mir verzeihen würde, mich entsperren würde und wir wieder anfangen würden zu reden. Ich sehnte mich danach, mit ihr zu reden. Ich wollte sie umarmen. Ich wollte sie für immer in meinen Armen halten.

Alle Jungs in unserer Abteilung fingen an, unser Team aufzubauen. Sie fragten jeden, der wusste, wie man

Fußball spielt. Einige Jungs beeilten sich, ihren Namen in das Team aufzunehmen. Ich saß auf der letzten Bank und beobachtete all diesen Unsinn. Einer meiner Freunde fragte mich einmal, ob ich spielen würde oder nicht. Ich sagte höflich nein. Schließlich bildeten sie ein Team von vierzehn Spielern, elf Spielern und drei als Ersatz.

Am Tag des Turniers versammelten sich alle um das Spielfeld. Ich versuchte Yamini zu finden, aber es gab keine Spur von ihr. Ich suchte sie die ganze Zeit. Ich fühlte mich depressiv und entmutigt. Ich machte mich aus der Menge und dem Chaos heraus und ging in die entfernteste Ecke. Ich stand neben einem Pfosten, lehnte mich darauf und beobachtete aus der Ferne. Für einen Moment dachte ich, ich sollte nach Hause gehen, ich sollte es mir nicht ansehen. Aber etwas in mir wollte dort bleiben und das Spiel beobachten. Zum ersten Mal seit Jahren sah ich mir ein Fußballspiel an.

Das Spiel unserer Abteilung hatte begonnen. Sie spielten in Freude. Die Menge schrie und kreischte in völliger Freude. Andere Jungen und Mädchen in unserer Abteilung, die nicht spielten, feuerten das Team an. Sie waren so glücklich. Ich war wütend auf mich selbst. Ich war traurig, wütend und glücklich im selben Moment. Schließlich hatte ich mir eingestanden, dass mir Fußball so sehr fehlte. Ich wünschte, ich könnte wieder spielen. Ich wünschte, ich hätte nicht nein zu dem Jungen gesagt. Sie hatten so viel Freude, so viel Vergnügen. Ich vermisste es so sehr mit meinen Freunden Fußball zu spielen. Vielleicht war es das einzige, was in meinem Leben fehlte.

Ich bemerkte nicht, als Yamini gekommen war und neben mir stand. Sie berührte meine Hand und ich riss sie zurück. Sie hielt meine Hände und starrte mir mit tiefem Mitgefühl in die Augen. Ich schaute mich um, um zu sehen, ob jemand zusah. Niemand. Jeder war mit dem Spiel beschäftigt. Sie sah mich an, als hätte sie vergessen, dass wir in der Hochschule waren. Ich konnte nichts sagen.

"Ich will, dass du spielst. Ich will, dass du mit ihnen spielst, Surya", murmelte sie höflich.

Das war das erste Mal, dass sie seit Wochen mit mir gesprochen hatte. Ich war so überwältigt von Freude, dass ich nicht verstand, was sie gesagt hatte. Als ich das realisierte, stammelte ich: "Nein, ich kann nicht. Du weißt, dass ich es nicht kann. Es ist nicht möglich." Ich schüttelte den Kopf.

"Du musst es versuchen. Versuche es, Surya. Ich will, dass du es versuchst. Zwinge dich nicht dazu. Gib es nicht mehr auf. Du weißt so gut wie ich, wie sehr du es willst."

An dem Tag, als das Turnier begann, versammelten sich alle auf dem Platz. Ich versuchte Yamini zu finden, aber es gab keine Spur von ihr. Ich suchte die ganze Zeit nach ihr. Ich fühlte mich deprimiert und niedergeschlagen. Ich machte mich aus dem Gedränge und dem Chaos heraus und ging in die entfernteste Ecke. Ich stand neben einem Pfosten, lehnte mich an ihn und beobachtete aus der Ferne. Für einen Moment dachte ich, ich sollte nach Hause gehen, ich sollte es nicht ansehen. Aber etwas in mir wollte dort bleiben und das Spiel beobachten. Zum ersten Mal seit Jahren sah ich mir ein Fußballspiel an.

Das Spiel unserer Abteilung hatte begonnen. Sie spielten voller Freude. Die Menge schrie und schrie vor Freude. Andere Jungen und Mädchen in unserer Abteilung, die nicht mitspielten, feuerten das Team an. Sie waren so glücklich. Ich war wütend auf mich selbst. Ich war traurig, wütend und glücklich zugleich. Endlich hatte ich mir eingestanden, dass mir der Fußball so sehr fehlte. Ich wünschte, ich könnte wieder spielen. Ich wünschte, ich hätte dem Jungen nicht abgesagt. Sie waren so voller Freude, so viel Vergnügen. Ich vermisste es, mit meinen Freunden Fußball zu spielen. Ich vermisste es so sehr. Vielleicht war es das Einzige, was in meinem Leben fehlte.

Ich bemerkte nicht, dass Yamini neben mir gestanden hatte. Sie berührte meine Hand und ich riss sie zurück. Sie hielt meine Hände und starrte mich mit tiefer Sympathie an. Ich schaute herum, um zu sehen, ob jemand zusah. Niemand. Jeder beschäftigte sich mit dem Spiel. Sie schaute mich an, als hätte sie vergessen, dass wir in der Hochschule waren. Ich konnte nichts sagen.

"Ich möchte, dass du spielst. Ich möchte, dass du mit ihnen spielst, Surya", murmelte sie höflich.

Das war das erste Mal, dass sie seit Wochen mit mir sprach. Ich war so überwältigt von Freude, dass ich nicht verstand, was sie gesagt hatte. Als mir das klar wurde, stotterte ich: "Nein, ich kann nicht. Du weißt, dass ich nicht kann. Es ist nicht möglich." Ich schüttelte meinen Kopf.

"Du musst es versuchen. Versuch es, Surya. Ich möchte, dass du es versuchst. Zwing dich nicht dazu. Verlass es nicht mehr. Du weißt genauso gut wie ich, wie sehr du es willst."

Ich kämpfte während des gesamten Spiels. Ich konnte nicht richtig rennen oder spielen. Ich hatte Schwierigkeiten beim Atmen. Ich wusste, dass es passieren würde. Ich spielte zum ersten Mal seit Jahren. Ich hatte all meine Ausdauer und meine Fähigkeiten verloren. Alle buhten uns aus, besonders mich. Ich gab alles, aber ich versagte. Obwohl ich einen wichtigen Assist leistete und das Spiel mit 2-1 gewann, war ich nicht zufrieden. Alle buhten und beleidigten mich. Ich ging gebrochen nach Hause. An diesem Abend verbrachte ich die ganze Zeit damit, Videos von Fußballfähigkeiten und Spielen anzuschauen. In der Nacht träumte ich von dem Tag, an dem Aayansh das Probetraining absolvierte und ich ihn motiviert hatte, indem ich ihm viele Dinge sagte, und er es schaffte. Jetzt war es meine Zeit, dasselbe zu tun.

Am nächsten Tag veränderte sich etwas in mir. Ich bekam alles zurück, was ich zuvor hatte. Ich dachte, ich hätte es verloren, aber ich lag falsch. Sie waren immer noch da. Ich zeigte der Menge, wer ich war und was ich konnte. Ich erzielte ein Hattrick im Halbfinale und wir gewannen mit 3-1. Wir kamen ins Finale. Ich stoppte jedem den Mund, der mich am Vortag ausgebuht hatte. Yamini stand mit ihren Freunden an einer Ecke und applaudierte mir, unserem Team und lächelte mich an.

Unser Gegner im Finale war die Geschichtsabteilung, ihre Abteilung. Ich fragte mich, wen sie an diesem Tag unterstützte. Ich war angespannt und nervös vor dem Spiel.

Es war ein hochspannendes Spiel. Der Spielstand war 3-3. Ich erzielte zwei Tore und gab einen Assist. Das Spiel wurde im Elfmeterschießen entschieden. Und wir verloren das Elfmeterschießen mit 5-4. Wir verloren das Spiel wegen mir. Ich war so niedergeschlagen, so deprimiert und so gebrochen. Ich gab alles, um zu gewinnen, aber ich versagte.

"Es ist in Ordnung, Bruder. Ohne dich wären wir nicht im Finale. Kopf hoch. Sei nicht traurig", sagte einer der Jungs zu mir, als er meine Schulter klopfte. Aber ich hatte das Gefühl, dass ich weinen sollte. Ich konnte meine Emotionen jedoch irgendwie kontrollieren.

Ich wurde zum Spieler des Turniers und höchsten Torschützen des Turniers mit fünf Toren ausgezeichnet. Aber ich war immer noch traurig, da wir nicht gewonnen hatten und es wegen mir war.

Nachdem ich mich in der Waschräumen der Universität geduscht hatte, erhielt ich eine Nachricht von Yamini. Sie hatte mich endlich entblockt, wie sie es gesagt hatte. Ich öffnete die Nachricht.

Ich warte auf dich auf dem Feld.

Ich lächelte und stürmte zum Feld. Es war dunkel zu der Zeit. Es war niemand da. Jeder war gegangen. Ich ging zum Feld und sah, dass es völlig verlassen war. Ich ging zum Platz, wo sie normalerweise wartete. Ich sah sie aus der Ferne und blieb plötzlich stehen. Sie sah mich und war überrascht. Ich weiß nicht, was an diesem Tag mit mir passiert ist, aber als ich sie sah, veränderte sich etwas in mir, ein intensives Verlangen. Ich verlor meine

Fähigkeit, darüber nachzudenken, was richtig oder falsch war. Ich eilte zu ihr, nahm ihre Hände und zog sie eng an mich, als ich sie umarmte. Sie war so schockiert von diesem Verhalten, dass sie mich zuerst nicht zurück umarmte. Es dauerte ein paar Minuten, bis sie anfing zu flehen: "Lass mich, Surya. Jemand wird uns sehen kommen. Lass mich bitte." Sie flehte weiter mit ihrer stotternden Stimme. Ihre Stimme zeigte, dass sie zwar Angst hatte, mich aber auch umarmen wollte. Ich hatte das schon lange gewollt, genauso wie sie. Je mehr sie flehte, desto fester hielt ich sie. Schließlich stieß sie mich zurück und sagte: "Bitte. Hör zu. Es geht nicht hier. Lass uns zumindest nach Hause gehen."

Sie brachte mich zu sich nach Hause. Auf dem Weg hielt sie meine Hand fest, ihre Finger eng mit meinen verflochten. Als wir bei ihr ankamen, war niemand da. Ihre Mutter und ihr Vater waren nicht da. Wir gingen hinein und sie schloss die Tür ab. Wir starrten uns an. Wir atmeten schwer. Unsere Herzen schlugen schwer. Und dann fielen wir fast übereinander her. Ich hielt sie fest in meinen Armen. Ich wollte sie für immer in meinen Armen halten. Ich hielt sie so lange fest, dass ich nicht wusste, wie lange es war.

Was zwischen uns danach passierte, war ein Traum für mich.

Kapitel 45

Ich musste erneut zum Arzt gehen, weil ich nach dem Fußballspiel schreckliche Rückenschmerzen hatte. Der Arzt verschrieb mir Medikamente. Ein paar Monate später spielte ich im Inter-College-Turnier und wir gewannen den Pokal. Ich musste erneut zum Arzt gehen. "Ach! Suryansh. Wie oft muss ich dir sagen, dass du nicht so spielen sollst?" schimpfte mich der Arzt und verschrieb mir erneut Medikamente. Ich musste damals Physiotherapie machen.

Nach meinem Master-Abschluss bewarb ich mich für ein Promotionsstudium, während sie eine B.Ed. verfolgte. Ja, wir liebten uns. Wir wussten beide, dass wir uns liebten. Sogar unsere Eltern wussten von uns. Ich musste es ihnen nicht sagen. Sie hatten es erraten. Aber ich musste ihr nie sagen, dass ich sie liebte. Ich musste es nicht sagen und sie auch nicht. Wir haben uns nie "Ich liebe dich" gesagt, nicht einmal einmal. Wir mussten es nicht. Ich habe meinen Eltern nie gesagt, dass ich sie liebe, und sie auch nicht. Aber trotzdem liebten sie mich bedingungslos. Unsere Handlungen sprachen mehr als unsere Worte. Wir wussten beide, dass wir uns bedingungslos liebten. Vielleicht haben wir deshalb nie zueinander gesagt. Unser Herz wusste es bereits.

Papa ging nach meinem Master-Abschluss in den Ruhestand.

Fast fünf Jahre vergingen seitdem. Ein paar Dinge passierten dazwischen...

Eines Tages kam sie zu mir nach Hause und wir saßen in meinem Zimmer. Sie hielt meine Hände und sah mich an. "Du musst zu ihnen gehen, Surya. Du musst ihnen ins Gesicht sehen. Sie haben dich geliebt. Sie brauchen dich", sagte sie. Ich hatte ihr bereits von diesem Traum erzählt, für den ich sterben wollte.

"Ich kann nicht. Ich kann ihnen nicht ins Gesicht sehen. Wie kann ich das? Ich habe ihren Sohn getötet. Ich habe ihnen alles genommen."

"Hör auf damit. Hör auf. Es ist nicht deine Schuld. Es war nur ein Unfall. Lass es los, Surya. Hör auf, dich selbst dafür zu beschuldigen. Du hast nicht gewusst, dass es kommen würde. Hast du?"

Ich hatte keine Antwort.

Sie hielt meine Hände fester. "Stell dich deiner tiefsten Angst und danach bist du frei. Du wirst niemals frei sein, es sei denn, du stellst dich dem, was dich am meisten verfolgt. Es wird dich dein Leben lang verfolgen. Es wird dich zerreißen. Es wird dich zerstören. Sobald du dich ihm ausgesetzt hast, gibt es nichts, was dich aufhalten kann, es gibt nichts, was dich zurückhält. Aber du musst es zuerst tun, um frei zu sein. Du musst es angehen. Die Schwachen sterben und die Starken leben. Niemand wird stark geboren. Wir alle werden so schwach geboren wie ein Lamm. Wir entwickeln uns. Die Schwachen entwickeln sich zu Starken. Und dann töten die Starken die Schwachen. Diejenigen, die sich nicht entwickeln, vergehen."

Das werde ich nie vergessen. Ich werde nie vergessen, was sie an diesem Tag zu mir gesagt hat.

Also habe ich mich schließlich entschieden, sie zu besuchen.

Der Tag war zu heiß. Ich begann meine Reise am Morgen, bei Tagesanbruch. Als ich dort ankam, war es schon fast Mittag. Nach Jahren war ich an diesen Ort zurückgekehrt. Vieles hatte sich verändert. Der Dschungel war dicker geworden als zuvor. Die Sonne brannte heiß. Kein einziges Blatt bewegte sich. Aus der Ferne sah ich das Haus. Es stand dort wie ein Körper ohne Seele. Die Höhe der Hütte hatte abgenommen. Ich fragte mich warum. Im Inneren der Hütte war es an diesem heißen Mittag dunkel. Es schien verlassen zu sein, als ob dort keine Seele mehr lebte. Keine Hunde, Ziegen oder Vögel waren in der Nähe der Hütte zu sehen. Ich hatte nicht den Mut, in die Hütte zu gehen. Ich sah sie aus der Ferne an und drehte mich um und ging weg.

Ich lief hierhin und dorthin, konnte aber nicht in die Hütte eintreten. Ich war voller Schweiß. Ich aß in einem nahe gelegenen Restaurant zu Mittag, wo ich früher mit ihm gegessen hatte. Die Jungs im Restaurant konnten mich nicht mehr erkennen. Ich hatte einen dicken Bart und war erwachsener geworden. Mehrmals versuchte ich, mich ihnen zu stellen und in ihre Hütte zu gehen, aber ich trat jedes Mal zurück. Ich hatte solche Angst, eher Schuldgefühle und Scham. Yamini rief mich mehrmals an und versuchte mich zu überzeugen, hineinzugehen und mit ihnen zu sprechen. Ich flehte sie oft an, dass ich es nicht konnte. Schließlich, als es nachmittags war, sammelte ich all meinen Mut und versuchte es ein letztes Mal.

Als ich neben einem Baum stand, hätte die Dunkelheit den blauen Himmel verschlingen können. Ein sanfter Wind begann zu wehen. Ich fragte mich, ob noch jemand in dieser Hütte lebte oder nicht. Ich dachte, sie sei verlassen und sie wären weggezogen. In oder in der Nähe der Hütte sah ich keine einzige Seele. Als ich fast die Hoffnung verlor, kam eine Gestalt aus der Hütte und trat vor mich hin. Seine Mutter. Ich dachte, sie hätte mich bemerkt, aber ich lag falsch. Stattdessen ging sie neben ihrem Haus und setzte sich auf den Boden und begann, einige Pflanzen zu bewässern. Neben dem Haus waren einige Gemüse und Blumen angebaut worden. Sie grub die Beete um und goss die Pflanzen. Ich ging langsam auf sie zu.

Ich ging zu ihr und rief sie. Zuerst hörte sie mich nicht. Ich rief noch einmal. Sie schaute herum. Ihre Gestalt, eher würde ich sagen, ihr Skelett zerstörte meine Seele, als sie mich ansah. Ihre Augen waren verschleiert. Ihre Haare waren fast grau. Ihr Gesicht war blass, blutleer und voller Falten, als ob sie über hundert Jahre alt wäre. Es waren kaum noch Muskeln unter ihrer Haut vorhanden. Eine Hülle aus Haut schien über ihr Skelett gelegt zu sein. Ihre Augäpfel waren fast in die Schädelhöhle gezogen. Ihre Wangen waren tiefer eingesunken. Ihre Lippen waren blass, fast weiß und blutleer. Sie starrte mich an. Zuerst erkannte sie mich mit ihren verschleierten Augen nicht. Nach einem Moment, als sie mich erkannte, stand sie plötzlich mit offenem Mund auf. Ihre Lippen begannen zu zittern.

Ich dachte, sie würden mich für alles verantwortlich machen. Sie würden mich kritisieren, verachten, verleumden und verurteilen. Ich dachte, sie würden mich schlagen und mich von ihrem Haus vertreiben. Ich hatte mich darauf vorbereitet, dem zu begegnen. Aber ich lag falsch. Was sie tat, schockierte mich. Sie schrie meinen Namen und stürmte auf mich zu, umarmte mich mit ihren schlanken Händen und fing an zu weinen. Sie schluchzte und weinte, während sie mich in ihren Armen hielt. Darauf hatte ich mich nicht vorbereitet. Dieses schockierende Verhalten hatte mein Herz zerrissen. Auch nach allem, was ich getan hatte, diese Großzügigkeit, diese Zärtlichkeit, hat mein Herz in Stücke gerissen. Sie fragte mich, wo ich all die Jahre gewesen war und warum ich sie nicht besucht hatte. Sie dachten, ich hätte sie wegen des Unfalls vergessen. Sie erzählte mir, dass meine Mutter und mein Vater nach dem Unfall mit den Informationen zu ihnen gekommen waren und danach noch einmal mit Aayansh und seiner Leiche. Das wusste ich nicht. Meine Mutter hat es mir nie erzählt und auch mein Vater nicht. Sie weinte die ganze Zeit. Sie wischte sich die Tränen mit ihrer rauen Hand ab und mit der anderen Hand winkte sie kontinuierlich meinen Kopf, als ob ihr vermisster Sohn endlich nach Jahren nach Hause zurückgekehrt wäre.

Sie war traurig, gebrochen, depressiv. Sie war krank, psychisch, sie trauerte. Sie schluchzte. Aber als sie mich ansah, drückten ihre Augen Stolz, Zuneigung, Mitgefühl und Zärtlichkeit aus. Für mich...

Sie sagte an dem Tag etwas, das ich nie vergessen werde. Sie sagte: "Ich dachte, ich hätte beide meine Söhne verloren, Surya."

Ich konnte meine Emotionen nicht mehr kontrollieren.

Ich blieb bis zum Abend bei ihnen. Ich sprach viel mit seinen Schwestern und seiner Mutter. Ich aß alles, was sie mir gaben, mit Freude. Diese halb verbrannten Chapatis mit einigen Gemüsen. Während ich aß, konnte ich ihnen nicht in die Augen schauen. Sie beobachteten mich mit einem breiten Lächeln und Zuneigung, als ob ich Aayansh wäre. Mein Herz sank ins Wasser und Tränen flossen über meine Wangen. Als sein Vater nach der langen Arbeit nach Hause kam, umarmte er mich und weinte auch. Ich hatte seinen Vater nie mehr als ein paar Mal gesehen und mit ihm gesprochen. Sein Vater war genauso wie meiner. All ihre Tugenden waren gleich. Auch er war genauso wie seine Mutter, blass, blutleer, schlank, mit gesunkenen Wangen. Zum zweiten Mal in meinem Leben sah ich einen Vater weinen, trauern und leiden. Auch sie können manchmal gebrochen sein. Sie haben auch ein großes Herz, das mit Emotionen gefüllt ist. Sie zeigen es nur nie. Sie wissen, wie man es versteckt und wie man die ganze Familie auf ihren Schultern trägt. Er hatte immer noch zwei Töchter und eine Frau, für die er sorgen musste.

Sie flehte mich an, immer wieder zu kommen und sie nicht im Stich zu lassen. Sie sagte mir, dass sie solange sie bei ihnen war, immer denken würde, dass ihr Sohn lebt und gesund ist. Einer von beiden vielleicht, fragte ich mich. Ich weiß nicht, was sie in mir sah, dass sie mich als ihren Sohn, als Aayansh, annahm. Bleischwer vor Schuld und Reue stand ich auf, als würde ich einen Berg tragen, und kehrte nach Hause zurück. Als ich nach Hause zurückkehrte, war es fast zwei Uhr nachts. Zum Glück bekam ich den letzten Zug. An diesem Tag brauchte ich keine Pillen. Es war, als ob ein riesiges Gewicht von meiner Seele mit diesem sanften Wind weggetragen worden wäre. In dieser Nacht schlief ich friedlich nach Jahren. Als ich nach Hause kam, stand ich fast die ganze Nacht auf dem Platz, wo wir zusammen im Dunkeln saßen. Ich starrte auf den Dschungel und hoffte, etwas zu sehen. Einige Glühwürmchen. Aber keins. Es gab kein einziges. Nur Dunkelheit. Elendige Dunkelheit.

***

Für ein paar Jahre oder vielleicht sogar länger besuchte ich sie, wann immer ich konnte. Jedes Mal, wenn ich dort war, verbrachte ich den ganzen Tag bei ihnen und stand abends allein im Dunkeln auf dem Feld an der gleichen Stelle und hoffte, Glühwürmchen zu sehen. Aber ich konnte nur Dunkelheit sehen. Manchmal fragte ich mich, ob die Glühwürmchen aus meinem Leben oder dieser Welt verschwunden waren, plötzlich und ganz auf einmal.

Wenn ich sie besuchte, versuchte ich den Schwestern etwas zu geben, was ihnen helfen konnte. Sie waren immer noch sehr jung, besuchten noch die Schule. Manchmal steckte ich ihnen heimlich Geld zu, ohne dass ihre Mutter es bemerkte.

Eines Tages nahm ich Yamini mit zu ihrem Haus. Ich wollte, dass sie sie besucht. Ich wollte, dass sie alles fühlt, was ich fühle. Seine Mutter war so glücklich, sie zu sehen. Sie sagte, Yamini sehe aus wie ein Engel. Sie war so glücklich. Sie weinte wieder vor ihr. Normalerweise redete Yamini den ganzen Tag so viel. Sie war eine Plaudertasche. Aber an diesem Tag sprach sie kaum ein Wort, bis wir nach Hause kamen. Ich wusste, dass ihre

Seele unter dem Gewicht der Großzügigkeit und Zärtlichkeit dieser unglücklichen Familie zusammengebrochen war. Ich zeigte Yamini alles an diesem Ort, jeden Ort, an dem wir zusammen Zeit verbracht hatten. Dieses Feld, diese Straßen, diese Gassen, alles. Ich nahm sie mit zu unserer Schule. Unsere Schule hatte sich stark verändert. Viele neue Gebäude waren gebaut worden. Das Feld war kleiner. Die Größe des Geländes hatte zugenommen. Ich hielt an und starrte aus der Ferne auf die Schule. Sie hielt meine Hand. Hunderte von Erinnerungen blitzten in meinem Geiste zurück, als ich dort stand und unsere Schule betrachtete. Bevor wir zurückkehrten, berührte seine Mutter unsere Köpfe und segnete uns beide. "Ich bin nicht glücklich genug, um die Hochzeit meines einen Sohnes zu sehen. Aber ich bin sicherlich glücklich genug, die Hochzeit eines anderen Sohnes zu sehen, und das werde ich sicher tun." Das sagte sie zu uns. Wir hatten keine Antwort darauf.

In dieser Nacht kamen wir spät zu Hause an. Sie blieb diese Nacht bei uns. Sie legte ihren Kopf auf meine Schulter, umarmte mich fest und weinte. Kein lautes Weinen oder Schluchzen, sondern langsames und stilles Weinen, genau wie wenn unser Herz kein zusätzliches Gewicht mehr tragen kann und es mit Tränen entlastet wird. Endlich hatte ich jemanden gefunden, der alles sah, erlebte und fühlte, was ich fühlte. Ich hatte jemanden gefunden, mit dem ich meine Last teilen konnte.

Kapitel 46

Ich begann wieder Fußball zu schauen wie zuvor. Ich spielte auch oft. Yamini wusste nur Bruchstücke des Spiels. Ich brachte ihr alles bei. Wir gingen oft zusammen ins Stadion, um Spiele anzuschauen. Ich erholte mich vollständig. Ich brauchte keine Medikamente mehr. Ich hörte auf, zum Arzt zu gehen. Und das hätte ich ohne sie nicht geschafft. Einmal sagte sie mir, als ich bei ihr zu Hause war: "Du musst diese Medikamente absetzen. Du brauchst sie nicht mehr. Du bist nicht krank, Surya. Du hast absolut nichts. Du hast zurückbekommen, was du gebraucht hast. Fußball ist deine Medizin. Das hat in deinem Leben gefehlt."

Ich konnte ihr mein ganzes Leben lang nie widersprechen. Wenn sie mir in die Augen schaute und etwas sagte, fühlte ich mich hilflos. Ich hatte keine andere Wahl, als mit ihr einverstanden zu sein. Sie sprach mit meiner Mutter und half mir, diese Medikamente abzusetzen. Obwohl ich in den ersten paar Monaten ohne diese Medikamente viel kämpfen musste. Ich konnte manchmal nicht schlafen. Ich träumte oft, aber ich hatte keine Angst mehr. Ich stellte mich ihnen eher als davon zu laufen. Denn oft zitterten meine Hände und Beine heftig, weil ich die Medikamente plötzlich abgesetzt hatte. Ich verlor jede Kontrolle über meine Hände und Beine. Ich konnte das Zittern nicht aufhalten, bis Yamini oder meine Mutter sie festhielten und halfen, es zu stoppen.

Sie hielten sie fest, und das Zittern würde allmählich nachlassen, bis es aufhörte. Nach einigen Monaten des Versuchs mit Hilfe meiner Familie überwand ich es schließlich. Meine Mutter und mein Vater waren glücklich, genauso wie ich. Es gibt für Eltern nichts Schöneres, als ihre glücklichen Kinder zu sehen. Yamini war auch glücklich.

Ich erzählte ihr von der Sache, die ich sah, als ich im Krankenhaus lag. Ich wusste, dass ich einen neuen Zweck verfolgen musste. Ich hatte einen neuen Traum zu verfolgen. Ich hatte ein neues Ziel. Aber ehrlich gesagt wusste ich damals nicht, was ich tun oder wie ich es tun sollte. Ich musste das noch herausfinden. Aber ich hatte etwas zu tun, sonst würde es wahr werden.

Sie riet mir: "Denke nicht zu viel darüber nach. Gib dir Zeit. Lass dein Herz einen Weg finden. Dein Herz kämpft immer noch darum, die Vergangenheit loszulassen. Gib ihm etwas Zeit und ich bin sicher, es wird einen Weg finden. Zwinge es nicht. Versuche es nicht härter. Lass dein Herz entscheiden. Kannst du essen, während du läufst?" Ich wusste nicht, wie sie es jedes Mal schaffte. Sie konnte mein ruheloses Herz immer irgendwie beruhigen.

***

Nachdem ich meinen Doktortitel erworben hatte, bewarb ich mich für eine Stelle im Ausland. Ich hatte damals einige Vorstellungen davon, was ich tun würde. Mein Herz hatte seinen Weg gefunden, wie sie mir gesagt hatte. Aber ich war mir damals nicht so sicher. Ich wusste jedoch sicher, dass ich dafür viel Geld brauchte. Eine

Menge Geld. Tonnen von Geld. Wenn ich es auf die richtige Art und Weise tun wollte. Denn ich musste alles alleine machen. Ich bekam den Job und ging ins Ausland, ließ meine Eltern und die Person, die ich liebte, zurück. Ich ließ wieder alles zurück. Aber ich war damals reif genug. Ich hatte keine Angst mehr. Ich hatte vor nichts mehr Angst. Ich umarmte mein Leben von ganzem Herzen. In der Zwischenzeit begann Yamini nach Abschluss ihres B.Ed. als Geschichtslehrerin in einer Schule zu unterrichten. Während ich im Ausland an einem angesehenen College als Professor für Literatur unterrichtete. Wir hatten uns beide in unserem Beruf gut etabliert.

Ich war dort völlig alleine. In einem neuen Land, neuen Leuten, neuer Kultur, neuer Umgebung. Es war schwierig, sich zuerst dort anzupassen. Ich war ohne meine Familie, meine Freunde und meine Liebe. Bald begann ich, depressiv und heimwehkrank zu werden. Ich war einsam. Ich vermisste sie so sehr. Ich konnte nicht ohne sie schlafen, ohne Yamini zu sehen. Ich war meilenweit von ihr entfernt. Ich fragte mich, warum ich immer wieder meine Familie, meine geliebten Menschen verlassen musste. Warum das Schicksal uns immer wieder trennte. Ich schloss ein paar Freundschaften, die freundlich und ehrlich waren, zumindest besser als meine College-Freunde. Ich verbrachte Zeit mit ihnen, ging auf Partys, besuchte verschiedene Orte und machte Abenteuerausflüge. Ich wartete den ganzen Tag darauf, mit Yamini zu sprechen und sie im Video-Chat zu sehen. Ich starb für diesen Moment. Oft sang sie mir Lieder vor oder schickte mir Video-Clips, die mich etwas trösteten. Ich sparte jeden Monat mehr als 70% meines

Einkommens. Ich begann so viel wie möglich zu sparen. Ich hielt meine Lebenshaltungskosten mit so wenig wie möglich im Griff. Oft schickte ich Geld an meine Familie für Mutter und Vater. Ich sprach mit Aayanshs Familie am Telefon. Ich schickte ihnen Geld für seine Schwestern und ihre Ausbildung, die jetzt auch meine Schwestern waren, und oft für ihre ganze Familie, wenn sie es brauchten. Ich schickte Yamini Geschenke zu ihrem Geburtstag. Sie fuhr jeden Tag mit dem Zug zu ihrer Schule. Also schenkte ich ihr an ihrem Geburtstag ein Zweirad. Sie war so überrascht, glücklich und erstaunt, es zu sehen. Obwohl sie mich dafür sehr gescholten hat. Mama und Papa wurden älter. Sie konnten nicht mehr alleine reisen oder lange Strecken zu Fuß gehen. Also schenkte ich Mama und Papa zu ihrem Jahrestag ein nagelneues Auto. Ich dachte, es würde etwas von der Schuld begleichen, die ich verschwendet hatte, als ich jung war. Aber ich war damals so töricht zu verstehen, dass man die Schulden der Eltern niemals zurückzahlen kann. Die Schulden der Eltern können niemals zurückgezahlt werden, nicht in einem Leben. Man wird seinen Eltern immer für das ganze Leben dankbar sein. Die Menge an Glück, die ein Vater und eine Mutter empfinden, wenn sie ihre Kinder glücklich, wohl und lebendig sehen, kann niemals zurückgezahlt werden, egal wie hoch die Summe ist, sogar Millionen, Milliarden, Billionen, spielt keine Rolle. Sie alle sind vor ihrem Glück wertlos. Wir werden unseren Eltern für alle Ewigkeit verpflichtet sein.

***

Jahre vergingen wie im Flug. Bald hatte ich meinen ständigen Aufenthalt dort. Als ich es nicht mehr aushalten konnte, ohne sie zu sein, kam ich für eine Woche zurück, um Zeit mit meiner Familie und ihr zu verbringen. Dann würde ich wieder gehen.

Eines Tages rief mich mein Vater an und informierte mich, dass er wollte, dass ich heirate. "Ich denke, es ist Zeit, Surya. Du solltest jetzt heiraten." Aber ich war noch nicht bereit zu heiraten und die Verantwortung einer Familie zu übernehmen. Ich brauchte noch etwas Zeit. Also lehnte ich seinen Vorschlag ab.

"Nein, Papa. Ich bin noch nicht bereit. Lass mich noch ein paar Jahre arbeiten. Lass mich genug Geld sparen. Niemand wird davonlaufen, Papa. Ich kann es jetzt nicht machen."

Es herrschte eine lange Pause in der Leitung. Ich konnte seinen schweren Atem hören. Dann sagte er ein paar Worte: "Eines Tages, wenn du selbst Vater wirst, wirst du wissen, wie es sich anfühlt. Eines Tages wirst du die Verantwortung tragen müssen, eine Familie zu haben, die Last, ein Vater zu sein. Ein Vater möchte nur sehen, dass sein Kind gut versorgt ist, eine nette Familie hat und glücklich ist. Es gibt nichts Wichtigeres und Glücklicheres, als eine eigene Familie zu haben. Nicht jeder bekommt oder verdient diese Chance. Tu, was richtig erscheint. Ich hoffe nur, dass es nicht zu spät wird. Schau einfach darauf, Surya. Mach es nicht zu spät." Und er legte auf.

Ich hatte keine Antworten auf seine Frage. Ich hielt nur für ein paar Minuten am Telefon fest, so wie ich betäubt war. Ich wusste nicht, was ich tun sollte oder was ich tat.

Papa sagte mir immer: "Man bekommt nicht viele Chancen, Gott wird dir die Chance nie wieder geben. Du solltest sie ergreifen, wenn sie dir gegeben wird. Du weißt nie, vielleicht bekommst du diese Chance nie wieder."

Mit dem Druck der schweren Arbeit vergaß ich alles an diesem Tag und begann hart zu arbeiten.

Ein Monat später erhielt ich einen Anruf von Yamini. Ich war zu der Zeit im College, als sie mich angerufen hatte. Ich fragte mich, warum sie mich zu dieser Zeit anrief. Sie wusste, dass ich zu dieser Zeit im College war. Ich legte beim ersten Mal auf. Sie rief erneut an und ich legte wieder auf. Ich war in einer Sitzung. Als sie erneut anrief, begann ich mich zu sorgen, ich wusste nicht warum. Ich schlich mich aus der Sitzung und nahm den Anruf entgegen. "Ich bin in einer Sitzung. Ich rufe dich später an. Schreib mir eine Nachricht, wenn es wichtig ist." Ich war dabei, aufzulegen, als sie mich von der anderen Seite mit meinem Namen anrief.

"Surya ..."

Es gab etwas anderes, das mich in meinem Gang anhalten und den Anruf nicht auflegen ließ. Ihre Stimme klang anders. Schwer.

"Was? Was ist passiert?" fragte ich.

Keine Antwort. Stille. Nur ihr schweres, angespanntes Atmen.

"Was ist passiert, Yamini? Ist alles in Ordnung? Sag es mir?" fragte ich erneut.

"Du musst zurückkommen, Surya. Jetzt."

"Was? Warum?"

"Dein Vater ist nicht gesund", sagte sie.

In der vorherigen Nacht erlitt mein Vater einen Herzinfarkt und wurde ins Krankenhaus gebracht. Also hatte ich keine andere Wahl. Meine Mutter war ganz allein dort. Ich sagte Yamini, sie solle bei meiner Mutter bleiben, bis ich zurückkomme. Ich informierte meine Abteilung und nahm einen Notfallurlaub.

Aber mein Glück war überhaupt nicht gut. Es gab keine Flüge zurück innerhalb von 24 Stunden. Ich rief Yamini an und erzählte ihr alles. Ich bat sie, bei meiner Mutter und meinem Vater zu bleiben. Sie tröstete mich und versicherte mir, dass ich mir keine Sorgen machen müsste. Aber ich wusste, dass etwas nicht stimmte, als ich an diesem Tag mit ihr sprach. Sie stotterte ständig. Ein unangenehmes Gefühl begann mich zu packen. Aber ich ignorierte es, indem ich mir sagte, dass ich wahrscheinlich zu viel nachdachte, wie ich es immer tat, und dass es nicht die richtige Zeit war, um darüber nachzudenken. Außerdem sagte sie mir, dass ich mir nicht allzu viele Sorgen machen solle. Mein Vater sei fürs Erste okay. Und ich vertraute ihr.

Am nächsten Tag buchte ich einen Platz auf dem ersten Flug, der in der Nacht stattfand. Ich erreichte am nächsten Tag bei Einbruch der Dunkelheit mein Zuhause.

Kapitel 47

Als ich durch die Tür trat, war es fast dunkel im Haus. Sobald ich eingetreten war, sah ich viele Leute, die sich versammelt hatten. Viele Verwandte waren da. Inmitten von ihnen war Yamini mit ihrer Mutter und ihrem Vater. Umesh und Gargi waren auch da. Sie murmelten alle. Sobald ich hereinkam, hielten alle inne und drehten sich zu mir um. Es herrschte eine Grabesstille. Ich hatte aufgehört zu bewegen. Ich stand wie gelähmt nahe der Tür, als ich es sah.

Mama saß auf dem Boden. Sie sprach mit niemandem. Ihr Gesicht war von Falten bedeckt. Als ich sie das letzte Mal sah, war sie noch jung, mit einem Herzen voller Freude und Glück. Aber an diesem Tag schien es, als hätte sie ihre Seele verloren. Als ob sie über hundert Jahre alt wäre. Sie starrte mich für eine Sekunde an und wandte dann ihren Blick ab. Sie trug weiße Kleidung. Alles Weiß. Keine einzige Spur von Farbe war in ihrer Kleidung zu sehen. Ich wusste, was das bedeutete. Neben ihr stand auf einem Tisch ein Foto von einem Mann, der lächelte. Der Rahmen war mit weißen Blumen bedeckt und Räucherstäbchen brannten daneben. Es war mein Vater.

Ich fiel auf den Boden. Yamini kam schnell zu mir und umarmte mich. Sie legte meinen Kopf auf ihre Schulter. Sie hielt mich einfach fest. Ich erwiderte die Umarmung nicht. Ich konnte meine Hände nicht fühlen. Ich starrte nur auf meinen Vater. Und dann wurde ich bewusstlos.

Er war tot. Dad war an diesem Abend gestorben. Er schaffte es nicht einmal ins Krankenhaus. Als Yamini mich anrief, war er bereits fort. Sie hatte mir gelogen. Niemand hatte mir die Wahrheit gesagt. Ich konnte ihn nicht einmal ein letztes Mal sehen. Ich konnte seinen Körper nicht einmal sehen. Ich konnte nicht einmal seine letzte Ruhestätte vor der Verbrennung durchführen. All die Dinge, die Dad mir an diesem Tag gesagt hatte, hallten immer wieder in meinem Kopf wider. Ich hätte auf ihn hören sollen. Ich hätte Yamini heiraten sollen, wie er es mir gesagt hatte, als noch Zeit war. Als er noch da war. Er hätte glücklich sein können, uns beide sehen zu können, wie wir unsere Familie aufbauen. Er hätte so stolz sein können.

Ich wollte ihn stolz machen. Ich wollte ihn glücklich machen. Es war sein Traum, die Welt zu bereisen, Abenteuer zu erleben, verschiedene Länder zu besuchen und ans Ende der Welt zu gehen, bevor er stirbt. Ich bereitete mich darauf vor, das zu verwirklichen. Ich plante, ihn auf Reisen zu schicken, damit er die Welt sehen konnte. Aber er gab mir keine Chance, ihn stolz zu machen oder glücklich zu machen. Er hat mich verlassen. Jeder verdient eine zweite Chance, aber er hat mir keine gegeben.

Warum hast du mir keine weitere Chance gegeben? Warum, Papa? Warum, warum, warum? Warum hast du mich alleine gelassen?

Ich wollte, dass er und Mama glücklich sind. Ich machte denselben Fehler wieder. Und diesmal hat es mich meinen Vater gekostet. Ich war so blind, meinem Zweck nachzujagen und Geld zu verdienen und zu sparen, dass ich meiner Familie nicht genug Zeit gegeben habe. Ich habe meine Familie, meinen Vater und meine Mutter im Stich gelassen. Ich hätte auf ihn hören sollen, ich hätte mehr Zeit mit ihnen verbringen sollen. Ist er wegen mir gestorben? Habe ich ihn umgebracht? Ich musste mit Schuldgefühlen und Reue für den Tod einer weiteren Person in meinem Leben leben. Zuerst Aayansh und dann Papa.

Mama sprach seit diesem Tag mit niemandem mehr, nicht einmal mit mir. Ich wusste, dass Papa ihre Seele mitgenommen hatte. Sie starb mit ihm auch.

Eines Tages, als ich sein Zimmer aufgeräumt und alle seine Dokumente gesammelt hatte, fand ich ein Blatt Papier, auf dem etwas geschrieben stand. Ich kannte die Handschrift. Es war die meines Vaters.

"Wenn du dieses Blatt Papier bekommst, bin ich vielleicht schon weg. Sei nicht traurig und weine nicht so hart. Der Tod ist ein Teil der Natur. Jeder muss eines Tages sterben. Es ist nichts anderes als die Veränderung eines Körpers, genauso wie wir unsere Kleidung wechseln. Unsere Seele bleibt gleich. Meine Seele wird immer neben dir sein als dein Vater. Sie wird immer über dich wachen. Wenn du richtig in dein Herz schaust, werde ich immer da sein. Ich werde immer darin wohnen. Wir sterben nur, wenn es niemanden mehr gibt, der uns in dieser Welt erinnert, wenn niemand da ist, der uns vermisst, der uns liebt. Akzeptiere es.

Ich weiß, dass du einen Traum hast, den du verwirklichen möchtest. Du hast einen Zweck in deinem Leben. Du denkst, du brauchst tonnenweise Geld, um das zu tun. Ich stimme dir zu. Deshalb gebe ich dir all meine Ersparnisse meines Lebens, all meinen Reichtum. Ich gebe sie alle an dich, Beta. Ich lasse ein paar für deine Mutter übrig. Ich weiß, es wird nicht alle deine Träume erfüllen, deinen

Zweck erfüllen, du brauchst mehr als das, doppelt oder dreifach, oder vielleicht mehr als das, aber ich hoffe, es wird dir sicherlich etwas helfen.

Kümmere dich um deine Mutter. Sie ist die netteste und tapferste Person, die ich jemals in meinem Leben getroffen habe. Du konntest deine Mutter nie verstehen, niemand konnte es jemals, und ich auch nicht. Ohne mich könnte sie total zerbrochen sein. Kümmere dich um sie. Verlasse sie nicht. Versprichst du mir das, Surya? Versprichst du mir, dass du das tun wirst?

Lebewohl, Surya. Ich habe dir nie gesagt, wie sehr ich dich liebe. Wie viel du mir bedeutest. Du bist die Welt für mich. Du bist das glücklichste, was mir neben deiner Mutter passiert ist. Der glücklichste Tag in meinem Leben war der Tag, an dem du geboren wurdest. Du hast mich so stolz und glücklich gemacht.

Lebe wohl, mein Sohn. Ich liebe dich.

Dein Vater."

Ich fiel zu Boden. Tränen liefen mir über die Wangen. Tränen fielen auf das Papier und durchtränkten es. Ich hielt das Blatt an meine Brust und fing an zu schluchzen. "Ich werde es tun, Papa. Ich verspreche es. Ich werde mich um Mama kümmern. Ich liebe dich auch."

Ich weiß nicht, wie lange ich geweint habe. Das Papier war in meinen Tränen durchtränkt. Ich starrte aus dem Fenster auf die untergehende Sonne am Nachmittag.

Aayansh hat mir einmal gesagt, dass es einen Unterschied zwischen einem Vater und einer Mutter gibt. Eine Mutter wird dich immer lieben, immer bedauern. Sie wird sich immer um dich kümmern. Eine Mutter steht für Mitgefühl, Zuneigung und Zärtlichkeit. Du wirst immer zu deiner Mutter rennen, wenn du verletzt bist, du wirst mit ihrem Namen schreien. Du wirst Frieden in ihrem Schoß finden. Ein Vater ist anders. Er ist immer unhöflich, hart und fest, als wäre er undurchdringlich. Er wird nie seine Gefühle für dich oder die Familie zeigen. Aber er trägt die Familie auf seinen Schultern. Er wird alles tun, um seine Familie glücklich und stolz zu machen. Eine Mutter wird dir zeigen, wie man liebt, wie man Respekt und Mitgefühl zeigt, während ein Vater dir beibringen wird, wie man sich der Welt stellt. Er wird dir beibringen, wie man gegen die Welt kämpft. Eine Mutter wird dir zuerst zeigen und dann Lektionen geben, während ein Vater dir Lektionen geben wird und dich später unterrichten wird. Du wirst alles selbst lernen, während du die Lektionen und Prüfungen gibst. Er wird dir beibringen, wie man unhöflich, stark, fest und hart sein kann. Eine Mutter wird dir beibringen, wie man gegenüber jedem weich ist. Wir brauchen beide im Laufe unseres Lebens. Ein Vater ist schwächer als eine Mutter, aber er wird es nie zeigen. Er ist einfach undurchdringlich. Sie sind der perfekte Kontrast zueinander, und das ist es, was eine Familie zusammenhält.

Ich wusste nicht, was das bedeutete, als Aayansh es mir zum ersten Mal sagte. Ich war zu jung, um es zu verstehen und unreif. Ich winkte diese Worte mit einem Lachen ohne Verständnis weg.

Jetzt weiß ich es. Jetzt fühle ich es. Jeden Augenblick. Die Bedeutung, die es trägt. Ich fragte mich oft, wie seltsam, wie geheimnisvoll, wie bizarr es ist, wie die Natur uns alle gebaut hat. Wie die Natur uns alle erschaffen hat. Während sie jeden Aspekt davon hat, alle Tugenden und Attribute eines Vaters und einer Mutter, eines Mannes und einer Frau. Sie ist aus all diesen Kontrasten und Widersprüchen gemacht, wie eine Familie selbst. Alles ist in ihr. Jeder Aspekt. Sie hält alles davon. Wie schön? Wie prächtig?

Ich habe dieses Stück Papier sicher aufbewahrt. Ich habe es mein ganzes Leben lang bei mir getragen, als ob Papa noch auf diesem Stück Papier lebt, innerhalb der Mauern dieser Worte. Das waren seine letzten Worte an mich. Er hat sie für mich hinterlassen. Ich fühle, solange das Papier da ist, wird er da sein. Er wird innerhalb der Mauern dieser Worte sehr lebendig sein. Ich habe das Papier an dieses Notizbuch angehängt. Ich bewahre es sicher auf, für Aryahi.

Hat er seinen Tod vorausgesehen? Diese Frage stelle ich mir seit dem Tag, an dem er gegangen ist, mein ganzes Leben lang. Ich habe noch keine Antwort gefunden ...

Kapitel 48

Nach der Beerdigung ging ich wieder zurück in mein College. Meine Mutter war alleine dort. An den meisten Tagen blieben entweder Yamini oder ihre Mutter bei meiner Mutter. Sie ließen sie nicht alleine. Nicht einen einzigen Moment. Sie halfen ihr die ganze Zeit. Ein Jahr später heiratete ich sie. Sie sah an ihrem Hochzeitstag wie ein Engel aus. Ich konnte meine Augen nicht von ihr abwenden. Ich konnte nicht anders, als sie die ganze Zeit anzustarren. Es schien, als ob eine Apsara vom Himmel herabgestiegen wäre und vor mir stand und ich sie heiraten würde. Freudentränen flossen über meine Wangen. Endlich waren wir nach so langer Wartezeit zusammen. An diesem Tag waren alle glücklich, meine Mutter, ich, Yamini, ihre Familie, alle. Die ganze Familie von Aayansh war gekommen, seine Mutter, sein Vater und seine Schwestern. Sie waren so glücklich und stolz, als ob sie die Hochzeit ihres eigenen Sohnes besuchen würden.

Es war meine Hochzeitsnacht, als ich das Zimmer meines Vaters betrat und vor seinem Foto stand. Ich sammelte all meinen Mut und sprach mit ihm. "Ich hoffe, du siehst es jetzt, Vater. Ich bin jetzt verheiratet. Ich habe jetzt eine Familie, wie du es mir gesagt hast und wie du es dir gewünscht hast. Jeder war da. Jeder. Sie waren alle glücklich für mich. Wir haben die Hochzeit zusammen sehr genossen. Aber inmitten all dessen gibt es immer noch eine Leere. All dieses Vergnügen, all das Glück, alle Zeremonien, alles war vergeblich ohne dich. Du solltest hier sein, solltest glücklich und stolz sein. Aber wo immer du jetzt bist, ich hoffe, du bist glücklich und stolz und natürlich beobachtest du uns. Gib mir deinen Segen, Vater, damit ich meine Familie glücklich und stolz machen kann. Damit ich diese Familie für mein ganzes Leben aufrecht erhalten und weitertragen kann. Wie du es getan hast. Danke für alles, Vater, für alles, was du für mich getan hast, einschließlich all dieser wertvollen Lektionen. Es wird immer ein Stück von dir in mir sein. Ich liebe dich."

Dann ging ich zurück in mein Zimmer, zu ihr, die auf mich wartete. In dieser Nacht legte ich meinen Kopf auf ihren Schoß und blickte durch das Fenster in den Himmel. Der Himmel war mit einem Teppich aus Sternen gefüllt und dazwischen regneten die Strahlen des silbernen Mondes vom Himmel herab. Ich würde nicht leugnen, dass ich in dieser Nacht nicht geweint habe. Sie sang mir Lieder. Viele Lieder. Die ganze Nacht hindurch. Ich weinte. Ich vermisste meinen Vater. Ich vermisste Aayansh. Sie sollten beide da sein. Sie waren die einzigen zwei Löcher in meinem Herzen, zwei leere und unbesetzte Räume zwischen all den Freuden. Nur zwei enorme dunkle Leere. Ich erinnerte mich an all die Erinnerungen mit meinem Vater und mit Aayansh. Wir hielten die ganze Nacht über Händchen und blickten gemeinsam in den Himmel, genau wie ich es mit Aayansh zu tun pflegte. Trotz dieser mondlichtdurchfluteten Umgebung war es in meinem Zimmer immer noch dunkel. Die verdammte Dunkelheit war immer noch da.

An diesem Tag kamen keine Glühwürmchen in mein Zimmer. Ich erinnere mich nicht, wann ich auf ihrem Schoß eingeschlafen bin.

***

Nach meiner Hochzeit nahm ich meine Familie mit und kehrte ins Ausland zurück. Wir verschlossen unser altes Haus und gingen mit meiner Mutter und Yamini dorthin. Ich engagierte mich wieder in meinem Studium und meinem Job. Yamini kündigte ihren alten Job an der Schule und nahm in dem neuen Land eine Arbeit in einer Bibliothek an. Ich übernahm die Verantwortung für das Studium von Aayanshs Schwestern und schickte ihnen oft Geld. Alles war dort geregelt. Wir kamen oft hierher zu ihren Eltern, die allein in Indien lebten. Wir verbrachten hier einige Zeit zusammen und kehrten dann wieder zu meinem Platz zurück. Oft kamen ihre Eltern zu uns rüber, um uns zu besuchen.

Nach dem Tod meines Vaters wurde ich über Nacht zum Mann. Ich war viel reifer geworden. Ich hatte eine Familie zu ernähren. Endlich verstand ich die Last einer Familie. Jetzt konnte ich fühlen, was mein Vater damals fühlte. Jedes Mal musste ich mehr an meine Familie als an mich selbst denken.

Drei Jahre später, am 11. August, brachte Yamini einen Jungen zur Welt. Mein Sohn. Unser Sohn. Es war der glücklichste Tag meines Lebens. Endlich war ich Vater geworden. Jetzt konnte ich jedes Wort meines Vaters verstehen. Wie es ist, Vater zu sein. Wie es sich anfühlt, eine perfekte und glückliche Familie zu haben. Solche Freude, solche Begeisterung. Etwas Heiliges, etwas Sakrales und Verzaubertes zu erschaffen, das Leben. Mein Vater hatte Recht, dass nur wenige Glückliche und Gesegnete das tun können. Leben zu erschaffen. Zufälligerweise wurde er an demselben Datum geboren, an dem Aayansh gestorben war.

Yamini sagte mir, ich solle einen Namen für unseren Sohn wählen. Da er unser Sohn war und wir ihn gemeinsam erschaffen hatten, dachte ich daran, einen Namen zu wählen, der ihn mit uns beiden in Verbindung bringt. Ich nannte ihn Chandranshu, die Strahlen des Mondes.

Wir waren beide begeistert. Das waren die glücklichsten Tage unseres Lebens. Mama war so stolz, zufrieden und erfreut, als sie ihren Enkelsohn traf. Immer wenn sie ihn in den Armen hielt, sagte sie zu mir: "Ich habe dich so in meinem Schoß gehalten, Surya. Du warst so jung und so klein. Du hast mir in die Finger gebissen. Jetzt bist du so groß. Du bist jetzt Vater. Wie schnell die Zeit vergeht. Dein Vater wäre so stolz auf dich und so glücklich, seinen Enkel zu sehen."

Die Jahre vergingen so. Ich fing an, so hart wie möglich zu arbeiten, um nur Geld zu sparen. Ich habe auch Teilzeitjobs gemacht, abgesehen von unserem Studium in Lebensmittelgeschäften, Pubs, Restaurants usw. Ich hatte entschieden, was ich tun musste. Ich fing an, meine Pläne darüber zu machen, wie ich anfangen und wie ich es langsam aufbauen konnte. Ich habe mich jeden Tag darauf vorbereitet.

Bald fühlte ich mich frustriert. Ich war in großer Not. Ich rannte die ganze Zeit. Ich rannte sogar, wenn ich ging. Ich verfolgte ein unvorhergesehenes, unvorhersehbares, unsicheres Schicksal, für das ich nie sicher war. Ich hoffte einfach. Etwas in mir trieb mich blind immer weiter zu jagen. Es passierte immer wieder, jeden verdammten Tag. Manchmal wollte ich weinen. Ich wollte so laut schreien, mitten unter all den Menschen. Ich wollte schreien, bis meine Kehle wund oder gebrochen war. Ich wollte wegrennen. Weglaufen von all diesen Dingen so weit wie möglich. Ich wollte alles zerstören, jedes Möbelstück in meinem Haus zerreißen, alles zerreißen und von den Menschen an einen einsamen, verlassenen Ort rennen, wo ich etwas Frieden finden könnte. Ich wollte nur etwas Frieden. Ich war so müde. Ich wurde jeden Tag wegen allem immer gereizter. Ich wurde über jede dumme Sache wütend. Oft schrie ich Yamini, Chandranshu und sogar Mama aus Frustration an. Aber sobald ich meinen Fehler bemerkte, entschuldigte ich mich bei ihnen.

Einmal arbeitete ich nach einem langen Tag an der Universität in einem Restaurant nachts. Ich war an diesem Tag so müde. Es war ein hektischer Tag für mich gewesen. Ich war schläfrig. Die Rechnung eines Kunden betrug etwa 100 Pfund, vielleicht. Ich erinnere mich überhaupt nicht daran. Aber es war eine dreistellige Nummer. Der Kunde wollte mit MasterCard bezahlen. Ich war so müde, dass ich aus Versehen eine zweistellige Nummer anstelle von drei in die Rechnung eingegeben und die Transaktion ausgeführt habe. Der Kunde stürmte davon. Später bemerkte ich den Fehler. Der Chef des

Restaurants beleidigte und kritisierte mich vor allen. Er gab mir die Schuld an allem, egal wie sehr ich mich entschuldigte. Er nahm den Betrag von meinem Gehalt und entließ mich. An diesem Tag fühlte ich mich so unbedeutend. Ich war an diesem Tag so gebrochen. Ich war an diesem Tag so verzweifelt, dass ich aufgeben wollte. Ich hätte an diesem Tag aufgeben sollen, wenn es nicht wegen Yamini gewesen wäre. Ich ging an diesem Abend zu ihr nach Hause und weinte auf ihrer Schulter, und sie tröstete und motivierte mich und gab mir Hoffnung, wie sie es immer tat. Also nahm ich einen anderen Job in einem Lebensmittelgeschäft an.

Jedoch bekam ich die Gelegenheit, seine Schuld zurückzuzahlen. Ein paar Monate später wurde ich an der Universität befördert. Ich wurde zum neuen Leiter der Abteilung für Literatur ernannt. Mein Gehalt stieg um einiges an. An diesem Tag lud ich alle meine Kollegen zum Abendessen ein und wählte genau dieses Restaurant aus. Yamini war bei mir. Der Besitzer des Restaurants kannte mich nicht und wusste nichts von meinem Beruf. Er dachte, ich sei nur ein armer Kerl und war stolz darauf, dass er meine Karriere ruiniert hatte, indem er mich gefeuert hatte. Er war so schockiert und überrascht, mich wiederzusehen, und zwar als Kunde. Beim Gehen steckte ich ihm höflich einige hundert Pfund als Trinkgeld in die Manteltasche und tippte ihm ins Gesicht, während ich ihm sagte, er solle sich verpissen. Die Expression auf seinem Gesicht war, als ob er jeden Moment wie ein Kind weinen würde. Seine Expression gab mir die Antwort und meine Rache. Ich lächelte und stürmte aus dem Restaurant.

***

Zehn Jahre vergingen auf diese Weise. Zehn Jahre voller immenser harte Arbeit und Entschlossenheit. Chandranshu war inzwischen viel gewachsen und fing an, zur Schule zu gehen. Er war ein so glückliches Kind. Wir waren so stolz auf ihn.

Ich hatte ein separates Bankkonto, auf das ich dieses Geld für die Zukunft sparte. Jeden Monat legte ich mehr als die Hälfte meines Einkommens auf dieses Konto. Yamini legte jeden Monat einen bestimmten Betrag von ihrem Gehalt auf dieses Konto, ohne mich überhaupt zu fragen oder es mir zu sagen. Ich pflegte sie immer anzuschreien und ihr zu verbieten, es immer wieder zu tun. Aber sie war eine so sture Frau. Sie hörte mir nie zu. Niemals. Sie lächelte nur jedes Mal. Ich fühlte mich beschämt und unbedeutend.

Eines Tages, als ich herausfand, dass sie es wieder getan hatte, konnte ich es nicht mehr ertragen. Ich ging zu ihr und fragte sie. Ich war so sehr wütend auf sie.

"Warum hörst du mir nicht zu, Yamini? Warum machst du es jedes Mal? Es ist nicht dein Traum, Yamini. Es ist nicht dein Kampf, es ist meiner. Warum verstehst du das nicht?" Ich feuerte diese Worte in Wut auf sie ab.

Sie setzte sich neben mich, hielt meine Arme und schaute mir in die Augen. "Surya, mein Traum unterscheidet sich überhaupt nicht von deinem. Wenn es dein Traum ist, dann ist es auch meiner. Wenn es dein Kampf ist, dann ist es auch mein Kampf. Was auch immer dir gehört, gehört jetzt auch mir. Wir sind eins, nicht unterschiedlich voneinander. Du kannst es nicht alleine schaffen, Surya. Du kannst es nicht alleine machen. Wir werden es gemeinsam tun. Wir werden unser Reich zusammen aufbauen."

Ich konnte nichts sagen. Ich hatte keine Antworten. Ich konnte nicht einmal ein Wort sagen. Ich umarmte sie einfach und Tränen fielen aus meinen Augen. Aayansh sagte mir einmal, dass Familie das Wichtigste im Leben ist und ich das eines Tages verstehen würde. Ich verstand es. Ich tue es. Ich fühle es jetzt. Seit diesem Tag sagte ich ihr nie wieder etwas, wenn sie jeden Monat Geld auf dieses Konto einzahlen würde. Ich beschwerte mich nie wieder. Ich küsste sie einfach und dankte ihr jedes Mal.

Kapitel 49

Ich kehrte in mein Land zurück. Ich war bereit, den Kampf zu beginnen. Ich hatte alles entschieden und geplant. Ich war entschlossen.

Das erste, was ich tat, war Land zu kaufen. Ein riesiges Stück Land. Ich wusste, dass ich es mir nicht leisten konnte, Land in der Stadt oder in der Hauptstadt zu kaufen, da ich all mein Vermögen nur für den Kauf des Landes ausgeben würde. Es war nur der Anfang. Ich hatte noch einen langen Weg vor mir. Ich konnte es mir nicht leisten, all mein Geld nur für dieses Stück Land auszugeben. Also kaufte ich nach langem Suchen Land auf dem Land, fernab von Stadt und Dorf an einem abgelegenen Ort. Ich kaufte ein verlassenes landwirtschaftliches Grundstück zu einem viel günstigeren Preis. Es war riesig, fast 1,5 Hektar Land. Ich kaufte es auf einmal und begann meine Arbeit. Es war nur der Anfang. Nun, um ehrlich zu sein, es war nicht so einfach, wie es klingt. Ich musste Lakhs ausgeben, Spenden an den Makler, das örtliche Parteibüro und die örtlichen Politiker in großen Mengen geben. Sonst würden sie mich nicht in Ruhe lassen. Sie würden zu einer Belastung werden. Ich hatte überhaupt keine Lust auf all diese unnötigen Schwierigkeiten. Ich hatte keine Zeit dafür. Sie haben am Anfang viel rumgebellt. Also habe ich ihnen den Mund zugehalten und sie wurden meine treuen Partner. Sie haben mir sehr geholfen, das Reich aufzubauen.

Dann begann ich damit, das Gelände zu renovieren. Ich musste den ganzen Boden auf eine ordentliche Art und Weise ebnen, um ein Fußballfeld richtig bauen zu können. Ich umzäunte das ganze Gelände. Nach viel Arbeit war das Gelände bereit als Fußballfeld. Wie ein professionelles Fußballfeld. Es war bereit zur Nutzung. Das Fußballfeld war so groß wie das Original. Ich baute ein kleines Haus an einer Ecke des Geländes. Es war nur ein einstöckiges Gebäude mit ein paar Zimmern. Es wurde als Bürogebäude und zur Aufbewahrung der notwendigen Ausrüstung genutzt.

Also war alles bereit, um die Reise zu beginnen. Es war nur der Anfang der Akademie, die in der fernen Zukunft eine der besten im ganzen Land werden sollte. Ich wusste das zu der Zeit nicht. Ich habe das nie einmal geträumt. Ich habe nie einmal daran gedacht, dass es so weit kommen würde. Meine Träume waren im Vergleich zu dem, was es jetzt geworden ist, so unbedeutend. Alles, was ich wollte und mir vorstellen konnte, war ein Tropfen und was daraus geworden ist, ist ein Fluss geworden.

Ich benannte meine Akademie nach der Person, der ich sie widmen wollte. Aayansh Fußball-Akademie. Ja, das habe ich sie genannt, nach ihm.

Ich habe alle rechtlichen Formalitäten erledigt, um die Reise zu beginnen. Alle rechtlichen Formalitäten von der Regierung, einschließlich Registrierung, Zulassung, Lizenz usw. Ich habe meine Akademie mit der Regierung verbunden und erfolgreich unter der Sportabteilung und -behörde registriert.

Alles war bereit. Dann habe ich ein wenig Marketing gemacht, um die Nachrichten zu verbreiten. Ich habe Poster, Banner gemacht und viel Werbung gemacht. Langsam zeigten einige junge Jungen aus dem örtlichen Dorf ihr Interesse an der Akademie. Ich habe auch einige Fußballtrainer eingestellt. Ich musste viel suchen, um sie zu finden. Alles war bereit, um das Verfahren zu beginnen. Es hatte alles nur mit 10-12 Jungen und drei Trainern begonnen. Und der Rest ist Geschichte.

***

Am Tag der Eröffnung der Akademie habe ich eine kleine Zeremonie und Puja wie traditionell durchgeführt und auf den Segen der Götter, meines Vaters und Aayansh gezählt. Es war am Tag vor dem Beginn der Akademie. An diesem Nachmittag, nachdem die Zeremonie vorbei war, lag ich alleine auf dem Boden. Es war ein schöner Herbstnachmittag. Eine sanfte Brise wehte über den Platz. Hinter den Zäunen des Platzes gab es nur große Stücke Land ringsum. Alle Länder waren verlassen gelassen. Die Länder waren voller Sträucher, Büsche, Unkraut und hoher, riesiger Gräser. Sie tanzten im Wind. Die rote untergehende Sonne sank hinter diesen verlassenen Ländern. Vögel flogen überall am Himmel. Eine Gruppe von ihnen spielte zusammen am leeren Himmel. Weiße Wolken schwebten im leeren Himmel. Der Platz befand sich an einem Ort, von dem aus man leicht die herrliche Schönheit des Sonnenaufgangs und des Sonnenuntergangs sehen konnte. Die Aussicht, die der Platz bot, war erstaunlich und prächtig. Es füllte unser Herz mit Freude. Die Umgebung war in goldener Farbe gebadet.

Ich nahm etwas weichen, trockenen Schlamm und Staub in meinen Arm und schloss meine Faust fest. Und dann redete ich einfach weiter. Na ja, zu Aayansh.

Ich seufzte und öffnete meine Faust langsam. Der weiche Schlammstaub begann aus meiner Faust zu fallen und der Wind trug all diese kleinen Partikel mit sich und nahm sie von mir weg. Alle diese Partikel, die in meiner Faust eng miteinander verbunden waren, begannen auseinanderzufallen und verschwanden schließlich mit der Windböe. Ich starrte auf dieses wunderschöne Spiel der Natur. Und dann verschwand die Sonne hinter dem fernen Horizont.

Teil Vier: Tage ohne Leben selbst

Kapitel 50

Wenn es jemanden gibt, dem ich mein Leben anvertrauen könnte, wäre es Yaminis Vater und Aayanshs Vater, Umesh. Also sprach ich mit ihnen und erzählte ihnen alles über meinen Plan. Seine Familie war so stolz und erfreut darüber zu hören. Sein Vater war bereit, mir um jeden Preis zu helfen. Bald hatte ich bei all diesen Dingen viel Geld verloren. Ich hatte mehr als die Hälfte meiner Ersparnisse ausgegeben. Ich gab Millionen aus, nur um die Reise zu beginnen. Es war Zeit für mich, wieder zur Arbeit zurückzukehren und wieder zu sparen. So überließ ich alles den Schultern von Umesh und Yaminis Vater. Es gab einen Typen, einen Cousin von Yamini, der ein netter, anständiger und ehrlicher Mensch war. Er brauchte dringend eine Arbeit. Yamini versicherte mir, dass er vertrauenswürdig sein könnte. Also gab ich ihm den Job in meiner Akademie. Indem ich alle Verantwortlichkeiten auf ihre Schultern legte, flog ich zurück ins Ausland zu meiner Arbeit. Umesh und ihr Vater versicherten mir, dass sie alles handhaben könnten und alles in meinem Namen regeln würden. Sie versicherten mir, dass ich mir keine Sorgen machen müsse. Und ich hörte zu, da ich ihnen vertraute.

***

Nach meiner Rückkehr begann ich wieder hart zu arbeiten wie zuvor. Es gab nur 10-15 Jungen, als ich zurückkam. Innerhalb von Wochen wurden mehr als 20 Jungen in die Akademie aufgenommen. Zu diesem Zeitpunkt gab es mehr als 30 Jungen in der Akademie. Sie kamen alle aus einem benachbarten Dorf. Aber ich hatte viel größere Pläne als das. Innerhalb von Monaten baute das Trainer-Team eine starke Mannschaft mit allen Jungen auf und begann, an verschiedenen großen und kleinen Wettbewerben teilzunehmen.

Jeden Monat habe ich Geld für die Entwicklung der Akademie und den Aufbau der Infrastruktur geschickt. Das Geld, das die Akademie durch die Jungs verdiente, habe ich nie für mich genommen. Das wurde unter den Mitgliedern der Akademie, den Trainern und dem Personal aufgeteilt, das sich um den Platz kümmerte. Oft war das Geld, das die Schüler verdienten, nicht genug, und ich musste oft etwas Geld für ihr Gehalt schicken. Umesh war nicht bereit, Geld von mir als Gehalt für seine harte Arbeit nur für mich anzunehmen. Er sagte, ich sei wie sein Sohn. Wie konnte er Geld von seinem Sohn nehmen? Sie waren alle so großzügig. Sogar als sie hungerten. Aber ich ließ nicht locker und gab ihm das Geld trotzdem. Ich sagte ihm, dass er das Geld nicht als Gehalt annehmen müsse. Nimm es nur für deine Töchter und ihre Ausbildung. Aber Yamini's Vater war genauso stur wie sie. Es war erst dann, als ich herausfand, wie sie war. Es war in ihren Adern. Ihr Vater war nicht bereit, Geld anzunehmen. Seine Logik war, dass ich sein Schwiegersohn bin und er es nicht nehmen konnte. Ich konnte seinen Starrsinn nicht brechen. Später fand ich heraus, dass Yamini ihrem Vater verboten hatte, Geld von mir anzunehmen.

Die Jungen in der Akademie begannen an verschiedenen Turnieren teilzunehmen, angefangen von lokalen über Bezirks- bis hin zu Landesebene. Der Ruf der Akademie begann allmählich zu wachsen und ihr Name verbreitete sich immer weiter. Viele neue Schüler nahmen dort Aufnahme, sowohl als Internats- als auch als Tagesschüler. Ich begann gleichzeitig damit, die Infrastruktur der Akademie langsam aufzubauen. Es dauerte fast fünf Jahre, bis alles bereit war. Was mit einem einstöckigen Gebäude mit ein paar Zimmern begann, entwickelte sich zu einem dreistöckigen Komplex. Die meisten der Tagesschüler kamen aus dem benachbarten Dorf, waren arm und benachteiligt. Sie arbeiteten sehr hart und trainierten hart. Innerhalb der nächsten fünf Jahre wurden fast 8-10 Jungen in vielen verschiedenen Clubs, wenn auch als Minderjährige, in Zweit- und Drittligaklubs ausgewählt. Durch ihre immense Anstrengung, Fähigkeit und Entschlossenheit zogen diese Jungen bei verschiedenen Wettkämpfen und Turnieren die Aufmerksamkeit vieler Clubs auf sich, die sie unter Vertrag nahmen. Bald begannen Jungen aus verschiedenen Bezirken und sogar Staaten uns zu kontaktieren. Viele Jungen aus verschiedenen Bezirken und Staaten wurden ausgewählt und nahmen in der Akademie auf, einige lebten in der Akademie, während andere in örtlichen Pensionen zur Miete wohnten. In den ersten Jahren verdienten wir etwas Geld von den Schülern jeden Monat für ihre Lebenshaltungskosten, Trainingsgebühren, usw. Ich habe nie Geld genommen. Ich verteilte alles an das Personal, einschließlich Trainer und der Rest wurde entweder für die Entwicklungskosten der Akademie oder für die Reisekosten der Spieler gespart.

Die Dinge begannen sich allmählich nach fünf Jahren zu verschlechtern. Meine Mutter wurde krank. Sie wurde mit Gebärmutterkrebs diagnostiziert. Ihr Gesundheitszustand verschlechterte sich allmählich. Alles wurde dunkel für mich. Ich wusste nicht, was ich tun sollte. Ich begann ihre Behandlung. Ich musste all mein Geld für ihre Behandlung und Medikamente jeden Monat ausgeben. Als Ergebnis konnte ich nicht viel Geld für die Akademie ausgeben, manchmal nicht einmal einen Penny. Wir haben alles Mögliche unternommen. Wir gingen zu Tonnen von Ärzten, vielen Krankenhäusern und Tonnen von Medikamenten. Ich musste sie auf irgendeine Weise retten, um jeden Preis. Sie war die einzige Bezugsperson, die ich noch hatte. Umesh und Yamini's Vater versicherten mir, dass sie sich um alles kümmern würden. Sie sagten mir, dass ich mich um Mama kümmern und mir keine Sorgen um die Akademie machen solle. Aber ich konnte nicht anders, als mir Sorgen zu machen.

Für fast 1,5 Jahre wurde sie von den Ärzten behandelt. Sie haben alles versucht. Wir haben alles versucht. Ich war bereit, all mein Vermögen, all mein Geld zu geben. Wir haben alles aufgegeben. Wir verkauften alle unsere Autos, Häuser, alles. Wir lebten in einem großen Haus. Wir haben es verkauft und begannen, zur Miete zu leben. Es war der dunkelste Teil meines Lebens. An den meisten Tagen beruhigten Yamini und ich unseren brüllenden Magen nur mit ein paar Brotstücken. Wir haben unser Bestes gegeben, damit unser Sohn nichts opfern musste wie wir. Wir haben unser Bestes gegeben, um ihn glücklich zu machen und alle Lücken von unserer Seite aus zu füllen. Ich kannte die Last, ein Vater zu sein. Manchmal haben wir mit leerem Magen geschlafen, aber wir haben unseren Sohn nie so schlafen lassen. Wir haben ihm nie das Gefühl gegeben, dass etwas fehlt.

Nach 1,5 Jahren gaben die Ärzte auf. Sie sagten, dass jetzt alles in Gottes Händen liege. Nur Gott könne sie jetzt retten. Sie gaben uns sogar eine ungefähre Schätzung ihrer verbleibenden Tage auf der Erde. Aber ich war nicht bereit aufzugeben.

Eines Tages sagte mir Mama: "Hör auf damit jetzt. Du hast genug für mich getan. Du hast alles aufgegeben. Du kannst den Tod nicht besiegen. Der Tod schließt uns alle irgendwann. Es ist nur eine Frage der Zeit. Ich denke, meine Zeit ist gekommen. Ich bin glücklich. Ich werde endlich deinen Vater treffen können. Er wird kommen, um mich mitzunehmen. Du musst mich gehen lassen, Surya." Ich fing an, auf ihrem Schoß zu weinen.

"Du hast einen größeren Zweck als ich, mein Sohn. Das darfst du nicht vergessen. Du musst weitermachen. Du darfst deine Frau und deinen Sohn nicht verlassen, um eine sterbende alte Dame zu retten. Ich habe mein Leben gelebt, mit dir und mit deinem Vater. Ich bin in meinen glücklichsten Tagen voraus. Du hast eine Familie, die du versorgen musst. Das darfst du nicht vergessen. Du hast noch nicht dein ganzes Leben gelebt. Geh zu ihnen. Mach sie stolz und glücklich. Du kannst nicht alles für mich aufgeben. Du musst deine Kraft sparen."

Ihr einziger letzter Wunsch war es, dass sie nicht in einem unbekannten Land, in einem fremden Land sterben wollte. Sie wollte in unserem alten Haus sterben, in dem Zimmer, in dem Papa gelebt und gestorben war. Yamini, Chandranshu und ich nahmen uns ein paar Monate frei von der Arbeit und der Schule und kamen mit Mama in unser altes Haus in Indien zurück.

Innerhalb von Wochen begann Mama ihren Verstand und ihre Sinne zu verlieren. Sie redete nur noch wirres Zeug und Unsinn. Manchmal erkannte sie uns nicht einmal. Sie schlief nie in der Nacht. Sie weinte und schrie vor Schmerzen und Qual. Wir konnten wegen ihrem Schreien nicht einmal in der Nacht schlafen. Sie hatte ihren Verstand verloren. Es war nur noch dunkel für mich. Eines Abends geschah etwas Außergewöhnliches. Sie hielt meine Hand und sagte mir etwas, das ich nie vergessen werde.

"Surya, ich weiß, dass du müde bist, sowohl emotional als auch physisch. Aber ich möchte, dass du weißt, dass du auf dem richtigen Weg bist. Du musst weitermachen. Du darfst niemals die Hoffnung verlieren. Du darfst niemals aufgeben. Du darfst niemals den Rücken kehren. Ich habe gestern deinen Vater gesehen. Er ist stolz auf dich, genauso wie ich. Wir sind alle stolz auf dich, Beta."

Dann pausierte sie einen Moment, um nachzudenken und sagte etwas, das ich noch nicht herausfinden konnte.

"Ich weiß, dass du versuchst, den Fehler rückgängig zu machen, den du vor langer Zeit begangen hast. Ich weiß es. Du musst weiterkämpfen. Gottes Licht wird früher oder später auf dich scheinen. Ich weiß, dass du erfolgreich sein wirst. Ich habe Vertrauen in dich ..." und sie ging zurück in ihr Zimmer. Ich starrte sie an und versuchte immer noch herauszufinden, dass sie vor

Wochen den Verstand verloren hatte und uns nicht einmal erkennen konnte. Wie konnte sie das wissen?

Ja, ich versuchte den Fehler rückgängig zu machen, aber das wusste ich nur tief in mir. Ich hatte diesen tiefen Geheimnis bis zu diesem Zeitpunkt nicht einmal erkannt. Yamini wusste das nicht einmal oder hatte es nicht erkannt. Wie konnte sie es dann wissen?

An diesem Abend aß sie mit uns zu Abend. Yamini machte all ihr Lieblingsessen. Sie aß mit immenser Freude und Vergnügen wie ein Kind. In dieser Nacht schlief sie zum ersten Mal seit Wochen still. Alles war so ruhig und still. Sie schrie nicht und weinte nicht. Aber diese ungewöhnliche Ruhe machte meine Seele schwer. Ein schlechtes Omen kroch in mir herum. Am nächsten Morgen wachte ich früh auf, um nach ihr zu sehen. Ich ging in das Zimmer meines Vaters, wo sie früher gelebt hatte. Sobald ich die Tür öffnete und den Raum betrat, fiel ich mit einem dumpfen Aufprall zu Boden. Ihre beiden Augen starrten regungslos an die Wand, wo das Foto meines Vaters hing. Ihr Mund war weit geöffnet. Sie schien immer noch zu lächeln, ich sah es und spürte es. Mit ihren beiden leblosen Augen starrte sie meinen Vater mit immenser Liebe und Zuneigung an.

Ich bin so hart gefallen, dass Yamini aufgewacht ist und angelaufen kam. Als sie es realisierte, setzte sie sich neben mich und hielt mich fest in ihren Armen. Ich saß einfach nur da, regungslos, untätig und versteinert. Ich starrte auf ihren leblosen Körper. Tausende von Erinnerungen wurden vor meinen Augen lebendig, als ob sie gerade in diesem Moment passierten. Moms Stimme begann in meinem Kopf widerzuhallen und zu hallen. Ich hatte den einzigen Schoß verloren, in dem ich Frieden und Trost in dieser weiten Welt gefunden hatte, meine einzige Erde.

Sie war im Frieden. Endlich. Sie war dorthin gegangen, wo sie sein sollte. Zu meinem Vater, ihrem Ehemann, ihrer Liebe.

Kapitel 51

Nach der Beerdigung konzentrierte ich mich wieder auf die Akademie. Meine Akademie stand kurz vor dem Zusammenbruch. Die meisten Spieler und Trainer hatten die Akademie verlassen. Ich wusste nicht mehr, wie ich sie retten sollte. Ich hatte alles verloren. Ich hatte fast all mein Geld ausgegeben. Überall war es dunkel. Ich wurde von der Dunkelheit verschluckt. Es war dunkler als in meiner Kindheit, nachdem Aayansh gestorben war. Aber ich hatte immer noch diesen unbezahlbaren Schatz, Yamini, ihre Stärke und Willenskraft. Ich musste wieder von ganz vorne anfangen, von absolut null.

Ich will nicht darüber schreiben, wie ich meine Akademie vor dem Untergang gerettet habe. Ich will einfach nicht. Ich kann es nicht. Deshalb lasse ich es los. Ich kann immer noch nicht glauben, wie ich es geschafft habe, meine Akademie vor dem Zusammenbruch zu retten. Ich habe es irgendwie geschafft. Ich rannte von Ort zu Ort in der glühenden Hitze. Ich klopfte an Tür zu Tür auf der Suche nach Geld und Sponsoren. Zu der Zeit litt ich unter Schlaflosigkeit. Ich hungerte und ich hatte Durst. Jede Zelle meines Körpers, jede Ader wollte zu dieser Zeit aufgeben. Nur der Wille sagte, dass ich durchhalten müsse. Ich rannte einfach und lief blind wie ein verrückter Hund ohne Ziel umher. Ich ging ans Ende der Welt, um eine Lösung zu finden. Ich fiel Menschen zu

Füßen. Es wird gesagt, dass egal wie dunkel und gefährlich die Nacht ist, die Sonne immer am nächsten Tag scheint, die Sonne bringt immer Leben und Hoffnung mit sich. Der Moment vor dem Sonnenaufgang ist am dunkelsten. Aber die Sonne verschlingt die Dunkelheit, egal wie gefährlich es ist, immer. Das Gleiche geschah mit mir. Mit Hilfe von Gottes Willen, der Liebe, des Glaubens und der Stärke meiner Frau und dem Segen meiner Eltern habe ich es geschafft. Ich fand, wonach ich suchte, und ich rettete meine Akademie.

Seitdem florierte meine Akademie wieder und eröffnete sogar neue Zweigstellen. Ihr Ruhm und ihr Name verbreiteten sich im ganzen Land. Seitdem ging es nur noch bergauf. Zumindest was meine Akademie betraf. Als ich zurück zur Arbeit ging, hatte ich fast nichts mehr. Ich hatte mein gesamtes Vermögen aufgebraucht. Keinen einzigen Penny hatte ich übrig. Außer dem Vermögen, das mein Vater mir hinterlassen hatte. Ich hatte es für meinen Sohn und meine Frau gespart, falls mir etwas passieren sollte. Ich hatte keinen Cent davon angerührt. In diesen Tagen musste ich mich auf das Geld meiner Frau verlassen, meine größte Unterstützung und Stärke. Ich begann wieder hart zu arbeiten. Ich verlor mich in der Arbeit und bald hatte ich Mom vergessen. Sie war nur in meiner Erinnerung.

Jahre vergingen. Gargi, Aayanshs Mutter, starb plötzlich an Nierenversagen, unter dem sie seit vielen Jahren litt. Nach ihrem Tod war Umesh untröstlich und am Boden zerstört. Bald widmete er sich dem Alkohol, nach ihrem Tod. Er ließ den Alkohol ihn verzehren. Er war fast den ganzen Tag betrunken und weinte allein und sprach wirres Zeug. Wir versuchten unser Bestes, um ihm zu helfen, um ihn aus diesem Elend zu befreien. Wir versuchten unser Bestes, um ihn vom Trinken abzuhalten, aber vergeblich. Er war so stur geworden. Er hatte all seine Sinne verloren. Er kämpfte wie ein Tier gegen uns, wenn wir ihm das Trinken verboten. Innerhalb von sechs Monaten erlitt er einen schrecklichen Schlaganfall im Schlaf. Nachdem wir ihn ins Krankenhaus gebracht hatten, starb er innerhalb weniger Stunden. Der Arzt sagte, er sei bereits halb tot gewesen, bevor er ins Krankenhaus eingeliefert wurde.

Nach diesem Vorfall waren seine beiden Schwestern völlig allein zurückgeblieben. Sie hatten ihren Bruder, ihre Mutter und nun ihren Vater verloren. Es war niemand mehr da. Also nahm ich sie unter meine Obhut. Zu dieser Zeit hatten sie ihr Studium und ihre Ausbildung abgeschlossen. Sie verließen ihr altes Haus, ihre Hütte. Ich arrangierte für sie ein Haus in der Nähe meiner Akademie. Obwohl es klein war, war es besser als ihr vorheriges. Zumindest hatte es ein Betondach und wurde nicht von Bambus gestützt. Ich tat mein Bestes, um ihnen das Leben angenehm zu gestalten. Ich gab ihnen den Job ihres Vaters und sie fingen beide an, in meiner Akademie zu arbeiten.

Ein paar Jahre später heirateten sie. Ich kümmerte mich persönlich um ihre Hochzeit und übernahm alle Verantwortung. Sie waren verliebt. Beide ihre Lieben waren anständig, bescheiden, ehrlich und zwei der nettesten Menschen, die ich je getroffen habe. Sie erzählten mir von ihrer Liebe. Sie gestanden mir ihre Liebe. Ich hatte keine Schwestern. Sie waren wie meine Schwestern. Ich war so glücklich und stolz auf sie. Sobald sie es mir sagten, machte ich mich daran, ihre Hochzeit zu arrangieren. Sie heirateten in eine nette Familie und führten ein glückliches und erfolgreiches Leben. Ich war der einzige Vormund, den sie nach dem Tod ihrer Eltern hatten. Vor allem baten sie um meine Erlaubnis, bevor sie alles taten.

***

Meine Akademie hatte eine neue Höhe erreicht. Viele Spieler aus verschiedenen Bundesstaaten wurden in der Akademie ausgewählt. Die Spieler nahmen nicht nur an verschiedenen lokalen, Bezirks- und Landesmeisterschaften teil, sondern begannen auch, an nationalen Turnieren teilzunehmen. Dadurch verbreitete sich der Name und der Ruhm der Akademie im ganzen Land. Ich bekam sogar von verschiedenen Marken ein paar Sponsoren. Viele große und kleine Vereine begannen, uns zu kontaktieren, um Spieler aus unserer Akademie zu verpflichten. Einige Spieler erhielten sogar Verträge in einigen Elite-Clubs des Landes. Meine Akademie hatte Mannschaften auf verschiedenen Ebenen aufgebaut, unter 13, unter 15, unter 18 und Erwachsenen-Teams, und sie nahmen an fast jedem Wettbewerb im ganzen Land teil. Alle Mitarbeiter, die in der Akademie arbeiteten, hatte ich persönlich ausgewählt. Sie alle stammten aus unterprivilegierten Schichten der Gesellschaft, waren arm und brauchten dringend Arbeit. Ich gab den Job den Menschen, die es am meisten brauchten, Menschen wie Aayansh, Umesh, seinen Töchtern usw.

Nachdem Umesh gestorben war, kümmerte sich mein Schwiegervater in meinem Auftrag um die Akademie. Nachdem meine Schwiegermutter gestorben war, nahm Yaminis Tante ihren Vater auf. Aber innerhalb von fünf Jahren nach dem Tod ihrer Mutter wurde ihr Vater krank und starb bald darauf. Nachdem ihr Vater weg war, überließ ich die Verantwortung für die Akademie Yaminis Cousine und Aayanshs zwei Schwestern und schützte sie in meinem Namen.

Kapitel 52

Seit seiner Kindheit war mein Sohn Chandranshu ein fröhliches und glückliches Kind. Er war ein überschwänglicher Junge. Er hatte einen Funken in seinen Augen, der von seinem ganzen Körper brannte und funkelte. Sein fröhliches Lachen bereitete uns Freude. Er verbrachte seine Tage sorglos. Sein Gesicht spiegelte sein Vergnügen wider. Sein fröhliches Kichern erinnerte mich an meine Kindheitstage. Wenn ich in seine Augen schaute, erinnerte es mich an meine unbeschwerten und fröhlichen Tage. Er war unser größter Reichtum, für seine Mutter und mich. Unser unvergleichliches Glück. Wir haben unser Bestes getan, um ihn glücklich und stolz zu machen. Wir haben versucht, ihm alles zu geben, was er brauchte und wollte. Wir haben alles versucht, damit es ihm an nichts fehlt.

Ja, ich wollte ihn tatsächlich zu einem Sportler machen, einem Athleten. Ich wollte, dass er Profifußballer wird. Ich wollte, dass er den Traum verfolgt, den weder ich noch Aayansh erfolgreich verfolgen konnten. Ich wollte es sehr. Aber bald bemerkte ich, dass er kaum Interesse an Fußball hatte. Tatsächlich hatte er kaum Interesse an Sportarten. Ich weiß nicht, warum er überhaupt keine Sportarten mochte. Er war mein Sohn. Wie konnte er so sein? fragte ich mich. Aber ich erkannte, dass alle Finger unserer Hände nicht gleich sind, obwohl sie alle zu unserer eigenen Hand gehören. Es war mein Traum. Es war der Traum meines Freundes. Ich kann ihn nicht dazu zwingen, ihn zu übernehmen. Ich kann ihm nicht meinen Traum auf die Schultern legen und ihn zwingen, mit dieser Last zu rennen. Also ließ ich los.

Ich bemerkte immer wieder, dass Chandranshu mit leerem Blick auf die hohen Berge, den Himmel, die Hügel, Flüsse, Täler und den Horizont um ihn herum starrte. Er betrachtete sie auf die schönste Art und Weise. Wenn er sie anschaute, leuchtete sein Gesicht vor Freude und Vergnügen. Der Funke in seinen Augen schien noch heller zu strahlen. Es schien mir, als ob er mit der Natur sprechen würde. Er starrte stundenlang auf den leeren Himmel, während er auf unserem Rasen saß. Seit seiner Kindheit verehrte er all die Schönheit, die ihm Mutter Natur präsentierte. Ich hatte das noch nicht richtig verstanden.

Alles wurde mir klar, als er eines Tages nach dem Abschluss der High School etwas von mir wollte. Er sagte mir, dass er Fotografie lernen möchte. Er wollte Landschaftsfotograf werden. Er wollte meine Erlaubnis und auch wissen, ob seine Mutter und ich seinen Wunsch verehren und schätzen würden. Als wir ihn fragten, warum er das tun wollte und warum er Landschaftsfotograf werden wollte, informierte er uns: „Ich sehe überall Muster, Dad. Ich sehe ein Muster, wo immer ich hinschaue. Mutter Natur ist selbst ein Muster und Symmetrie."

Nachdem er uns das mitgeteilt hatte, wurde mir klar, dass es schon immer in ihm war, seit seiner Kindheit. Er wurde mit dieser Eigenschaft geboren. Er war nur ein Kind der Natur selbst. Mit seinen scharfen Augen versuchte er seit seiner Kindheit, ihre Muster und Symmetrie zu lösen.

Nachdem er die Highschool abgeschlossen hatte, meldete ich ihn an einer renommierten Fotografieinstitution an. Ich kaufte ihm eine schöne Kamera und alle notwendige Ausrüstung, um seinen Wunsch und sein Ziel zu verfolgen. Er begann es mit vollem Herzen zu lernen. Er war so stolz und glücklich, genau wie wir für ihn.

Die Jahre vergingen. Er war inzwischen ein Mann geworden. Er war so groß und reif geworden. Er war noch vor ein paar Tagen so klein. Er saß bei uns auf dem Schoß und hielt unsere Finger mit seiner ganzen Hand fest und weinte und schluchzte so sehr. Er starrte uns mit seinen leuchtenden unschuldigen Augen an, als ob er uns mit seinen tanzenden Augen verschlingen wollte.

Langsam erreichte er sein Ziel. Er fing langsam an, seinen Traum zu verwirklichen. Während er seine Karriere und seinen Traum verfolgte, traf Chandranshu in dieser Institution Samantha, ein Mädchen. Innerhalb weniger Jahre hatten sie sich ineinander verliebt. Als wir es bemerkten, fragten wir ihn eines Tages und er gestand uns ihre Liebe. Er war sich nicht sicher, ob wir damit einverstanden wären oder nicht, und deshalb hatte er es uns nicht gesagt. Seine Mutter war so glücklich und stolz auf ihn, genau wie ich. Wie Chandranshu war auch Samantha dort geboren, aber ihre Eltern waren Inder. Sie waren wie wir dorthin gezogen, um zu arbeiten. Sie war eine Inderin. Als wir sie trafen, war Yamini begeistert von ihr. Sie war ein so schönes Mädchen mit so viel Charme und bezaubernder Schönheit wie Yamini. Sie war anständig und bescheiden und war wirklich indisch von Kultur, Tradition und Gewohnheit. Nachdem wir uns vollständig kennengelernt hatten, erkannten wir, dass sie eine perfekte Ergänzung für meinen Sohn und unsere Familie war. Eines Tages gestanden sie schließlich, dass sie heiraten wollten.

Zwei Jahre später haben sie geheiratet. An ihrem Hochzeitstag waren sie so glücklich. Es erinnerte mich an die Zeit, als ich Yamini geheiratet hatte. Es erinnerte mich an alles. Und all diese Erinnerungen brachten mir Tränen in die Augen. Ihr Glück, zusammen zu sein, ließ uns weinen. Freudentränen, um zu sehen, dass unser Sohn geheiratet hat und eine Familie gründet. Sie waren ein so liebenswertes und freudiges Paar.

***

Wir verbrachten fast 15 Jahre dort. Ich sparte viel Geld. In all den Jahren konnte ich viel Reichtum für meinen Sohn, seine Familie und meine Frau anhäufen. Als ich müde wurde, ging ich in den Ruhestand. Yamini tat dasselbe und wir kehrten glücklich und stolz als Familie mit unserem Sohn und unserer Schwiegertochter nach Indien zurück.

Wir kamen zurück in unser altes Haus, wo ich einst mit meinem Vater und meiner Mutter gelebt hatte. Wir waren wieder eine glückliche Familie. Jeden Tag, wenn wir zusammen im Esszimmer saßen und zu Abend aßen, wo ich einst mit meiner Mutter und meinem Vater saß, weinte ich jeden Tag. Tränen der Freude und des Glücks, als ich meine Familie so glücklich zusammen sah. Sie hatten recht. Sie alle hatten recht. Familie ist das wichtigste im Leben und macht am glücklichsten. Nicht jeder hat diese Chance. Nur die Gesegneten und Glücklichen. Ich begann das jeden Tag zu realisieren.

Als wir zurückkamen, wurden wir jeden Tag gelangweilt, wir waren nur ein langweiliges Ehepaar, da wir nichts zu tun hatten. Also eröffneten wir ein Nachhilfezentrum und begannen, Kindern beizubringen, Yamini und ich zusammen. Tagsüber kümmerte ich mich um die Arbeit und Verantwortung des Sportzentrums. Abends und nachts unterrichtete ich mit meiner Frau.

In genau diesem Jahr, als wir nach Indien zurückkehrten, wurde ich ein stolzer Großvater. Samantha hatte am 5. Dezember eine wunderschöne kleine Tochter zur Welt gebracht. Sie waren genauso glücklich wie wir. Unser kleiner Sohn Chandranshu war so groß geworden, dass er ein stolzer Vater geworden war. Die bezaubernde Schönheit des kleinen Mädchens glich ihrer Großmutter Yamini, als ob sie ihr Zwilling oder ihre Tochter wäre. Samantha bat mich, einen Namen für ihre Tochter zu wählen. Nach langem Überlegen wählte ich den Namen Aryahi für sie, einen von tausenden Namen der Göttin Durga, genau wie der Name meiner Mutter. Wir alle waren so begeistert, von Freude und göttlichen Segnungen überwältigt. Unsere jubelnden Tage voller Freude und glücklicher Momente erreichten in dieser Zeit ihren Höhepunkt.

Nur bis...

Kapitel 53

Bis Yamini krank wurde. Innerhalb von vier Jahren seit unserer Rückkehr begann sich ihr Gesundheitszustand rapide zu verschlechtern. Die meiste Zeit hatte sie Kopfschmerzen. Manchmal schreckliche Kopfschmerzen. Sie weinte die ganze Zeit vor Schmerzen und Qual. Langsam hörte sie auf zu essen. Wir gingen zu vielen Ärzten. Sie bekam viele medizinische Tests verschrieben. Eines Tages kamen ihre medizinischen Testergebnisse. Die dunkelsten Tage meines Lebens begannen seitdem. Bei ihr wurde ein inoperabler Gehirntumor diagnostiziert. Es gab nichts, was getan werden konnte. Der Erfolg der Operation war fast vernachlässigbar. Die Ärzte waren nicht bereit, das Risiko einzugehen, und überließen alles den Händen des Allmächtigen.

Meine Welt begann zusammenzubrechen. Ich wurde langsam jeden Tag in die dunkle Welt gesaugt, in der kein einziges Licht eintreten konnte. Allmählich verschlechterte sich ihr Gesundheitszustand immer mehr. Die Ärzte verschrieben ihr nur einige Medikamente, um die Schmerzen zu lindern und ihr zu helfen, zu schlafen. Sie hörte auf zu unterrichten. Ihr Körper erlaubte es nicht mehr. Ich gab die Hoffnung nicht auf. Ich ging überall hin, jeden Arzt, jedes Krankenhaus, um Lösungen zu finden, um Behandlungen zu finden, aber ich bekam von überall die gleiche Antwort. Ich fing sogar an, an Schwarze Magie zu glauben und ging zu vielen Menschen, die solche Magie durchführten, nur um sie zu retten. Ich wurde verrückt.

Ihre Kopfschmerzen verschlimmerten sich. Sie fühlte ständig Übelkeit und weigerte sich, etwas zu essen. Sie hatte Schwierigkeiten beim Gehen und Sprechen. Ihr Körper war schwach von Schwindel und Erschöpfung. Sie hörte auf, für mich zu singen. Sie konnte nicht mehr. Ich weinte die ganze Zeit alleine in der Dunkelheit meines Zimmers, von wo aus die Dunkelheit meine Seele zum ersten Mal zu überwältigen begann. Es war dunkler als je zuvor. Ich betete die ganze Zeit zu Gott. Ich ging in jede Kirche, jeden Tempel, jede Moschee, um Frieden und eine Lösung zu finden. Ich rannte von einer Ecke zur anderen wie eine Person, die in der Wüste nach Wasser sucht.

"Hast du ihn gefunden?" fragte sie mit derselben Sprachstörung, als ich vom Akademie zurückkehrte. Meine Akademie hatte alles, alles, wovon ich geträumt und gewünscht hatte. Aber ich war nicht glücklich. Es gab immer noch eine Leere, noch einige leere Räume, die mit jemandes Anwesenheit gefüllt werden mussten. Ich suchte nach etwas, vielmehr nach jemandem, der diese Leere füllen konnte. Ich hatte seit Beginn der Akademie all die Jahre über gesucht. Jeden Tag ging ich zur Akademie und hoffte, jemanden zu finden, aber ich kehrte jeden Tag niedergeschlagen zurück. Ich verlor nicht die Hoffnung und den Glauben. Ich suchte jeden Tag weiter und weiter. Ich wusste tief in meinem Herzen, dass er eines Tages vor mir erscheinen würde. Ich hatte diesen Glauben.

Jeden Tag, wenn sie mich das fragte, seufzte ich und antwortete ihr mit einem ablehnenden Kopfnicken. Und jedes Mal tröstete sie mich, indem sie sagte: "Mach dir keine Sorgen, Liebling, du wirst ihn finden. Ich weiß es."

Ich gab weder die Hoffnung noch den Glauben auf. Weder an Yamini noch an diese unbekannte Person. Ich suchte weiterhin nach einer Lösung für meine geliebte Frau und diese unbekannte Person.

Die Tage vergingen wie im Fluge. Innerhalb von Monaten wurde sie schlank, blass und rein weiß. Etwas saugte das Leben ihrer Seele von innen heraus wie Maden. Ihre Lippen wurden weiß und blass. Ihre Wangen und Brust wurden eingefallen. Ihre Augen versanken tiefer in ihrem Schädel. Sie fing an, Gewicht zu verlieren. Ihre Augen wurden weiß, blass und neblig. Ihr Gesicht wurde blutleer. Sie verlor ihren Charme und ihre bezaubernde Schönheit. Sie war kaum noch halb bewusst. Sie hatte auch Schwierigkeiten beim Sehen und Sprechen. Sie sprach nicht mehr, nicht einmal mit mir. Sie schlief die meiste Zeit. Ihr Blick war die meiste Zeit verschwommen. Sie lag die meiste Zeit auf ihrem Bett. Jeden Tag fütterte ich sie mit meinen eigenen Händen. Sie lehnte nie ab. Ich sah zu, wie meine Welt allmählich zusammenbrach. Ich sah es verblassen. Ich sah das Leben meiner geliebten Yamini aus ihrem Körper schwinden. Die Steinmauern begannen seitdem zu brechen. Das Kartenhaus begann mit dem Windstoß zusammenzufallen.

✱✱✱

"Ja, Liebling. Ich höre zu", antwortete ich mit einem strahlenden Lächeln. Ich war glücklich und aufgeregt.

Sie dachte lange nach, als ob sie ihre Kraft sammeln müsste, und stammelte dann: "Erinnerst du dich, als du mich jedes Mal, als wir jung waren, nach meinen Träumen gefragt hast? Was ich vom Leben wollte?", sagte sie höflich. Sie saß auf meiner Brust zurückgelehnt und hielt mein Hemd mit ihrer Faust fest. Ich konnte verstehen, dass sie kämpfte, um zu sprechen und sogar zu atmen.

Ich fragte sie oft nach ihren Träumen, was sie im Leben wollte und was sie am meisten begehrte. Aber sie erzählte es mir nie. Ich konnte nie erfahren, was ihre Träume waren. Jedes Mal, wenn ich sie fragte, lächelte sie mich an und sagte, dass sie keinen Traum hatte. Aber ich fragte immer wieder, weil ich ihr nicht glaubte.

"Ja, ich erinnere mich. Ich erinnere mich sehr gut", versuchte ich meine Emotionen zu kontrollieren.

"Ich hatte einen Traum, Surya. Ich möchte es dir heute gestehen."

Ich starrte sie neugierig an. "Endlich?" Ich war überwältigt von Aufregung. Es war das einzige Stück, das ich noch nicht über sie wusste.

"Sag es mir, ich höre zu."

Sie schwieg einige Minuten.

"Ich will es wissen, Yamini. Ich warte auf deine Antwort."

Und dann sagte sie mir ihre letzte Rede. Es war das letzte Mal, dass sie mit mir sprach.

"Ich habe von dir geträumt, Surya. Ich habe davon geträumt, dich zu haben, ein Leben mit dir zu haben. Eine

Familie mit dir aufzubauen. Mein ganzes Leben mit dir zu verbringen. Ich habe davon geträumt, dich als meinen Ehemann zu haben. Ich habe von unserer Familie geträumt, von unserem Sohn. Ich habe jeden Tag davon geträumt. Jeden einzelnen Moment. Ich habe jeden Tag zu Gott gebetet."

"Ich habe meinen Traum erreicht. Ich habe alles bekommen, was ich mir im Leben gewünscht habe. Ich habe dich als meinen Ehemann an meiner Seite gefunden und die Familie mit dir aufgebaut, von der ich geträumt habe. Ich habe nur von dieser Familie geträumt, um den Rest unseres Lebens gemeinsam zu gehen, Hand in Hand, alle Freuden und Schmerzen zu teilen. Ich habe mein Leben gelebt, Surya. Meine Arbeit ist erledigt. Ich habe alles bekommen, was ich jemals wollte. Meine Tage sind vorbei. Ich habe mein Leben glücklich mit dir gelebt. Du musst es loslassen. Du musst mich jetzt loslassen. Trainiere dich, um loszulassen ... von allem, was du befürchtest zu verlieren ... "

"Ich weiß, dass du müde bist. Ich weiß, dass du körperlich und emotional erschöpft bist. Aber du musst weitermachen. Auch ohne mich. Deine Arbeit ist noch nicht erledigt. Du hast noch einen langen Weg vor dir. Aber ich befürchte, dass du den Rest des Weges ohne mich gehen musst. Aber du musst weitermachen. Du musst das vollenden, was du begonnen hast. Du solltest niemals die Hoffnung verlieren. Niemals den Glauben verlieren. Niemals aufgeben. Du musst das vollenden, was du begonnen hast. Du musst es. Gib niemals deine Träume auf, Surya. Auch ohne mich. Ich weiß, dass du eines Tages Erfolg haben wirst, aber ich werde dann nicht an deiner Seite sein, aber ich weiß, dass du es schaffen wirst. Ich habe Vertrauen in dich. Verspreche mir, dass du es tun wirst. Verspreche es mir, Surya. Versprich es mir."

Ich verlor meine Fähigkeit zu sprechen. Der Damm brach und Tränen begannen überzulaufen. Ich zog sie nah an mich und umarmte sie. Ich konnte nichts sagen. Ich wusste nicht, was ich sagen sollte. Ich konnte keine Worte konstruieren.

"Versprich mir, Surya", sagte sie erneut mit ihrer schwachen Stimme. Es war kaum hörbar.

"Ich werde es tun. Ich werde es tun. Ich verspreche es. Ich werde es zu Ende bringen, Yamini. Ich verspreche es!" schrie ich in Schmerz, Qual und Angst.

"Ich werde es tun. Ich werde es tun", wiederholte ich, während die Tränen weiter aus meinen Augen flossen. Meine Sicht war verschwommen.

"Aber ich befürchte, ich kann dich nicht gehen lassen. Ich kann es einfach nicht...", sagte ich zu ihr.

Sie lächelte strahlend.

"Du musst es. Du musst dich trainieren. Und du wirst es schaffen. Ich weiß es. Du kannst es."

"Wie? Wie weißt du das?" schrie ich sie an. Ich wurde wütend auf sie.

Sie lachte.

"Weil du so weit gekommen bist. Weil ich Vertrauen in dich habe."

Alles wurde dann still. Nur das Geräusch meines Schluchzens hallte in dem dunklen Raum wider. Den

Rest der Nacht hielt ich sie nur in meinen Armen und weinte und schluchzte die ganze Nacht, während ich sie eng an meine Brust hielt. Sie schlief. Sie hielt noch immer mein Hemd fest wie ein Baby.

Als ich müde vom Weinen war, wischte ich meine Tränen weg. Aber ich schniefte immer noch.

"Habe ich dich glücklich gemacht, Yamini?" fragte ich höflich, ohne eine Antwort zu erwarten, da sie seit Stunden schlief.

Nur Stille ...

Plötzlich hörte ich ein Geräusch und konnte nicht herausfinden, woher es kam. Kam es aus ihrem Mund? Aber ich bezweifelte es, da sie schlief. Oder es war nur in meinem Kopf oder von einem anderen Ort.

"Du bist das glücklichste, was mir je passiert ist. Du hast mein Leben mit Licht und Freude erfüllt. Du hast meine Träume erfüllt."

"To see a World in a Grain of Sand
And a Heaven in a Wild Flower,
Hold Infinity in the palm of your hand,
And Eternity in an hour."

- ***William Blake***

Kapitel 54

For some people, to have a family and children is all that they want. To be able to create a family is all they dream of. Family is the whole world for them. Some people want to fly high in the sky, they want to touch heaven, to the summit of success while for some others, a happy family is all they want to reach. Some want to reach for the unknown stars while others just want to bring those stars near them, to see the stars in their family, and to create stars, children, and a life. Some want to be famous while some want to be a proud family member. Some want to become pride and inspiration to many, to all the people, to the world, while some just want to become a support system for their family. The family means the universe for them. Family is what matters the most for them. Not everyone wants to fly high in the sky. Some just want to walk together holding the hands of their beloved ones on the chest of mother earth, on the land. Now if you ask me which of them is greater.

I would say none. They are no different. They are all but one. Because we are all under the same sky, on the same Earth. Is there any other world, any other sky in this vast cosmic arena? Perhaps. But not known to us. At least not yet. Maybe in some distant future. So for now we all are the same. We all are born under the same sky, under the same sun, stars, and the moon, the same soil and we die under the same. The only world that we have ever known and lived in. We all die and perish in this same soil and atmosphere.

As Thomas Gray had said, "The paths of glory lead but to the grave."

Für manche Menschen ist es alles, was sie wollen, eine Familie und Kinder zu haben. Eine Familie zu gründen ist alles, was sie träumen. Familie ist für sie die ganze Welt. Einige Menschen wollen hoch in den Himmel fliegen, sie wollen den Himmel berühren, den Gipfel des Erfolgs erreichen, während für andere eine glückliche Familie alles ist, was sie erreichen wollen. Einige wollen nach den unbekannten Sternen greifen, während andere nur diese Sterne in ihrer Familie nahe sehen wollen, um Sterne, Kinder und ein Leben zu schaffen. Einige wollen berühmt sein, während andere stolzes Familienmitglied sein wollen. Einige wollen Stolz und Inspiration für viele, für alle Menschen, für die Welt werden, während andere nur ein Unterstützungssystem für ihre Familie werden wollen. Familie bedeutet für sie das Universum. Familie ist das, was für sie am meisten zählt. Nicht jeder will hoch in den Himmel fliegen. Einige wollen nur zusammen gehen und die Hände ihrer Lieben auf der Brust von Mutter Erde, auf dem Land halten. Wenn Sie mich jetzt fragen, welches von ihnen größer ist, würde ich sagen, keiner von beiden. Sie unterscheiden sich nicht. Sie sind alle eins. Denn wir sind alle unter demselben Himmel, auf derselben Erde. Gibt es noch eine andere Welt, einen anderen Himmel in diesem weiten kosmischen Universum? Vielleicht. Aber uns ist es nicht bekannt. Zumindest noch nicht. Vielleicht in einer fernen Zukunft. Aber jetzt sind wir alle gleich. Wir alle sind unter demselben Himmel, unter derselben Sonne, den Sternen und dem Mond geboren und sterben unter demselben. Die einzige Welt, die wir je gekannt und gelebt haben. Wir alle sterben und vergehen in diesem selben Boden und dieser Atmosphäre.

Wie Thomas Gray sagte: "Die Pfade des Ruhms führen nur zum Grab."

***

In den letzten beiden Tagen konnte ich nichts schreiben. Es erinnerte mich an alles, an all die Erinnerungen, die ich all die Jahre zu vergessen versucht hatte. Meine Hände zitterten immer, wenn ich schreiben wollte.

Es war das letzte Mal, dass sie jemals mit jemandem gesprochen hatte, sogar mit mir. In dieser Nacht hielt ich sie stundenlang in meinen Armen. Ich wollte sie für immer so halten. Aber das Schicksal wollte anders spielen.

Wochen später verschlechterte sich ihr Gesundheitszustand auf ein Niveau, dass wir sie ins Krankenhaus bringen mussten. Am folgenden Tag fiel sie ins Koma. Sie blieb tagelang im Koma. Eines Tages ging ich ins Krankenhaus, um sie zu sehen, und es war das letzte Mal, dass ich sie sah.

Ich saß neben ihrem Bett. Sie schlief tief und lang. Sie war in Beatmung. Es war kaum noch etwas in ihrem Körper außer dem Skelett und der äußeren Haut. Ihr Gesicht war voller Falten, eingefallen und blutleer. Ihre rosa Lippen waren blass und weiß. Als ob nur ein Stoff aus Haut über ihrem Schädel lag. Ich blieb stundenlang an ihrer schlafenden Seite, hielt ihre Hände ineinander. Ich streichelte ihre Stirn mit meinen zitternden Händen. Tränen liefen über meine Wangen.

"Ich weiß, dass es schwer für mich ist, das zu akzeptieren. Aber ich werde es irgendwie schaffen. Du warst meine Seele, mein Licht. Aber ich denke, es ist besser für uns alle, wenn du gehst. Du solltest jetzt gehen. Du musst jetzt gehen. Ich kann dich nicht mehr so sehen. Ich kann dein Leiden nicht mehr ertragen. Es zerreißt meine Seele. Ich bin bereit, dich gehen zu lassen. Ich werde es auf deine Art tun. Ich verspreche es. Bitte geh jetzt. Beende dieses Leiden jetzt, sowohl für mich als auch für dich. Denke daran, dass du mein Licht, meine Hoffnung bist. Du bist in den dunkelsten Momenten meines Lebens zu mir gekommen und hast das Licht mitgebracht. Ich fürchte, was ohne dich mit mir geschehen wird. Aber du sollst wissen, dass ich dich liebe und du immer in mir sein wirst. Ich werde dich überall hin mitnehmen. Ich kann mich im Dunkeln verlieren. Führe mich mit deinem Licht, wie du es immer getan hast. Jetzt musst du gehen. Geh bitte. Ich liebe dich. Du sollst jetzt sterben. Sterbe bitte. Sterbee... ", flüsterte ich ihr ins Ohr und stürmte weinend aus dem Zimmer. Ich war wütend auf sie. Aber wer weiß, dass es das letzte Mal war, dass sie mir die Chance gab, auf sie wütend zu sein.

Ich habe immer dafür gebetet, dass der Tag niemals in meinem Leben kommen würde, an dem ich mich von dir verabschieden musste. Ich wünschte, er wäre nie gekommen. Aber die Natur selbst war bereit, dich weit von mir fortzunehmen. Und meine Kräfte und Sinne sind im Vergleich zur Natur vernachlässigbar. Also musste ich dich gehen lassen. Du warst wie ein Engel für mich, wie eine Apsara aus dem Himmel. Du warst das Licht in meinem Leben, meine Hoffnung. Aber für mich wirst du immer meine Frau sein. Meine Geliebte. Meine Yamini.

Zwei Tage später bekam ich einen Anruf vom Krankenhaus und das, wovor ich am meisten Angst hatte, war passiert. Sie war gegangen. Yamini, meine Liebe, meine Frau. Und sie nahm den Rest meiner Seele mit sich. Ich frage mich immer noch, ob sie alles gehört hat, was ich an jenem Tag im Krankenhaus gesagt hatte. Nun, nur sie weiß das.

Auf dem Verbrennungsplatz führte ich alle ihre letzten Riten durch. Ich hatte sie nie so gesehen. Ich hatte auch nie gedacht, dass ich sie jemals so sehen würde; kalt, steif, leblos, auf dem Boden liegend, neben ein paar anderen Leichen, all ihre Schönheit und ihr Zauber verlierend.

Als sie sie in den Elektroofen legten, klemmte für einen Moment der Verschluss des Ofens. Sie versuchten ihn zu schließen. Ich starrte von außen in den Ofen. Im Inneren des Ofens war es eine rotglühende Kuppel, als würde ich in den Schoß der Sonne schauen. Das Feuer darin war so rot wie die untergehende Sonne. Und in ihm lag meine geliebte Frau, meine geliebte Yamini, leblos. Innerhalb eines Augenblicks hatte die Flamme im Inneren gezündet und das Stück Stoff, das über sie gelegt wurde, zu Asche verbrannt. Ich sah, wie ihre zarte Haut anfing zu brennen und sich rot und schwarz färbte. Ich beobachtete, wie ihr weiches Fleisch Stück für Stück von ihrem Skelett fiel. Ihre dunklen Haare entzündeten sich augenblicklich und wurden zu Asche. Die Haut über ihrem Gesicht begann sich abzulösen. Allmählich verschwand ihr gesamter Körper im Schoß des Feuers. Und ich spürte, dass all das Wasser in meinen Augen, all diese Tränen, mit der Flamme des brennenden Reaktors der Toten verdampft waren.

Die Feuerprobe. Der unausweichliche Test, den die Natur vor dem Verlassen dieser Welt setzt.

Die Zeit kroch in einem Zeitlupen-Blur dahin. Ein leises Stöhnen und Schluchzen meines Sohnes hallte in der Nähe wider. Meine Augen wurden verschwommen. Ich konnte spüren, dass sich die Welt in einem Zeitlupen-

Blur auf den Kopf stellte. Ich fiel zu Boden. Ich konnte mein Herz leise in meiner Brust pochen hören. Ich konnte meinen langsamen und schweren, langen und tiefen Atem hören. Jeder begann in Zeitlupe auf mich zuzurasen. Ich schloss meine Augen. Und dann wurde alles schwarz. Ich erinnere mich an nichts danach. Es ist schließlich passiert. Was ich am meisten befürchtet hatte. Sie war zu ihrem himmlischen Zufluchtsort gegangen. Und jemand hatte gerade den Funken mit einem Windstoß gelöscht, der all die Jahre tief in mir gebrannt hatte. Und es hatte die Dunkelheit verdunkelt.

"He who has a WHY to live can bear almost any HOW."

- **Friedrich Nietzsche**

Kapitel 55

"Hallo, Yamini! Guten Morgen. Wie geht es dir? Gut, hoffentlich."

Ich stand an diesem Tag in meinem Zimmer vor ihrem Foto. Nachdem sie gegangen war, begann ich, als Hobby alle unsere alten Bilder zu rahmen und sie an die Wände meines Zimmers zu hängen. Ich fing an, alle Bilder meiner Kindheit zu rahmen. Ich stand vor ihrem Bild, das an unserem Hochzeitstag aufgenommen wurde. Sie hielt meinen Arm. Sie lächelte, ein strahlendes und angenehmes Lächeln. Ich war gerade von der Akademie zurückgekehrt.

"Weißt du, es sind jetzt zwei Jahre seit du gegangen bist. Mir geht es gut und ich lebe immer noch. Ich verbringe meine Tage irgendwie. Ich habe mich daran gewöhnt. Ich habe es geschafft, ein weiteres Jahr ohne dich zu leben. Weißt du, ich habe mir versprochen, dass ich nach dem Tag, an dem Aayansh starb, nie wieder trinken werde. Nachdem du gegangen warst, habe ich dieses Versprechen gebrochen. Ich trinke jetzt. Es hilft mir, Dinge zu vergessen und natürlich zu schlafen. Es hilft mir, den Schmerz zu lindern, wenn auch nur für eine Weile. Bitte sei nicht sauer. Ich hoffe, du verstehst. Du weißt, ich weine nie mehr, niemals. Es gibt niemanden mehr in dieser Welt, der mir helfen würde, außer dir, und du bist nicht mehr hier. Niemand singt mir Lieder in der Nacht vor dem Schlafengehen. Aber keine Sorge, ich habe einige Aufnahmen von deinen Liedern, die ich jeden Tag höre. Es hilft mir, etwas Schlaf zu bekommen. Es ist der einzige Trost, den ich habe. Falls du es vergessen hast, heute ist unser Jahrestag. Alles Gute zum Jahrestag, Frau. Ich liebe dich. 24 Stunden am Tag, vermisse ich dich."

Die Wände meines Zimmers waren voller Foto-Rahmen. Papa, Mama, Aayansh, Yamini, meine Kindheitstage, alle waren da. All diese Erinnerungen. Wenn ich mein Zimmer betrat, hatte ich das Gefühl, dass sie bei mir waren, lebendig. Yamini war am 11. August gestorben. Ja, an diesem selben Datum. War es ein Zufall? Nein, daran glaube ich nicht. Es gibt keine Zufälle in dieser Welt. Alles hat einen Grund und ist geplant. Alles ist ein Muster, wie mein Sohn mir sagte. Alles ist geschrieben, bevor es passiert.

"Ich habe einige gute Neuigkeiten. Aber ich wünschte, es wäre etwas früher passiert. Dann könntest du es mit mir zusammen sehen und erleben. Ich hoffe, du bist noch hier. Aber es ist jetzt unnötig, das zu sagen. Also, die gute Nachricht ist ..."

"Weißt du was?"

"Ich denke, ich habe ihn gefunden ..."

***

An jenem Morgen, als ich mit unseren Trainern in der Akademie sprach, kam ein kleiner Junge auf uns zu und fragte mich, ob er in der Akademie spielen dürfe. Ich hatte diesen Jungen schon ein paar Mal zuvor gesehen. Er beobachtete fast jeden Tag unsere Trainings von hinter dem Zaun aus. Während die Trainer ihn anbrüllten und ihn wegwerfen wollten, intervenierte ich. Er flehte mich an. Er war so klein, dass ich mich hinsetzen musste und ihn fragte, was er wollte. Seine Augen waren weit aufgerissen, voller Hoffnung, und er sagte: "Sir, ich möchte hier spielen, mit all diesen Spielern. Ich möchte es versuchen." Er starrte mich voller Vorfreude an und wartete auf meine Antwort. Ich dachte intensiv nach. Ich wusste nicht wie, aber irgendwie kam mir der Junge vage bekannt vor. Sein Aussehen, sein Körper, alles. Ich konnte mich einfach nicht erinnern.

Er war klein. Sein Teint war dunkelbraun. Viele Teile seines Körpers waren in der brennenden Hitze der Sonne verbrannt. Er war schlank und blass, als ob er seit Monaten gehungert hätte. Er trug eine halbe Hose und ein zerrissenes Brasilien-Trikot. Seine Wangen waren eingefallen. Seine Haare standen hoch. Aber seine Zähne und Augen strahlten vor Freude und Glück. Seine Augen waren das Fenster zu seiner Seele und seine Augäpfel tanzten vor Freude. Sein Lächeln war sanft und frei von Arglist.

„Du willst hier spielen? Bist du also ein Fan von Brasilien, huh?", fragte ich.

Er nickte sofort mit einem strahlenden Lächeln.

„Wie alt bist du?"

„Zwölf, Herr."

„Wo sind deine Trikots und Fußballschuhe?", fragte ich, da er barfuß war.

„Ich kann es in barfuß machen, Sir. Denken Sie nicht darüber nach. Geben Sie mir einfach eine Chance."

Ich dachte einen Moment nach. Etwas in mir zwang mich, ihm eine Chance zu geben. Ich befahl dem Trainer, ihn in ein U-13-Team zu setzen und ein Spiel zu spielen, um ihn zu testen. Er sprang vor Freude auf, als ich das sagte.

Alle spielten mit Trikots und Fußballschuhen, außer ihm, dem einzigen Jungen barfuß. Ich stand außerhalb des Platzes und genoss die Show. Als das Spiel begann, konnte ich meinen Augen nicht trauen. Ich war verzaubert. Es war er. Ich wusste, dass es er war. Ich wusste, dass es Aayansh war. Nur in einer anderen Form, einem anderen Leben und in anderen Formen. Als ich ihm zusah, fiel mir der Mund vor Staunen und Verwunderung offen. Alle Bewegungen, sein Stil, alles genau wie früher. Er wich aus, dribbelte und täuschte Körperteile, sogar die besten Spieler dieser Gruppe. Er lächelte. Es schien, als ob er mit ihnen spielte und sie genoss. Als ob die Gegner nur eine Gruppe von Kindern für ihn waren. Er übertraf alle. Ich hatte so etwas schon einmal gesehen, in diesem Versuch, wie Aayansh alle übertroffen hatte. Mein Mund stand weit offen. Ich war wie gebannt, als ob ich Aayansh wiedersehen würde. Ich war so verzaubert.

Als das Spiel beendet war, hatten wir keine andere Wahl, als diesen Jungen auszuwählen. Jeder applaudierte und lobte das Kind, sogar die Trainer. Aber als er über die Gebühren informiert wurde, die minimal waren, und dass er Ausrüstung kaufen musste, um dort zu spielen, schwanden sein Lächeln und seine Aufregung. Er sah niedergeschlagen aus und hatte Angst vor etwas.

Ich rief ihn in eine Ecke, weg von allen anderen, und fragte ihn, was das Problem sei. Er hatte Angst und war sogar ängstlich zu sprechen. Aber ich tröstete ihn und dann sagte er: "Ich habe kein Geld, Sir. Mein Vater wird mir kein Geld geben. Er wird mich schlagen, wenn ich ihn nach Geld frage."

Nachdem ich mit ihm gesprochen hatte, erfuhr ich seine Geschichte. Sein Vater war Müllmann, seine Mutter Hausfrau und er hatte einen kleinen Bruder, der so klein war, dass er nicht einmal laufen konnte. An diesem Tag erinnerte er mich an eine ferne Erinnerung. Er und seine Familie waren überhaupt nicht anders als Aayansh. Sie waren die gleichen, nur in einer anderen Form. Mein Herz schmolz dahin. Ich konnte ihm nicht in die Augen sehen. Er flehte weiter, dass er spielen wollte, aber wenn sein Vater es wüsste, würde er ihn verprügeln.

"Sag mir, warum bist du zu mir gekommen?" fragte ich ihn.

"Ich weiß es nicht. Es ist nur ein Gefühl. Ich sehe dich jeden Tag von draußen durch den Zaun. Die Art, wie jeder mit dir hier spricht, ich dachte, dass du der Chef bist. Ich schaue mir jeden Tag das Training an, Sir. Ich hatte ein seltsames Gefühl, dass du mir zuhören wirst..."

Und du hast absolut recht. Ich bin hier der Chef. Lass mich dir etwas sagen. Du wirst jeden Tag zum Training hierher kommen. Du musst dem Akademie kein Geld geben. Du musst dir keine Sorgen um deine Ausrüstung machen. Ich werde das für dich regeln. Okay?", sagte ich.

"Bist du ernsthaft, Sir? Machen Sie keinen Witz? Ich glaube es nicht."

"Ja, Kind, ich meine es ernst. Aber du musst mir zwei Dinge versprechen. Erstens bleibt es ein Geheimnis zwischen dir und mir, nur zwischen uns beiden. Niemand darf es jemals erfahren. Und zweitens musst du jeden Tag zum Training kommen. Okay? Versprechen?"

Er sah mich einen Moment lang an und gab mir dann ein strahlendes Lächeln und umarmte mich mit seinen kleinen Händen. Sein Lächeln hatte sich von einem Ohr zum anderen gezogen.

"Ja, Sir, ich verspreche es. Danke, Sir."

"Und du musst es deinem Vater auch nicht sagen."

Er nickte mit dem gleichen Lächeln.

Ich sah in seine strahlenden Augen. Ich versuchte, meinen Aayansh in ihm zu finden, meinen geliebten Freund. Waren sie gleich? Aber ich konnte nichts finden, außer einer leeren Leere und Dunkelheit. Vielleicht noch nicht. Vielleicht musste der Funke, der in Aayanshs Augen brannte, erst in ihm entzündet werden.

"Wie ist dein Name, Kind?" fragte ich.

"Abhimanyu, Sir", antwortete er mutig.

Ohne es jemals zu realisieren, erschien ein tiefes und langes Lächeln ohne Warnung auf meinem Gesicht.

"Nun, Abhimanyu. Es scheint, als wärst du bereits in den Chakravyuh eingetreten. Und es gibt kein Zurück mehr."

Und so war er mit neuer Hoffnung und einem neuen Zweck in mein Leben getreten.

Kapitel 56

Ich habe alle seine Gebühren bezahlt und ihm all die Fußballausrüstungen gekauft, die erforderlich waren. Ab dem nächsten Tag begann er mit dem Training zu kommen. Nachdem Yamini gestorben war, ging ich nicht regelmäßig zur Akademie. Aber ich fing wieder an, hinzugehen, um ihn zu unterstützen. Ihn lernen und wachsen zu sehen, jeden Tag, gab mir wieder einen neuen Grund, eine neue Hoffnung und einen neuen Zweck im Leben zu finden. Der Junge würde niemals das Training verpassen, nicht einmal an einem einzigen Tag. Er kam vor allen anderen auf den Platz und ging erst als Letzter. Ihm beim Spielen zuzusehen, gab mir ein unbeschreibliches Vergnügen und Komfort, genau wie es auch bei Aayansh der Fall war.

Nach dem Training kam er jeden Tag zu mir, um zu reden. Nach und nach wurden wir Freunde. Er erzählte mir so viele Dinge. Nach dem Training unterrichtete ich ihn nicht nur im Fußball, sondern auch im Leben und wie man ein guter Mensch wird. Ich versuchte ihm so viel Wissen wie möglich zu vermitteln. Er hörte aufmerksam mit seinen wachen Augen zu. Er war arm, aber er war würdig, dieses Wissen aufzunehmen. Als unsere Bindung stärker wurde, erzählte er mir alles über seine Familie.

Sein Vater war ein Müllmann und ein Säufer. Sein Vater war die ganze Zeit über betrunken. Er schlug und misshandelte Abhimanyu brutal. Er belästigte und schlug seine Mutter. Dieser Mann war eine verdammte Bestie. Er kümmerte sich nicht um Geld oder Aufmerksamkeit für seine Familie, seine Frau und seine Kinder. Er gab sein ganzes Geld für den Kauf von Alkohol aus, während seine Familie oft hungerte. Er schlug seine Frau, wann immer er wollte. Das war also seine Geschichte. Er lebte mit einer Bestie, einem Unterdrücker und einem Tyrannen zusammen, und auf der anderen Seite mit einer liebevollen und fürsorglichen Mutter. Deshalb war Abhimanyu die ganze Zeit über verängstigt. Er fürchtete seinen Vater wie ein wildes Tier. Seine Augen spiegelten ständig Angst wider. Denn oft saß er trinkend auf seinem Rasen und schickte seinen Sohn zur Arbeit, ja, diesen kleinen Jungen, einen zwölfjährigen Jungen. Er war nur ein paar Jahre älter als Aryahi.

***

Tage vergingen, Wochen vergingen zu Monaten. Er fing allmählich an, vor meinen Augen aufzuwachsen. Jedes Jahr wurden viele Spieler unseres besten Teams in verschiedenen großen und kleinen Clubs über alle Altersklassen hinweg ausgewählt. Spieler unter 13, unter 15, unter 18 und Erwachsene. Abhimanyu war seinem Alter voraus. Alles, was selbst ältere Jungen Schwierigkeiten bereitete, fiel ihm natürlich zu, als ob er damit geboren worden wäre. Er war ein wunderbares Kind. Er wurde mit seinem Talent geboren. Oft fragte ich ihn, wo er vor dem Besuch unserer Akademie Fußball spielen gelernt hatte, und er sagte, er habe nie gelernt, wie man spiele.

"Also Abhimanyu, wovon träumst du? Was möchtest du werden?", fragte ich ihn eines Tages.

Er antwortete nicht. Wie immer sah er niedergeschlagen und ängstlich aus. Ich starrte ihn an.

"Ich habe keine Träume, Sir", stotterte er.

"Wieso das?", fragte ich ihn.

Er überlegte und antwortete: "Mama sagt, Leute wie wir verdienen es nicht, zu träumen. Sie sagt, wir sollen nicht träumen."

Glauben Sie mir, ich wusste nicht, was ich ihm sagen sollte. Die Schwere seiner Antwort machte mich sprachlos. Ich schaute ihm in die Augen.

"Also sag mir. Hörst du immer auf deine Mutter? Träumst du nie? Nicht einmal einmal?" sagte ich mit einem sarkastischen Lächeln.

Er sah mich an und nickte mit einem Lächeln.

"Also, was ist es? Wovon träumst du?"

"Sir, ich möchte ein professioneller Fußballspieler werden. Wenn ich erwachsen bin, möchte ich für mein Land spielen. Das ist, wovon ich träume", sagte er schüchtern und verlegen mit roten Wangen.

"Aber ich glaube nicht, dass das möglich ist. Das ist nur ein verrückter Traum", fügte er hinzu.

"Lass mich dir etwas sagen, Abhimanyu. Du wirst es schaffen. Du wirst es auf jeden Fall schaffen. Ich weiß, dass du es kannst. Ich habe Vertrauen in dich. Ich kann das in dir sehen", sagte ich.

Er schaute mich an. Sein Mund war zu einem strahlenden Lächeln geöffnet, das von einem Ohr zum anderen reichte. Seine Augen weiteten sich vor Freude. Das war das erste Mal, dass ich diesen Funken in seinen Augen sah, aber nur für einen Moment, dann erlosch er fast sofort. Sein Lächeln war verschwunden und er sah niedergeschlagen aus.

"Aber ich befürchte, dass du sehr, sehr und sehr hart arbeiten musst, um es zu erreichen."

"Lass mich dich noch etwas fragen. Was möchtest du tun, wenn du ein professioneller Fußballspieler wirst? Was wirst du dann tun? Ist das alles, was du willst, oder gibt es noch mehr?", fragte ich.

Er sah mich an. Seine Augen füllten sich mit Stolz. "Ich möchte viel Geld verdienen, Sir, damit ich ein neues Haus für meine Mutter kaufen kann. Ich möchte sie so weit wie möglich von meinem Vater wegbringen. Ich möchte all ihre Sorgen und Leiden beenden."

"Und dann?"

"Dann werde ich meinem kleinen Bruder beibringen, wie man Fußball spielt, damit wir zusammen spielen können."

Ich sah den Funken in ihm wieder. Ich sah zum ersten Mal diese Entschlossenheit und Hingabe in seinen Augen. Ich sah Aayansh in ihm. Ich konnte nicht anders, als auf seine stolzen Augen zu starren.

"Willst du das für deine Mutter oder für dich selbst tun?"

"Ich möchte meine Mutter glücklich und stolz machen, Sir."

An diesem Tag bekam ich alle Antworten auf meine Fragen. Seltsamerweise sah ich an diesem Tag keine Spur von Angst in seinen unschuldigen Augen.

Ich zog ihn zu mir heran.

Vielleicht war Aayansh wirklich als Abhimanyu zu mir zurückgekehrt, dachte ich.

Kapitel 57

Ein paar Monate später kam er an einem Morgen zum Training und war spät dran. Ich war besorgt, da er normalerweise nie zu spät kam. Aber schließlich kam er und ging direkt auf den Platz. Er schaute mich einmal an und ich spürte etwas anderes. Seine Augen waren trübe und er wirkte schwach. Sein Gesicht war blass. Es war ein heißer Sommertag. Die glühende Hitze der Sonne brannte auf unserer Haut. An diesem Tag hatte er Schwierigkeiten beim Training. Ich fragte mich, warum.

Plötzlich begann er zu erbrechen und im nächsten Moment fiel er auf den Boden und verlor das Bewusstsein. Ich machte mir höllische Sorgen. Wir alle rannten auf den Platz für ihn und spritzten Wasser in sein Gesicht. Wir trugen ihn ins Gebäude in einen kühlen Raum mit Klimaanlage.

Als er wieder zu Bewusstsein kam, war sein Gesicht blutleer und schwach. Er erzählte mir, dass er seit dem Vortag nichts gegessen hatte, außer Wasser und gepufftem Reis. Seine Mutter und sein Bruder auch nicht. Sein Vater kaufte nichts zum Essen oder Kochen für seine Familie und gab das ganze Geld für Alkohol aus. Als seine Mutter seinen Vater fragte, schlug er sie zusammen. Er fing an, vor mir zu weinen. Ich tröstete ihn.

"Weiß deine Mutter, dass du Fußball spielst?" fragte ich.

"Ja, sie weiß alles", sagte er mit schwacher Stimme.

"Weiß sie auch von mir?"

Er nickte.

Dann bat ich ihn, mich zu seinem Haus zu bringen, wenn sein Vater nicht da sein würde. Er tat, wie ich ihn bat. Ich ging zum ersten Mal zu seinem Haus.

Ihr Haus unterschied sich überhaupt nicht von Aayanshs Haus. Dasselbe hüttenartige Haus, ohne Strom, Bambus, der das Dach hielt, alles war gleich, an einem einsamen und verlassenen Ort. Ich hatte eine Déjà-vu. Seine Mutter erinnerte mich an Gargi, Aayanshs Mutter. Ich fragte mich, wie sie alle so gleich sein konnten. War es möglich? Dieselben Augen, dieselben Eigenschaften. Ich hatte diesen Moment schon einmal erlebt. Der einzige Unterschied war, dass ich damals jung war und jetzt alt. Ich war versteinert. Wie konnten sie gleich sein? Sie gehörten verschiedenen Orten und Zeiten an. Wie war das möglich?

Ich gab seiner Mutter eine bestimmte Geldsumme und bat sie, es versteckt und sicher aufzubewahren. Ich bat sie, es zu verwenden, wenn es notwendig war. Ich bat sie, sich und ihre Kinder richtig zu ernähren. Ich hatte Mitleid mit ihnen. Ich wollte nicht, dass sie jemals wieder hungern.

"Ich möchte nicht wieder von Abhimanyu hören, dass er nichts gegessen hat. Ich möchte nicht, dass er hungrig und am Verhungern ist. Ich möchte nicht, dass irgendjemand von euch hungert", sagte ich seiner Mutter und übergab das Geld.

"Wenn das Geld aufgebraucht ist, fragt mich einfach und ich schicke es wieder mit Abhimanyu oder ich komme selbst vorbei."

Sie hielt meine Hände und fiel zu Boden und fing an zu weinen. Sie hatte nicht den Mut oder die Kraft, abzulehnen oder sich zu widersetzen. Und wie hätte sie auch, wenn sie und ihre Kinder seit Tagen hungerten? Ihre Mägen knurrten vor Hunger. Niemand hätte in einer solchen Situation widerstehen oder ablehnen können. Und ich war froh, dass sie das Geld freiwillig annahm und nicht ablehnte oder widerstand.

Sie weinte weiter. Ich setzte mich vor ihr auf den Boden und sagte: "Denk einfach, dass Gott mich zu dir und deinen Kindern geschickt hat, um dein Leiden zu beobachten. Du solltest es wenigstens für deine Kinder nehmen."

Sie nahm das Geld und ich stürmte davon.

***

An einem schönen Nachmittag, als ich nach einiger Arbeit von der Akademie zurückkehrte, kam Abhimanyu auf mich zugerannt.

"Sir, komm mit mir", sagte er und zog an meinen Händen. Er strahlte vor Freude.

"Warte, warte. Langsam Abhimanyu. Ich kann nicht so laufen wie du. Ich bin nicht so jung wie du", antwortete ich.

"Okay, dann gehen wir langsam", sagte er.

"Wo bringst du mich hin?"

"Sir, ich werde dich heute auf ein Getränk einladen."

Ich war erstaunt. Ich sagte nichts. Er brachte mich zu einem nahegelegenen Teestand und drückte mich auf die Bank.

"Willst du Tee mit mir trinken, Sir? Ich möchte dir eine Tasse Tee kaufen", sagte er.

Ich starrte nur auf seine tanzenden, unschuldigen Augen. An diesem Tag gab ihm einer der Hausherren, von dem er jeden Tag Müll sammelte, zwanzig Rupien, damit er etwas zu essen kaufen konnte. Er kaufte eine Tüte Lays-Chips für sich und sparte die restlichen fünfzehn Rupien, damit er mir eine Tasse Tee kaufen konnte. Als ich das von ihm hörte, konnte ich nicht anders, als seine Einladung anzunehmen.

"Natürlich. Es wird mir eine große Freude sein."

Er bestellte zwei Tassen Tee, setzte sich neben mich und begann zu reden. Er erzählte mir, wie er seinen Tag verbracht hatte.

"Oh, ich habe vergessen, die Kekse zu kaufen. Einen Moment bitte, Sir", sagte er plötzlich und stürmte in den Teestand.

Solche Großzügigkeit, Mitgefühl, Zärtlichkeit und Zuneigung in so jungem Alter hatte mein Herz erweicht. Zwanzig Rupien sind für mich wie ein Staubkorn. Aber für ihn war es wie ein Diamant. Anstatt etwas für sich selbst zu kaufen, nutzte er das Geld dafür, mir Tee zu kaufen. Was mehr ist, er war in so jungem Alter wie ein Sämling. Er war seiner Zeit voraus. Er kam angerannt, hielt einige Kekse in seinen beiden Händen und sprang auf die Bank.

Eines schönen Nachmittags, als ich nach einigen Arbeiten von der Akademie zurückkehrte, kam Abhimanyu eilig auf mich zu. "Sir, komm mit mir", sagte er, während er meine Hand zog. Er sah in unermesslicher Freude aus. "Warte, warte. Langsam Abhimanyu. Ich kann nicht so laufen wie du. Ich bin nicht so jung wie du", antwortete ich. "Okay, geh langsam dann", sagte er. "Wohin führst du mich?" fragte ich. "Sir, ich werde dir heute einen Leckerbissen geben." Ich war erstaunt. Ich sagte nichts. Er brachte mich zu einem nahegelegenen Teehaus und drückte mich auf die Bank. "Wirst du Tee mit mir trinken, Sir? Ich möchte dir eine Tasse Tee kaufen", sagte er. Ich starrte nur auf seine tanzenden, unschuldigen Augen. An diesem Tag hatte ihm einer der Hausbesitzer, von denen er jeden Tag Müll holte, einen Zwanzig-Rupien-Schein gegeben, damit er etwas essen konnte. Er kaufte eine Packung Lays und sparte den Rest der fünfzehn Rupien, damit er mir eine Tasse Tee kaufen konnte. Als ich das von ihm hörte, konnte ich mich nicht zurückhalten und akzeptierte seinen Leckerbissen. "Natürlich. Es wird mir eine große Freude sein." Er bestellte zwei Tassen Tee, setzte sich neben mich und fing an zu reden. Er erzählte mir von seinem Tag. "Oops, ich habe vergessen, die Kekse zu kaufen. Einen Moment, Sir", sagte er plötzlich und stürmte ins Teehaus. Eine solche Großzügigkeit, Sympathie, Zärtlichkeit und Zuneigung in so jungem Alter hatten mein Herz erweicht. Zwanzig Rupien sind für mich wie ein Staubkorn. Aber es war für ihn wie ein Diamant. Statt etwas für sich selbst zu kaufen, statt das Geld für etwas zu verwenden, das er sich wünscht, behielt er das Geld, damit er mir Tee kaufen konnte. Was noch wichtiger ist, in so jungem Alter war er wie ein Setzling. Er war seinem Alter voraus. Er kam gelaufen und hielt einige Kekse in seinen beiden Händen mit einem strahlenden Lächeln. "Es tut mir leid, Sir, dein Tee muss kalt sein. Ich könnte dir noch einen kaufen, wenn du willst", sagte er. "Nein, es ist in Ordnung. Es ist immer noch so warm wie das Feuer. Siehst du, ich habe mir die Zunge verbrannt", log ich. "Sag mir, warum wolltest du plötzlich mir Tee kaufen, anstatt etwas für dich zu kaufen?" fragte ich neugierig. Er nahm einen Schluck Tee aus der Tasse, die er mit beiden Händen hielt, und sagte: "Komm schon, Sir, du hast so viel für mich, meine Mutter und meinen Bruder getan, und ich kann dir nicht einmal eine Tasse Tee kaufen?" Er sah mich an. "Und Mama sagt, wenn man mit ganzem Herzen für jemanden ausgibt, gibt Gott es doppelt zurück", fügte er hinzu.

Für einen Moment schaute ich ihm in die Augen, während ich versuchte zu verstehen, wie Gott ihn gemacht hatte. Dann zog ich ihn nahe an mich heran und küsste seine Stirn. Meine Augen füllten sich mit Tränen, aber ich kämpfte mit übermenschlicher Stärke gegen meine Emotionen an.

Als er dem Besitzer die Rechnung gab, verschwand sein strahlendes Lächeln sofort, als der Besitzer ihm den Betrag mitteilte. Er war überwältigt von so viel Freude, dass er versehentlich so viele Kekse genommen hatte, dass die Rechnung fünfundzwanzig Rupien betrug. Sein Gesicht fiel. Er sah niedergeschlagen und peinlich berührt aus. Seine Augen wurden neblig, als wüsste er nicht, was er tun sollte. Ich beobachtete ihn von hinten. Ich hörte ihr Gespräch mit. Der Besitzer des Teestands kannte mich sehr gut, da viele Tassen Tee jeden Tag von seinem Stand zur Akademie gingen. Ich deutete ihm an und er verstand. Er nahm das Geld von ihm und sagte ihm, dass er sich versehentlich bei der Menge der Kekse geirrt hatte und die Rechnung fünfzehn Rupien betrug. Sofort kehrte sein strahlendes Lächeln zurück. Bevor ich ging, gab ich dem Besitzer des Teestands eine Zehn-Rupien-Note in die Hand.

Diese eine Tasse Tee war aufgrund der Seele und des Grundes dahinter noch köstlicher als ein Gericht im Wert von Tausenden. Ein paar Tage später kam er wieder auf mich zugerannt, hielt zwei zwanzig-Rupien-Noten in seinen Händen.

"Siehst du? Mama hatte immer Recht. Heute habe ich vierzig bekommen", sagte er mit dem gleichen strahlenden Lächeln. "Ich werde dir heute ein Toastbrot kaufen!" fügte er hinzu und zog mich mit aller Kraft an seiner Hand.

Seitdem schenkte er mir gelegentlich seine kleine Gabe, aber immer mit dem Geld, das er bekommen hatte.

Ich fragte mich oft, wie wir von der Natur unterschiedlich gemacht werden. Wir sind alle gleich, unter demselben Himmel. Dasselbe farbige Blut fließt durch uns alle, dasselbe Fleisch und dasselbe Blut. Und doch gibt es so viele Unterschiede, Widersprüche und Kontraste. Einer war meine Enkelin Aryahi und auf der anderen Seite Abhimanyu, fast im gleichen Alter. Und dennoch gibt es einen himmelweiten Unterschied zwischen ihnen.

Kapitel 58

Viele Wochen später, als ich mittags mit dem Auto zum Akademiegebäude fuhr, hielt mein Fahrer plötzlich mitten auf der Straße an und informierte mich über den Ärger, der vor uns stattfand. Ich war fast eingeschlafen und riss mich zusammen, um aus dem Fenster zu schauen. Ein muskulöser Mann brüllte einen jungen, hilflosen Jungen an, der mit Staub bedeckt am Boden saß. Neben ihnen stand ein Auto. In der Mitte der Straße lag ein umgekippter Dreiradwagen. Ein paar große Mülltonnen lagen auf der Straße und Abfall war überall verstreut. Ich stieg aus dem Auto aus, um einen klaren Blick zu haben. Meine Augen waren nicht mehr so stark wie früher, ich wurde alt und mein Sehvermögen ließ nach. Ich konnte von drinnen nicht sehen, wer der Junge war.

Es war Abhimanyu. Er saß mit tränenreichen Augen am Boden. Seine Knie und Ellenbogen bluteten mit tiefen Wunden. Der Mann brüllte ihn an. Ich eilte zu ihm. Eine kleine Menschenmenge hatte sich um sie versammelt. Sie genossen die Show wie ein Publikum. Ich hörte von ihnen, dass Abhimanyu aus Versehen ihr Auto gerammt und aus dem Dreirad gefallen war, das umgekippt war. Der Mann schrie ihn an, weil sein teures Auto wegen ihm einen großen Kratzer hatte. Während ich damit beschäftigt war, der ganzen Geschichte zuzuhören, packte der Mann Abhimanyu gewaltsam und schlug ihm ins Gesicht. Abhimanyu fiel auf den Boden und weinte wie ein Baby.

Das Feuer stieg in meiner Schläfe hoch und der Lavaausbruch folgte. Ich schrie den Mann an, stürmte wie ein wilder Stier auf ihn zu und sprang auf ihn. Ich war so wütend, dass ich ihn hart mit der Faust schlug. Er war so geschockt von diesem plötzlichen Verhalten einer unerwarteten Person, dass er zunächst nicht reagieren konnte. Ich sprang auf ihn und wir fielen zu Boden. Ich schlug mit all meiner Kraft in sein Gesicht. Ich traf ihn so hart, dass seine Nase zu bluten begann und ich ihm ein paar Zähne ausschlug. Ich gab ihm keine Chance zu reagieren.

In der Zwischenzeit eilten ein paar junge Männer vom örtlichen Parteibüro und mein Fahrer auf mich zu. Sie kannten mich gut, respektierten und verehrten mich. Sie hielten mich mit aller Kraft von ihm fern. Ich war unkontrollierbar, wie ein wütender Stier. Sie hielten mich fest, bis ich mich beruhigt hatte. Als ich auf sein Auto schaute, standen eine Frau und ein kleines Mädchen mit einer Puppe neben der Tür. Seine Frau und sein Kind waren herbeigelaufen, um dem verletzten Mann zu helfen.

"Deine kleine Tochter sitzt in einem luxuriösen, klimatisierten Auto und genießt ihren Kindheitstag, und dieser arme Junge arbeitet in dieser brütenden Hitze, anstatt seine sorglosen Tage zu genießen und zu studieren. Seine Beine erreichen nicht einmal das Pedal des Vans, und du schreist und schlägst ihn. Schäm dich. Du verdammtes, bastardenhaftes Biest", schrie ich ihn an.

Mein Fahrer, der mich hielt, rief ihn auch an und sagte ihm, er solle so schnell wie möglich weg von dort, bevor noch mehr Ärger entsteht. Er stand mit Hilfe seiner Frau auf, sein Gesicht voller Blut und er schämte sich. Er schaute nicht einmal hoch. Sie gingen zu seinem Auto und stürmten davon. Während sein teures, schickes Auto neben mir zurückblieb, nahm ich schnell ein kleines Stück Ziegelstein und warf es auf das Glas seines Autos, bevor jemand reagieren konnte. Der Ziegel traf das hintere Glas mit einem dumpfen Geräusch und zerbrach sofort.

"Verpiss dich, Arschloch! Mit deinem schicken Auto!", schrie ich.

Mit Hilfe meines Fahrers und der lokalen Bevölkerung räumten wir den Müll weg, nahmen die Mülltonnen und den Rikscha auf. Ich brachte ihn zur Akademie und reinigte ihn und verband all seine Wunden.

"Sir, was bedeutet das?" fragte er, als ich seine Wunden versorgte.

"Was?"

"Das, was Sie zu dem Mann gesagt haben, als Sie den Ziegelstein geworfen haben..."

Ich brach in Gelächter aus.

"Nichts, junger Mann. Ich habe ihn nur beschimpft und ihm gesagt, dass er ein sehr, sehr böser Mann ist", antwortete ich.

"Ja. Der schlimmste Typ. Wie ein Tier. Wie mein Vater", antwortete er.

Ich schwieg und verband seine Wunden. Ich wusste nicht, warum ich an diesem Tag so wütend wurde. War ich wirklich wütend auf diesen Mann oder auf seinen Vater? Ich wusste es nicht. Vielleicht auf letzteren. Ich war wütend auf seinen Vater, der auf seinem Rasen saß und trank, während er seinen kleinen Sohn bei dieser brütenden Hitze arbeiten ließ, anstatt ihn zur Schule zu schicken, um zu lernen oder auf das Feld zum Spielen.

Er wollte lernen, er wollte zur Schule gehen wie jedes andere Kind in seinem Alter. Er wollte mit seinen Freunden spielen. Aber sein Vater ließ ihn nichts davon tun. Er gab kein Geld für seine Ausbildung oder Schule aus. Stattdessen wurde er gezwungen, in jungen Jahren zu arbeiten. Wenn Abhimanyu die Kinder seines Alters anschaute, während sie zur Schule gingen, spürte ich den Schmerz in seinen Augen. Ich spürte seine Gefühle und seinen Verzicht. Ich wünschte, ich könnte sein Vater sein.

***

Eines Nachmittags, als er zum Übungsspiel auf den Platz kam, war sein Gesicht voller Wunden und blauer Flecken. Das Blut in seiner Nase hatte sich verklumpt und war schwarz geworden. Ich eilte zu ihm hin. Ich war so besorgt, ihn so zu sehen. Er erzählte mir, dass sein Vater so betrunken war, dass er seine Mutter ständig schlug und als er protestierte und seine Mutter beschützte, wurde er zu brutal geschlagen. Ich war so wütend, dass ich für einen Moment dachte, ich sollte sofort zu seinem Haus gehen und diesen Monster verprügeln. Ich fühlte so viel Wut, dass ich diesen Typen töten wollte. Ich wollte ihn töten. Ich kontrollierte mich jedoch mit übermenschlicher Stärke. Mein Gesicht wurde rot vor Wut und meine Augen füllten sich mit Tränen der Qual und des Leidens für ihn. Aber ich war hilflos. Ich wusste, dass ich in diesem Zorn keine dummen Dinge tun konnte. Meine Hände waren gebunden.

Ich fragte mich oft, warum seine Mutter mit diesem Ungeheuer zusammenlebte. Sie konnte ihn mit ihren beiden Kindern verlassen. Oder sie hätte sich an die Polizei wenden können. Aber bald erkannte ich, dass sie genauso hilflos war. Sie hatte nichts und keinen anderen Ort, an den sie gehen konnte. Vielleicht dachte sie, es sei besser, mit einem Monster zu leben, als mit ihren beiden kleinen Kindern auf der Straße herumzuirren und sie verhungern und an Krankheiten sterben zu sehen. Sie konnte ihre Kinder nicht dem Tod ausliefern. Deshalb dachte sie, es sei besser, alles für ihre Kinder zu ertragen. Ihre Hände und Beine waren genauso gebunden wie meine.

"Du musst heute nicht spielen. Lass es sein. Lass uns deine Wunden versorgen", sagte ich zu ihm, nachdem ich seine Geschichte gehört hatte.

"Nein, Sir, ich werde spielen. Ich will spielen."

"Du musst nicht, Abhimanyu."

"Bitte, Sir. Ich will..."

"Aber warum? Wie kannst du in dieser Situation spielen?"

Er sagte: "Ich habe ständig Angst vor meinem Vater. Dies ist das einzige, was mir hilft, diese Angst zu überwinden und zu vergessen, und mir ein Gefühl von Freude und Freiheit gibt. Auch wenn es nur für kurze Zeit ist, möchte ich keine Chance verpassen, dieses Gefühl von Freiheit und Freude zu spüren. Bitte, Sir …"

Er sah mich mit seinen unschuldigen und fröhlichen Augen an. Ich war nicht sein Vater oder seine Familie, aber immer wenn ich in seine Augen schaute, spürte ich eine tiefe emotionale Bindung zu ihm. Vielleicht gehörte diese Bindung nicht diesem Leben an. Vielleicht in einem anderen Ort und zu einer anderen Zeit.

Ich konnte nicht anders, als ihn an diesem Tag spielen zu lassen.

Kapitel 59

Alles, wovor ich Angst hatte, war geschehen. Zumindest dachte ich das zu diesem Zeitpunkt. Wenig wusste ich, dass das Schicksal es anders sah. Das Schicksal hatte noch eine letzte List für mich geplant. Eine letzte Tat. Ein letztes Mal. Das Schicksal tanzte erneut.

Mein Sohn Chandranshu begann schon in jungen Jahren zu glänzen. Sein Talent in der Fotografie machte ihn berühmt und er erreichte seinen Erfolg in sehr jungem Alter. Sowohl mein Sohn als auch meine Schwiegertochter waren professionelle Fotografen, genauer gesagt Landschaftsfotografen. In sehr jungem Alter wurde er einer der besten, angesehensten und respektabelsten Fotografen im Land. Sein Ruhm begann sich auch in der ganzen Welt zu verbreiten. Zusammen verdienten sie Millionen. Sie machten in sehr jungem Alter ein großes Vermögen und Reichtum. Er erreichte ein solches Maß an Erfolg, dass ich es in diesem Alter nicht erreichen konnte, nicht einmal annähernd. Er übertraf jeden um mich herum, sogar mich. Ich war so stolz auf ihn. Seine Mutter auch. Die Leute kannten mich als seinen Vater. Immer wenn die Leute mich seinen Vater nannten, schwoll mein Brustkorb vor Stolz. Es war der glücklichste und stolzeste Moment für mich und seine Mutter. Ich konnte nicht einmal sagen, wie stolz ich auf meinen Sohn und seine Familie war.

Sie hatten diese perfekte Familie. Chandranshu, Samantha und Aryahi. Sie waren so glücklich zusammen. Ihr Glück war auf dem Höhepunkt. Zusammen ließen sie mich nie das Fehlen meines Vaters, meiner Mutter und Yamini spüren, nicht für einen einzigen Moment. Sie füllten diesen leeren Raum aus. Immer wenn sie lachten und jeden Moment ihres Lebens genossen, lächelte ich, wenn ich sie sah. Sie glücklich und gesegnet zu sehen, gab mir Freude, wann immer ich in ihre Augen sah.

Chandranshu und Samantha hatten zusammen mit mir beschlossen, ein Haus zu kaufen. Ein Cottage in den Hügeln, fernab der Siedlung, wo wir Frieden finden und die Schönheit der Natur genießen konnten. Wo wir das Glück der Einsamkeit finden konnten. Wir fanden einen Ort in einem verlassenen Tal zwischen einigen Hügeln. Der Ort war fernab der Siedlung und des örtlichen Dorfes. Nun ja, das war nicht so einfach. Wir mussten viel suchen, um ein solches Grundstück zu finden. Aber wir fanden es und bauten ein kleines Cottage für uns. Das perfekte Haus für uns. Überall war es grün und der blaue Himmel darüber. Kein Chaos, nur Ruhe, Stille, Frieden und Einsamkeit. Die Umgebung war erfüllt vom Gezwitscher der Vögel, der sanften und süßen Melodie des angenehmen Flusses, der in der Nähe floss, und der kontinuierlichen Brise, die den Duft und die Ruhe des Himmels trug. Wir bauten einen Garten vor unserem Cottage mit Hunderten von Blüten. Niemand kannte den genauen Standort außer uns. Wir stellten eine arme Familie aus dem nahegelegenen Dorf als Hausmeister ein, wenn wir abwesend waren. Wir besuchten den Ort mindestens einmal im Jahr und verbrachten dort einige Tage. Wir rannten dorthin, wann immer unsere Seele mit dem hektischen Leben und dem Chaos belastet war. Wenn wir diese Last nicht mehr tragen konnten, rannten wir dorthin, um unsere Last mit der Natur zu teilen und etwas Frieden, Trost und Zuflucht zu finden. Wenn wir in diesem Chaos zu ersticken schienen, gingen wir dorthin, um die Luft des Himmels zu atmen.

***

Zu der Zeit gingen mein Sohn und seine Frau für ihre Arbeit und Fotoaufnahmen auf eine Reise in den Himalaya. Sie mussten fast den ganzen Tag arbeiten und machten sich Sorgen um Aryahi, die noch ziemlich jung war und sich alleine um sich selbst kümmern musste. Sie konnten sie nicht alleine lassen, während sie arbeiteten. Und sie konnten sich nicht richtig auf ihre Arbeit konzentrieren, wenn Aryahi mit ihnen kam. Sie konnten sich nicht entscheiden. Also sagte ich bereitwillig, dass sie sie in meine Verantwortung lassen könnten und ich mich um meine Enkelin kümmern würde, als wäre sie meine eigene. Ich beruhigte sie und sagte, dass sie sich keine Sorgen machen sollten, weil ich noch für sie da war. Also ließen sie sie in meiner Verantwortung und gingen auf ihre Tour. Aryahi blieb bei mir zu Hause.

An diesem Tag spielte ich am Nachmittag mit meiner kleinen Aryahi. Sie brachte mir bei, wie man Karten spielt. In den letzten zwei Tagen konnte ich ihre Mutter und ihren Vater nicht erreichen. Immer wenn ich versuchte, sie anzurufen, war entweder ausgeschaltet oder nicht erreichbar. Ich machte mir ein wenig Sorgen. Obwohl ich wusste, dass es schwierig ist, in solch abgelegenen Orten Netzwerk zu finden. Also ignorierte ich es. Aber etwas tief in mir sorgte und zweifelte noch. Schlechte Gedanken begannen sich einzuschleichen. Ich dachte, dass sie mit ihrer Arbeit beschäftigt sein müssten. In diesem Moment klingelte die Türklingel unseres Hauses. Ich stand auf und ging zur Tür. Als ich sie öffnete, war ich schockiert. Ein paar Polizisten standen vor der Tür. Ein intensives Gefühl von Angst und Terror riss mich auf. Mein Gesicht wurde blutleer und blass. Die Augen wurden weit. Der Mund fiel vor Schreck und Staunen auf. Der Terror in mir begann hochzukriechen.

"Nein...nein...nein. Oh bitte nein, nein. Bitte, nein. Sag einfach, dass es nicht wahr ist. Bitte sei es nicht. Sag einfach, dass ich falsch liege. Bitte, bitte, bitte", fing ich an, mir selbst zu sagen.

Aber nein. Was ich befürchtet hatte, war passiert. Leider war es geschehen. Meine Angst und Zweifel hatten sich bewahrheitet. Diese Polizisten mussten mir nichts sagen. Ich wusste es bereits am Blick in ihrem Gesicht. Ihre Gesichter waren voller Mitgefühl, Mitleid, Zuneigung und Zögern.

Sie traten in unser Haus ein und erzählten mir mit großer Zurückhaltung davon. Ich stand wie gelähmt da. Ich hatte die Fähigkeit verloren, meine Glieder zu bewegen und zu sprechen. Ich stand einfach nur da und hörte ihnen in Angst, Schmerz, Qual und Schuldgefühlen zu. Mein Gehirn hatte aufgehört zu arbeiten, als ob es in einen Hyperschlaf gefallen wäre. Aber ich konnte sie sehen und hören, die Geschichte, die sie mir erzählten.

Vor zwei Tagen waren mein Sohn und seine Frau wie gewöhnlich am Nachmittag mit ihrem Auto von ihrem Hotel für ihre Aufnahmen aufgebrochen. Sie hatten einen

Ort in der Nähe des Randes eines Abgrunds gewählt. Der Berg fiel steil hinunter, vielleicht hundert Fuß oder mehr. Sie filmten die untergehende Sonne, die hinter dem gegenüberliegenden Berg verschwand. Als sie fertig waren, war es fast Abenddämmerung. Sie verbrachten einige Zeit zusammen am Rand des Felsens. Sie genossen die Szene und liebten sich. Inzwischen hatte der Nebel den ganzen Berg und die Straßen bedeckt. Sie stiegen in ihr Auto und fuhren von dort zu ihrem Hotel. Ein paar Meter von der Stelle entfernt nahm die Straße eine scharfe Linkskurve. Sie waren so überwältigt von Freude und Vergnügen, dass sie vergessen hatten, das Nebellicht ihres Autos einzuschalten. Als sie sich der Kurve näherten, kam ein Lastwagen aus der entgegengesetzten Richtung in voller Geschwindigkeit. Der Fahrer sah sie bei diesem nebligen Wetter nicht und traf sie unabsichtlich mit voller Wucht. Die Straße war eng mit einem Abgrund auf der anderen Seite. Der Aufprall war so tödlich und kraftvoll, dass sie die Kontrolle über das Lenkrad verloren und ihr Auto in der Nähe des Rands abstürzte. Ein gerader Hundertfußsturz oder vielleicht mehr.

Am nächsten Morgen, als die örtlichen Polizeibehörden ihre Leichen entdeckten, saßen sie immer noch im Auto, in einer Pfütze aus getrocknetem und geronnenem blut. Das Auto wurde durch den Aufprall des Sturzes und des Aufpralls auf den Boden zerstört. Sie waren kaum zu erkennen. Ihr Körper hatte sich verformt. Sie hielten sich gegenseitig fest, bevor es passierte. Sie mussten die Knochen ihrer Finger brechen, um sie voneinander zu trennen.

Als sie mir den Vorfall zu Ende erzählt hatten, stand ich immer noch regungslos da. Als meine Sinne zurückkehrten, fiel ich erneut auf den Boden. Ich kannte dieses Gefühl. Es war schon oft passiert. Alles wurde verschwommen. Die Zeit kroch wieder und die Realität verschwamm. Meine Welt hatte sich auf den Kopf gestellt. Sie alle eilten zu mir. Aryahi rannte eilig herbei. Alles geschah in einem langsamen, verschwommenen Zeitlupentempo. Aryahi hielt meinen Kopf in ihren kleinen Armen und legte ihn auf ihren Schoß. Sie begann mich anzuschreien: "Opa! Opa! Opa! Was ist mit dir passiert? Wach auf!" Sie fing an zu weinen.

Ich hielt ihren Arm mit meinen zitternden Händen fest und dann war alles wieder dunkel.

Kapitel 60

Und so geschah es. Ich habe sie auch verloren. Meinen einzigen Sohn und meine einzige Tochter. Sie war genauso meine Tochter wie Chandranshu mein Sohn war. Ich habe alles und jeden verloren. Der kleine Funke, der noch versuchte zu entzünden, war weg. Ich habe meine Seele dauerhaft verloren. Ich meine, warum? Warum war es immer so? Warum? Warum dieser Unfall? Wenn das passieren würde, warum nicht etwas weniger Gewalttätiges, etwas Friedliches, wie bei meinem Vater? Warum dieser verdammte Unfall? Erst Aayansh und dann sie. So viel Schmerz, so viel Brutalität, so viel Horror. Warum? Gott, warum? Warum hast du zugelassen, dass sie so leiden? Was war ihre Schuld? Was haben sie getan? Warum hast du sie nicht friedlich zu dir genommen?

Ich hatte all meinen Glauben und meine Überzeugung verloren. Ich habe meinen Glauben an Gott verloren. Ich glaube seit diesem Tag nicht mehr an ihn. Nein, nein, nein, Gott, nein, ein Vater kann nicht so grausam sein. Es gibt nichts Schmerzhafteres für einen Vater, als den Tod seiner Kinder zu hören und zu sehen. Nichts. Es gibt nichts Verfluchteres als das. Als ob der ganze Fluch der Hölle über mich gekommen wäre. Ich glaube nicht mehr an Götter. Ich glaube einfach nicht mehr. Sie waren meine einzigen Kinder. Sie machten mich so glücklich und stolz. Sie waren so glücklich zusammen. Sie sollten das Glück der ganzen Welt haben. Sie waren gesegnet. Diese beiden armen Seelen liebten sich an diesem Tag ohne ihr geringstes Wissen über die unvorhergesehene Zukunft.

Als ich aufwachte, waren die Polizeibeamten bereits gegangen. Aayanshs Schwestern waren da, zusammen mit ihren Ehemännern und Aryahi, die neben mir saß und meine Hand hielt. "Gibt es irgendwelche Chancen, dass sie noch am Leben sind?" stammelte ich mit meiner schwachen Stimme. Sie sahen mich mit Sympathie und Mitleid an. Ihre Augen waren mit Tränen gefüllt. Ich wusste bereits die Antwort. Ich wusste, dass es unmöglich war. Niemand konnte es aus dieser Höhe überleben. Ich fragte trotzdem mit einem kleinen Hoffnungsschimmer, dass ich mich irre. Ich wäre so stolz und glücklich gewesen, wenn ich falsch gelegen hätte. Sie nickten höflich mit dem Kopf. Und ich wusste sicher, dass ich nicht falsch lag.

Ich ging nicht zur Feuerbestattung für ihre letzten Riten. Ich konnte sie nicht so sehen. Wie kann ein Vater sein Kind auf diese Weise sehen? Es war, als ob ich in die Hölle eingetreten wäre. Mir war es egal, was irgendjemand denken würde, aber ich konnte sie nicht so sehen. Ich schickte Aayansh Schwestern mit ihren Ehemännern für mich.

Ich wusste nicht, was aus mir geworden war. Ich weinte nicht. Ich fühlte nichts. Kein Bedauern, kein Schmerz, keine Qual oder Angst. Überhaupt nichts. Ich war nur gebrochen, verloren in der dunklen Welt, ohne Hoffnung weiterzuleben. Es war nur unendliche Weite, gefüllt mit Leere und Einsamkeit. Nur unendliche dunkle Leere. Ich verlor alle meine Sinne. Die Toten haben keine Sinne. Ich war physisch nicht tot, aber emotional und geistig war ich tot. Ich verlor meine Seele. Meine Seele hat meinen Körper verlassen. Ich verlor die Lust am Leben. Jedes Mal, wenn ich in mein Zimmer ging und vor ihnen stand, vor meinem Vater, meiner Mutter, Yamini, Aayansh, Chandranshu und Samantha, starrte ich sie nur mit leblosen Augen an. Ich stand da und starrte sie so für Minuten an, ohne ein einziges Wort zu sagen. Alles, was ich fand, war leerer Dunkelheit. Eine unendliche Weite der Dunkelheit ohne einen einzigen Funken Licht. Manchmal war das Einzige, was ich ihnen fragte, ein einziges Wort: "Warum?" Immer wieder und wieder wiederholte ich dieses Wort. Aber ich fand keine Antworten. Ich fing an, wieder Albträume zu haben. Ich konnte nicht schlafen. Eine Leiche schläft nicht. Ich meine, sie schlafen schon, für immer. Sie wachen einfach nicht mehr auf. Es war, als ob ich in einem Hyper-Schlaf wäre, und ich konnte einfach nicht aufwachen, egal wie sehr ich es versuchte. Schlafen in der Dunkelheit. Immer wenn ich in ihre Augen schaute, all diese tapferen Seelen, konnte ich nur ewige Dunkelheit sehen. Es fühlte sich an, als ob sie Dämonen waren, die mit mir spielten, mich nach ihrem Willen tanzen ließen und mich dabei zusahen, wie ich immer wieder fiel.

Ich trauerte nicht. Ich betrauerte nicht. Es gab keine Schuld, kein Bedauern. Nur eine leere Leere.

***

Ich wusste nicht, wie lange es dauerte, um mich von dem Trauma zu erholen. Vielleicht Monate. Aber ich erholte mich schließlich. Nein, nicht vollständig. Nur die Wunden heilten. Die Narben blieben. Narben heilen nicht. Es ist wie Glas. Du kannst seine gebrochenen Stücke mit Klebstoff fixieren, aber du kannst die Risse niemals reparieren. Narben sind so ähnlich. Der einzige Weg, es zu reparieren, ist es vollständig zu ersetzen. Im Leben bedeutet Ersatz ein anderes Leben. Es ist weit besser, physisch zu sterben als emotional und mental. Es ist schlimmer als Tod zu leben, ohne den Wunsch oder Zweck zu leben. Ohne Hoffnung zu sein, lebendig zu sein. Ohne jegliche Bereitschaft. Es ist wie ein ewiger Fluch.

Aber ich wusste, dass ich nicht aufgeben konnte. Ich konnte jetzt nicht aufgeben. Obwohl ich keine Hoffnung oder Wunsch hatte, hatte ich immer noch einen Zweck. Zwei Zwecke. Zwei Leben. Abhimanyu und Aryahi. Ihr Leben hing von mir ab. Ich musste sie zu dem machen, wer sie in der fernen Zukunft sein würden. Ich musste ihnen helfen. Abhimanyu war seiner Zeit weit voraus. Ich wusste, dass er auch ohne mich stehen und der ganzen Welt gegenüber treten und leicht kämpfen konnte. Er war allein würdig. Aber ich bezweifelte, dass er ohne mich seine Hoffnungen, Träume und Wünsche verlieren würde. Ich versprach, bei ihm zu bleiben, solange es dauerte, um seinen Traum zu erfüllen. Ich versprach, ihm zu helfen, ihn zu pushen. Aber Aryahi war noch jung und unreif. Sie war nur ein unschuldiges Kind, das nichts hatte außer mir. Ich war die einzige Familie, die sie hatte. Ohne mich würde sie sicherlich in dieser grausamen elenden Welt zugrunde gehen. Ich musste ihr helfen. Ich musste bei ihr bleiben, bis sie erwachsen wurde, auf eigenen Beinen stehen und alleine kämpfen konnte. Ich musste ihr helfen, würdig zu werden. Sie war meine Tochter und ich war ihr Vater und Mutter, ihre Familie.

Ich musste leben. Ich musste zu meinem früheren Selbst zurückkehren. Ich musste meinen Zweck erfüllen. Für sie. Für ihn. Für sie alle.

Ich tröstete mich und begann zu arbeiten, um meinen Zweck zu erfüllen.

Vor allem hatte ich das Yamini versprochen. Es war ihr letzter Wunsch. Also, wie konnte ich jemals dieses Versprechen brechen?

Kapitel 61

"Sir, darf ich Sie etwas fragen?", fragte Abhimanyu. Es waren Monate vergangen, seit ich mich etwas erholt hatte. Wir saßen auf dem weichen Gras am Boden und beobachteten zusammen den Sonnenuntergang. Er hatte mir auch an diesem Tag eine kleine Leckerei gegeben. Nachdem wir unseren Tee getrunken hatten, gingen wir zum Boden und setzten uns hin, um zu plaudern. Ich genoss den Sonnenuntergang faul.

"Natürlich, fragen Sie ruhig", antwortete ich.

"Nein, ich weiß, es ist eine etwas dumme Frage. Aber trotzdem habe ich heute eine seltsame Neugier", sagte er.

"Meine Ohren gehören Ihnen."

Es gab eine lange Pause, als ob er zögerte zu fragen. Ich wartete.

"Nein, es ist nur so. Ich meine, können Sie mir sagen... Warum müssen wir so viel leiden? Ich meine, Leute wie wir?" fragte er schließlich.

Ich sprang auf. Die Schwere seiner Frage machte mich sprachlos. Ich verlor für einen Moment die Fähigkeit zu sprechen oder zu denken. Ich sah ihn mit seinen kindlichen Augen an.

Ich lachte und legte meine Hand auf seine Schulter, als ich meine Sinne wiedererlangte. Ich seufzte und sagte: "Du willst wissen warum, oder?"

Er nickte. Ich legte meinen Zeigefinger auf seine Brust.

"Weil es Gutes in dir gibt. Weil Wahrheit und Güte in deinem Herzen wohnen und bei allen Menschen wie dir. Deshalb musst du leiden. Es gibt keine anderen Orte in dieser Welt oder sogar in einer anderen Welt, wo alles in Ordnung ist und du nicht leiden musst. Wenn es in dir Güte und Wahrheit gibt, wird das Leiden dich überallhin verfolgen. Weißt du was? Das Leiden ist Gottes Art von Prüfungen und Lektionen. Gott nimmt zuerst die Prüfung und dann gibt er dir die Lektion. Es wird dich zu dem machen, der du wirklich bist. Gott testet uns mit diesen Leiden. Das Leiden wird deine Wurzeln stark und tief machen und selbst die gefährlichen Stürme werden dich nicht brechen können. Die Bäume, die in Leiden gewachsen sind, stehen auch an gefährlichen Nächten aufrecht und stark. Die Menschen, in denen Grausamkeit, Lügen, Eifersucht und Gier wohnen, sind schlecht. Sie müssen nicht leiden. Aber sie fallen sogar bei dem geringsten Windstoß ab. Die Menschlichkeit wird durch gute Menschen definiert, Menschen, die leiden und dennoch Güte und Wahrheit in sich tragen. Nicht die schlechten Menschen. Güte zieht Güte an. Wahrheit zieht Wahrheit an. Sie inspirieren uns. Diese Menschen inspirieren andere, ihrem Weg zu folgen. Sie führen uns. Hab Vertrauen. Wenn du an Gott glaubst, dann glaube an deine Güte und Wahrheit. Wenn du glaubst, dass dein Leiden geringer sein wird, weil du Güte, Wahrheit und Gnade in dir hast, dann liegst du falsch. Sie leiden am meisten. Die Welt schafft für sie das meiste Leid. Es tut mir leid, aber das ist die harte Wahrheit."

Ich weiß nicht, warum ich ihm an diesem Tag diese Dinge gesagt habe. Ich habe selbst aufgehört, an Gott zu glauben. Aber dennoch sagte ich diese Dinge. Ich wusste nicht einmal, was ich sagte oder wie ich es sagte. "Und nach all dem, nach all diesen Leiden, wenn du immer noch so bleibst, wenn Güte, Stille und Barmherzigkeit in dir wohnen... nun, das ist es, was dich ausmacht. Das ist die letzte Prüfung. Das macht dich zu einem Mann, einem Menschen. Die meisten Menschen geben vorher auf. So vergehen sie. Und wer das nicht tut, steht für die Ewigkeit aufrecht und stark." Es folgte eine lange Pause. Er starrte mich an und atmete schwer, als ob er jedes Wort verstehen und verarbeiten wollte. "Aber Herr", sagte er. "Ja?" "Sie sind jetzt so alt." "Und?" "Sie leiden immer noch. Warum müssen Sie so viel leiden, Herr?" Der Himmel fiel auf mich. Meine Augen und mein Mund fielen vor Staunen und Verwunderung auf. "Wie weißt du das? Wer hat dir das gesagt?" stammelte ich mit meiner höflichen und schwachen Stimme. "Sie haben es mir gesagt, Herr. Sie haben es mir gesagt."

Ich wusste nicht, warum ich ihm an diesem Tag diese Dinge gesagt hatte. Ich hatte aufgehört, an Gott zu glauben. Trotzdem hatte ich sie gesagt. Ich wusste nicht einmal, was oder wie ich sie gesagt hatte.

"Und nach all diesen Dingen, nach all diesen Leiden, wenn du immer noch der Gleiche bleibst, wenn Güte, Stille und Barmherzigkeit in dir wohnen... nun, das macht dich aus. Das ist die letzte Prüfung. Das macht dich zum

Mann, zum Menschen. Die meisten Menschen geben vorher auf. So gehen sie zugrunde. Und wer es nicht tut, steht für immer aufrecht da."

Es folgte eine lange Pause. Er starrte mich an und atmete schwer, als ob er jedes Wort verstehen und verarbeiten wollte.

"Aber, Sir", sagte er.

"Ja?"

"Sie sind jetzt so alt."

"Und?"

"Sie leiden immer noch. Warum müssen Sie so viel leiden, Sir?"

Der Himmel fiel auf mich. Meine Augen und mein Mund fielen vor Staunen und Erstaunen auf.

"Wie weißt du das? Wer hat dir das gesagt?" stammelte ich mit meiner höflichen und schwachen Stimme.

"Sie haben es gesagt, Sir. Sie haben es gesagt."

Er hatte den Damm gebrochen. Ich zog ihn an mich und umarmte ihn. Ich konnte meine Emotionen nicht länger zurückhalten. Tränen begannen auf meine Wangen zu fallen. Eine solche Großzügigkeit in einem so jungen Kind brachte Tränen in meine Augen. Ich frage mich immer noch, wie er das konnte. Wie zum Teufel konnte ein so junges Kind die Augen eines Menschen lesen? Von einer Person, die fünf oder sechs Mal so alt war wie er. Wie zum Teufel konnte ein so junges Kind die Augen eines Menschen lesen?

Nun, so hatte ihn die Natur erschaffen. Er war ein Kontrast zu mir und Aryahi. Er war seinem Alter und seiner Zeit voraus. Er war weit reifer als Aryahi. Er war mir weit voraus, als ich jemals war, ich bin und ich jemals sein werde.

"Dauert es so lange, Sir? Das Leiden? Die letzte Prüfung?" stammelte er. Seine Stimme zeigte Emotionen, Mitleid und Angst.

"Dauert es ein ganzes Leben?" fragte er wieder ängstlich. Er hatte Angst, das konnte ich spüren.

"Vielleicht, Abhimanyu. Vielleicht. Manchmal dauert es ein ganzes Leben."

Er schwieg. Ich konnte spüren, wie Tropfen auf meine Schulter fielen. Er weinte auch. Bald war meine Schulter in seinen Tränen getränkt.

"Ich werde es tun, Sir. Ich verspreche es. Ich werde tun, was Sie wollen. Für Sie und meine Mutter."

Ich frage mich immer noch, wie er wusste, was ich wollte. Ich habe nie etwas gesagt. Ich habe kein einziges Wort gesagt. Wie also? Ich werde das noch herausfinden...

"Wo Liebe, Vertrauen, Barmherzigkeit und Mitleid wohnen, wohnt Gott selbst. Denk immer daran, Abhimanyu", flüsterte ich.

Die Sonne verschwand hinter dem Horizont, hinter dem hohen Gras des Sumpflandes.

Kapitel 62

Als ich hörte, dass sein Vater verstorben war, eilte ich zu ihrem Haus. Monate später, als Abhimanyus Vater an einem gefährlichen Abend betrunken auf den Straßen umherstreifte, wurde er von einem Lastwagen erfasst und starb dort. Am nächsten Morgen entdeckten ihn die örtlichen Bürger.

Aber zu meiner großen Überraschung gab es bei meinem Besuch bei ihnen zu Hause keine Trauer oder Trauer. Keine Spur davon. Stattdessen war ein unerklärlicher Ausdruck der Freude auf ihren Gesichtern zu sehen. Ein Ausdruck der Freiheit, auf seinem Gesicht und dem seiner Mutter. Als ob sie ihre Freiheit aus einem ewigen Gefängnis erlangt hätten. Sie trauerten nicht, stattdessen zeigte ihr Gesicht ein sanftes Lächeln des Friedens. Sie fühlten sich endlich gesegnet. Sie waren im Frieden. Jahre brutaler Qual und Folter waren endlich zu Ende gekommen. Endlich waren sie frei von ihrer Knechtschaft, von der emotionalen und physischen Folter eines Tyrannen. Sie brauchten mein Mitgefühl nicht. Ich musste sie nicht trösten. Sie waren aus ihrem Gefängnis befreit worden.

Manchmal denke ich, dass dieser Mann diese Strafe verdient hat. Sie dachten früher auch so.

"Aber Herr, ich muss jetzt jeden Tag arbeiten", sagte er mir mit verzweifelten Augen.

Er wusste, dass er jetzt arbeiten musste, um seine Familie, seine Mutter und seinen Bruder zu versorgen. Der kleine arme Junge war bereit, die volle Verantwortung für seine Familie zu übernehmen. Aber wie konnte ich dem zustimmen? Wie konnte ich dastehen und zusehen, wie dieser arme Kerl arbeitet? Ich musste etwas tun. Sonst wäre ich nicht anders als sein Vater gewesen.

Nach dem Tod seines Vaters übernahm ich die Verantwortung. Ich nahm sie auf und gab seiner Mutter eine respektvolle Stelle in unserer Akademie. Manchmal half er auch seiner Mutter bei der Arbeit. Ich wollte ihr Leben verbessern. Ich wollte einen besseren Ort für sie zum Leben finden, ein besseres Haus. Aber das konnte ich nicht tun. Es war sein Traum, ein Haus für seine Mutter und seinen Bruder zu kaufen. Es war sein Wunsch und sein Ziel, ihr Leben besser zu machen und seiner Mutter alles zu geben, was sein Vater nicht gegeben hatte. Er wollte seine Mutter stolz und glücklich machen. Er wünschte sich, ihr alle Glück der Welt zu geben. Wie konnte ich ihm diese Chance wegnehmen? Ich wollte seinen Wunsch nicht vereiteln. Es war sein Traum, für den er sein ganzes Leben leben musste, für den er alles riskiert hatte, für den er alles geopfert hatte. Nein, ich konnte kein so egoistischer Mensch sein. Das konnte ich nicht tun.

***

Ich kehrte an den Ort zurück, von dem alles begonnen hatte. Wo die Reise gestartet war. Als mein Herz und meine Seele schwer wurden von Schuld und Reue, beschloss ich, unseren alten Platz zu besuchen, in der Hoffnung, die Last zu verringern und mit der Natur zu teilen. Also nahm ich das Auto und fuhr los.

Als ich dort ankam, war es dunkel. Es war wahrscheinlich eine Neumondnacht, da kein Mond am Himmel zu sehen war. Alles war stockdunkel, der Nachthimmel selbst. Ich parkte das Auto auf der Straße und begann, den Weg durch den Wald zu gehen. Überall war es dunkel, keine Spur von Licht war zu sehen. Es dauerte einige Momente, bis sich meine Augen an die Dunkelheit gewöhnten. Ich betrat den Wald und stand vor dem Boden. Mein Herz schlug schwer. Es war Jahrzehnte her, seit ich das letzte Mal dort war.

Der Wald war dicker als zuvor und dunkler als je zuvor. Anhand des Zustands des Feldes erkannte ich, dass dort niemand mehr spielt. Kaum zu glauben, dass es einmal ein so schöner Fußballplatz war. Der Rasen war voller Unkraut und hohem Gras, fast kniehoch. Die Tore auf der gegenüberliegenden Seite waren gebrochen und fielen auf den Boden. Sie waren verrostet und größtenteils verrottet. Niemand ging mehr dorthin. Wer würde glauben, dass es einmal ein so prächtiger und angenehmer Ort war, voller so vieler glücklicher Erinnerungen?

Das Haus. Der Sack. Die Hütte. Es war immer noch da. Immer noch dasselbe. Ein Teil davon hatte sich fast mit dem Boden verschmolzen. Und der andere Teil stand irgendwie bereit, jederzeit umzufallen. Es stand dort im Dunkeln wie ein Dämon im Hyperschlaf. Kerzen flackerten nicht mehr darin. Sie glitzerten nicht, sie leuchteten nicht. In dieser Hütte war keine Seele. Niemand, der diese Kerzen anzündete. Es war einmal ein so schöner Ort. Einmal wohnte dort eine glückliche Familie. Und jetzt nur noch Tod und Verfall. Es lag da wie eine Wunde. Wie ein verletztes, totes Organ, das aus einem Körper entfernt und dort zurückgelassen wurde. Überall war es dunkel. Bewegungslos, ruhig und still. Keine Seele war in der Nähe des Ortes, nicht einmal ein Nachtvogel oder Hund. Die Bäume standen still und waren Zeugen. Sie hatten alles miterlebt. Sie waren von Anfang bis Ende da. Es fühlte sich an, als ob sie um mich trauerten. Sie hatten Mitleid mit mir. Sie trauerten um mich, um uns. Sie waren die einzigen Zeugen. Die Bäume, die Sterne und der Mond. Kein einziges Blatt bewegte sich. Keine einzige Grille oder Heuschrecke zirpte. Diese schreckliche Dunkelheit und seltsame Ruhe der Umgebung machten mir Gänsehaut.

Ich weiß nicht, wie lange ich dort in dunkler Stille stand und meine Erinnerungen durchlebte und alles wieder miterlebte. Vielleicht fast eine Stunde. Plötzlich fing es stark an zu regnen. Ich war wie erstarrt. Ich stand immer noch bewegungslos da und konnte meine Gliedmaßen nicht bewegen. Innerhalb von Sekunden war ich völlig durchnässt. Ich stand mehr als eine Stunde dort und sah immer noch kein Licht. Keine Glühwürmchen kamen. Es war nichts als Dunkelheit. Die Dunkelheit war noch dunkler geworden. Vielleicht war es auch ein Teil meines Fluches oder vielleicht waren alle Glühwürmchen aus dieser Welt ausgestorben. Ich hatte Jahre damit verbracht, nach ihnen zu suchen, fast mein ganzes Leben lang, aber vergebens.

Ich kehrte durchnässt zu meinem Auto zurück und fuhr davon. Ich war dorthin gegangen, um die Last meiner Seele zu verringern, aber sie wurde nur noch schwerer.

Ich fuhr zu unserer Schule und blieb dort stehen. Es war fast 10 Uhr nachts. Es regnete immer noch. Die Lichter gingen aus. Es gab eine Stromsperre. Die ganze Gegend wurde dunkel aufgrund des starken Regens. Ich ging zum Tor unserer Schule und starrte auf unsere Schule. Sie war immer noch da wie früher, aber viele neue Gebäude waren aus dem Boden gewachsen. Unsere Schule hatte sich sehr verändert. Es war schon ein Jahrzehnt her seit unserer Zeit. Ich fragte mich, wo diese Lehrer waren. Meine Lieblingslehrer, die ich immer aufgezogen hatte. Wo waren sie? Lebten sie noch? Wie ging es ihnen?

All diese Lehrer, der Schulleiter, der Rektor, alle diese Fakultäten mussten sich seitdem geändert haben. Die neuen hatten die älteren ersetzt. Das ist das Gesetz des Universums. Ich fragte mich, wie es ihnen ging. Waren sie genauso wie wir? Wie waren die neuen Kinder? Neue Schüler? Genossen sie es genauso wie wir früher? Genossen sie ihre sorglosen Tage in einer fröhlichen Art und Weise wie wir?

Die ganze Infrastruktur hatte sich verändert. Sie hatten neue Parks für Kinder gebaut, einen großen Springbrunnen und ein großes Freiluft-Auditorium. Der Sportplatz war nicht mehr da. Es gab kaum noch Platz dafür. Die Tore waren herausgerissen. Der Platz des Sportplatzes wurde durch Gebäude, Springbrunnen, Parks usw. ersetzt. Es gab kaum noch Platz für Kinder, um frei zu spielen und zu rennen. Ich fragte mich, ob sie nie spielten. Wie verbrachten sie ihre Tiffin-Pausen?

Tausende Erinnerungen blitzten in meinen inneren Augen zurück. Sie begannen vor meinen Augen zu tanzen. Ich stand eine Stunde lang da und beobachtete ihr Tanzen.

Ich erinnere mich nicht einmal mehr an alle meine Freunde aus meiner Kindheit. Wir haben uns vor langer Zeit entfremdet. Wir waren mit unseren jeweiligen Leben und Familien beschäftigt. Ich weiß nicht, wo sie jetzt sind. Ich erinnere mich nicht mehr an sie. Oft höre ich nur die Nachricht, dass einer meiner Kindheitsfreunde gestorben ist. Einer nach dem anderen hörte ich nur die Nachricht vom Tod fast aller meiner geliebten Kindheitsfreunde. Die meisten von ihnen waren bereits gegangen. Einige wenige sind noch übrig. Ich fragte mich, wann meine Zeit kommen würde. Wird es jemals kommen? Oder muss ich zusehen, wie sie einer nach dem anderen gehen?

Erinnerungen sind wie Antiquitäten, je älter sie werden, desto wertvoller werden sie. Sie sind wie der Wind. Wir können sie fühlen, wir können sie hören, aber wir können sie nicht berühren und sehen in der Realität. Wir können sie nicht mit unseren Händen halten. Es ist wie Wasser in unseren Fäusten zu halten. Egal wie sehr wir uns anstrengen, wir können es nie in unseren Fäusten halten. Sie sind wie der Sand. Je mehr wir versuchen, sie mit unseren Händen zu halten, desto mehr werden sie sich verteilen. Sie sind wie die Zeit, an die wir uns immer erinnern können. Wir können immer unsere Augen schließen und sie sehen. Aber wir können nie wieder zu diesen Erinnerungen zurückkehren. Aber sie werden immer in dir sein, im Brunnen und Garten der Erinnerungen in deinem Kopf. Einmal weg bedeutet weg. Du kannst sie nie halten oder zurückbringen. Du kannst sie nie berühren. Jeder vergehende Moment ist eine Erinnerung. Jeder Moment vergeht und wird zu einer Erinnerung. Und von dort aus verschmelzen sie im Garten und Brunnen der Erinnerungen. Und dort kannst nur du sie sehen und fühlen. Kein anderer.

Ich seufzte und kehrte nach Hause zurück.

"No bird soars too high if he soars with his own wings."

- **William Blake**

Kapitel 63

Ein bestimmtes Ereignis hatte mich von meiner Arbeit überzeugt. Ich werde diesen Tag niemals vergessen, nicht einmal auf meinem Sterbebett.

Einmal sah ich mit allen Spielern unserer Akademie das Fußballspiel in Indien auf dem großen Bildschirm. Wir genossen es, das Spiel zusammen zu sehen. Es war ein Spiel voller Spannung. Allerdings war Abhimanyu nicht anwesend. Nachdem das Spiel vorbei war, stand ich auf und fragte alle, "Was hast du gesehen, als du das Spiel auf dem Feld gesehen hast? Was hast du gefühlt, als du es sahst?" Sie alle schrien auf einmal. Jeder gab unterschiedliche Antworten. Jeder hatte unterschiedliche Antworten, die nicht zufriedenstellend waren. Sie sagten, dass sie Team India beim Spielen sahen, sie sahen Vertrauen, Einheit und Bindung, sie sahen harte Arbeit, Entschlossenheit, den Hunger, Tore zu schießen und das Spiel zu gewinnen, sie sahen tausende Fans voller Erwartungen und so weiter. Aber niemand sagte das, wonach ich suchte, was ich hören wollte. Die Antworten befriedigten mein Herz nicht. Ich ging deprimiert nach Hause.

***

Eine Woche später gab es ein weiteres Spiel von Indien. An diesem Tag beschloss ich, das Spiel im Stadion zu sehen. Also kaufte ich zwei Tickets für das Spiel, eins für mich und eins für Abhimanyu. Ich nahm ihn mit ins Stadion. Es war das erste Mal, dass er jemals in ein Stadion gegangen war und ein Spiel live vor seinen Augen gesehen hatte. Seine Augen waren vor Staunen weit aufgerissen. Sie tanzten vor Freude. Er starrte das Stadion von allen Seiten an wie ein Kind mit seinen scharfen Augen. Er verlor seine Fähigkeit, auch nur einen Ton von sich zu geben.

Wir gingen zu unseren Sitzen und das Spiel hatte begonnen. Er beobachtete das Spiel mit größter Konzentration und mit seinen scharfen Augen. Seine Augen tanzten vor Freude und Vergnügen. Sein Gesicht spiegelte das Vergnügen während des gesamten Spiels wider. Er entfernte seine Augen nicht einmal für einen Moment von dem Spiel. Inmitten dieser Erwartung und des Chaos legte ich meine Hand auf seine Schulter und flüsterte ihm ins Ohr: "Ich werde dir jetzt einige Fragen stellen. Du musst sehr sorgfältig antworten, Abhimanyu. Denk nach und antworte. Denk sehr sorgfältig nach."

Er sah mich an und nickte mit dem Kopf, immer noch unfähig, vor Erstaunen zu sprechen.

"Wenn du all diese indischen Spieler siehst, die für ihr Land spielen und es vertreten, was siehst du auf dem Spielfeld? Wie fühlst du dich, wenn du sie anschaust?", fragte ich ihn. Er hörte aufmerksam zu und drehte sich dann zum Spielfeld.

"Du musst dich nicht beeilen. Denk sorgfältig nach und antworte dann, Abhimanyu."

Für einige Minuten sagte er nichts. Er beobachtete das Spiel mit seinen scharfen Augen. Und dann sagte er es. Was ich gesucht hatte. Was ich hören wollte.

"Herr, ich kann mich zwischen ihnen sehen. Ich kann mich in der nahen Zukunft für mein Land spielen sehen und Indien vertreten. Ich kann es in mir spüren. Ich kann mich dort sehen", sagte er, als er mir in die Augen starrte. Ich sah den Funken in seinen Augen in diesem Moment.

Automatisch erschien ein sanftes, strahlendes Lächeln an der Ecke meiner Lippen. Ich hatte genau diese Art von Antwort gesucht. Kein Spieler in unserer Akademie konnte mein Herz zufriedenstellen außer ihm.

Ich lehnte mich auf dem Stuhl zurück, schloss die Augen und lächelte angenehm. Ich brauchte das Spiel nicht mehr zu sehen. Ich hatte den Zweck erfüllt, für den ich dort war. Ich hatte meine Antworten bekommen.

Ab diesem Moment wusste ich, dass er es war. Er war der Junge, den ich all die Jahre gesucht hatte. Dieses Ereignis hatte mir Gewissheit gegeben, dass ich auf dem richtigen Weg war. Es machte mich sicher bezüglich ihm und meinem Ziel. Seitdem zweifelte ich nie an ihm. Und auch nicht an mir selbst. Ich tat das Richtige auf die richtige Weise. Ich war auf dem richtigen Weg. Und wer könnte das besser bestätigen als er selbst?

Kapitel 64

Tage wurden zu Wochen. Wochen wurden zu Monaten. Monate wurden zu Jahren. Sowohl Aryahi als auch Abhimanyu wuchsen allmählich mit der Zeit heran. Ich beobachtete, wie Abhimanyu vom Kind zum Teenager und schließlich zum Erwachsenen heranwuchs. Zu diesem Zeitpunkt war er bereits erwachsen, während Aryahi noch in ihren Teenagerjahren war.

An einem angenehmen Herbstnachmittag spielte unsere Akademie ein Übungsspiel gegen einen Verein. Abhimanyu konnte nicht am Spiel teilnehmen, da er aufgrund einer Verletzung ausgeschlossen wurde. Ich saß mit ihm auf den Rängen und beobachtete das Spiel. Zusammen diskutierten wir die verschiedenen taktischen Analysen des Spiels. Nachdem das Spiel vorbei war, gingen alle nach Hause. Wir gingen auf eine Teepause und kehrten dann auf den Platz zurück. Der Boden war in der goldenen Farbe der untergehenden Sonne getaucht. An diesem Tag sah er traurig und niedergeschlagen aus. Ich konnte es spüren.

"Was ist los, Abhimanyu?" fragte ich neugierig, als wir gemütlich den Feldweg entlang gingen. Zunächst zögerte er. Aber schließlich antwortete er. Er würde mir nie etwas verbergen.

"Sir, als ich hierher kam, war ich erst 12 Jahre alt. Und jetzt bin ich fast 20. Die meisten Begleiter, mit denen ich gespielt habe, haben ihre Clubs im ganzen Land gefunden. Sie sind alle an einem besseren Ort. Von U-13 über U-15 bis U-18 und jetzt als Senior beobachte ich sie alle gehen und ihr Glück machen. Aber ich bin immer noch hier, der gleiche. Es tut mir leid, aber jetzt mache ich mir Sorgen und fühle mich deprimiert. Ich fühle mich angespannt und frustriert. Manchmal bezweifle ich, ob ich es jemals schaffen werde. Werde ich jemals das Ziel erreichen? Werde ich jemals Erfolg haben?"

Ich hörte ihm aufmerksam zu und stoppte meinen Spaziergang. Ich kniete mich vor ihm hin, versuchte ihn zu trösten und sagte: "Weißt du, Abhimanyu? Erfolg und Misserfolg... wir alle wollen erfolgreich sein. Manche erreichen es, manche scheitern. Aber nur wenige verstehen, dass Erfolg und Misserfolg von anderen definiert werden. Zufriedenheit wird durch das definiert, was dein Herz will. Und das ist alles, was zählt. Man kann Erfolg haben, aber nie zufrieden sein. Erfolg bringt keine Freude, Zufriedenheit schon. Im Leben zählt nur das Glück. Du solltest immer danach streben, glücklich zu sein, sogar mit den kleinen Dingen. Du hast so viele Spiele gespielt, so viele Turniere, so viele Tore geschossen, du hast so viele von ihnen gewonnen. Jedes Mal hast du versucht, dein Bestes zu geben. Sag mir jetzt, bist du nicht zufrieden mit dir? Bist du bis jetzt nicht zufrieden mit dir selbst?" fragte ich.

"Ja, Sir, das bin ich. Ich bin zufrieden mit mir selbst, aber... werde ich jemals das Ziel erreichen, von dem ich mein ganzes Leben lang geträumt habe? Ich möchte es tun. Nicht für mich, sondern für Sie, Sir. Für meine

Mutter..." sagte er mit fester Überzeugung in seinen Augen.

"Entspann dich, Abhimanyu...versuch nicht so hart zu kämpfen. Genieße einfach dein Leben. Genieße jeden Moment. Jeden einzelnen Moment. Du weißt nie, ob dir das Leben diesen Moment noch einmal schenken wird. Gute Dinge brauchen Zeit. Es dauert Jahre. Du musst Glauben und Geduld haben. Du musst warten, aber nicht müde werden vom Warten. Dinge, die schnell und einfach kommen, werden nicht lange halten. Dinge, die schnell aufsteigen, fallen auch im gleichen Tempo. Gute Dinge brauchen Jahre, um erreicht zu werden und kommen inmitten all dieser Stürme, nur dann können sie in jedem Sturm aufrecht stehen für die Ewigkeit. Sei nicht ungeduldig. Du musst diese Geduld haben. Vor allem, versuche immer ein besserer Mensch zu werden. Strebe danach, dass die Menschen sich an dich als guten Menschen erinnern, nicht an das Geld, das du verdient oder an den Ruhm. Du solltest immer Glauben haben und an Gott und auch an dich selbst glauben. Was er auch für dich plant, ist für das Bessere. Sei wie ein Schwert, Abhimanyu. Du weißt, wie ein Schwert gemacht wird. Nicht wahr? Eisen wird im Feuer verbrannt, um ein Schwert zu machen. Nur dann kann es Leben nehmen oder Leben geben. Es hängt von dir ab, wie du es nutzen möchtest. Ebenso brennen wir im Feuer namens Leiden, Versuchung und Geduld im Leben. Aber... es gibt nichts, was ein Schwert zerstören kann, wie sein Rost, der seinen Verfall verursacht. Zweifel sind wie Rost. Es kann dich zerstören und verfallen lassen. Du musst immer daran denken, den Rost abzuschaben. Du solltest niemals an dir selbst oder deiner Fähigkeit zweifeln. Glaube an dich selbst."

Ich dachte eine Sekunde nach, sammelte Mut und sagte es ihm.

"Ich kannte einmal einen Jungen wie dich. Seit seiner Kindheit hat er sich so angestrengt wie du. Er wurde von Tag zu Tag älter. Es gab eine Zeit, in der er sogar älter war als du. Trotzdem bekam er nirgendwo eine Chance. Er musste jede Minute und überall Ablehnung erleben. Aber trotz all dieser Stürme, des Leidens und Opfers, das er brachte, gab er niemals die Hoffnung oder den Glauben auf. Nicht für eine Sekunde zweifelte er an sich selbst oder Gott. Nach jeder Ablehnung war er noch motivierter, entschlossener und voller Hoffnung und Mut. Er war so fest wie ein Stein. Niemand konnte ihn jemals brechen. Er wartete jahrelang auf die richtige Gelegenheit und bereitete sich darauf vor. Sei wie er, Abhimanyu."

"Aber Sir, hat er es am Ende geschafft?" fragte er mit der Neugier eines Kindes.

Ich starrte auf seine festen Augen. Ich hielt sein Gesicht und lächelte.

"Natürlich hat er es geschafft. Er hat getan, was getan werden musste. Er hat bewiesen, was er beweisen musste."

Etwas in mir wurde gedrückt. Eine entfernte Erinnerung stieg aus dem Brunnen auf.

"Jetzt möchte ich, dass du wie er bist. Ich möchte, dass du genauso Hoffnung, Geduld und Glauben hast wie er.

Zweifle niemals an dir selbst. Hab immer Glauben. Glaube immer."

Seine unschuldigen Augen füllten sich mit Tränen. Er legte beide Hände um meinen Hals und umarmte mich herzlich.

"Es tut mir leid, Sir. Ich werde niemals an mir selbst zweifeln. Ich verspreche es. Ich werde immer Geduld und Hoffnung haben. Danke, Sir. Danke für alles, was Sie für mich und meine Familie getan haben. Danke für Ihre vielen Lektionen ..." stammelte er.

Ich konnte meine Emotionen nicht länger zurückhalten. Tränen fielen aus meinen Augen. Seine Großzügigkeit, Zuneigung und Wärme brachten mich zum Weinen.

"Du willst hoch in den Himmel fliegen. Du willst den Himmel berühren. Ich kann dir versichern, dass es nicht einfach sein wird. Es wird nicht so einfach kommen. Es erfordert Jahre harter Arbeit, Opfer und Leiden. Aber du solltest immer daran denken, dass egal wie hoch du fliegst, dein Schicksal immer an den Boden gebunden sein wird. Dein Schicksal ist wie ein Anker, der tief in der Erde vergraben ist. Am Ende des Tages wird er dich auf die Erde zurückziehen und dich sogar in der Erde begraben. Vergiss das nie. Die Wege des Ruhms führen nur zum Grab. Es ist unser gemeinsames Schicksal. Es ist unvermeidlich, aber ich weiß, dass du es schaffen wirst. Ich weiß, dass du es kannst. Ich habe Vertrauen in dich."

Er trat etwas zurück und löste die Umarmung. Er starrte mich mit fester Überzeugung in den Augen an. Ich sah diesen Funken in seinen Augen wieder. Ich sah den Funken, der entzündet war und bereit war wie eine Flamme zu brennen.

Und dann wischte er meine Tränen sanft mit seiner harten und rauen Hand ab. Und es war eine große Erleichterung für mich.

Kapitel 65

Obwohl ich versuchte, ihn an diesem Tag zu trösten, wurde ich selbst nicht getröstet. Sein Zweifel, seine Ungeduld und sein Mangel an Selbstvertrauen beunruhigten mich. Ich fing an zu zweifeln, verlor meine Geduld und Hoffnung. Nicht auf ihn, sondern auf mich selbst. Ich wurde unruhig und bald griff mich Angst um. Ich war so unruhig, dass ich nicht einmal richtig schlafen konnte. Ich versuchte, ihn zu trösten, und ich hatte Erfolg. Seit diesem Tag hat er sich nie wieder selbst in Frage gestellt oder gezweifelt. Er war voller neuer Hoffnung und Entschlossenheit. Aber wer würde meine unruhige Seele trösten? Wer würde mich beruhigen? Die einzige Person, die lange weg war. Ich war damals ganz allein. Aryahi? Nein. Sie kannte mich überhaupt nicht. Sie kannte meine Geschichte nicht. Und es ist nicht ihre Schuld. Ich musste meine verwundete Seele alleine verarzten, bis sie heilte.

Ich hatte solche Angst. Ich fing wieder an, an allem zu zweifeln und mir Sorgen zu machen. Ich hatte so viel Angst wie ein Kind, das sich vor der Dunkelheit fürchtet. Ich hatte das Gefühl, als ob mich etwas wieder heimsuchte. Etwas verfolgte mich. Ich konnte es nicht sehen, aber ich konnte es spüren. All diese Dinge kamen wieder zurück, die nach meinem Treffen mit Yamini verschwunden waren. Sie war das Licht in meinem Leben. Sie entfernte alle Dunkelheit aus meiner Seele. Mit ihrem Erscheinen war alles genauso gegangen, wie die Morgensonne alle Dunkelheit von der Erde entfernt. Mit ihrer Anwesenheit wurde mein Leben mit ewigem Licht gesegnet. Aber kurz nachdem sie weg war, kehrte die Dunkelheit zurück, genauso wie die Dunkelheit mit der untergehenden Sonne zurückkehrt. Ich war so unruhig, dass es schien, als ob eine dunkle Macht ständig in mir vibrierte und mich zerriss.

Eines Tages nahm ich mir eine Auszeit von diesem hektischen Stadtleben und ging mit Aryahi in unser Hüttenhaus im Tal zwischen den Bergen, um etwas Frieden und Einsamkeit zu finden. Um die Last meiner Seele zu verringern. Um meine müde unruhige Seele zu beruhigen. Und wer könnte das besser verstehen als die Natur selbst?

Die weiche und angenehme Brise, die dort wehte, die Luft des Himmels, trug das Gewicht meiner Seele fort. All die Dunkelheit, all die Angst, all die Zweifel verschwanden. Es fühlte sich an, als ob ich in einer Welt wäre, in der unser Geist aufhört zu denken und die Fähigkeit verliert, über irgendetwas nachzudenken. Es gibt nur eine Sache zu tun und das ist, jeden Moment mit der Natur zu genießen. Meine Seele tanzte fröhlich mit der angenehmen Natur.

Tage später wachte ich eines Morgens früh auf, als der erste Sonnenstrahl am fernen Horizont erschien. Aryahi schlief friedlich weiter. Ich verließ unser Häuschen und ging zum Rand der Klippe. Ich weiß nicht, warum ich dorthin gegangen bin. Ich verlor den Verstand. Ich starrte auf die Klippe hinunter. Es war ein paar hundert Meter gerader Abfall von dort. Der angenehme Fluss floss schnell hinunter. Ein schwaches Geräusch des fließenden Wassers hallte wie eine Melodie wider. Ich weiß nicht, wie lange ich dort stand und starrte. Ich war verzaubert. Ein tiefes, schreckliches Gefühl hatte mich ergriffen. Ich wollte von dort springen. Jemand oder etwas flüsterte mir ins Ohr, dass es der einzige Weg sei, alles zu beenden, all diese Zweifel, Ängste und Unruhe. Es würde alle Dunkelheit entfernen. Es würde alles friedlich machen. Ich würde endlich meinen Frieden finden. Ich würde ewiges Licht finden, wenn ich von dort springen würde.

Als ich meinen Fuß vorwärts setzte und auf die leere Leere trat, bereit zu springen, hörte ich eine Stimme. Jemand rief meinen Namen "Surya". Ich kannte diese Stimme. Sie war vage vertraut. Aber ich hatte sie so lange nicht gehört, dass ich sie fast vergessen hatte. Es war Yamini.

Innerhalb eines Augenblicks spürte ich, wie etwas von meiner Seite wich, und ich erlangte wieder mein Bewusstsein. Ich zuckte in Horror zurück, als mir klar wurde, was ich zu tun beabsichtigte, und drehte mich dann um.

Es war Yamini, die in einiger Entfernung von mir stand. Sie starrte mich an. Meine Augen und mein Mund waren vor Entsetzen und Staunen geöffnet. Mein Herz schlug schwer. Träumte ich? Halluzinierte ich?

"Was machst du?"

"Willst du springen? Willst du sterben?"

Ich starrte sie entsetzt an. Ich konnte kein einziges Wort herausbringen. Der Schock des Horrors machte mich sprachlos und bewegungslos.

"Was ist, Abhimanyu? Wirst du ihn aufgeben? Wirst du so schnell aufgeben? Ohne deinen Zweck zu erfüllen?"

"Und Aryahi? Was wird aus ihr, wenn du weg bist? Wer wird sich um sie kümmern? Sie hat niemanden außer dir. Du bist die einzige Familie, die sie hat. Du bist ihre Welt. Wirst du sie auch aufgeben?"

Ich hatte keine Antworten. Ich war immer noch wie gelähmt. Mein Mund stand offen. Ich atmete durch meinen Mund. Sie starrte mich mit ihren störrischen und festen Augen an.

Es war die gleiche Yamini, die ich vor Jahrzehnten in der Universität zum ersten Mal gesehen hatte. Sie war so jung mit ihrem strahlenden Gesicht, bezaubernder Schönheit und Charme. Sie trug die gleiche schwarze Jeans und das tiefblaue Oberteil. Ihre flauschigen Wangen waren rot. Ihre schwarzen, weichen Haare schwammen im Wind. Ich war verzaubert.

"Tu es nicht, Surya. Tu es nicht. Du hast mir versprochen, erinnerst du dich?"

Ich versuchte, mit ihr zu sprechen. Ich hatte sie seit Jahren nicht mehr gesehen. Ich wollte so viel und so sehr reden. Jahrelang unausgesprochene Worte waren unausgesprochen geblieben. Aber alles verwickelte sich in meinem Kopf. Ich konnte nicht entscheiden, wie und wo ich anfangen sollte. Es stellte sich heraus, dass ich nicht einmal ein verdammtes Wort sagen konnte.

"Wenn du das jetzt tust, könntest du für immer in der ewigen Dunkelheit verloren gehen. Du könntest nie zurückkehren. Du könntest nie wieder das Licht sehen.

Niemals. Tu es nicht. Deine Arbeit ist noch nicht beendet. Gib sie nicht auf. Sie brauchen dich. Gib deinen Zweck nicht auf. Es ist noch nicht vorbei. Gib nicht auf."

"Wir haben lange auf dich gewartet, Surya." Sie zeigte in eine Richtung, die sich auf der gegenüberliegenden Seite von ihr in einiger Entfernung befand. Ich drehte mich in diese Richtung und Tränen fielen aus meinen Augen.

Mein Vater, meine Mutter, Aayansh, Umesh, Gargi Chandranshu, Samantha, alle standen da und starrten mich an. Sie sahen jung, fröhlich und glücklich aus. Sie lächelten strahlend. In ihren Gesichtern gab es keine Spur von Schmerz oder Leiden. Sie sahen gesegnet und in Frieden aus.

"Du bist nicht allein, Surya. Du warst es nie. Wir waren bei dir. Wir haben dich all die Jahre beobachtet. Wir sind immer noch bei dir, jetzt. Und wir werden es immer sein, jeden Moment. Wenn du das jetzt tust, wenn du sie, deine Bestimmung und dein Schicksal aufgibst, fürchte ich, dass wir dich für immer verlieren werden. Du wirst uns nie wiedersehen. Du könntest in eine dunkle Welt gezogen werden, aus der niemand dich jemals finden kann, nicht einmal ich. Wir warten auf dich. Und wir werden auf dich warten, bis deine Arbeit erledigt ist. Gib uns nicht auf."

Und in diesem Moment rief mich Aryahi. Ich drehte mich um und sah, dass sie bereits aufgewacht war und in meine Richtung eilte, mit besorgtem Gesicht. Ich sah Yamini an. Aber sie verschwand langsam. Mein Gesicht wurde blass vor Entsetzen und Schock. Ich wandte mich meiner Familie zu. Aber sie waren bereits weg. Niemand stand mehr dort, wo ich gerade meine ganze Familie gesehen hatte. An dieser Stelle war nur noch weiches grünes Gras und Unkraut. Ich wandte mich Yamini zu. Sie war fast weg, außer ihrem Gesicht.

"Tu es nicht. Gib nicht auf. Verlass sie nicht..." Sie konnte ihren Satz nicht beenden. Ihr Gesicht verblasste, bevor sie ihn vollenden konnte.

Und in diesem Augenblick erlangte ich meine Fähigkeit zu sprechen zurück. "Neeeeeein. Warte. Neeeeeein!" Ich schrie und rief nach ihr und versuchte, sie festzuhalten. Ich sprang auf sie zu, rutschte jedoch aus und fiel auf den Boden in der Nähe des Abgrunds. Ich drohte, vom Felsen zu stürzen. Ich hielt Gras und Zweige mit meiner Faust fest, alles, was ich in Reichweite fassen konnte. Aryahi schrie und rannte auf mich zu. Sie hielt meine Hände und zog mich von dort hoch. Sie zog mich nahe an sich heran und zog mich immer weiter weg, bis ich in sicherer Entfernung war. Sie kniete sich vor mich und hielt mein Gesicht mit ihren zarten Händen.

Als ich mich umdrehte, war Yamini verschwunden. Keine Spur von ihr war mehr zu sehen. Die Morgensonne stieg hinter dem Berg auf und ich umarmte mein Enkelkind und brach in Tränen aus. Und sie tat es auch."

Kapitel 66

Selbst in diesem kurzen Moment unseres Zusammentreffens gelang es ihr, die Dunkelheit aus meinem Herzen zu vertreiben. Innerhalb weniger Sekunden gab sie mir die Energie, die ich brauchte. Sie motivierte mich und machte mich entschlossen. Diese kurze Begegnung machte mich wieder glücklich und voller Mut und Hoffnung, um meine Aufgabe anzugehen. Ich war abgelenkt und von meinem Weg abgekommen. Aber sie korrigierte mich erneut mit ihrer Anwesenheit.

Aber ich hatte Angst. Ich hatte Angst davor, wieder zu scheitern. Es war mein letzter Tanz. Abhimanyu war meine letzte Hoffnung. Mein letzter Zweck. Ich wollte nicht scheitern. Ich wollte nicht noch einmal scheitern. Ich betete und wünschte jeden Tag. Ich hatte solche Angst vor dem Scheitern. Ich wusste, dass ich, wenn ich dieses Mal versagen würde, endgültig scheitern würde. Ich würde nie wieder einen Zweck in meinem Leben haben. Ich würde nie wieder diese Hoffnung und Entschlossenheit aufbauen können. Ich würde nie wieder nach einem anderen Zweck suchen. Ich wäre sicherlich in der Dunkelheit verloren. Ich hatte nicht mehr die Kraft, wieder aufzustehen.

Als alles für immer verloren schien, alle Hoffnungen und Entschlossenheit, all die Jahre des Opfers, all die Jahre des blinden Verfolgens des Zwecks allein ohne meine

Familie, passierte es dann. Als ich alle Hoffnung, alle Aspirationen verlor und bereit war aufzugeben und mein Schicksal zu akzeptieren, als ich bereit war, zu akzeptieren, dass ich sie nie wiedersehen würde, als die Dunkelheit mich ganz zu umschlingen drohte, erschien der schwache erste Strahl des Lichts am Horizont. Endlich dämmerte das Licht für mich auf.

***

Es waren zwei Jahre vergangen seit diesem Vorfall. Abhimanyu war etwa zweiundzwanzig Jahre alt. Einer der besten Clubs im Land kam zu unserem Verein, um eine Probe der Jungs abzuhalten. Zum ersten Mal in der Geschichte unseres Vereins war ein so großer und elitärer Club gekommen, um unsere Spieler zu beobachten. Abhimanyu sollte als erwachsener Spieler an diesem Probetraining teilnehmen. Es war der 11. August. Ja, genau dieses Datum. Kein Zufall. Alles war ein Muster der Natur. An diesem Tag ging ich nicht zum Verein. Ich sagte ihnen, dass es mir nicht gut gehe. Aber tief im Inneren war das nicht wahr. Ich hatte Angst. Ich hatte Angst wegen einer schrecklichen Erinnerung. Ich erinnerte mich immer noch daran, was an dem Tag passiert war, als ich mit Aayansh vom Probetraining zurückkehrte. Es begann mich zu verfolgen. Ich war besorgt und unruhig. Also schickte ich Aryahi dorthin. Und Aayanshs zwei Schwestern waren da. Ich wusste, dass sie alles in meiner Abwesenheit regeln konnten.

"Opa", rief sie mich mit schwerer Stimme an.

Ich wusste, es war vorbei. Alles war vorbei. Der letzte Akt, der letzte Tanz war vorbei.

"Er hat es geschafft. Er hat es geschafft, Opa!", sagte sie schließlich.

Abhimanyu war der erste Spieler, den sie zusammen mit fünf anderen jüngeren Spielern für ihr Team ausgewählt hatten. Es hat Jahre gedauert, bis er in den Verein aufgenommen und für das Tryout ausgewählt wurde. So viele Jahre. Er war erst zwölf Jahre alt, als er das erste Mal in meine Akademie kam, und als er ausgewählt wurde, war er fast zweiundzwanzig Jahre alt. Zehn Jahre. Es hat ihn zehn verdammte Jahre gekostet. Und für mich noch viel mehr. Aber es stellte sich heraus, dass er in einem der elitärsten Vereine im ganzen Land ausgewählt wurde. Er bekam den besten Verein von allen anderen Jungs in der Geschichte unserer Akademie. Gute Dinge brauchen Zeit, um zu kommen. Es dauert Jahre. Endlich. Ja, endlich, dieser letzte Tanz.

Aber seltsamerweise fühlte ich in diesem Moment, als ich es von ihr hörte, nichts. Ich hatte keine Gefühle. Ich war genauso leer und leer wie zuvor. Einfach nichts. Ich weiß nicht warum. Ich sollte glücklich, erfreut und voller Freude mit immenser Freude sein. Ich sollte tanzen und vor Freude weinen. Aber ich hatte nichts davon. Einfach gar nichts.

"Es ist so schön zu hören. Komm früh nach Hause, mein Schatz", sagte ich mit einem sanften Lächeln auf den Lippen zu ihr.

Nachdem ich das Telefon aufgelegt hatte, legte ich mich mit einem sanften Seufzer auf die Couch. Der Musikplayer spielte immer noch. Eine sanfte Brise kam durch das offene Fenster und traf mein Gesicht. Ich schloss die Augen und genoss die angenehme Brise für ein paar Momente.

Plötzlich öffnete ich meine Augen und setzte mich aufrecht hin. Ich schaltete das Gerät aus und zog mich an, nahm die Schlüssel und fuhr ohne jemandem Bescheid zu geben los. Ich hatte noch etwas zu tun.

Als ich ankam, wo Aayansh früher lebte, war es bereits dunkel. Der silberne Mond war am Himmel aufgestiegen. Ich parkte das Auto und betrat den Dschungel. Es war genauso wie beim letzten Mal, nur dass das Tor fast verfallen war. Das Unkraut und Gras auf dem Boden waren dicker. Ihre Hütte war fast vollständig eingestürzt. Das Dach war endgültig zusammengebrochen. Die Atmosphäre war im silbernen Mondlicht gebadet. Eine leichte Brise wehte. Die Blätter bewegten sich in einer süßen Melodie. Ich stand dort regungslos und starrte für Minuten auf die verfallene Hütte. Dann betrat ich den Platz. Ich schlenderte den Platz bis zum Ende hinunter. Weiches Gras und Unkraut berührten meine müden Hände. Berührungen von Glück und Einsamkeit. Dort herrschte eine seltsame, angenehme und friedliche Ruhe, die mich wie wiedergeboren fühlen ließ. Als ich den Ort erreichte, wo wir uns setzten, zog ich meine Schuhe aus und stand barfuß dort. Das weiche, zarte Gras unter meinen nackten Füßen machte meine Seele leichter. Ich öffnete meinen Mund und begann schwer zu atmen. Ich stand so für Minuten da, schloss die Augen und atmete schwer. Meine müde Seele tanzte mit der leichten Brise und ich fühlte mich, als würde ich fliegen. Ich fühlte mich wieder geboren.

Als ich meine Augen öffnete, passierte es. Das, worauf ich jahrelang gewartet hatte. Wofür ich mein ganzes Leben gestrebt hatte. Ich reiste ans Ende der Welt, um es zu suchen. Das, was aus meinem Leben verschwunden war und all das Licht aus meinem Leben genommen hatte. Es passierte. Ja. Sie erschienen endlich. Die Natur hatte mir ihre großartige Schönheit auf die großartigste Weise präsentiert, die sie mir vor langer Zeit genommen hatte.

Zehn, zwanzig, dreißig, hundert... Ich weiß es nicht. Tausende von Glühwürmchen kamen aus dem Dschungel und flogen vor meinen Augen mit ihren flackernden Lichtern herum. Die ganze Atmosphäre hatte sich in ihrem Licht in ein goldenes Gewand gehüllt. Es sah aus, als ob Tausende von Feenlichtern am Nachthimmel glitzerten. Und in diesem Moment spürte ich alles, was ich spüren musste. Ich fühlte die Woge der Emotionen, die von mir fort waren. Ich fühlte mich nicht mehr leer und hohl. Es gab keinen Leerlauf mehr. Meine Augen und mein Mund waren weit offen vor Staunen und Erstaunen. Meine Augen füllten sich mit Tränen und fielen einer nach dem anderen über meine Wangen. Ohne es zu wollen, kam ein Schrei aus meinem Mund. Ein Schrei der Freude, des Vergnügens und des Glücks. Ein Schrei der Hoffnung endlich. Ich fiel auf den Boden. Und dann brach ich in Tränen aus. Ich schluchzte, schrie, weinte und stöhnte in vollkommener Freude und Hoffnung, Vergnügen und Glück und Einsamkeit. Sie flogen über meinem Kopf. Sie kamen nahe zu mir und setzten sich auf meinen Körper, Hände, Gesicht, Kopf, überall. Meine Hände zitterten. Ich biss vor Freude in meine Hände. Ich fühlte, dass ihre Geister anwesend waren und mit mir den Wahnsinn miterlebten. Sie weinten und lächelten auch mit mir. Dieses kleine Stück meines Lebens, dieses kleine Stück war Glück, reines Glück. Ich war wie ein neugeborenes Baby wiedergeboren, das zum ersten Mal das Licht der Natur sah. Ich erlangte all meine erschöpfte Energie zurück. Obwohl der Moment im Vergleich zu meinem ganzen Leben sehr kurz war, saugte dieser kleine Moment doch alle Dunkelheit aus meinem Herzen und meiner Seele. Jede Spur davon. Mein Herz und meine Seele füllten sich wieder mit Licht und Hoffnung. Ich fühlte den Himmel dort. Ich fühlte die ewige Glückseligkeit der Einsamkeit. Ich atmete die Luft aus dem Himmel. Ich erlebte die prächtige Schönheit und Freude des Himmels. Ich trank das Leben aus dem Paradies.

Ich blieb dort für Stunden, bis all diese Glühwürmchen von dort weggezogen waren und wieder in den dunklen Dschungel gingen und für immer verschwanden. Mit ihnen fühlte ich, dass auch die Geister von ihnen verschwunden waren. Sie hatten aufgehört, mich zu verfolgen. Die Geister waren weg. Die ewige Dunkelheit, die in meiner Seele wohnte, hatten sie jede Spur davon mitgenommen. Ich stand langsam auf und kehrte zu meinem Auto zurück. Durch übermäßiges Weinen fühlte ich mich müde. Auf dem Rückweg blieb ich stehen, drehte mich zum Feld zurück, sah es aus der Ferne an und auch zum Schuppen zum letzten Mal. Der Wind begann stark zu wehen. Die Blätter und Zweige tanzten heftig, als wollten sie mir Lebewohl sagen. Ein weiches, strahlendes Lächeln erschien auf meinen Lippen. "Lebe wohl, mein Freund. Lebe wohl, Leben", sagte ich zu ihnen. Zu den Bäumen, Geistern und der Natur.

***

Von dort aus ging ich zu dem Ort, wo wir lebten, wo ich geboren wurde. Der Ort hatte sich komplett verändert. Zuerst konnte ich ihn nicht einmal erkennen. Ich dachte, ich müsse am falschen Ort sein. Unser Haus, das wir verkauft hatten, war nicht mehr da. An seiner Stelle stand jetzt ein großes Appartement. Sie müssen es in Stücke zerlegt und ein Gebäude errichtet haben. Es war das Haus meines Großvaters. Ich stand dort im Dunkeln und betrachtete das Gebäude mit ruhigem Blick. Tausende Erinnerungen begannen aus der Erinnerungsquelle zu überfließen und in meinen inneren Augen aufzublitzen. Dies war der Ort, an dem ich aufgewachsen bin. Dies war der Ort, an dem Aayansh zum ersten Mal zu meinem Haus kam. Meine Eltern und ich lebten dort friedlich und glücklich, als alles in Ordnung war und unschuldig. Dies war der Ort, von dem aus ich für das Hostel abreiste und meine Familie zurückließ. Die Straßen waren immer noch die gleichen. Der Ort, an dem Mama und Aayansh standen und mir zum Abschied winkten, war noch da, aber nicht mehr derselbe. Es war zu einem Parkplatz geworden. Es war früher der Vorgarten unseres Hauses. Ich erinnere mich noch an den Moment, als ich ging und Mama mir winkte und weinte. Ich weinte auch, als ich sie ansah. Ich lächelte alleine im Dunkeln und dachte über all das nach. Jetzt ist alles weg. Nichts bleibt dort außer Staub, Überresten und Erinnerungen.

Während ich beobachtete und nachdachte, rief mich Aryahi an. Sie fing sofort an, mich zu schimpfen, warum ich ohne jemanden zu informieren gegangen war, wo ich war, warum ich unseren Fahrer nicht mitgenommen hatte, und so weiter. Sie liebte mich sehr. Sie kümmerte sich um mich, wie Mama und Yamini. In meinem Alter sollte ich nicht alleine fahren und auch nicht alleine irgendwohin gehen. Sie schimpfte mich, weil ich die Regeln gebrochen hatte. Ich entschuldigte mich bei ihr und versicherte ihr.

Ich stand noch einige Augenblicke dort und starrte auf den Ort und dachte nach, nachdem sie aufgelegt hatte. Ich verabschiedete mich von dem Ort und all den angenehmen Erinnerungen und kehrte dann nach Hause zurück.

Kapitel 67

Mein tiefstes Beileid für Ihre Trauer und Verlust. Es ist normal, in solchen Momenten Gedanken und Fragen zu haben, die sich auf das Leben nach dem Tod beziehen. Leider kann ich Ihnen keine konkreten Antworten geben, da es etwas ist, das niemand wirklich weiß. Aber es gibt viele verschiedene religiöse und spirituelle Überzeugungen, die versuchen, diese Fragen zu beantworten. Was auch immer Ihre Glaubensüberzeugungen sind, ich hoffe, dass sie Ihnen Frieden und Trost bringen können. Bitte denken Sie daran, dass Ihre Lieben immer in Ihrem Herzen und in Ihren Erinnerungen bei Ihnen sein werden, und dass sie immer einen Teil von Ihnen sein werden.

***

Das war also die Geschichte meines Lebens bis jetzt. Das war unsere Geschichte. Die Geschichte von drei Familien aus drei verschiedenen Orten und Zeiten auf dieser großen Bühne der Welt. Unser Tanz, zusammen.

Es sind fast zwei Jahre vergangen seit dem Tag seines Versuchs. Er strahlt Tag für Tag. Sein Name verbreitet sich im ganzen Land. Er ist ziemlich berühmt geworden. Er hat angefangen, Geld zu verdienen, tonnenweise Geld. Er hat ein neues Haus für seine Mutter und seinen Bruder gekauft, wie er versprochen hat. Eine große Villa fast wie ein Herrenhaus. Sein Bruder ist jetzt ein

erwachsenes Kind. Er hält seine Mutter in seiner Villa wie
eine Königin. Und seinen Bruder wie einen Prinzen. Er
hat seiner Mutter alles gegeben, alle möglichen
Glücklichkeiten der Welt. All diese weltlichen
Besitztümer und Eitelkeiten. Seine Mutter ist so stolz und
glücklich. Sie sind jetzt eine glückliche und stolze Familie.
Ihr Leiden und Opfer sind vorbei.

Aryahi ist jetzt eine reife und erwachsene Frau. Eine
Erwachsene. Sie liebt mich sehr und kümmert sich auch
um mich wie um ihr Kind. Ich liebe sie so sehr, mehr als
mich selbst. Sie ist der Grund, warum ich am Leben bin.
All die Jahre über hat sie mich am Leben gehalten. Ihre
Liebe hat mich am Leben gehalten. Ohne sie wäre ich
nicht in der Lage gewesen, meine Arbeit und mein Ziel
zu erfüllen. Ich würde sicherlich zugrunde gehen. Jedes
Mal, wenn ich ihr in die Augen schaue, erinnert sie mich
an meine Mutter und meine geliebte Yamini. Sie erinnert
mich an sie. Sie ist mit ihren Augen geboren. Sie sind in
ihr. Denn oft starre ich sie leer an, als ob Yamini
zurückstarrt. Als ob Mama mit mir spricht. Es macht
mich glücklich und fröhlich. Sie liest jetzt in einem
angesehenen College. Sie wünscht sich und strebt danach,
eines Tages Autorin zu werden. Ja, das ist einer der
Gründe, warum ich beschlossen habe, ihr das zu
schreiben. Vielleicht wird diese Geschichte sie dazu
inspirieren, sie richtig zu schreiben und zu
veröffentlichen. Wer weiß? Wird diese Geschichte sie
inspirieren? Ich bin mir nicht so sicher.

Letztes Jahr wurde bei mir Leukämie diagnostiziert. Es
ist ein ziemlich schwerer Zustand, wie die Ärzte mir
gesagt haben. Ich bin zu alt jetzt. Ich erinnere mich nicht
genau an mein Alter. Aryahi tut es. Manchmal bin ich

verwirrt. Ich habe schon angefangen, dies zu vergessen. Aber ich erinnere mich sicher daran, dass ich über 80 bin. Vielleicht 85. Aber ich habe meine Lebensgeschichte nicht vergessen. Unsere Lebensgeschichte. Ich habe die Geschichten all dieser Menschen nicht vergessen. Papa, Mama, Yamini, Aayansh, mein Sohn und seine Frau, Abhimanyu, ihre Geschichten. Nein, ich habe sie nicht vergessen. Vielleicht liegt es an diesem Fluch. Vielleicht hat mein Fluch mich nicht vergessen lassen. Und vielleicht deshalb kann ich meine ganze Geschichte schreiben und vervollständigen. Unsere Geschichte.

Aber ich fühle jetzt nichts mehr. Keinen Schmerz, kein Leiden, nichts. Ich fühle nichts. Ich fühle mich leichter. Als ob ein Berg von meinem Herzen und meiner Seele genommen worden wäre. Ich fühle Frieden, Einsamkeit. Ich fühle keine Spur von Schmerzen aufgrund der Krankheit. Ich muss viele Medikamente nehmen. Die Behandlung geht regelmäßig weiter. Ich fühle mich aufgeregt. Endlich in der Lage zu sein, sie zu treffen. Sie warten auf mich. Wie ich auf sie warte. Lange. Endlich wird unser Warten vorbei sein. Endlich bin ich in Frieden und Glückseligkeit. Ich weiß nicht, ob die Ärzte erfolgreich sein werden, mich zu heilen. Ich möchte nicht mehr leben. Meine Tage sind vorbei und vergangen. Ich habe mein Leben gelebt. Ich will nicht mehr bleiben. Meine Arbeit und mein Ziel sind erfüllt. Warum zur Hölle versuchen sie es vergebens? Ich erlaube mir nur, mich der Behandlung zu unterziehen, wegen Aryahi. Sie schimpft mich immer aus, wenn ich diese Medikamente und Pillen nicht essen will. Sie schmecken so schlecht, bitter und sauer. Sie will, dass ich bleibe. Sie will mich in ihren Armen halten. Sie liebt mich. Sie will nicht, dass ich gehe.

Manchmal weint sie allein. Aber sie lässt es mich nicht wissen. Aber ich weiß es schließlich. Aber sie muss mich gehen lassen. Ich habe bereits angefangen, meine Tage zu zählen. Ich warte auf den Tag. Ich bin bereit, mein Schicksal, mein Ziel und den Tod selbst anzunehmen. Ich warte.

Meine Akademie, die Aayansh-Fußballakademie, hat jetzt alles, was ich mir gewünscht und ersehnt habe. Es gibt alle Einrichtungen für die Jungs, ein Fitnessstudio, ein Schwimmbad, einen Studienbereich, Indoor-Spiele, eine große Leinwand - alles. Im Laufe der Jahre haben wir Top-Sponsorenunternehmen gewonnen und führende Sportmarken werben regelmäßig in unserer Akademie und sponsern sie auch oft. Wir haben erstklassige Spieler und top-lizensierte Trainer mit erstklassigen Trainingsmethoden. Alles, was ich mir erhofft habe. Jedes Jahr finden die großen und elitären Vereine in unserer Akademie ihre Talentprobe. Sie wählen unsere besten Spieler aus. Alle diese Spieler streben danach, ausgewählt zu werden. Wenn sie scheitern, versuchen sie es wieder und warten auf das nächste Jahr. Alles, was ich mir erhofft habe.

Ich habe jetzt keine Arbeit mehr. Ich bin schwach und blass aufgrund meiner Krankheit. Aber ich bin glücklich und erfüllt. Ich bereue nichts mehr. Keine Reue, kein Schuldgefühl, nichts. Ich gehe nicht mehr zur Akademie. Aryahi, Aayanshs zwei Schwestern mit ihren Ehemännern kümmern sich im Namen von mir um alles in der Akademie. Ich habe ihnen all diese Verantwortungen übertragen. Meine Arbeit ist für jetzt, für dieses Leben, vorbei. Ich warte auf den Todesboten. Oh, ich habe fast vergessen. Seine beiden Schwestern sind jetzt ziemlich alte Frauen. Die jüngere hat einen Sohn und die ältere hat einen Sohn und eine Tochter. Sie haben alle eine perfekte Familie. Stolze und glückliche Familie.

Die einzige Tätigkeit, die ich jetzt ausübe, ist das Sammeln von all den Bildern aus unserer Kindheit und Jugendzeit meiner Familie und das Einrahmen und Aufhängen an den Wänden meines Zimmers. Alle Wände in meinem Zimmer sind fast vollständig mit Bilderrahmen bedeckt, bis auf ein paar Zentimeter, die ich auch hoffe, in ein paar Tagen zu füllen. Ich habe das Zimmer "mein Garten der Erinnerungen" genannt. Jedes Stück Erinnerung ist dort vorhanden. Ein Foto hat die Fähigkeit, die Zeit stillstehen zu lassen. Vielleicht stimmt das. Sie sehen auf diesen Bildern so jung aus, lächelnd und glücklich. Jedes Mal, wenn ich mein Zimmer betrete, fühle ich mich, als wären sie bei mir und würden mich beobachten, lächelnd und lachend mit mir. Die meiste Zeit des Tages verbringe ich in diesem Raum. Ich lege mich auf mein Sofa und höre Musik auf meinem Player mit der Stimme von Yamini, ihren Aufnahmen. Manchmal tanze ich alleine mit ihr.

Ich habe jetzt nur noch eine Aufgabe: Auf meinem Sofa zu sitzen, Musik zu hören und in Erinnerungen zu schwelgen. Und wenn ich das tue, wenn ich auf meinem Sofa sitze und durch meine Erinnerungen wandere, gibt es mir ein Gefühl der Glückseligkeit. Jetzt kann ich sehen und begreifen, dass ich in allem in meinem Leben versagt habe. Ich habe versucht, Menschen zu inspirieren, aber es war vergeblich. Ich habe immer wieder in allem versagt. Ich habe versagt als Freund, als Sohn, als Vater, als Ehemann, als Lehrer. In jeder Hinsicht meines

Lebens. Durch meine Nachlässigkeit habe ich meinen Freund, meinen Vater, meine Mutter, meinen Sohn und meine Schwiegertochter, meine Frau, alles und jeden verloren. Ich habe meine ganze Familie verloren. Ich habe meine ganze Familie im Stich gelassen. Ein Mann, der seine Familie nicht erhalten kann, der seine Familie nicht stolz und glücklich machen kann, der seine Familie im Stich lässt, kann niemals in irgendetwas Erfolg haben. Mein ganzes Leben ist nichts als ein Misserfolg. Und ich bin der Grund für diesen Misserfolg.

Ich erkannte, dass alles seinen Preis hat. Um etwas zu erreichen, müssen wir oft etwas anderes opfern. Und manchmal ist die Natur zu grausam und brutal. Manchmal kommt dieses Opfer in Form des Lebens selbst. Aber wir müssen das akzeptieren, denn das ist ihre Art, das sind ihre Regeln. Erst nachdem ich Aayansh verloren hatte, konnte ich Yamini kennenlernen. Erst nachdem mein Vater gegangen war, wurde Chandranshu geboren. Nachdem meine Mutter gestorben war, wurde Aryahi geboren. Ich habe Abhimanyu mein ganzes Leben lang gesucht, mit der Hilfe von Yamini. Aber erst nachdem ich sie verloren hatte, fand ich Abhimanyu. Manchmal ist es ein Leben für ein Leben. Ja, das ist grausam und hart, aber das ist das Gesetz des Universums. Wir Menschen wissen noch nicht, was der Tod ist. Was ist die Philosophie des Todes? Was passiert danach? Wo gehen wir hin? Kommen wir zurück? Manche sagen, dass der Tod nichts anderes als der Wechsel von Welten und Körpern der Seele wie das Wechseln von Kleidern ist. Ich denke, das ist wahr. Die Natur hält unsere Seele an, nur um sich selbst in einer anderen Form und einem anderen Körper wieder zu gebären, und dann nur, um sie wieder zu verschlingen. Die Natur verschlingt alles und jedes. Das ist der ewige Kreislauf. Das ist das Muster. Meine Familie ist nicht tot. Ihre Körper sind tot und vergangen, aber nicht ihre Seelen. Ihre Seelen sind hier, innerhalb dieser Natur und Welt, schweben mit dem Wind wie eine Feder. Sie sind die ganze Zeit bei mir. Sie sind die ganze Zeit mit mir gegangen. Wenn nicht, warum fühle ich sie die ganze Zeit um mich herum? Warum habe ich sie auf der Klippe des Tales gesehen? Warum war ich selbst nach dem Verlust aller niemals allein? Im Schweigen des pfadlosen Waldes, auf dem Feld, in den Läden, auf den Straßen, auf den Autobahnen, war ich nie allein. Keinen einzigen Moment lang. In jedem Moment habe ich ihre Anwesenheit gespürt, sie mit mir wahrgenommen, in mir. Sie haben mit mir gesprochen, sie haben mit mir geweint, sie haben mit mir getrauert und gelitten. Die Worte der Natur scheinen die Worte von ihnen zu sein, die aus der Dunkelheit zu mir sprechen.

Ich erkannte, dass alles seinen Preis hat. Um etwas zu erreichen, müssen wir oft etwas anderes opfern. Und manchmal ist die Natur zu grausam und brutal. Manchmal kommt dieses Opfer in Form des Lebens selbst. Aber wir müssen das akzeptieren, denn das ist ihre Art, das sind ihre Regeln. Erst nachdem ich Aayansh verloren hatte, konnte ich Yamini kennenlernen. Erst nachdem mein Vater gegangen war, wurde Chandranshu geboren. Nachdem meine Mutter gestorben war, wurde Aryahi geboren. Ich habe Abhimanyu mein ganzes Leben lang gesucht, mit der Hilfe von Yamini. Aber erst nachdem ich sie verloren hatte, fand ich Abhimanyu. Manchmal ist es ein Leben für ein Leben. Ja, das ist grausam und hart, aber das ist das Gesetz des Universums. Wir Menschen wissen noch nicht, was der Tod ist. Was ist die Philosophie des Todes? Was passiert danach? Wo gehen wir hin? Kommen wir zurück? Manche sagen, dass der Tod nichts anderes als der Wechsel von Welten und Körpern der Seele wie das Wechseln von Kleidern ist. Ich denke, das ist wahr. Die Natur hält unsere Seele an, nur um sich selbst in einer anderen Form und einem anderen Körper wieder zu gebären, und dann nur, um sie wieder zu verschlingen. Die Natur verschlingt alles und jedes. Das ist der ewige Kreislauf. Das ist das Muster. Meine Familie ist nicht tot. Ihre Körper sind tot und vergangen, aber nicht ihre Seelen. Ihre Seelen sind hier, innerhalb dieser Natur und Welt, schweben mit dem Wind wie eine Feder. Sie sind die ganze Zeit bei mir. Sie sind die ganze Zeit mit mir gegangen. Wenn nicht, warum fühle ich sie die ganze Zeit um mich herum? Warum habe ich sie auf der Klippe des Tales gesehen? Warum war ich selbst nach dem Verlust aller niemals allein? Im Schweigen des pfadlosen Waldes, auf dem Feld, in den Läden, auf den Straßen, auf den Autobahnen, war ich nie allein. Keinen einzigen Moment lang. In jedem Moment habe ich ihre Anwesenheit gespürt, sie mit mir wahrgenommen, in mir. Sie haben mit mir gesprochen, sie haben mit mir geweint, sie haben mit mir getrauert und gelitten. Die Worte der Natur scheinen die Worte von ihnen zu sein, die aus der Dunkelheit zu mir sprechen.

Tage und Nächte können nicht zusammen existieren. Es ändert sich in einem endlosen Kreislauf. Nach jedem heißen Tag kommt die Nacht mit ihrem traurigen Frieden. Nach jeder gefährlichen Nacht kommt ein neuer

Tag mit neuer Hoffnung und neuem Leben. Alle Leben können oft nicht zusammen existieren. Aayansh war wie der Tag und Yamini wie die Nacht. Aayansh repräsentierte Dunkelheit sogar am Tag, während sie Licht sogar in der Nacht repräsentierte. Vielleicht ist das der Grund, warum sie nicht zusammen in meinem Leben sein konnten. Ich konnte sie nicht zusammenhalten. Um einen zu halten, musste ich den anderen aufgeben.

Aber ich habe kein Bedauern, keine Schuldgefühle. Ich habe keine Reue in meinem Leben, weil ich mein Leben von ganzem Herzen akzeptiert habe. Ich habe jeden Teil davon akzeptiert. Ich habe alle Freuden und Traurigkeiten akzeptiert. Alle Erfolge und alle Misserfolge. Ich habe alle Misserfolge akzeptiert. Kein Mann ist perfekt. Wenn ein Mann perfekt ist, dann ist er kein Mensch, er ist eine Inkarnation Gottes. Wir sind alle unvollkommen. Wir streben danach, perfekt zu sein. Und es liegt an uns, was wir mit all unseren Unvollkommenheiten anfangen werden. Man sagt, dass die Vergangenheit nicht zählt. Man sagt, dass du dieses Zeug aus der Vergangenheit loslassen musst. Deine Vergangenheit zählt nicht. Was zählt, ist wer du jetzt wählst zu sein, was du jetzt wählst zu tun. Jetzt ist das Einzige, was zählt. Was du tust, definiert dich. Ist das so? Ich glaube das nicht. Ich bezweifle das. Ich denke, der Samen, der in der Vergangenheit gesät wurde, wird irgendwann zu einem Baum heranwachsen und dich definieren. Dieser Samen wird zu einer Pflanze werden und die Pflanze wird dich definieren. Sobald der Samen gesät ist, ist es getan. Du kannst es nicht ändern. Du kannst es nicht abschneiden oder herausziehen. Du kannst alle Blätter, alle Zweige des Baumes abschneiden, aber der Stamm und die Wurzeln werden immer da sein. Neue Zweige und Blätter, neue Zweige werden wieder aus dem Stamm wachsen. Aus diesem Stamm mit seinen Wurzeln herauszureißen, ist die Seele, das Leben selbst herauszureißen. Ein Mango-Samen, der sich schließlich zu einem Mango-Baum entwickelt, kann nicht erwartet werden, uns eine Guave zu geben. Aber im Leben wählen wir kaum den Samen, der in uns gesät wird. Manchmal bekommen wir keine Wahl. Manchmal wählt die Natur ihn zufällig selbst. Und wir sind hilflos. Aber manchmal haben wir eine Wahl. Aber wir müssen entscheiden, was wir mit dem Baum, den Zweigen, den Blumen und den Früchten machen werden. Wir dürfen das entscheiden. Es liegt in unseren Händen. Ein Neem-Baum ist extrem bitter. Aber er heilt viele Krankheiten. Er hat sich dazu entschieden, trotz seiner Bitterkeit eine Heilpflanze zu sein. Fast alle Bäume spenden Schatten für die müden Seelen der Reisenden. Sie spenden kühle Luft, sie beruhigen die ruhelosen und müden Seelen der Reisenden. Sie spenden Schatten und Heimat für Tausende von Vögeln. Sie helfen dabei, Leben zu schaffen. Leben zu erhalten. Sie geben uns Luft zum Atmen, Essen zum Essen, kostenlos, egal wie sehr wir sie verletzen. Sie geben ohne jemals zu fragen und ohne jemals zu wollen. Sie liefern unermüdlich. Sowohl der Mango-Baum als auch der Neem-Baum. Es liegt also an uns. Wir dürfen das entscheiden.

Ich hatte mein ganzes Leben lang solche Angst davor, sie gehen zu lassen. Diese mutigen Verstorbenen. Ich wollte sie für immer in meinen Armen halten. Ich hatte solche Angst, sie zu verlieren. Aber nicht mehr. Alles, wovor ich Angst hatte, ist letztendlich passiert. Es ist die Ordnung der Natur und es bringt nichts, bedauern. Mein Verfall mag fern sein, aber er wird sicherlich kommen. Niemand ist vom gemeinsamen Schicksal ausgenommen. Aryahi wird so verängstigt sein. Sie wird ruhelos, ängstlich und allein sein. Sie möchte mich für immer festhalten. Sie wird mich nicht gehen lassen. Aber sie muss es tun. Sie muss mich gehen lassen. Sie wird nach meinem Tod ganz allein sein. Aber ihr Leben wird nicht aufhören zu existieren. Sie wird letztendlich ohne mich leben. Sie wird sich anpassen. Sie hat ihre Arbeit zu tun, ihren Lebenszweck. Wir alle haben unser separates Schicksal, unseren Zweck und unsere Arbeit. Solange diese nicht erfüllt sind, können wir nicht sterben. Wir werden nicht sterben. Niemandes Leben endet ohne die anderen. Die Natur hat uns gezwungen, uns an jede mögliche und unmögliche Situation anzupassen.

"Wer zufrieden ist mit dem, was er hat, kann niemals beraubt werden. Wer weiß, wann er aufhören muss, kann niemals zerstört werden."

Meine Arbeit in dieser Welt ist getan. Ich habe mein Leben gelebt. Ich habe meine Bestimmung und mein Ziel erfüllt. Jetzt ist es Zeit für mich zu stoppen und auf die letzte Reise zu warten. Die Feuerprobe zu bestehen. Auf den Tod zu warten. Ich habe bereits angefangen, meine Tage zu zählen. Ich warte auf meinen Todesengel, meine letzte Reise. Ich warte auf den Moment, wenn ich sie endlich treffen werde. Diese verstorbenen Seelen. Sie warten auf mich.

Der Traum, den ich an dem Tag sah, als ich halbtot auf dem Krankenbett lag, war, dass ich in diesem verlassenen und abgelegenen grünen Tal saß, in der Nähe der Klippe.

Der Himmel war hell vom Sonnenlicht. Mein Körper war von Flüchen verrottet. Maden zerrissen meinen Körper und mein Fleisch. Trotzdem konnte ich irgendwie überleben. Trotzdem war der Tod noch nicht gekommen. Eine Stimme begann von dem fernen Horizont zu hallen. Es begann zu hallen. Ich sah keine Figur von irgendjemandem. Nur eine Silhouette. Die Stimme sprach nur einen Satz: "Alles, was von der Natur genommen wird, muss zurückgegeben werden. Es muss der Natur zurückgezahlt werden. Das ist ihr Gesetz, das ist ihr Weg." Dieser gleiche Satz begann wieder und wieder zu hallen, bis ich aufwachte. Ich weiß nicht, wer es war. War es Aayansh? Oder Gott selbst? Oder war es nur die Projektion meines Unterbewusstseins? Ich weiß es nicht. Ich wusste nicht, was dieser Satz bedeutet oder was die Stimme damit meinte und was die Stimme von mir wollte. Ich weiß es immer noch nicht genau. Aber ich habe herausgefunden, dass ich ein Kind der Natur genommen habe, also muss ich es ihr zurückgeben. Ich habe Aayansh getötet, also muss ich jemanden wie ihn der Natur zurückgeben. Und das ist, als Abhimanyu ankam. Ich habe mein Bestes getan, um der Natur zurückzugeben, was ihr genommen wurde. Und ich denke, ich habe auch darin versagt. Ich habe auch darin versagt, es zu versuchen. Aber zumindest habe ich es versucht. Hast du es versucht? Bist du gescheitert? In Ordnung. Versuche es wieder. Scheitere besser.

Ich habe immer noch einige unbeantwortete Fragen. Habe ich es richtig verstanden? Habe ich den Sinn dieses Satzes verstanden und versucht, den richtigen Weg zu gehen? Ich weiß es nicht. Yamini ist nicht mehr hier, um meine Fragen zu beantworten. Es wird gesagt, dass im

Tod alles klar wird. Ich warte auf den Moment, wenn mir alles klar wird. Jede Bedeutung. Ich hoffe, ich werde den Sinn meines Lebens erkennen können. Ich denke, das Leben selbst ist eine Suche nach Bedeutung, Wissen und Zweck. Ich frage mich immer noch, warum Menschen wie Aayansh, seine Familie und Abhimanyu und seine Familie immer wieder in mein Leben kamen. Warum ich? Jedes Mal. Warum kamen sie nicht zu jemand anderem? Ich suche noch nach einer Antwort. Wenn ich Aayansh nicht getroffen hätte, wäre mein Leben etwas anderes? Wenn ich auf meine Mutter gehört und an diesem Tag nicht das Motorrad genommen hätte, wäre mein Leben etwas anderes? Wäre er noch am Leben? Wenn ich ihn an diesem Tag nicht verloren hätte, würde ich mich jemals verändern? Würde ich jemals Yamini treffen? Wenn ich sie nicht getroffen hätte, könnte ich mein Schicksal und meine Bestimmung vermeiden? Oder nach Millionen von Versuchen auf eine andere Weise hätte ich dasselbe Ende erreicht? Würde ich jemals mein Schicksal vermeiden können? Ich bezweifle das... wir sind die Künstler unseres Schicksals.

Indem ich versuchte, einen Fehler rückgängig zu machen, habe ich hundert weitere gemacht.

Aber ich habe es akzeptiert. Ich habe mein Scheitern und mein Leben akzeptiert.

Aryahi wird alles erben, wenn ich weg bin. All mein Geld und Vermögen, all das Vermögen ihrer Eltern, all das Vermögen von Yamini, jede Spur davon. Jeder Teil des Eigentums wird von ihr geerbt werden. Ich werde ihr die Akademie auf ihren Namen übergeben, über ihre Schulter. All unser Eigentum und Vermögen. Bevor ich sterbe, werde ich dafür sorgen, dass sie in ihrem Leben nie in irgendetwas kämpfen muss. Sie wird den Mangel an Reichtum, Geld und Eigentum nicht spüren. Ich werde ihr alles geben, bevor ich sterbe. Ich werde dafür sorgen. Aber wird sie nach meinem Tod mit all dem Geld und Vermögen glücklich sein? Ich bezweifle das. Ich befürchte, dass sie es nicht sein wird. Denn sie hat keine Familie. Ich bin die einzige Familie, die sie je hatte. Nach meinem Tod wird sie ganz allein sein. Geld und Reichtum können dir keine Familie kaufen. Es gibt nichts so Glückliches und Gesegnetes wie Familie. Ich habe Angst um sie. Wie wird sie ihr Leben leben, wie wird sie ihre Tage allein ohne jemanden, ohne mich, ihre einzige Familie, ohne irgendeine Familie verbringen können?

Der Art, wie Abhimanyu sie ansieht, mit ihr spricht, so schüchtern, ich weiß, dass er sie mag, Aryahi. Ich konnte es spüren. Ich konnte es fühlen. Ich habe es in seinen Augen gesehen. Nicht nur mögen, vielleicht lieben. Wer weiß? Ich muss diesen Jungen noch kennenlernen, genauso wie ich Aayansh kennenlernen musste. Aber ich weiß sicher, dass er zwar arm sein mag, aber er weiß, wie man liebt und sich um seine Lieben kümmert. Aryahi, wenn du jemals dieses Notizbuch liest, möchte ich dir nur sagen, dass du niemals jemanden wie ihn treffen wirst, du wirst niemals jemanden wie ihn sehen. Er ist einer unter Millionen. Und in meinem Leben habe ich zwei wie sie getroffen. Er weiß, wie man liebt. Er hat nur Angst. Er hat seine Kindheit im Dunkeln verbracht. Er weiß alles. Er kann alles ertragen. Ob du ihn liebst oder nicht, liegt bei dir. Wenn du ihn nicht lieben kannst, bleib zumindest bei ihm. Bitte. Das ist mein einziger Wunsch. Sterbender Wunsch. Es wird Zeiten geben, in denen er dich mehr brauchen wird als je zuvor. Es wird wieder und wieder solche Zeiten geben, wenn er dich braucht, wenn ich gegangen bin. Bleib bei ihm. Rette ihn. Schütze ihn. Ein Mann ist immer unvollständig ohne eine Frau. Ein Mann selbst ist nur ein Halbkreis. Nur mit der Vereinigung einer Frau wird er zum vollständigen Kreis. Diese Vereinigung kann als Mutter oder Schwester oder Geliebte oder Ehefrau kommen, alles. Wie ich ohne Yamini unvollständig war. Hinter jedem Erfolg eines Mannes stand immer eine Frau und wird es immer geben. Ich stand auf Yamini's Schultern. Sie ist der Grund, warum ich jetzt bin, wer ich bin. Ohne sie würde ich sicherlich schon vor langer Zeit zugrunde gehen, ich wäre nicht so weit gekommen. Ein Mann selbst kann nichts ohne die Hilfe einer Frau tun. Er kann dir in deiner schwersten Zeit helfen. Er ist der einzige Mensch, der bis zum letzten Atemzug bei dir bleibt. Er kann dir helfen, deine Familie aufzubauen. Er kann auch deine Familie sein. Ich weiß das sicher. Ich kenne ihn. Ich habe Vertrauen in ihn. Ich habe ihn wachsen sehen. Bleib bei ihm. Ich möchte, dass ihr beide für immer zusammenbleibt. Du kannst ihm mehr vertrauen als je zuvor.

Man sagt, wir leben in einer Welt, die sich in die Hölle verwandelt. Die Welt brennt selbst und niemand kann gerettet werden. Welchen Unterschied denken Sie, können Sie als einzelner Mann in dieser riesigen Hölle und im Wahnsinn machen? Ich sage, viel.

Diese Welt ist einfach, voller Elend, Schmerz und Leiden. Aber mitten in all dem, wenn Sie sie inspirieren könnten, wenn Sie ihnen Hoffnung geben könnten, sogar einer einzigen Person, sogar für einen Moment oder eine Sekunde in dieser riesigen Welt, dann könnten Sie sie zum

Staunen bringen, Sie könnten sie inspirieren zu Güte, Wahrheit und Freundlichkeit. Dann könnten Sie etwas Prächtiges sogar in dieser Hölle sehen. Vielleicht sind wir nur dazu geschickt, um zu arbeiten, nur das zu tun, um andere zu inspirieren und zu streben. Vielleicht besteht der Zweck eines Menschen im Leben darin, andere für das Wohl aller zu inspirieren. Wenn Sie das tun können, dann ist vielleicht Ihr Lebenszweck erfüllt. Diese Inspiration, diese Aspiration könnte jemanden aus seinem Elend befreien. Das könnte andere inspirieren, dasselbe für die Menschheit zu tun. Vielleicht ist das, wofür die Menschlichkeit steht. Das könnte andere inspirieren, diese Hölle in ein Paradies zu verwandeln. Das Paradies sind die Menschen. Kein Ort. Eine Familie könnte das Paradies sein, der Himmel. Vielleicht wurden wir in diese Welt geschickt, um nur Gutes für andere zu tun und andere aus ihrem Elend zu befreien, um sie zu inspirieren, ihnen Mut und Hoffnung zu geben.

In unserem Leben versuchen wir immer, Dinge für immer festzuhalten. Wir sind so verrückt danach, Dinge für immer in unserem Leben festzuhalten, dass wir fast vergessen haben, dass unser Leben selbst vergänglich ist. Mit der Zeit wird es vergehen und verblassen.

Ich gehöre zu den glücklichsten Menschen, die mit einer solchen Familie gesegnet sind. Ich bin stolz auf meine Familie. Ohne sie hätte ich nie mein Ziel erreicht, meinen Zweck erfüllt und meinen Traum verwirklicht. Ich bin hier nur wegen ihnen. Meine Familie hat alles aufgegeben, alles geopfert, sogar ihren Traum, um mich erfolgreich zu machen, um mir zu helfen, meinen Zweck zu erfüllen. Papa, Mama, Yamini, mein Sohn, jeder von ihnen. Sie haben sogar ihr Leben geopfert. Aber sie haben mich weiter gedrängt, damit ich niemals aufgebe. Alle haben mir vor ihrem Tod dasselbe gesagt, nicht aufzugeben. Sie wollten, dass ich Erfolg habe. Sie wollten nie, dass ich scheitere. Sie gaben mir alles, was ihnen gehörte, damit ich meinen Traum erreichen konnte. Meine Akademie steht auf ihren Schultern. Wegen ihnen existiert sie. Wegen ihnen existiere ich. Ohne sie wäre ich längst zugrunde gegangen. Ohne sie wäre ich nie so weit gekommen. Sie gaben mir weiterhin Stärke und Willenskraft, um weiterzumachen und durchzuhalten, auch lange nachdem sie weg sind, auch jetzt noch. Ja, ich bin dieser gesegnete und glückliche Mensch. Und ich danke Gott in Millionen. Gott hat mir nicht alles gegeben, was ich wollte. Aber Gott hat mir alles gegeben, was ich brauchte.

Meine liebe Aryahi, ich liebe dich. Ich werde dich sehr vermissen. Du bist das einzige, was mich bis jetzt am Leben gehalten hat. Deine Liebe hat mich am Leben gehalten. In deinem Leben versuche immer, Glück in deiner Familie zu finden. Strebe danach, eine Familie zusammen aufzubauen. Ein Zuhause. Eine ewige Familie. Ohne eine Familie kann niemand wirklich existieren. Wenn du eine liebevolle, fürsorgliche und unterstützende Familie hast, kannst du gegen die ganze Welt kämpfen, auch wenn die ganze Welt gegen dich ist. Solange du lebst, versuche den Sinn und Zweck im Leben zu finden. Finde deinen wahren Zweck. Solange du lebst, versuche zu wissen, wie man lebt. Versuche Wissen zu erlangen. Laufe für deinen Zweck, dein Wissen, deine Bedeutung und deine Familie. Nichts anderes. In naher Zukunft werden viele wie Abhimanyu zu unserer Akademie und in dein Leben kommen. Viele werden kommen und gehen, für das Licht, für die Hoffnung. Nimm sie, bewahre sie, baue sie auf, gib ihnen Hoffnung, Mut und inspiriere sie. Bestrebe sie. Ich überlasse dir meine Akademie. Meine Akademie wird nur für diesen einzigen Zweck stehen. Um sie zu bewahren. Um sie zu erschaffen und aufzubauen. Um ihnen Hoffnung, Leben zu geben und zu inspirieren. Um ihnen Mut zu geben.

Yamini. Meine geliebte Frau. Wo bist du jetzt? Ich warte auf dich. Komm zu mir. Nimm mich mit nach Hause. Zu unserer Familie. Meine Arbeit ist getan. Ich habe es geschafft. Ich will jetzt gehen. Mit dir. Bring mich nach Hause. Ich warte darauf, dich zu sehen.

Ich liebe dich. Gestern, heute und für immer.

Wenn ich dich im Jenseits oder im nächsten Leben nicht treffen sollte, lass mich das Fehlen spüren. Wenn ich sie nicht treffe, lass mich das Fehlen spüren…

Oh! Aryahi ist hier. Sie ist von ihrem College zurückgekehrt. Sie ruft nach mir. Sie ruft meinen Namen von der Tür aus. Ich sollte jetzt gehen. Ich weiß nicht, ob ich jemals wieder schreiben werde. Ich denke, ich werde nie wieder schreiben. Also endet es hier. Meine Geschichte, meine Reise endet hier.

Auf Wiedersehen, Notizbuch, und danke, dass du mir all die Zeit so geduldig zugehört hast. Danke, dass du dieses Geheimnis bewahrt hast. Danke, dass du diese Geschichte für immer bewahrt hast. Danke, dass du sie innerhalb der Grenzen dieser Seiten am Leben gehalten hast. Für immer. Ich verdanke dir mein Leben, meine Geschichte.

Lebwohl, mein Freund in einer Zeit der Verzweiflung.
Lebwohl, Liebe. Lebwohl.

"Old age hath yet his honour and his toil;
Death closes all, but something ere the end,
Some work of noble note, may yet be done,
Not unbecoming men that strove with Gods.
The lights begin to twinkle from the rocks:
The long day wanes; the slow moon climbs; the deep
Moans round with many voices. Come, my friends,
'Tis not too late to seek a newer world."

- **Lord Alfred Tennyson**

Kapitel 68

Suryansh wachte aus seinem tiefen Schlaf auf. Er lag auf seiner Couch im Wohnzimmer. Es dauerte einige Momente, bis er verstand, wo er war. Es dauerte einige Momente, bis er sich an seine Welt anpassen konnte. Er war völlig verwirrt von seinem Schlaf. Er träumte. Er träumte von seinem Leben. Sein ganzes Leben flackerte in seinem Traum vor seinen Augen auf. Er erlebte sein ganzes Leben noch einmal in seinem Traum. Vor ihm war der Fernseher eingeschaltet. Ein erwachsener Junge gab ein Interview nach dem Spiel, nachdem er den Mann-des-Matches-Preis erhalten hatte. Er war ein Fußballspieler. Er kam Suryansh vage bekannt vor. Sein Gesicht und seine Figur waren ihm zu vertraut. Aber er konnte den Jungen nicht erkennen.

Als Suryansh wieder zu Bewusstsein kam, fing er an zu schreien: „Yamini! Yamini!" Er rief immer wieder nach seiner Frau. Aber es kam keine Antwort. Dann fing er an, nach seiner Mutter zu schreien: „Mom! Mom!", aber niemand kam. Er rief immer wieder ihre Namen, bis eine junge Dame auf ihn zulief und sich vor ihm auf die Knie warf, um seine Hände zu halten.

„Ja, Opa! Ich bin hier", sagte Aryahi.

„Wer zum Teufel bist du?", fragte Suryansh erstaunt, ohne sie erkennen zu können.

Es war fast ein Jahr her, seit er dieses Notizbuch, seine Reise, geschrieben hatte. In dieser kurzen Zeit hatte sich sein Gesundheitszustand drastisch verschlechtert. Er litt an Demenz und war manchmal verwirrt und konnte niemanden erkennen.

„Ich bin es, Opa. Deine Enkelin. Aryahi." Sie hielt seine zitternden und schwachen Hände fest.

„Aryahi? Aber... Aber du warst so jung. Du bist gerade erst geboren worden. Wie kannst du jetzt so erwachsen sein?", fragte Suryansh erstaunt, nachdem er seine Gedanken gesammelt hatte.

Aryahi sah ihn mit Mitleid und tiefem Mitgefühl an. „Nein, Opa. Du bist schon wieder durcheinander. Ich bin schon lange geboren. Ich bin jetzt eine Frau."

"Oh wirklich! Gut... Ich habe es wahrscheinlich wieder vergessen. Ich bin wieder verwirrt. Ich habe geträumt. Weißt du, von euch allen. Also dachte ich..." Er brach ab. "Übrigens, wo ist meine Frau? Wo ist Yamini?" fragte er aufgeregt.

Aryahi sah ihn an, konnte aber nicht antworten. "Wo ist sie? Ruf sie an. Sag ihr, dass ich ein schönes Lied hören möchte. Sag ihr, ich möchte ein Lied hören. Sie singt so schön. Sie hat so eine schöne Stimme", fing er an, für sich selbst zu lachen.

Ohne eine Antwort zu bekommen, fragte er erneut: "Wo ist Mama? Ruf meine Mutter an. Mama! Mama!" Er fing wieder an zu schreien.

Ein paar Tränen fielen Aryahi mit tiefem Mitgefühl und Zuneigung auf die Wangen. Sie hatte Mitleid mit ihm.

"Komm, ich zeige es dir. Sie sind in deinem Zimmer", sagte sie zu Suryansh und half ihm liebevoll, in sein Zimmer zu kommen.

Sie betraten das Zimmer sanft und sahen sich um. Suryansh stoppte abrupt, sein Mund fiel vor Staunen auf. Seine Augen weiteten sich vor Erstaunen. Sein Zimmer war voller Fotografien. Jede Wand in seinem Zimmer war mit all diesen Bildern bedeckt, all diesen kostbaren Erinnerungen seines Lebens, die er dort innerhalb der Wände seines Zimmers bewahrt hatte. Sein Garten der Erinnerungen. Er blickte wie ein unschuldiges Kind umher, auf diese Rahmen. In diesem Moment klingelte die Tür des Hauses. Jemand war an der Tür. Aryahi bewegte sich sanft von seiner Seite und ging zur Tür, um sie zu empfangen.

Als Suryansh Dinge vergaß, sie durcheinander brachte oder verwirrt war, half ihm nur dieser Raum, der mit all seinen Erinnerungen gefüllt war. Diese Bilder halfen ihm, die Dinge zu verstehen und seine verworrene Erinnerung zu ordnen. Es war der einzige Weg, seine einzige Medizin. Er stand dort ein paar Minuten, betrachtete diese Bilder mit seinen wachen Augen und begann wieder, sich an Dinge zu erinnern. Die Realität hatte ihm wieder klar gemacht, dass er nur geträumt und sich wieder einmal verwirrt hatte. Als ihm dies bewusst wurde, fiel er mit schwerem Herzen in seinen Sessel und seufzte vor Schmerz.

"Opa, schau mal, es ist jemand da, der dich besuchen möchte." Aryahi kehrte mit einem Gast von der Tür zurück. Es war der gleiche Junge, den Suryansh vor wenigen Augenblicken im Fernsehen gesehen hatte. Es war Abhimanyu. Aber der arme Suryansh erkannte ihn nicht.

"Wer zum Teufel bist du jetzt?" fragte Suryansh den Gast, als sie sich vor ihm setzten. Aryahi und Abhimanyu sahen sich an.

"Oh! Entschuldigen Sie bitte mein Verhalten. Ich habe ein ernstes Problem, mich an Dinge zu erinnern. Ich bringe sie durcheinander und verwirre sie. Deshalb frage ich Sie. Kenne ich Sie?"

"Ja, Sir, Sie kennen mich", antwortete Abhimanyu entschieden.

Suryansh starrte ihn einige Momente an und versuchte, sich an ihn zu erinnern. "Oh ja, ja. Ich kenne Sie. Ich habe Sie irgendwo gesehen. Oh ja. Ich habe Sie im Fernsehen gesehen. Aber ..."

"Nein, Sir. Sie kennen mich seit viel längerem. Sie kennen mich seit ich ein kleines Kind war. Ich bin hier, weil Sie mir geholfen haben. Versuchen Sie, sich daran zu erinnern", antwortete er und hielt seine Hände fest.

Suryansh starrte in Abhimanyus Augen mit leerem Blick, während er versuchte, sich zu erinnern. Augenblicke vergingen. "Abhimanyu!" plötzlich rief er ihn an. Schließlich konnte er sich an ihn erinnern. "Mein Gott! Du bist so erwachsen geworden. Wie lange kenne ich dich schon?" fragte er.

Abhimanyu lächelte. "Fast zwölf Jahre, Sir." Und dann umarmte Suryansh ihn liebevoll und sie begannen zu plaudern.

Nach ein paar Minuten fragte Abhimanyu zögernd: "Sir, am 11. August werden sie das Team bekannt geben. Sie werden das Aufgebot der indischen Mannschaft für den Asienpokal bekannt geben. Ich denke... ich denke, ich werde in der Mannschaft sein können. Ich habe Vertrauen, dass sie mich wählen werden. Ich hoffe es..."

"Das ist schön zu hören. Aber wovor zögerst du?"

"Ich brauche Ihren Segen, Sir."

"Natürlich hast du ihn. Du hast ihn immer. Aber es gibt noch etwas, oder nicht?"

"Nein, Sir, es ist nichts..."

"Abhimanyu... ich kenne dich seit du ein Kind warst. Seit dem Tag, an dem du barfuß gespielt hast. Du hast Angst vor etwas. Ich kann es in deinen Augen fühlen. Sag mir, wovor hast du Angst? Was suchst du von mir?"

Er blieb stumm und antwortete nicht. Er traf nicht einmal seinen Blick.

"Lass mich für dich raten. Du hast Angst, ob ich es schaffen werde oder nicht. Du hast Angst, dass ich sterben werde, bevor du ausgewählt wirst. Du hast Angst, dass du es nicht bis zur Auswahl schaffen wirst. Stimmt's?" fragte er.

Abhimanyu versuchte, sein schuldbewusstes Lächeln zu verbergen. Er schämte sich für diesen Gedanken.

"Mach dir keine Sorgen, mein Junge. Ich werde es schaffen. Ich bin so weit gekommen. Ich kann noch ein paar Monate durchhalten. Ich werde sehr lebendig sein, um deine Auswahl und auch dein Debütspiel zu sehen. Hab keine Angst, mein Junge. Ich werde nicht so bald sterben. Ich habe einen Fluch. Ich werde dein Debütspiel mit großer Freude sehen, mein Junge. Ich habe mein ganzes Leben lang auf diesen Moment gewartet. Wie kann ich das jetzt aufgeben? Ich werde es mit Spannung verfolgen", sagte er mit fester Überzeugung in seinen Augen. Er küsste Abhimanyus Stirn. Abhimanyu berührte seine Füße auf traditionelle Weise für seinen Segen...

"Mögest du in diesem Leben lange leben, Abhimanyu", segnete er ihn und berührte seinen Kopf mit einem kryptischen Lächeln. "Für deine Mutter."

> *"Out beyond ideas of wrongdoing and rightdoing,*
> *there is a vast field. I'll meet you there.*
>
> *When the soul lies down in that grass,*
> *the world is too full to talk about."*
>
> — **Rumi**

Kapitel 69

Ein paar Monde später war der Monat August gekommen. Der ironische und ikonische 11. August in seinem Leben. Sein Zustand hatte sich in diesen Tagen verschlechtert. Er war blass und schlank geworden, hatte kaum Fleisch. Sein Gesicht war eingefallen und blutleer. Seine Lippen fast weiß wie tot. Seine Augen waren trüb. Seine Zeit des Verfalls war nahe. Er konnte es spüren. Aber er wollte leben. Für den finalen Akt. Um den finalen Akt seiner Schöpfung zu erleben. Dann konnte er in Frieden sterben. Er wollte bis zu diesem Moment warten.

Aryahi ging wie üblich zum College. Suryansh war allein zu Hause. Die Krankenschwester, die sich um Suryansh kümmerte, ging an diesem Tag früh nach Hause. Nach dem Mittagessen ging er in sein Zimmer. Während er alle Dinge in seinem Zimmer untersuchte, fand er das Notizbuch in einem Schrank, in dem er seine Geschichte geschrieben hatte. Er konnte sich kaum daran erinnern. Er öffnete es und blätterte die Seiten um, um sich zu erinnern. Als er sich daran erinnerte, seufzte er erleichtert und legte sich auf seinen Sessel in seinem Zimmer. Zumindest würde er innerhalb des Notizbuchs für immer leben. Sie alle würden leben, solange das Notizbuch selbst lebt. Er legte das Notizbuch auf den Beistelltisch und schaltete den Musikplayer ein. Yamini begann, einige klassische Lieder mit ihrer schönen Stimme im Player zu singen. Er ging zum Fenster und öffnete es. Sofort füllten die angenehmen Strahlen der untergehenden Sonne sein Zimmer mit ihrem Charme und ihrem verzauberten Licht. Er nahm einen Fotorahmen von Yamini und ging wieder zu seinem Sessel. Es war ein Bild von ihr in einem tiefblauen Top und schwarzen Jeans, als er sie zum ersten Mal im College traf. Sie lachte herzlich auf dem Bild. Ihr Charme spiegelte sich aus dem Rahmen wider. Er strich sanft mit seinen Fingern über das Bild mit einem tiefen Lächeln und schloss die Augen. Während er den Liedern zuhörte, verlor er sich in einer anderen Welt.

Minuten vergingen. Er begann wieder zu träumen. Er war wach, aber er träumte immer noch. Sein ganzes Leben begann vor seinen Augen zu schweben. Er konnte sein ganzes Leben sehen. Er konnte seine ganze Familie sehen, all jene tapferen Verstorbenen. Innerhalb von Minuten wurde ihm der gesamte Sinn seines Lebens klar. Sein Zweck in diesem Leben wurde kristallklar. Er hatte keine Zweifel mehr. Der Zweck und der Sinn des Lebens waren ihm klar geworden. Das Muster wurde endlich gelöst und von ihm wahrgenommen. Das Muster seines Schicksals, die Grausamkeit seines Schicksals, alles hatte einen Grund und trat vor ihm auf. Die Bedeutung dieser Grausamkeit, die Bedeutung seines Fluchs, alles. Es gab keine Zweifel mehr. Keine Fragen mehr. Alle Fragen wurden beantwortet. Das Rätsel wurde gelöst. Er konnte jetzt die Ordnung sehen.

Er öffnete seine müden und verschleierten Augen vorsichtig. Als er seine Augen öffnete, sah er, dass die gesamte Umgebung um ihn herum von blendendem Licht erhellt worden war. Er war verwirrt darüber, wo er war. Träumte er noch immer? Das Tal des Lichts. Ein immenses Licht. Ewiges Licht hatte den ganzen Ort erfüllt. Es machte ihn fast blind. Eine Gestalt erschien vor ihm. Eine Silhouette tauchte aus diesem blendenden Horizont auf. Als sie näher kam, sah er, wer es war, und erkannte sie sofort. Es war Yamini, die genau wie auf dem Foto, mit ihrem Charme, ihrer verzaubernden Schönheit und ihrem strahlenden Lächeln vor ihm stand. Sie erschien und kniete sich vor ihm nieder. Sie berührte sein Gesicht mit ihrem zarten Arm.

"Yamini... Du bist endlich gekommen", flüsterte er mit seiner schwachen Stimme.

Sie nickte sanft ihrem Mann zu. "Ja, ich bin gekommen. Ich bin gekommen, um dich zu nehmen. Ich bin gekommen, um dich nach Hause zu bringen. Zu unserer Familie. Sie warten alle auf dich. Wir alle haben so lange auf dich gewartet."

"Ist es die richtige Zeit?", fragte er.

"Ja, das ist es. Es ist Zeit für dich, nach Hause zu kommen, Schatz. Du hast es geschafft. Deine Arbeit ist getan. Es ist jetzt Zeit. Also bin ich gekommen, um dich, meinen Ehemann, meine Liebe, zu tragen."

"Ich habe so lange auf dich gewartet." Tränen fielen auf seine eingefallenen Wangen.

"Ich bin jetzt hier. Dein Warten ist vorbei." Sie küsste sanft seine Stirn. "Ich werde dich durch die Dunkelheit ins Licht führen. Ich werde dich zum Licht führen. Zu uns, nach Hause, wo deine Familie auf dich wartet."

"Muss ich dich wieder verlieren?"

"Nein, niemals. Du wirst mich nie wieder verlieren. Wir werden jetzt für immer zusammen sein. Komm, ich zeige dir den Weg." Sie stand auf und hielt ihre Hand vor ihm hin. "Gib mir deine Hand. Halte sie fest. Lass sie nicht los. Du könntest dich wieder verirren." Sie nahm seine Hand mit großer Zuneigung und zog ihn hoch. "Komm, ich zeige dir." Sie verschwand in dem unendlichen Licht.

Plötzlich war das blendende Licht verschwunden. Der Fluss des Lichts war plötzlich verschwunden.

Suryansh lag immer noch in seinem Zimmer auf seinem Sessel. Er erkannte, dass er in seinem Zimmer lag und träumte. Es war nicht real. Vielleicht war es nur ein weiterer Traum, dachte er. Er starrte durch das Fenster nach draußen und sah, dass die Sonne bereits lange Zeit im fernen Horizont verschwunden war und der silberne Mond in den Nachthimmel geklettert war. Es war eine Nacht zum Sterne beobachten. Der volle Mond war mit seinem blendenden und hellen Licht aufgegangen. Die Natur war im silbernen Mondlicht gebadet. Es herrschte eine fromme Stille und Heiterkeit in der Atmosphäre. Er spürte, wie die Wände um ihn herum immer enger wurden. Die Stille begann ihn vollständig zu verschlingen. Erst als ein paar Glühwürmchen durch das Fenster herein kamen und mit ihren flackernden schwachen Lichtern durch sein Zimmer stolzierten, um die Dunkelheit zu umgeben, wurde er wieder aufgeweckt. Sein ruhiger Blick ruhte auf ihnen. Er starrte sie an. Seine Realität verhüllte sich und die Zeit verlangsamte sich auf ein Kriechen. Seine Augen füllten sich mit Tränen und seine Sicht wurde verschwommen. Die Glühwürmchen stolzierten vor seinen Augen in Zeitlupe durch das Zimmer. Er hielt immer noch fest mit seinen schwachen

Händen das Bild von ihr. Tränen fielen aus seinen Augen. Er starrte sie an. Plötzlich spürte er, dass sein Körper so leicht wurde, als ob er im Wasser schwebte. Es schien, als ob er um den Himmel zwischen den Wolken schwebte. Er konnte seinen Körper nicht mehr spüren. Er konnte sein Gewicht nicht mehr spüren. Er fühlte sich so leicht, als ob er wie ein Vogel umher schwebte.

Es war zu diesem Zeitpunkt, als seine Hand von der Armlehne auf eine Seite fiel und aufhörte zu zittern. Sein Blick war immer noch auf diese Glühwürmchen gerichtet, mit einem stillen, ruhigen und bewegungslosen Blick. Die Stille wurde still.

***

Aryahi öffnete die Haustür von außen und eilte zum Zimmer ihres Großvaters. Sie hatte es sehr eilig und hatte großartige Neuigkeiten für ihren geliebten Großvater. Er würde so erfreut darüber sein. Er hatte so lange auf diesen Moment gewartet. Er starb für diesen Moment. "Opa! Opa!" rief sie mit überwältigender Freude. Sie eilte in sein Zimmer und öffnete die Tür mit einem dumpfen Geräusch. Das Zimmer war dunkel. Sie schaltete das Licht ein. Die Musik vom Player hallte immer noch wie eine Melodie im Raum wider. Ihre Großmutter sang. "Opa! Er hat es geschafft. Er hat es geschafft, Opa. Du solltest so stolz auf ihn sein. Er wurde in die Mannschaft aufgenommen. Er wurde in den Kader der indischen..." Sie stockte. Sie konnte ihren Satz nicht beenden. Suryansh lag immer noch auf seinem Sessel, mit dem Rücken zur Tür. Als sie zu ihm eilte und vor ihm stand, brachen ihre Worte ab. Ihr Mund stand immer noch offen, in der Hoffnung, den Satz zu vervollständigen. Ihr Handy fiel ihr aus der Hand.

Suryansh, ihr Großvater, lag auf dem Stuhl. Sein regungsloser Blick starrte an die Decke. Sein Mund stand offen. Seine leblose Hand hing lose von einer Seite des Stuhls, und mit seiner anderen Hand hielt er immer noch den Fotorahmen ihrer Großmutter. Seine Wangen waren noch nass vor Tränen. Die Tränen waren noch nicht getrocknet. Sein Gesicht strahlte Frieden aus. Als ob er von seinen Leiden und Schmerzen befreit worden wäre. Die Freude an der Freiheit spiegelte sich immer noch in seinem vom Leiden gezeichneten Gesicht wider. Endlich schien er Frieden gefunden zu haben. Seine ruhelose und müde Seele war endlich in Frieden und Ruhe. Seine erschöpfte Seele war endlich von der Fessel seines Körpers befreit worden.

Aryahi folgte seinem leblosen Blick und starrte an die Decke. Dort an der Decke saßen immer noch ein paar Glühwürmchen an der Wand. Sie leuchteten immer noch mit ihren schwachen Lichtern, die im hellen Licht des Raumes kaum sichtbar waren. Sie fiel sanft auf den Boden. Sie starrte weiter auf seinen leblosen Körper. Selbst im Tod ließ er ihre Großmutter nicht los, die bereits seit Jahren tot war. Er trug sie zu jedem Moment in sich. Selbst im Tod hielt er sie fest, auch nach all den Jahren. Er ließ sie nicht los. Nicht einmal im Tod.

Aryahi wusste nicht, wie lange sie dort saß und auf seinen Körper starrte. Als sie wieder zu sich kam, wählte sie eine Nummer auf ihrem zerbrochenen Handy.

Innerhalb einer Stunde eilten drei Personen ins Haus und betraten das Zimmer in Eile. Aryahi saß immer noch an derselben Stelle auf dem Boden. Sie konnte nicht einmal vor Schock weinen. Der Schock hatte sie wie ein Schlag getroffen. Es waren Abhimanyu und die beiden Schwestern von Aayansh, den beiden Schwestern von Suryansh. Auch sie fielen auf den Boden, ohne auch nur einen Ton von sich zu geben. Die beiden Schwestern hielten ihre Münder zu, um ihr Schluchzen zu unterdrücken. Tränen, ein Fluss von Tränen, begannen aus ihren Augen zu fließen.

Und so geschah es einfach so.

Der Mann, der nicht sterben konnte, der niemals sterben konnte, war endlich tot. Der Mann, der den Tod aller sah, der Mann, der den Tod seiner gesamten Familie sah, starb endlich. Mama, Papa, Freund, Sohn, Schwiegertochter, Frau, er sah den Tod aller. Alle starben direkt vor seinen Augen. Er versuchte, sie fest in seinen Händen zu halten, aber er konnte es nicht. Er glaubte, er könne nicht sterben. Er würde selbst nach all diesen Jahren, selbst nach dem Tod all seiner geliebten Menschen, nicht sterben. Er glaubte, er trug einen Fluch in sich. Er hatte immer Angst davor, wie lange er allein leben müsste. Ohne alle? Er hatte alles verloren. Seine ganze Familie, seine Seele, sein gesamtes Glück. Er opferte alles. Er fürchtete, er müsste den Tod jeder Person auf dieser Erde sehen. Er fürchtete, er müsste bis zum Ende der Welt, bis zum Ende der Zeit leben. Er fürchtete, er könnte sogar dann noch leben, wenn nur noch eine Person auf dieser Welt am Leben wäre und er auch deren Tod sehen müsste. Er fürchtete, er müsste das Ende des Universums sehen.

Die größte Ironie der Natur ist, dass der Mann, der sein ganzes Leben lang sterben wollte, es nicht konnte. Der Tod hatte ihn verlassen. Er versuchte hundertmal zu sterben, aber der Tod hatte ihn nicht berührt. Er kehrte sogar ein paar Mal von seinem Tod zurück. Er hoffte und wünschte sich jeden einzelnen Tag zu sterben. Der Tod war so grausam zu ihm gewesen. Er trug seinen ewigen Fluch weiterhin. Und nur als er am meisten leben wollte, um seine Schöpfung ein letztes Mal zu sehen, um Abhimanyus Tanz und Schauspiel ein letztes Mal zu erleben, kam der Tod und holte ihn ab.

Der Fluch war aufgehoben. Die Geister waren verschwunden. Sie hörten auf, ihn zu verfolgen. Seine Geister verblassten endlich und für immer. Sie hörten auf, ihn zu jagen.

Die steinernen Mauern waren zerbrochen. Die Burg war gefallen.

Die Kartenburg fiel mit dem plötzlichen Windstoß.

Er war zu seiner Familie, zu seinem Zuhause, zu seiner geliebten Frau Yamini gegangen. Er war in sein himmlisches Reich gegangen.

Kapitel 70

Aryahi schloss das Notizbuch und legte es mit zitternden Händen vorsichtig auf den Tisch. Sie war am Boden zerstört, erschöpft und wünschte sich, dass jemand ihre Tränen stoppen konnte. Sie war zu müde, um ihre Tränen zu trocknen. Es schien, als ob der Damm gebrochen wäre und die Tränen einfach überfließen würden. Tränen flossen ohne Absicht, aufzuhören. Als ob sie ausgepumpt wäre. Sie konnte nicht richtig atmen. Ihre Nasenlöcher waren fast verstopft. Sie versteckte ihr Gesicht in ihren Armen und weinte in Angst.

Es waren zwei Wochen vergangen, seit ihr Großvater gestorben war. Nach der Beerdigung und den letzten Riten machte sie eine Pause von allen und ging alleine in ihre Talhütte. Sie hörte nicht auf diejenigen, die sie davor gewarnt hatten, alleine zu gehen. Sie brauchte verzweifelt frische Luft, um ihre Seele zu heilen. Sie nahm das Notizbuch mit, das sie auf dem Tisch gefunden hatte, nachdem ihr Großvater gestorben war.

Auf dem Kremationsplatz waren alle da, um ihm Lebewohl zu sagen. Er war nicht allein. Alle Spieler der Akademie, Aryahi, die beiden Schwestern von Aayansh mit ihren jeweiligen Familien, Abhimanyu mit seiner Familie, all die Mitarbeiter und Mitglieder, Trainer, jeder war da. Selbst im Tod war er nicht allein. All die Menschen, denen er in seinem ganzen Leben Hoffnung und Mut zu geben versucht hatte, waren an seiner Seite, bevor er seine letzte Reise antrat. Er hatte mehr Blumen im Tod erhalten, es wurden mehr Tränen für ihn geweint als zu Lebzeiten, wie Anne Frank sagte. Nicht nur Aryahi, nicht nur Abhimanyu, sondern jeder Anwesende hatte für ihn geweint. Tonnenschwer hatten die Menschen für ihn geweint. Es war sein größter Erfolg im Leben, dass er im Tod nicht allein war, dass so viele Seelen für ihn weinten, trauerten und trauerten. So viele Seelen würden ihn nach seinem Tod vermissen. Sie alle waren auf dem Kremationsplatz vor seiner letzten Reise anwesend. Sie alle hatten seinen letzten Test durch das Feuer zusammen miterlebt. Sie hatten ihn gemeinsam verabschiedet, bevor er seine Reise in den Himmel antrat.

Als Aryahi aus dem Fenster schaute, war es fast Morgen. Der Regen hatte längst aufgehört, was sie kaum bemerkt hatte. Der erste Strahl der Morgendämmerung erschien am Nachthimmel hinter den Hügeln. Hunderte von Vögeln hatten ihr Morgengebet begonnen und begannen zu singen. Sie stand sanft auf und ging zum Waschbecken. Nachdem sie ihr Gesicht mit kaltem Wasser gewaschen hatte, ging sie in die Küche. Ihre Augenlider fühlten sich an wie Stein. Sie konnte sie kaum offen halten. Sie machte sich eine Tasse Kaffee zur Erfrischung und ging nach draußen.

Ihr Großvater hatte ihr immer gesagt, dass wenn er sterben würde, seine Überreste nicht in die Erde begraben oder in den heiligen Fluss Ganga geworfen werden sollten. Er wünschte sich immer, dass seine Überreste aus dem Krematorium zurückgeholt und zurück in seine Akademie gebracht werden sollten. Es gab einen großen Tamarindenbaum am einen Ende des

Geländes in der Akademie, und er sollte in der Erde unter diesem Baum begraben werden. Das war sein letzter Wunsch, damit seine Seele von seinem Körper zum Baum übergehen und so alle Jungen wie Abhimanyu auch nach dem Tod beobachten konnte. Er glaubte, dass unsere Seele nach dem Tod bleibt. Die Natur verschlingt jede Seele nur, um sich selbst in einer anderen Form und einem anderen Leben neu zu gebären. Er wollte im nächsten Leben ein Baum werden. Auch nach dem Tod wollte er dort bleiben, was er geschaffen hatte. Er wollte als Wächtergeist dort bleiben und über alle wachen und seine unvollendete Arbeit fortsetzen, indem er Mut und Hoffnung gab.

Wie konnte sie den letzten Wunsch ihres Großvaters nicht erfüllen?

Sie tat, was ihr gesagt und aufgetragen wurde.

Sie schlenderte durch den Garten zum See hinunter. Der Himmel hatte inzwischen aufgehellt. Viele neue Blüten waren im Garten gewachsen und wiegten ihre Köpfe im sanften Morgenwind. Der Garten war mit vielen farbenfrohen Blüten gefüllt, die jedem Herzen Freude bereiteten. Während sie durch den Garten spazierte, berührte Aryahi die neuen Blüten mit ihren weichen und zarten Händen. Neues Leben hatte im Garten entstanden. Die jungen und kindlichen Blumen schüttelten ihre Hände sanft, auf höfliche Weise, als ob sie sie bitten würden, ihre Last des Kummers mit ihnen zu teilen.

Sie ging zum See und setzte sich auf die Bank am Ufer. Sie steckte ihre nackten Füße ins kalte Wasser des noch schlafenden Sees. Sie nahm einen Schluck des heißen

Kaffees aus der Tasse. Es erfrischte ein wenig ihren müden Körper und ihre Seele. Sie schaukelte ihre Füße im kalten Wasser. Der schlafende See erwachte mit der Anwesenheit der Eindringlingin.

Die Morgensonne kletterte hinter den Hügeln in den Himmel und füllte den Ort mit ihren angenehmen Strahlen der Hoffnung und eines neuen Tages. Die allgegenwärtige grüne Vegetation des Tals erwachte durch die Morgensonne und begann ihre tägliche Suche. Der Wind nahm etwas an Fahrt auf. Schwärme von Vögeln schwebten um den blauen Himmel und sangen mit hoher Stimme. Sie spritzte mit ihren Füßen das kalte Wasser. Sie beendete den Kaffee. Ein sanftes, müdes Lächeln erschien an den Lippenwinkeln.

Es war Zeit für sie, nach Hause zu gehen.

Kapitel 71

Die ganze Atmosphäre erstrahlte in der goldenen Farbe der untergehenden Sonne. Eine sanfte Brise wehte über das Feld. Das Unkraut und das Gras auf dem Land außerhalb der Zäune des Feldes wiegten sich im Wind. Abhimanyu saß auf der Bank vor dem großen Tamarindenbaum und beobachtete die herrliche Schönheit des Sonnenuntergangs. Ein kleiner Garten war um den Stamm des Baumes herum angelegt worden, mit vielen bunten Blüten. Der Garten war wunderschön eingezäunt. Ein Grabstein war in der Nähe des Stammes zur Erinnerung an Suryansh, den Gründer der Akademie, aufgestellt worden. Er war dort im Herzen des Baumes in Frieden. Der Baum bot allen müden Seelen kühlen Schatten, die unter ihm Zuflucht suchten an heißen Sommertagen. Innerhalb kurzer Zeit war der Baum zum Zuhause von vielen Vögeln geworden, ihr Schutz. Aryahi beobachtete ihn aus der Ferne. Abhimanyu wollte mit ihm allein reden. Er brauchte etwas Privatsphäre. Er war genauso zerbrochen vor Verlust wie sie. Aryahi stimmte zu und gab ihm Privatsphäre.

Abhimanyu war still, wusste nicht, was und wie er sprechen sollte. Er konnte sein schweres Atmen und sein pochendes Herz hören. Aber er wusste, dass er irgendwie sprechen musste, über Dinge, die er seinem Lehrer nie hatte sagen können.

"Du weißt... Mum hat mir immer gesagt, dass ein 'Held' derjenige ist, der über alle widrigen Umstände erhebt und etwas Unmögliches möglich macht und ein Ziel erreicht und 'heldenhaft' bezieht sich auf die außergewöhnlichen Eigenschaften solcher Bemühungen." Er pausierte für einen Moment. Er starrte auf seinen Grabstein.

"Für mich wirst du immer mein Held sein. Eine Person, die auch nur eine einzige Seele in dieser elenden Welt rettet, ist ein Held. Ich habe deine Geschichte von Aryahi gehört. Jetzt kenne ich den Grund für deinen Schmerz und dein Leiden. Ich kenne deine Opfer. Ich kenne den Grund für deine seelenlosen Augen. Du bist mein Held. Du hast mich und meine Familie gerettet. Eine Person kann ohne Hoffnung nicht leben. Hoffnung ist Leben. Du hast mir Hoffnung und Mut gegeben. Du hast mir Leben gegeben. Du hast mir den Mut gegeben zu träumen. Ich wurde wieder geboren, ich habe mein Leben nur wegen dir zurückbekommen. Wenn du nicht da gewesen wärst, würde ich immer noch meine elenden Tage in diesem kleinen Schuppen mit meiner Mutter und meinem Bruder verbringen und wäre auch dort zugrunde gegangen, in einer dunklen Ecke der Welt, ohne zu wissen, was Liebe ist oder ohne jemals in der Lage zu sein, jemanden zu lieben. Und niemand würde sich kümmern. Niemand. Du hast mich aus dieser dunklen Welt im Schuppen herausgeholt und mir den Weg der Liebe gezeigt. Du hast mir das Licht gezeigt." Seine Augen füllten sich mit Tränen.

"Ja! Ich liebe Ihre Enkelin wirklich. Ja, ich liebe sie wie verrückt, so wie meine Mutter. Ich weiß nicht, warum ich mich in sie verliebt habe. Vielleicht, weil sie Ihre Enkelin ist. Ich muss es jetzt vor Ihnen gestehen. Ich konnte es

Ihnen nicht sagen, als Sie noch am Leben waren. Aber ich denke, Sie wussten es bereits. Sie wussten immer alles über mich, bevor ich es Ihnen sagen würde. Ich weiß, dass Sie es wussten. Aber ich habe Angst, es ihr zu sagen, so wie ich immer Angst hatte. Ich weiß nicht, ob sie mich mag oder nicht. Ob sie mich akzeptieren wird oder nicht. Sie wissen, ich bin so arm geboren. Ich bin kein gut aussehender Typ. Ich bin nicht einmal so hell wie sie. Ich bin dunkel." Er lachte. "Deswegen habe ich Angst. Ich weiß nicht, was ich jetzt tun soll. Sie haben mich immer gewarnt, dass ich irgendwann den Mut, die Hoffnung und die Motivation in mir finden würde. Sie sind nicht mehr hier, um mich durch meine dunkelsten Zeiten zu führen, um mich zu trösten, zu beruhigen. Sie sind nicht mehr hier, um mir Wissen und Lebenslehren nach dem Training jeden Tag zu geben. Nicht mehr. Es scheint also, dass ich meine Motivation, meinen Mut, meine Trost und meine Hoffnung finden muss. Und ich werde versuchen, das zu tun, wie Sie es mir beigebracht haben.

"Sie waren für mich mehr als nur ein Lehrer. Ich habe nie die Liebe eines Vaters seit meiner Kindheit gespürt. Ich wusste nicht, was es bedeutet, einen Vater zu haben, einen echten Vater. Wie es sich anfühlt, die Liebe eines Vaters zu haben. Bis ich Sie traf. Auch nach dem Tod meines Vaters haben Sie mich nie das Fehlen spüren lassen. Das Fehlen eines Vaters. Sie waren wie ein Schutzengel für mich. Für mich sind Sie mehr als ein Lehrer, ein Vater. Sie haben bewiesen, dass Familie nicht immer aus Blutsverwandten besteht. Eine Person, in deren Adern Ihr Blut fließt, kann nicht immer Ihre Familie sein, und Sie haben das bewiesen. Sie waren wie eine Familie für mich, obwohl ich Sie nicht kannte, obwohl Ihr Blut nicht durch meine Adern fließt. Sie haben bewiesen, dass Familie keine Last ist, sondern eine Verantwortung, Vertrauen, Glauben und Liebe, auch nach Tausenden von Fehlern und Fehltritten. Sie haben mir und meiner Familie alles gegeben, was mein Vater nicht konnte. Sie haben uns von der Knechtschaft befreit. Aber für mich sind Sie mein Vater, Sie werden es immer sein." Tränen fielen von seinen dunklen Wangen.

"Auf Wiedersehen, Herr. Ich werde Sie immer bei mir tragen, wo immer ich hingehe. Sie werden immer in mir lebendig sein. Aber ich werde hierher kommen, auf diesen Boden, wo ich wiedergeboren wurde. Ich werde hierher kommen und auf dieser Bank vor diesem Baum, vor Ihnen, sitzen. Ich werde immer wieder kommen, wenn ich mich in der Dunkelheit verliere, meine Seele müde und unruhig wird, in meinen schwierigen und dunklen Zeiten. Ich werde immer kommen. Damit Sie mich führen, trösten, ermutigen und mir wieder Mut geben können. Sie haben mich zu dem gemacht, was ich heute bin. Was auch immer ich heute bin und was auch immer ich morgen sein werde, ist nur wegen Ihnen. Auf Wiedersehen, Herr. Auf Wiedersehen, Vater. Aber bevor ich gehe, möchte ich Ihnen eine letzte Frage stellen. Wer sind Sie? Ich meine, wer sind Sie in dieser Welt? Wer und was repräsentieren Sie? In diesem Baum? In dieser Form eines Baumes? Innerhalb dieses Baumes?"

***

Aryahi starrte ihn aus der Ferne mit ihren wachsamen Augen an. Er sprach alleine mit jemandem. Von Zeit zu Zeit wischte er sich das Gesicht ab. Er schien sehr emotional zu sein. Doch plötzlich sah sie, wie Abhimanyu sanft vom Bänkchen aufstand. Seine Augen waren vor Staunen und Schreck geweitet. Sein Mund stand offen. Selbst aus der Entfernung konnte sie sehen, dass sein Gesicht in einem plötzlichen Schock blass und blutleer war. Als hätte er einen Geist gesehen. Er war erstarrt und starrte auf den Baum. Sie war kurz davor, aus Neugierde auf ihn zuzugehen, aber sie dachte besser nicht. Sie wollte nicht in seine Privatsphäre eindringen. Also stand sie nur da und starrte auf ihn. Sie wartete darauf, dass er mit seinem Gespräch fertig war.

Als Abhimanyu aus dem Garten zurückkam, war er immer noch geschockt. Tränen flossen immer noch aus seinen erstaunten Augen. Der plötzliche Schock hatte ihn sprachlos gemacht. Als er zu Aryahi zurückkehrte, konnte er kein Wort sagen.

"Was ist passiert? Geht es dir gut? Es scheint, als hättest du einen Geist gesehen? Fühlst du dich krank?" fragte sie besorgt. Doch er antwortete nicht. Er starrte sie mit weit aufgerissenen Augen an. Der Schrecken war immer noch nicht von ihm gewichen.

"Was ist passiert, Abhimanyu? Sag es mir", fragte sie energischer und schubste ihn ein wenig, in der Hoffnung, dass der Ruck ihn aus seinem Schock und Schrecken herausholen würde.

"Er...er...er hat mit mir gesprochen. Er hat geantwortet", stammelte er.

"Was? Was hat er dir gesagt?", fragte sie erstaunt.

Abhimanyu wischte sich die Augen und das Gesicht ab. Es dauerte einige Augenblicke, bis er antwortete. Er holte tief Luft und seufzte erleichtert auf. Endlich war er von dem Schock befreit. Er sah sie an. Ein sanftes Lächeln erschien in der Ecke seiner Lippen.

"Er sagte... Ich bin das Leben. Ich bin das Leben. Ich bin ewiges Leben. Er sagte... Wer an mich glaubt, wird leben, auch wenn er stirbt. Ich bin die Auferstehung und das Leben. Ich werde neben dir gehen. Immer. Immer."

Epilog

Aryahi stand im Garten vor dem Tamarindenbaum. Sie starrte mit ihren wachen Augen auf den Baum, auf ihren Großvater. Sie glaubte, dass ihr Großvater im Baum lebte. Die Vögel waren zurück in ihren Nestern. Die Sonne war hinter dem Horizont verschwunden. Der schwache Strahl der Dämmerung glühte noch am Abendhimmel. Der abnehmende Mond hatte begonnen, in den Nachthimmel aufzusteigen. Es war ihre Zeit, mit ihrem Großvater zu sprechen. Sie stand ganz allein auf dem dunklen Feld. Keine einzige Seele war dort. Die meisten Leute der Akademie waren ins Stadion gegangen, um das Fußballspiel zu sehen. Es war Abhimanyus Debütspiel für sein Land. Die anderen waren beschäftigt vor dem Fernseher in der Akademie. Sie waren in großer Erwartung und Aufregung. Aber nicht Aryahi. An diesem Tag vermisste sie ihren Großvater, ihre einzige Familie, mehr als je zuvor. Sie wusste tief in ihrem Herzen, dass es egal war, was mit Abhimanyu in diesem Spiel passierte. Er hatte bereits bewiesen, was er musste. Ihr Großvater hatte bereits getan, was er tun sollte. Unabhängig vom Ergebnis des Spiels würde Abhimanyu für sie immer derselbe sein, wie er immer gewesen war.

"Ich weiß nicht, was ich zu dir sagen soll. Ich habe nichts zu sagen", sagte sie mit einem sanften Lächeln. "Ich habe dir so viel zu erzählen. Ich weiß nur nicht, wie und wo ich anfangen soll. Ich bin verwirrt. Also habe ich dein Notizbuch gelesen. Deine Geschichte..." Sie biss sich auf die Lippen, um ihre Emotionen zu kontrollieren, und seufzte.

"All die Jahre hast du das alles in dir getragen. All das Gewicht, wie ein Berg. Du hast es alleine in deinem Herzen getragen. Aber du hast mich nie etwas fühlen lassen, nicht einmal eine Spur. Ich dachte, ich kenne dich, ich verstehe dich. Aber ich lag so sehr falsch. Ich habe nie gedacht, dass ein Waldbrand in deiner ruhigen und friedlichen Persönlichkeit brennt. Ich habe nie versucht, in dich hineinzuschauen, und ich bereue es jetzt. Ich wünschte, ich hätte es getan. Vielleicht hätte es dir Erleichterung gebracht. Du hast Unrecht, Opa. Über mich und Abhimanyu. Du liegst falsch. Ich liebe ihn. Ja, das tue ich." Sie lachte. "Ich weiß nicht, wie oder warum. Ich weiß nur, dass es da ist. Mir wurde das nicht einmal bewusst, bis ich dein Notizbuch gelesen habe. Ich weiß nicht, wann es mir ohne mein geringstes Wissen klar wurde. Vielleicht bin ich deine Enkelin. Vielleicht fließt dein Blut durch meine Adern. Deshalb. Er hat mir vor ein paar Tagen einen Antrag gemacht. Er hatte solche Angst. Ich habe ihm noch nichts gesagt. Ich wollte keine Ablenkung vor dem größten Spiel in seinem Leben sein."

„Ich vermisse dich so sehr, Opa. Ich weiß, dass ich dich nicht sehen oder hören kann, aber ich spüre immer noch deine Anwesenheit hier bei mir. Ich weiß, dass du immer noch bei mir bist und mich von oben aus dem Himmel beobachtest. Ich hoffe, ich mache dich stolz. Ich hoffe, dass ich all das, was du mir beigebracht hast, in die Tat umsetzen kann und den Weg fortsetzen kann, den du für mich und die Academy geebnet hast. Aber ich vermisse dich so sehr, dass ich manchmal denke, ich könnte daran sterben. Es tut so weh. Aber ich weiß, dass ich weitermachen muss, und ich werde es tun. Ich werde deine Geschichte erzählen und deine Legende weiterleben lassen, so wie du es verdienst. Danke, Opa, für alles, was du für mich getan hast. Ich liebe dich."

"Abhimanyu sagte, dass du drinnen im Baum bist. Er sagte, du hast ihm geantwortet. Er spürte deine Anwesenheit. Alle müden Seelen und Reisenden, die im brühenden Sommer unter diesem Baum Schutz gesucht haben, sagten, dass der Baum sie geleitet, getröstet und gestärkt hat. Der Baum hat ihnen Hoffnung und Mut gegeben. Sie alle haben es gespürt. Ist es der Baum oder nur du? Hörst du mir jetzt zu? Dieser Baum ist das Zuhause vieler Vögel, vieler Seelen. Unter deinem Schutz. Du bewahrst sie auch nach deinem Tod. Ich warte auf ein Zeichen. Bitte antworte mir, dass du hier bist. Dass du zuhörst. Bitte gib mir ein Zeichen, Opa."

Sie stand da und starrte mit ihren scharfen Augen Minuten lang auf den ruhigen Baum. Minuten vergingen, aber sie bekam keine Spur eines Zeichens. Alles war ruhig, still und dunkel. Sie wartete noch einige Minuten in der Hoffnung auf ein Zeichen, aber vergebens. Schließlich gab sie die Hoffnung auf. "Lebewohl, Opa. Ich denke, ich bin nicht so glücklich und gesegnet, um deine Anwesenheit zu erleben. Lebewohl." Sie wischte sich sanft die Tränen ab, drehte sich um und ging weg.

Nach ein paar Schritten hielt sie plötzlich an. Sie wusste nicht warum, aber etwas in ihr sagte ihr, dass sie umkehren sollte. Sie folgte ihrem Willen und drehte sich zum Baum zurück, ein letztes Mal. Als sie sich umdrehte, sah sie, wie hunderte von schwachen goldenen Lichtern den Baum beleuchteten. Die flackernden Lichter erzeugten die Silhouette des dunklen Baumes, gefüllt mit goldenem Licht. Sie sah Hunderte auf einmal, als ob jemand hunderte von goldenen Feenlichtern im Baum eingeschaltet hätte. Ein sanftes und strahlendes Lächeln erschien in der Ecke ihrer Lippen. Sie wusste es. Sie wischte sich mit ihren sanften Händen die Tränen ab, drehte sich um und ging weg.

Nach ein paar Minuten des Glitzerns in goldenen Feenlichtern wurde der Baum wieder dunkel. Er stand dort inmitten des weiten Geländes, im Dunkeln, im Licht, im Sturm, in der friedlichen Mondnacht, in der gefährlichen Nacht, im brennenden Sommer, im Regen, im Winter, im Frühling und Herbst, für immer. Und er setzte seine Arbeit für die Menschheit und für alles Leben für die Ewigkeit fort, für den Rest seines Lebens.

***

Im 50. Minute des Spiels kam Abhimanyu als Ersatzspieler auf das Feld. Es war sein Debütspiel für sein Land. Das Spiel war auf Hochtouren. Das Stadion war voller tausender Fans beider Länder. Die Spannung war greifbar. Inmitten dessen kam er auf das Feld für seinen Zweck.

Seit dem Moment, als er auf dem Feld war, hatte er Schwierigkeiten im Spiel. Er hatte Angst. Wenn er all diese großen Spieler sah, war es, als wäre er in einem Traum, und das gesamte Stadion voller Fans machte ihn nervös und ängstlich wie ein Kind. Sein Herz schlug schwer. Seine Glieder waren kalt und zitterten. Die Angst übermannte ihn und ließ ihn an sich selbst zweifeln. Er konnte den Ball nicht richtig passen oder empfangen. Jedes Mal, wenn er den Ball bekam, gab er ihn an den Gegner weiter. Er rannte wie ein verrückter Hund dem Ball hinterher, wenn er den Ballbesitz abgegeben hatte. Sein Gesicht war niedergeschlagen. Er konnte seine Teamkollegen und Unterstützer nicht ansehen. Bald begann jeder, sich um ihn zu sorgen, alle Trainer und Spieler. Jeder buhte ihn für seine schlechte Leistung aus. Die Fans begannen, Sachen auf ihn zu werfen.

15 Minuten vergingen. Als Abhimanyu bei einem Eckball hoch in die Luft sprang, stürmte der Torwart der gegnerischen Mannschaft wütend auf den Ball zu und kollidierte leider mit Abhimanyu in einem großen Aufprall. Der Torwart traf ihn am Kopf. Aufgrund dieser schweren Kollision fiel Abhimanyu sofort zu Boden. Der Schiedsrichter stoppte das Spiel sofort und die medizinische Abteilung eilte zu ihm.

Seine Augen wurden verschwommen. Alles vor ihm glitzerte weiß. Er dachte, er würde das Bewusstsein verlieren. Seine Augen drohten zu schließen. Alles würde bald dunkel sein. In diesem Moment sah er eine Silhouette eines Mannes aus diesem glitzernden weißen Licht vor ihm erscheinen. Als der Mann erschien, erkannte er ihn sofort. Er wollte aufspringen, aber er konnte nicht. Es war sein Lehrer, sein Vater. Suryansh.

"Ich habe solche Angst. Ich kann es nicht tun. Ich denke, ich habe bereits versagt", flüsterte er mit Tränen in den Augen. Er war kurz davor wie ein Baby zu weinen.

"Was? Willst du jetzt aufgeben? Ohne Spuren zu hinterlassen? Nachdem du so weit gekommen bist?", sagte der Mann.

"Aber ich habe solche Angst. Vor allen. Allen Spielern, Anhängern, Trainern, allen. Sie buhen mich aus. Beleidigen mich. Ich habe seit meiner Kindheit Angst. Ich konnte meine Angst noch nicht überwinden. Ich habe immer Angst. Ich bin einfach fertig. Heilig, einsam und unruhig. Ich habe versagt. Dich, meine Mutter und auch mich selbst ..."

Der Mann lächelte und seufzte.

"Einmal sagte mir eine Frau, dass du deine Angst nicht besiegen kannst, es sei denn, du stellst dich ihr und deiner tiefsten Angst. Wenn du dich deiner tiefsten Angst aussetzt, dem, was dich am meisten quält, dann bist du frei. Es gibt nichts, was dich aufhalten kann. Es gibt nichts, was dich zurückhalten kann. Stelle dich ihr, Abhimanyu. Konfrontiere sie. Schäme dich nicht für das, was du bist, für das, was die ganze Welt dich nennt. Mach es zu deinem Schild. Akzeptiere es. Und niemand wird dich jemals wieder verletzen können."

„Weißt du, ich kannte einmal einen Jungen, der genauso ängstlich war wie du. Er hatte Angst vor seinem Test, vor dem Spiel. Er war nervös. Er hat während des gesamten Spiels gekämpft, genau wie du. Er hatte nur noch 15 Minuten auf der Uhr. Er war bereit aufzugeben. Dann sagte ich ihm, er solle über sein Leben nachdenken, über seine Familie, Mutter und Vater und seine verlorene Liebe. Ich sagte ihm, er solle darüber nachdenken, wo er war und wie weit er gekommen war. War er immer noch bereit aufzugeben, selbst nachdem er an seine Mutter und seinen Vater gedacht hatte? Nein, das war er nicht. Er bewies, was bewiesen werden musste. Deine Mutter hat noch nicht aufgegeben, Abhimanyu. Denke an deine

Mutter, deinen Bruder und natürlich an deinen Vater. Irgendwo an einem Ort, vor dem Fernseher sitzend, betet deine Mutter mit Tränen in den Augen für dich. Denke an ihr Leben, deine Mutter hat für dich geopfert. Weißt du, was Fußball mir im Leben beigebracht hat? Es hat mich gelehrt, niemals aufzugeben. Es hat mir beigebracht, meinen Kameraden zu vertrauen, Glauben zu haben, als Team zu arbeiten, bis zum Ende zu kämpfen, egal was passiert, niemals die Hoffnung aufzugeben. Es hat mir beigebracht, Freude und Leid, Gewinnen und Verlieren mit meinen Kameraden zu teilen. Der Name deiner Mannschaft ist viel mehr als dein Name. Fußball hat mir die beiden wunderbarsten Menschen in meinem Leben geschenkt. Aayansh und dich. Es hat mir Hoffnung, Mut und Zweck gegeben. Es hat mich gelehrt, zu scheitern, aber niemals die Hoffnung aufzugeben. Es hat mich gelehrt, besser zu scheitern. Es hat mein Leben mit Zweck erfüllt. Was hat es dir beigebracht? Denke darüber nach, Abhimanyu. Denke darüber nach. Es ist viel mehr als nur ein Spiel, wenn man es aus einer anderen Perspektive betrachtet. Es lehrt uns so viele großartige Dinge über das Leben, wenn man weiß, wie man es betrachten soll. Du hast noch viel mehr Zeit als er. Selbst wenn nur noch ein Prozent Chance besteht, solltest du sie ergreifen, denn der Rest wird durch den Glauben kommen. Der Rest dreht sich alles um Glauben, mein Freund. Du solltest diesen Glauben haben und alles andere wird kommen, selbst wenn es nur noch eine einprozentige Chance gibt. Was du damit machen willst, liegt bei dir. Willst du diesen Moment ergreifen und deine Spuren vor allen anderen hinterlassen oder willst du untergehen? Wenn du willst, dass die Leute dich vergessen, sobald sie von hier nach Hause gehen, ist das in Ordnung. Ich werde dich nicht zwingen."

„Aber Sir, kann ich es jetzt tun? Es ist so wenig Zeit und ich bin immer noch ängstlich", stotterte er.

„Selbst ein einziger Moment kann das Schicksal eines Menschen verändern. Willst du immer noch ängstlich sein, nachdem das Spiel vorbei ist? Für den Rest deines Lebens?"

„Aber ich denke, ich bin nicht wie dieser Junge."

„Ja, du hast recht. Du bist nicht wie er. Du bist besser." Der Mann lächelte und drehte sich weg.

„Warte!", rief Abhimanyu wie ein Kind. Der Mann drehte sich mit neugierigen Augen zurück. „Bist du immer noch bei mir... Vater?", fragte Abhimanyu.

Ein sanftes Lächeln erschien an der Ecke seiner Lippen. „Gestern. Heute. Morgen. Und für immer. Immer." Und dann drehte er sich weg und verschwand im blendenden weißen Licht.

Als Abhimanyu wieder zu Bewusstsein kam, sprang er auf. Es brannte ein Feuer in seinen leidenschaftlichen Augen. Ein anderer Spieler sollte ihn als Ersatz ersetzen. Jeder dachte, er würde das Spiel nicht mehr durchhalten können. Aber zu ihrer großen Überraschung signalisierte Abhimanyu den Trainern, dass es ihm gut ging und er weitermachen wollte. Er wollte das Spiel fortsetzen. Und er würde es tun. Seine Augen zeugten von einem festen Entschluss. So fest wie ein Stein. Alle warnten ihn, stimmten aber schließlich aufgrund seines festen Entschlusses zu.

Der Schiedsrichter hatte ihnen einen Elfmeter innerhalb des Strafraums zugesprochen. Der Kapitän der indischen Mannschaft kam zu Abhimanyu, gab ihm den Ball und flüsterte: „Nimm ihn, Bruder. Bricht die Barriere und mach dich frei."

Abhimanyu nahm den Ball und war bereit, den Elfmeter vom Punkt aus zu nehmen. Etwas hatte sich in ihm verändert. Jeder konnte es fühlen und sehen. Das Publikum wurde mäuschenstill. Er starrte den gegnerischen Torhüter mit seinen leidenschaftlichen Augen an. Er konnte seinen Atem hören. Der Schiedsrichter pfiff. Er schloss seine Augen und atmete tief ein.

Nein, Sir. Sie irren sich. Ich werde nicht in diesem Chakravyuh sterben. Ich werde die Verteidigung durchbrechen. In diesem Kurukshetra wird Abhimanyu nicht hilflos im Labyrinth umkommen.

Und dann öffnete er seine

Über den Autor

Sangramdeb Chakrabarti

Sangram ist ein 21-jähriger Englischliteratur-Student, der mit einem Wort als Bücherwurm beschrieben werden kann. Die Widersprüche zwischen Wissenschaft und Religion, das Studium alter Weisheit und die verborgene Wissenschaft in religiösen Kulturen sind Themen, die ihn faszinieren und begeistern. Er liebt es, verschiedene Arten von Geschichten in seinem Kopf zu kreieren. Geschichten aus dem echten Leben verschiedener Menschen inspirieren und motivieren ihn zum Schreiben. Große Autoren, Dichter, ihre Geschichten und Werke inspirieren ihn zum Nachdenken und Schreiben. Er absolviert seinen Bachelor in Englischer Literatur.
Er lebt in New Barrackpore, Kolkata.
Sein Debütroman, The Terminal Oblation, wurde im September letzten Jahres veröffentlicht.

www.ingramcontent.com/pod-product-compliance
Lightning Source LLC
LaVergne TN
LVHW091612070526
838199LV00044B/775